我从不柔软

直到你
来到我身边

右舷瞭望　作品

暨南大学出版社
JINAN UNIVERSITY PRESS

中国·广州

目录

你若非我所愿，无情便是至情 # Chapter 1

她多像一只春蝉，不合时宜地出现在他的季节里，薄薄的纱翼虽然脆弱，底下却潜伏着夏天的力量，仿佛一振翅便要藏到树荫深处去。

天上一颗星，地上一座城，心里一个人 # Chapter 2

之前有些话我没能说出口……你是不是觉得我没那么喜欢你？不是这样的……有些人吃东西习惯先挑最好的吃掉，有些人总把最好的留在最后，你不能因为我把你留到后面，就以为我不喜欢你啊……

你是周折的包裹，终被我签收 # Chapter 3

人最喜欢干的事，就是费尽千辛万苦得到某样东西，然后亲手毁掉，于是就圆满了。但他们不知牵住的手，只须一放，便分流成上下游。上游是他，下游是她。上游是梦，下游是人间。

Chapter 1

你若非我所愿，无情便是至情

她多像一只春蝉，不合时宜地出现在他的季节里，薄薄的纱翼虽然脆弱，底下却潜伏着夏天的力量，仿佛一振翅便要藏到树荫深处去。

天空下起了雨，雨滴啪嗒啪嗒打在玻璃窗上，整个伦敦雾蒙蒙一片。

她的同事中鲜有东方面孔，日常相伴的都是一张张深刻的西洋脸孔。她动作很慢，待收拾好一切，整间画廊已经空了。

她正懊恼地看着空荡荡的伞架，门口进来一人，他用粤语问道："德珍小姐，你是否带了伞来？"

德珍打眼望去，对方是古董店的跑堂小生，他穿一件窄领白棉衬衫，背带裤裤线笔直，棕色的皮鞋偏红，未及鞋面的裤管里钻出一截墨绿色的袜子，是略带几分玩味的打扮，却也与他在行当里的身份十分妥帖。

他仔细观察德珍的神色，当即从身后变出一把黑色长柄伞，抖开来，笑嘻嘻地挑眉："捎你一程？"

德珍看着这个似在露水里沐浴过一番的小草般的年轻人，她无法拒绝这个提议。

二人并肩离开了画廊。街上行人步履匆忙，表情却十分一致，他们对这雨水习以为常，仿佛已和自己的骨血融为一体。

英国的伞很大，对于两个东方人来说，那尺寸仍显离谱。德珍侧首望着身边的人，他没有穿外套，身上有些湿，像是一下雨就远道而来，计划十分匆忙。德珍心里叹息一声，只希望他别感冒才好。

迎面而来的潮湿拉回了她些许神志，"德珍！"街边一道呼唤声传来。

德珍朝声源望去，淡淡的雨势中停着一辆黑色轿车，后座车窗边坐着一位端庄华贵的女子，她肩上拢了一条流苏披肩。女子蝤首蛾眉，一头黑发烫卷贴着她高贵的额头，一派雍容华贵令她仿佛旧时贴画中的风流女子，呼吸间已叫人失了心神。

"妈妈。"德珍扬手回应。

司机打了伞下车，德珍抱歉地看了跑堂小生一眼，继而钻入另一把伞下。司机将那伞撑在车门上方，雨水打得伞面作响，里头的人已经为德珍让开了一个位置，德珍钻进车里，朝外头的人挥挥手道谢并且告别。

街边的人仍有些痴愣地看着她，心中浩叹此生何其有幸，竟能在同一日同一刻与这两位美人呼吸同一方空气。

车子开了出去，德珍不愿将浆了雨水的鞋子踩在母亲昂贵的垫子上，她母亲王槿鸢便取笑起她来。过了一条街，德珍忽然想起问母亲的来意，这才问道："您特意来接我是有什么事呢？"

王槿鸢本来笑意明朗，却不知怎的，提起此事倏地神色顿敛，忖度片刻，缓缓开口："德珍，有一件事大约是会令你措手不及的，你要听好，莫慌张。"

"您说。"

"黎阑，死了。"

稀稀落落的候机队伍里，蘸白举着iPad，不停抬手留意表盘指针的走动，才要叹气，就听见机场广播响起，空泛的女声用温和的语气重复公告着刚刚抵达的航班。须臾，航站楼里拥出一拨面孔新鲜的人潮。

蘸白远远就见一个齐耳黑发女子像块浮标一样在人群中时隐时现，她一手挽着自己的驼色薄风衣，另一手拖着一只小巧的行李箱，略显疲惫的眼往接机队伍中一瞥，蘸白高高地举起手朝她摇了摇。

她快步走来，一下扑进蘸白怀中，那一瞬眼里已有泪意，却倔强地噙着。

蘸白何尝不是红了眼的，兄妹二人相拥片刻，无言地交换着彼此含带的悲意，在即将哭出之前，勉力拿出成人的矜持应对。

车子上了高速，很快又很慢地往家驶去。德珍从未那么疲惫过，撑着额头靠在车边，无声无息。蘸白也未有发言，兄妹二人就那样把持着各自的底线，不去触碰彼此的泪点。

一路无话，到了家门口，叔叔淳中和一些亲戚正在家门口忙碌，见车过来了，人群的视线望来，已经有人率先认出了德珍，高声呼喊她的名字，淳中这才怔怔地看过来。见到真的是德珍，眼眶瞬间红了。

他跟跄地朝车子走来，德珍打开车门下了车，只觉得双脚是橡皮做的，软得她一阵晕眩。空气里弥漫着一股火硝的气味，地上铺满了鞭炮的红纸屑，香烛的痕迹印在地上。

"小叔叔。"德珍轻声叫了他一声。

淳中握着她的双手凝视她良久："你回来啦。"

那语气，寻常得就像小时候德珍跑出去买了一根奶油棒冰没等吃完又跑回来了一般。德珍听着那一声问候，再也承受不住地落下泪来。

淳中却只是淡淡地说："进去吧，再看看你妹妹。"他笑了一笑，眼角挤出许多细纹。

德珍不忍撒更多泪给她的小叔叔，忍着心痛冲进家门。庭院里时值春日景致，举目之处一片绿意扶苏，葱茏可爱，一副全然不知这家中最珍贵的花已经悄然凋敝的懵懂模样。

屋子里亦十分热闹，人多得数不过来，一个个却都没有声音。德珍的爷爷岑润蓂背对着门口，未见孙女进门，等最小的孙子岑礼让大叫一声"德珍姐姐"，一屋子沉默的人才回过神来。

老先生一头银发，眼皮下垂，仿若被收走了在世的神采，看着任何东西都犹如死神在向他招手。德珍从未见爷爷那样绝望过，不禁悲从中来。

"爷爷，我回来了。"德珍对上老人家的视线，吸了吸鼻子轻声说。

岑润蓂终于回过神来，朝辛苦回国奔丧的孙女虚弱地一笑，僵硬地寒暄招待，拍拍她身上莫须有的尘土，问了些这个，又问了些那个，德珍一一应对着。

白发人送黑发人，他老人家心里该有多伤心，恐怕再亲近的人都无法丈量。

德珍一身风尘仆仆尚未淡去，勉力维持表情，直到最后，众人寒暄已毕，才提起勇气去看黎阑。

家里的规矩，凡是意外身亡的，一概放在家中举行葬礼。此刻，临时布置出来的灵堂已被白色花束挤满，棺木周围放着鲜花。德珍甫一步入这个房间，立时觉察了气氛的不同，一道无形的力量扑面而至，使她如坠深海，压力四面八方而来，逼仄得叫她喘不过气来。

她怔怔地看着堂中那黑白遗像，仍不敢相信黎阑的灵魂已经消逝在这世上。她的黎阑并不适合演绎这荒唐的戏剧啊……

可是，棺木中安静沉睡的，真真切切的就是她可爱的妹妹，黎阑。

安置好行李回来的蘸白站在门边，刚想出声，却看见背影僵直的德珍捂着嘴巴，悲伤决堤，抱着妹妹的尸身失声痛哭。

这世上，但凡能用钱解决的问题，都称不上是问题，这是举世公认的真理。

认知一旦根深蒂固，总会使人变得冥顽不灵。

周子康有时真是受不了老板可怕的固执己见，对于目前自己必须推进的这例事项，他有说不尽的苦楚和为难，但他的老板理所当然地觉得，只要肯花钱，没有什么东西是他买不到的。

全黑进口轿车停在惊雀巷口，周子康看了眼围墙上贴着的一方小红纸，告知后头的男人："我们到了。"

仲寅帛凉凉地看了眼窗外，狭窄的巷道与周遭低矮的屋宇令他皱起眉头。

周子康下车绕了一圈为他打开车门，他这才丢开手边的文件，嘴角冷冷地上扬成一个讥诮的弧度下了车，低头扣好西装扣子，吩咐道："前面带路。"

这片区叫"花园里"，附近还有"花园里街"、"花园里小学"、"花园里医院"……美得莫名的名字，让人感慨取这地名的人当时心情一定好到不行。

然而上世纪的规划师们大约不曾料到今日的盛况，这老住宅区的巷子，窄到令车辆出入异常尴尬。

惊雀巷里住着岑姓一家，岑老先生有三个儿子：敬在、慎其、淳中；两个孙子：蘸白、礼让；三个孙女：德珍、黎阑、稚巧。

此前周子康上门拜访过一趟，自从他担任仲寅帛秘书室室长以来，遭受的白眼以千万单位计数，却只有这一家人，明知他来者不善，却依然用热茶和曲奇招待了他紧张的肠胃。

惊雀巷很深，周子康渐渐由前面引路，变成在后面跟随。显然，他年轻的老板经验丰富，循着那硫火味的线索，定然能顺利找到岑家。

　　吃人嘴短，虽然深知仲寅帛言出必行的性格，但岑家人的遭遇值得同情，耐心观察了一番，周子康迂回地朝前头笔直的背影掂量着分寸说道："听说，岑家的大小姐回国了。"

　　"所以呢？"回话的男人口吻中带有一丝冷诮。

　　"她妹妹岑黎阑今天出殡。"周子康看着一路上院墙上张贴的红纸，心里暗叹一声。他们这样不经知会地莽撞拜访，对岑家人而言又是一种打击和加害。

　　仲寅帛继续向前走，没有理睬他。

　　周子康摸摸鼻子，面对这个只会拿钱砸人的老板，显然他又做了自讨没趣的事，但他仍不甘心地补充道："岑大小姐的母亲王槿鸢出身世家，其父王霆是怡和洋行大当家，后举家迁往英国，经营诸多体面的生意，低调且富有着。"

　　"所以呢？"

　　周子康觑了眼前头背影挺直的人中精贵，深吸一口气："王家不差钱。"

　　"所以呢？"

　　"王槿鸢仅有一个女儿，这个女儿未来将继承母亲的家族，但她毕竟姓岑。"

　　仲寅帛暗忖片刻，明白了他话中的意思，停下脚步侧首问道："那你说该怎么办？"

　　周子康已经会过岑家老爷子两次，大致摸清了岑家人的秉性，他认为比起用钱去买，晓之以理动之以情更为可行，虽然他年轻的老板对眼泪这种东西向来嗤之以鼻。

　　"或许，我们可以将今天的商谈延期。"

　　听完他的建议，仲寅帛不置可否地给了一个模棱两可的笑容："我的行程表你比我更清楚，你觉得未来一个礼拜我会有空？"

　　那声音，薄荷水一样凉。地上落着不知名的墙头花，绿油油的枝蔓压墙而出，使得整条巷子潮湿而多情。然而春风却依然化不开这个男人固有的坚持。

　　周子康小心翼翼看着他，咽了咽口水，答不上来。

　　仲寅帛冷哼一声，扭过头继续向前走。

　　周子康悻悻跟上，正可惜着，前头的人却忽然回过身来，问了他一个问题："岑家难搞的大小姐，你见过？"

　　"一面之缘。"

　　"如何？"

岑家大小姐么？芝兰生幽谷，清高不自傲。不曾明艳若金，却也风姿绰约，是个能引发人诗性的女子。

然而，周子康虽如是想，却唯恐得来身边目中无人的男人一声冷笑。所以，他明智地选择闭嘴。

"还是您自己去会一会吧。"他摸着良心建议道。

仲寅帛和周子康共事多年，对周子康的把戏可谓知根知底，他厌恶吊人胃口的叙事手法，因为周子康的故事时常不精彩，落得他扫兴作罢。

他皱着眉，双手插袋，闻着越来越浓郁的硫火味，神色幽然地低咒了一声。

这巷子，长得没完没了。

仲寅帛头一回见识到如此别出心裁的葬礼，心中竟对现场的沉默产生了一丝无力感。他是掌控欲极强的男人，但在这个场合，他的存在显得无足轻重，锐利的眼神从一开始就未能左右得了什么。

简单的告别式举行完毕，时间已移至正午，丧主家招待了简单的饭食。食物质朴，汤水清发，连同点心亦没有甜蜜度，淡淡的，仅有一点香味。

他并非初次参加葬礼，却被岑家风格迥异的丧事给弄得有些糊涂。

没有哭天抢地的号哭，没有奔流不止的眼泪，也没有制造过多的喧哗。男人们穿黑色正装，女人们黑裙淡妆，交谈的声音十分细微，给了丧主家极大的优雅和体面。

唯一和正常人家相仿的，大概就是空气里那股淡淡的硫火味而已。

仲寅帛不请自来，岑家人也照常接待了他，哪怕他从头到尾未说一句体恤的话，更没有投去一记安慰的眼神。周围的女学生好奇地看着这个寒气逼人的英俊青年，纷纷交头接耳，窃窃私语不止。

周子康确认了行程回来寻他，见他正站在庭院的廊檐下，抬头看着闻风而动的风铃，画面美好得不容打搅，但周子康还是清了清喉咙出声道："接下来要去殡仪馆，您还要跟去吗？"

周子康当然知道自家老板是不达目的誓不罢休的人物，不过，身为这趟差事的主要跑腿，他觉得这样的日子并不适合任何谈判。岑黎阑的情况只能说是不幸地年少夭折，家中那些做长辈的，或许心都是血淋淋的。而在不久前，仲家也才送走了一个珍贵的年轻人，周子康以为仲寅帛会对此感同身受，但仲寅帛的冷酷却令他步步料错。

思及此处，周子康又看了眼腕间手表，添了一句："下午还有个清算会议，现在回去还来得及。"

"岑黎阑小姐是如何死的?"男人没打算按常理出牌。

周子康噎了下，小心翼翼地回望了一眼屋子内的情形，确定他们主仆二人并不瞩目，才轻声回答道："车祸。"

仲寅帛回头看了眼他，眼色略带求证。周子康立即会意，解释道："是这样的，家中老人若是平静而去，则是喜丧，家人会拉来各方亲友吹拉弹唱地恭送老人家离开。但黎阑小姐尚未婚配，且身负学业，家中还有德高望重的族亲在世，是白发人送黑发人的情形，因而葬礼用了另外的规格，以表示对她深痛的惋惜和哀悼。"

言罢，周子康在他那个不近人情的上司脸上，看见了一个十分罕见的"原来如此"的表情。

"你喜欢这样的葬礼?"仲寅帛目光里突然闪出磷火一样的光芒。

周子康不明所以，迟疑间未作回答。

仲寅帛却环视周围一圈，视线最终落定在周子康脸上，眼底渗透着一丝精明慎戒，伸手拍了拍周子康的肩膀幽然一笑："跟着我好好干。"

过了会儿，周子康缓缓会过意来，虽然表面平静，心内却一阵哀号：老板!我能不能不要提早这么多年知道我的"退休员工福利"啊!!!

仲寅帛却是头也不回地走了，显然，他已确定继续滞留毫无意义，不如去赴他的清算会议。然而他才绕过厅子，便撞上了抬棺的场面。他无处避让，只好贴在墙角隐没在高矮错落的人群中。

沉重的棺木被抬出岑家庭院，巷子里摆了一张黑色香案，地上铺着厚厚的芦苇垫子，巷子里站满了人，仲周二人未能如愿悄无声息地离开，只好默不作声在旁观礼。

死者是这家的孙女，辈分过小，她的祖父、父辈、兄姐皆不能为她下跪送别，芦苇垫子上，只有她的弟弟妹妹两个人，这略显寒酸的场面莫名地牵动在场每个人的心。

周子康偷觑上司脸色，正欲开口带他离开，庭院里出来一个人。兴致缺缺的仲寅帛停下本要离开的脚步，冷傲的眼神挪移至那女子身上。

她一身黑色素服，眼眶红肿湿润，齐耳的短发未能将她的楚楚可怜减弱半分。她手捧妹妹遗像，被人搀扶至芦苇垫子边上，还不待身边人安置好她，她便脱力跌坐在垫子上，仲寅帛只听众人惊呼一声："德珍！！"

　　那声疾呼，仿佛担心她是玉做的人，有着随时被摔碎的危机。

　　"德珍，你这样不行。"一个中年妇人提醒着她要守的规矩。

　　她不为所动，虚弱地将遗像递给身边的兄长，失神地坐在垫子上。她不能跪自己的妹妹，但她太虚弱了，无法起身，只能那样颓丧哀切地坐着。

　　仲寅帛饶有趣味地看着地上的女子，她的眼泪，好似不是她自己的一般，平白无故地下坠。周遭虽许多人已经泣不成声，却只有她流泪的方式，让人感受到了一种绝望的悲伤。那双失去焦点的眼睛，那对一切置若罔闻的神情，不由得让人内心抽痛。

　　她是谁？

　　又为何那样无声无息地流泪？

　　骄傲的仲寅帛在这一天开启了诸多的第一次，也包括——

　　生而为人三十载，初次得知在这人间四月天，尚有一名女子，当她悲伤的时候，美得那样不动声色，那样令人目不转睛。

　　仲寅帛自己也忘了是怎么跟到殡仪馆来的，在这场本以为会枯燥乏味的葬礼中，他内心某些东西被奇异地唤醒了。更古怪的是，他并不排斥那股复苏的力量，反而任由它萌动着。

　　岑老先生并不诧异他的出现，听之任之，十分坦然。但他又似乎是被孙女的死弄得心力交瘁，无暇顾及来意荒唐的外人。

　　在这个走过将近一个世纪的老人眼中，再荒唐的事，都没有他年轻可爱的孙女就那样仓促地死去来得荒唐，他已经被打击得无力还击，因而再也没人能够伤害他。他根本不怕仲寅帛。

　　然而蘸白的情绪却几近暴烈，他这个当哥哥的，算是葬礼中最忙碌的人。偶尔瞥见在人群中鹤立鸡群的仲寅帛，只当他是陌生的宾客，直到看见事先有过碰面的周子康与他低头私语，这才理清了关系。

　　仲寅帛在洗手间拐角始料不及地挨了蘸白一拳，初时怔愣了片刻，待醒过神来，见周子康和岑家人死死拦住愤怒中的蘸白，随即露出一记挑衅的眼神，流血的嘴角冷蔑地上扬，语气中有着捕捉不着的锋利痕迹："岑家就是这么招待客人的吗？"

蘸白嘴角抽搐，再也按捺不住殴打仲寅帛的冲动，抖开架着他胳膊的二人，暴喝怒吼："你们给我放开！"

周子康哪里敢松手，要是这事情闹大了，他先前的奔波劳累不就白费了么？再者，仲寅帛已经挂了彩，若是放任蘸白再动手，估计双方都会不好看。

僵持中，淳中赶至，瞥见一脸阴郁的仲寅帛，没有去制止蘸白，反而先向仲寅帛道了歉。

被蘸白那双怒火燃烧的眼睛死死锁住的仲寅帛无视蘸白的叫嚣，镇定自若地将嘴角一扯，面对淳中道："岑先生，我们的提议您可曾考虑过？"

淳中抬起头来，但并不接话。

见对方不给他设置圈套的机会，仲寅帛继续说道："我觉得这对我们双方而言都是有益处的，你想要的，我能提供，至于我想要的……"

"你想要什么？"淳中打断他的话。

仲寅帛微垂眼睫，随即诚实地一笑："我想要博物馆的图纸。"

"图纸？仲先生家大业大，想要一张图纸，找人画便是了，何苦非要来我岑家滋事？"淳中温善地笑着，和气地推进对话，"再者，我家并不缺少什么，而我真正想要的，你未必能提供。若没什么事，仲先生可以回去了，慢走，不送。"

仲寅帛睐着这个向他弯腰告退的中年男子，说不上来是怎样的感觉，人家逐客之意已经不想掩饰，但他无法适可而止。他最终还是叫住了淳中："岑先生，恕我直言，你的事务所经营惨淡，若没我的一臂之力，撤牌只是明后天的事。"他顿了一下，继续泼冷水，"中年失业，可是一件脸面无光的事。"话音未落，已被愤怒的淳中揪起衣领。

尖刻的言语是他所擅长的，而被人揪住衣领狠狠瞪视，也并非头一遭，他冷眼看着撕去客气脸面的岑淳中，不紧不慢道："岑先生，我名下至少有十家律师事务所为我工作，你确定自己能够承受这一拳落下的后果？"

周遭的几个人大气也不敢喘地看着这一幕。岑家人不认识这个仅凭三言两语，就处处透露着狂妄和嚣张的年轻人，他们不了解他一步一步苦苦相逼的理由，但见性格平和的淳中竟然失控意欲动武，这才惊讶于事情的严重性。

连蘸白亦是初次见到脸上总是堆满笑的小叔如此愤怒的一面，惊得整个人都僵住了。

至于淳中，他高高地举起自己的拳头，一忍再忍，终于还是松开了仲寅帛的衣领，沮丧地退到一边。

仲寅帛若无其事地理平自己起皱的衬衫，在周子康打算出口制止他之前，再度攻击已经落败的淳中："岑先生，我希望你能慎重考虑我的建议，这对我们都有好处。"

淳中缓缓回过头来，看着这个咄咄逼人的后辈，用一种怜悯的眼神凝望他，轻缓地问道："后生，你真的能给我想要的东西吗？"

见事情有了转机，仲寅帛胸有成竹一笑："当然。"

淳中也苦笑了一下，淡淡说道："我要我的黎阑活着回来。"

血的羁绊

回去的路上，周子康一直小心翼翼地观察着后座男子的神色，等车子抵达大厦楼底，司机别过头来看他，奇怪他这个贴身秘书怎么还不下去给小老板开门。

等周子康回过神来，打算下车时，仲寅帛却已经早他一步下了车，脸色难看得像吞了一只苍蝇。周子康一抖，默不作声地跟在浑身散发着寒气的男人身后进了电梯。

去年，滟水市城市规划部门公布了市立博物馆项目。这是一个地标工程，项目负责人周克成要求投标公司至少承建过五个以上基础建设项目。"中天"自然是具备资格的，只不过两次内部会见，周部长对"中天"呈上的图纸都不甚满意。

"中天"本身其实并不热衷于与政府部门打交道，到了仲寅帛接手，这方面就更荒废了。仲寅帛留美近十年，讲究真才实干，思维和习惯都是美派作风，加上他本身有银行和投行方面的背景，在不缺金援的前提下，自是不必花精力在官场边缘游走。

但作为集团继承人之外，他首先是个人，他是别人的儿子、别人的哥哥。他也有诸多要承担的责任。

"中天"下季度的重点是鹿湾区项目，他们不但要建造一幢高达两百六十米的滟水第一高楼，还要发展周边地块，进入集团全盛阶段。

这块价值十亿的地块，从立项到谈成，用了十个月之久。当时仲寅帛尚在国外，项目的主事人是他的父亲仲王生，但其中的促成人却是他的弟弟仲卯卯。

仲家兄弟性格极为雷同，都是"万年臭脸族"的王子，性格都不讨人喜欢，偏偏天赋过人，做什么像什么。就像人活一辈子总会遇上一两个这样的人——高傲得像个神经病，偏偏他又有这个资格。

仲卯卯那时还是个医学系学生，因为父亲身体不适才替父出征参与了谈判，只能说龙生龙凤生凤吧，仲卯卯不但谈成了项目，还差点被提拔成集团继承人。

那时仲寅帛在哪里呢？他在纽约有自己的一片天地，因为还有一个弟弟，对父亲的事业并无多大兴趣。

巧的是，他弟弟与他想法如出一辙，想着上头不是还有哥哥顶着嘛，干了漂亮的一仗后，又没事人一样回学校上课去了。

仲卯卯的突然消瘦让身为母亲的仲太太十分心疼，她以为这是由于那十个月的劳累所致。但紧接着卯卯胃病发作，送医治疗后，有很长一段时间被误诊为腰肌劳损，直到他的导师给他做了一次细胞切片检查，巨大的悲剧突然就降临在了这个年轻人身上。

至此，仲寅帛将美国的事业草草收场，回国顶替父亲，担负起整个"中天"。

仲卯卯已于去年秋天过世，年底时，仲王生正式启动了鹿湾区项目。

市立博物馆对"中天"而言本可有可无，但仲寅帛不惜从鹿湾区分神也要拿到这个项目。要拿到博物馆项目，就必须先用作品把周克成部长征服，然而周部长指定了岑润荩的作品，岑润荩却不接受任何诱惑，事情一下陷入了僵局。

仲家门铃响的时候，仲太太正在厨房准备丈夫和儿子的晚餐，遥遥吩咐保姆去开门。保姆关掉客厅的吸尘器，放在墙角摆好，开了门将人迎进来，朝厨房知会了一声："是您儿子回来了。"

仲寅帛边扯着自己的领带边往客厅沙发走去。仲太太穿着围裙出来，身上带来厨房中炖汤的香气，毫不在意儿子的脸色不善，精心保养的脸上堆满了溺爱的笑容："你回来啦，我正在给你炖牛骨汤，待会儿就可以喝了，你先上去洗洗。"

当儿子的在外面受了气，也不好给母亲脸色看，转过脸来打算上楼洗漱，仲太太却眼尖地看见了儿子嘴角的伤口，紧张得立时抓住他的手："你的脸怎么回事？"

站在一边不吭声的周子康紧接着就听见一个成年男子技法生疏地对自己母亲扯谎："不打紧，意外。"

仲太太杀人的目光朝周子康射去，周子康默默地低下头去，心里欲哭无泪。谁都知道她儿子一张嘴巴得理不饶人，蘸白那一拳还算轻的呢……

然而，自家孩子再如何不对，母亲也要护短，仲太太显然也逃脱不了为人父母的本性，心疼地扶着儿子的脸左右细审一番，检查没有别的伤口之后，这才松了一口气。

"妈妈……"当儿子的在外人面前被母亲这样拨弄，英俊的脸上流露出了些许不耐。

仲太太紧忙说："好了好了，你上去吧。"

仲寅帛被放行，当即头也不回地上楼去了。周子康看着年轻的老板过分冷硬的背部线条，心里七上八下。目送完毕，正打算开口告辞，仲太太却抢先一步开口："子康，你过来坐，我有话要问你。"

周子康被那声"子康"电得浑身一阵酥麻，内心哀号一声，慢吞吞地走到沙发前坐下。

"他的伤是怎么回事？"

周子康吞了吞口水，老实交代："是因为博物馆的事。"

仲太太一听，当即皱眉："怎么又是因为博物馆的事？"一个小项目罢了，怎么就值得他耗那么大的心力了，这回还被打伤了脸！

仲太太百思不得其解。

回到房间的仲寅帛初时脸色尚可，下一秒却脱下外套砸在床上，双手叉腰，像困兽一般在卧室里来回踱步，然而任他踏穿地板，胸中的那口恶气仍旧难以抒发。

良久，他从抽屉中取出换洗衣物进了浴室。热水潺潺洒下，将花洒下结实精壮的身体淋得透湿，很快皮肤从肌理中透出一层粉红，嘴角刚刚结痂的伤口被热水一沾，再度融化开来，一股咸腥流入他紧抿的嘴角，惹得他愈发狂躁凶狠。

随着年龄的增长，这世上已经难有什么人可以激怒他。商场上所结识的人中，令他击掌叫好的人有，令他佩服的人有，但可以激怒他的却没有。

每次与人群产生交集，他都能遇到无数带有可笑气场的人。那些号称"精英"、"人才"的陌生面孔，被模式化地套用一则固有的介绍流程，一个一个安插进入他的人脉网络，像是工厂出来的产品，有些挤上货架待价而沽，有些堆进仓库自此尘封。

适者生存，是他的法则。而没有利用价值的人，只配被他丢进仓库。

这些年，无论是要架构一个多么庞大艰难的商业版图，还是直接把对手送入必死无疑的绝境，他都觉得自己只是在扮演一个专业而合格的强者角色，冷静地进行着这一切。

正如找不出什么人能激怒他那样，更难有什么人能打动他。事实就如周子康私下作出的评价一样，这个不可一世的年轻人，就像一个结满坚冰的深渊，无论你丢什么下去，都不会听见一丝回应。

然而，凡事没有到盖棺定论的时刻，任何评价都只是个人的妄加揣测。

就在这一天，就在那一刻，这个倔强无理的年轻人，先是莫名其妙被眼泪打动，再是被云淡风轻的一句话激怒。

"我要我的黎阑活着回来"？简直可笑，这世上哪有死而复生这般好事！

如果一定要形容他当时的愤怒，那么，靠近他的人，当时一定能够听到他胸膛里轰然的爆炸声。

所幸的是，因为这个年轻人气场太可怕，根本没人胆敢靠近他。

因为儿子被人打了，这天仲王生一回家，仲太太就迫不及待地朝他告了一状。

吃完晚饭，父子二人进了书房说话。

"听子康说，你们今天去了岑家的葬礼？"

这么大的事，自是瞒不过仲王生的。仲寅帛并不回避，他知道这种做法并不合适，但不这么做，恐怕岑家人也不会明白他的迫切。他就是想让岑润茳知道，他对博物馆项目势在必得。

仲王生看着他嘴角的新伤，眸光尽敛："我知道因为卯卯耽误了你很多事，辛苦你了。"

手心手背都是肉，他何尝看不出长子眼中的疲惫，更何况，他的一举一动还时常遭到母亲的质疑。

"你妈妈不知道个中缘由，虽然嘴巴上总说你分心不顾卯卯的事，但其实是心疼你的。"如若不然，也不会在一锅汤前一站就是四个小时，只为了让他回家时能喝上一口。

仲寅帛沉默不语。打从一开始，他就决定成全卯卯的固执，所以也就没想过要回头。

出了父亲书房，仲寅帛致电周子康，既然所有人都有软肋，那不如拿彼此最重要的东西交换吧。

"你派些人盯住岑黎阑的葬礼，我这一拳，不能白挨。"

挂了电话，他看了一眼窗外，从这里能眺望到滟水整幅夜景，急遽变动的灯火仿佛要烧起来一般，莹莹飞着一窠红绿的星子，俯仰之间，难堪的心事悉数化为灰烬。

黎阑的骨灰最终将会送回老家安葬，期间德珍一直发着低烧，让人很担忧，送行的任务只好缺了她。

稚巧被妈妈喊醒时屋子外头才半亮，因为姐姐的葬礼，她已经在学校缺席数天，早起憔悴，而时间又在妈妈的反复催促中到了最后的警戒线，她急匆匆地将书桌上的几本书塞进书包，在妈妈一遍又一遍的提醒中咬着面包仓促地出了门。

早晨的惊雀巷已经有些热闹，邻居们和她打招呼，她还来不及回应，人已经跑出去老远。到了巷子口孙婆婆的家门前，她抬头放慢脚步，婆婆养的猫在墙头悄悄跟了她几步，就懂事地停住脚步，蹲坐在墙头的迎春花丛里，默默地注视着少女奔跑的背影，直到她又一次消失在它琉璃般的眼仁里。

这天中午的时候，送行的淳中和蘸白往家里打了电话，他们的人尚在高速公路休息站，再过两个小时，就能到老家了。岑润荩挂了电话，问稚巧的妈妈慧珠德珍起来了没有，慧珠答说德珍还在睡，但烧已经退了。

岑润荩疲惫地看了一眼儿媳："你多照顾她一些。"

慧珠灿然答应："那是当然的。"她也希望病快快的德珍快些好，那样她就能马上回英国去了。

这家最小的孙子礼让不知道从哪里钻出来，一下扑在爷爷身边，抱住爷爷的大腿。岑润荩正奇怪他怎么没去上学，小家伙腮帮子鼓鼓的，一脸的不高兴，又往上爬了爬，搂住爷爷的腰不撒手。他妈妈在旁已经生气了，喝他："岑礼让，你给我马上下来，谁教你没大没小的?!"

淘气包迭声还击："我不我不我就不!"

岑润荩摸摸孙子的头，问他："你又怎么了?"

"爷爷，你能带我去学校么?"

"岑礼让!"慧珠用加重的语气重申自己的立场。

儿子回头瞧了母亲一眼，又轻轻钻回爷爷怀里，奶声奶气道："爷爷，我想姐姐了。"

说完这几个字，小家伙自己的眼睛先湿了。

慧珠怒其不争，私下计较一番，也不好当着老爷子的面拾掇这臭小子，暗自先给忍下了。

"爷爷也想你姐姐了。"岑润苳如是说。

礼让拉过爷爷苍老粗糙的手，用自己嫩嫩的小手捧在心口："姐姐都会牵着我送我去学校，还会给我零花钱。爷爷，今天我不想去学校，就想待在家里静静的。明天你能带我去上学么？我可以不要零花钱。"

岑润苳感到一丝欣慰，觉得这孩子没有白疼，终于露出了久违的笑容，爽快地答应他："好的，明天爷爷带你去上学。"

见他们爷孙有商有量的，慧珠也不好多说什么，看着自己那粉嘟嘟讨人喜欢的儿子，撇撇嘴，走开了。

德珍是下午一点钟醒的，早春的太阳在这个点才暖和些，僵硬冰冷的身体也随之复苏。她看了眼时钟，并不打算继续睡下去。此时慧珠不在家，她进厨房给自己煮了一碗简单的面，爷爷和礼让正在客厅玩跳棋，老爷子便问她："你爸爸的腿伤好点了吗？"

"好多了。"她在餐桌边坐下。

老爷子沉吟一会儿："叫他以后不要再去爬山了。"

德珍停了一下筷子，看着白发苍苍的爷爷，咬了一下唇，答应道："好。"

事实上，德珍一直认为爷爷是个了不起的人，不论是前半生经营的事业，还是后半生经营的家庭。然而，老天爷总是在考验他，令他经历了丧妻失子的痛后，又让他失去了一个孙女，那个几乎在他膝盖上长大的孙女。

毋庸置疑，黎阑是这个家中的快乐制造机。

你该如何评价一个女孩呢？

可爱？善良？纯真？率性？还是无理取闹？任性妄为？毫无教养？出离叛逆？

形容一个人的词汇有许多，但黎阑就是黎阑。

德珍无法评价一个快乐的灵魂，它不能用尺子度量，也不能用天平去称重，除了被那份毫无所求的快乐感染之外，她别无选择。

德珍很爱这个妹妹，见到她，烦恼就会少去。别人依靠智慧和技巧去博取他人的关注，脑子里储存着一系列的障眼法来迷惑人，黎阑却不一样，她似乎天生就是个魔法师，清楚何时该让帽子里的兔子消失，又从里头掏出一对鸽子来换取观众的掌声。

黎阑，是她了不起的、值得被疼爱一生的妹妹，她应该一直那么幸福快乐地活下去。然而这样的一个人，竟然就那样遽然地死去了，连一句遗言都未曾留下。

想到这里，德珍痛苦地捂住了自己的脸。

岑润荗知道自己孙女的眼眶又湿了，他没有出声，只是扳回孙子好奇的小脑袋，不让他去看长姐强忍哽咽的样子："该你下了，宝贝儿。"

礼让撅着嘴，只好将视线挪回彩色的棋盘上，懵懵懂懂地感受着家中悲伤的气氛。

接近傍晚的时候，德珍接到了蘸白的电话。蘸白的语气里有掩饰不住的气愤和着急，却硬是要让德珍把电话交给爷爷来听。若是换在平时，德珍或许二话不说就去把爷爷找来，但今天，她仿佛感知到了什么似的，试探性地询问了一句："哥，你和爷爷是否有事瞒我？"

蘸白倒吸一口凉气，答不上来这问题。

"果然有事情是吗？不能告诉我吗？"

蘸白忍了忍，说道："没有什么事。"

"那我打电话给大嫂了，不知道她最近过得好不好……"

还没等她说完，蘸白抢断了她的话："德珍，我们葬不了黎阑了！"

"什，什么？"德珍以为自己听错了，紧张地绊了一下嘴。

蘸白沮丧地重复了一遍刚才的话："我说，今天我们不能给黎阑下葬了。"

当德珍得知有人出手阻止黎阑下葬，借以逼迫爷爷促成生意上的合作时，连耳朵都觉得荒谬，整个耳廓红了起来。

不光如此，对方一计不成又出一计，按照蘸白的说法，对方竟然已经在她不知道的情形下几度上门拜访，并且，交易的价钱也随着拒绝的次数越来越高。

最可恶的是，对方罔顾岑家正在举行白事，在这个节骨眼上上门挑衅，可恶，实在是太可恶了！德珍气得连话也说不出！

当晚，王槿茑亲自来电询问女儿的归期，德珍被那桩荒唐事给弄得又气又笑，待她和母亲解说一番，随即作了决定："妈妈，我先不回去了，我得看着黎阑下葬了才行，那群人太蛮霸了！"

王槿茑不放心德珍去应对这种事，因此拉来了丈夫一起来做说客，她毕竟是女儿家，大可将此事交给她的哥哥和叔叔。

刚在少女峰上摔了一跤的岑慎其拿嘴功一流的妻子没办法，被逼得拿出了杀手锏："德珍已经长大，既然她已经作了决定，我们就不应去干涉她。"

王槿鸢忍不住嚷嚷起来："难道你放心让她去面对一群穷凶极恶之徒？"

岑慎其十分淡定："我信任德珍，更信任你。我坚信我的妻子没有将自己的女儿培养成那种令自己置身险地的愚蠢女子，更坚信我的女儿对姐妹拥有无限爱意。如今她愿意张罗黎阑的后事，这代表着她以后也会为我们劳心劳力。我的太太，要知道我可不愿意孤独地死去，当我离开这世上的时候，或许会惹我们的女儿哭，但我仍然自私地希望她来送送我，因为那会让我一想到就很安心……"

王槿鸢看着丈夫还在康复期的腿，着急地上前捂住了他的嘴。

由于父亲替她谋取到了延迟归期的时间，德珍顺理成章地在爷爷家住下了。

她迫切地想知道爷爷打算如何应对守在老家的那群恶徒，更迫切地想知道始作俑者是谁，无奈岑家的男人一个个嘴巴死紧。那日蘸白在胁迫之下透了口风，回头当即被淳中教训了一顿，回家后又被爷爷一顿训斥，此后不管德珍如何拿大嫂来要挟他都不管用了。

蘸白那张鲁莽的嘴巴，此时就像一只河蚌，紧紧地把守着男人们的秘密。

而这个家中，几乎所有人都在操心黎阑不能安稳下葬一事，这其中也包括慧珠。家里死了亲人，本来就是一件极为忌讳的事，不管淳中如何安慰她，她心中仍是惴惴不安。淳中是黎阑的生父，可她并非黎阑的生母啊！

这个家中，除了她和稚巧以外，其余所有人都和黎阑有着血缘上的羁绊。作为两个"外人"中的一个，慧珠拉来自己和前夫的女儿稚巧，轻声问："巧巧，你晚上睡那个房间怕不怕，要不要妈妈把房间……收拾一下？"

慧珠吞了吞口水，声线十分紧涩。

稚巧正在整理邻居从乡下带回来的小野鱼。黎阑喜欢吃油煎小鱼干，但不喜欢吃鱼头，因为她不喜欢死去的动物的眼睛。

虽然现在黎阑已经吃不到了，不过稚巧却异于往常地认真地摘着那小小的鱼头。

听到妈妈的问话，稚巧依然进行着手里的事情，漫不经心地回了一句："她'回来'我也不怕，我倒是指望她'回来'呢，好叫我看看这世上到底有没有鬼。"

话才说完，慧珠掐住了她的腰肉往里一拧，把小姑娘疼得咝咝倒抽冷气："妈！你做什么！疼死了！"

慧珠指指她的嘴，严肃地嘱咐道："小孩子不准乱说话！很灵的！"

稚巧想起从前自己和妈妈一起合伙做的事儿，不由得噤了声。

瞧着滤水篮里的那些小鱼，她撇撇嘴，心道："你这个傻瓜，赶上了这个时节倒是吃上一顿再走啊！……真傻！"

慧珠扭头出了厨房，教训抱着电视机不撒手的儿子去了，她并没发现自己带进这道家门的女儿，正不争气地掉着眼泪。

黎阑头七那日，家里给摆了祭桌。或许是匠人出身，岑家始终保持着一些古旧的传统。家族中那些胡子花白的老人家认为，死亡是需要仪式去坚固成记忆的。

德珍非常赞同这样的想法，但心中也有撇不开的隐忧。

那个"生意人"至今没将那荒唐的想法作罢，派人守在岑家祖坟。蘸白火冒三丈，甚至提议爷爷干脆将黎阑安葬在泄水公墓中。

爷爷没同意。

眼见着事情一日一日拖久，德珍的想法也随之越来越多。岑润荽一把老骨头，委实耐不住德珍从早到晚找他商量计策的劲头，私下里给后辈打了电话。隔了一天，家里来了一封信，收件人是德珍。

"您要我去教书？"

"我在电话中特意为你美言了几句。"老爷子的语气很得意。

"爷爷……"德珍沮丧地看着他。

"好了，你明天就去述职吧，省得整天缠着我这个老头子。"

德珍回去细细想了想，或许她是该为自己找一份工作。

前天晚上全家人坐在一起吃饭，蘸白习惯性地在黎阑的位置上放了一碗米饭，德珍发现时，眼泪簌簌地直落，其他人没说话，爷爷也是神情黯淡。

昨日，蘸白还是下意识地盛了饭，碗还没放在桌上，便后知后觉地抓抓头，责怪起自己来："我怎么又……"

爷爷打断他："算了，放下吧。"

礼让坐黎阑旁边的位置，往那碗无主的米饭里夹了许多菜："姐姐你吃好好的啊。"

淳中看着儿子，笑着流下泪。

长年累月的习惯，怎能一朝一夕说改就改？在座的每一个人，想忘记那个人却又舍不得忘记她，在大悲之后的过渡期中挣扎，说出来全是煎熬。

德珍最终去了学校。

负责接待德珍的是位女老师，因为等会儿她还有一节雕塑课，所以并未对德珍详细介绍。学校考虑到德珍的情况，安排她教授西方艺术史，一个礼拜五节课。

她开课第一天，来上课的同学寥寥无几，第二天，教室竟然满了。

春天的雨水很多，连绵的阴雨天气让她恍惚间似乎又回到了伦敦。下了课，学生们拥出教室。她不爱被学生们提问，即便是再好学的学生，她也从不在课后留下帮助他们答疑解惑。艺术是一种感知，并没有答案。

她是个有些清高的女老师，但这一点也不妨碍男学生们喜欢她。

有几个胆子大的男孩子经常拿些稀奇古怪的问题讨嘴皮子便宜，她不予理睬，反倒使那份年轻人的俏皮尴尬了，久而久之，也就没人敢对她太放肆。

"德珍，你还没去吃饭吗？"蒋雨薇和同事吃完饭有说有笑地回到办公室，绕到办公室这头准备泡咖啡，不承想被隐没在书堆后头的德珍吓了一大跳。

这阵子蒋雨薇一与人说起这个新来的同事就直摇头，也不知道是哪里冒出来的阆苑奇葩。原以为是哪里掉下的降落伞，但共事几天，竟鲜少看到她不在工作的时候。

德珍听到蒋雨薇的话，恍惚抓起桌上的手机看了一眼时间，已经十二点三刻。

蒋雨薇不由自主地叹气，打开抽屉取出海鲜杯面放在她手边，半是无奈地说："我看你还是委屈一下自己的肚子好了，总比饿着强。"

德珍接过杯面，用一种恍惚而可爱的神情仰头看着蒋雨薇，然后轻声细语地说了句"谢谢"。

短短的两个字，心脏犹如被一只温暖的手握住一般，蒋雨薇心中警铃大作，瞬间失掉了理智："我这还有两桶，要不都给你吧！"

德珍仍然有些愣愣地，歪头想了一会儿，继而笑了起来。

时光是
修昂骄奢
却又残酷的情人

　　德珍在同事间并不刻意地维持着一种旁观者的距离，在某种程度上而言，她是天生圆融的，即便不方便回答，也能找出一个妥当的答案，而那种亲和力并不会折损她身为美女的骄傲。

　　大家都对她抱有莫大的好奇。她知道自己的家世背景一抖落出来，无疑是一场小型记者招待会。大家未必熟悉她的父亲母亲，但滟水城里几乎每个人都认识她的爷爷，有太多人希望了解这个家族的全貌，而话题到了最后，多半会问及一句："德珍，你有恋爱的意愿吗？"

　　她的反应总是很真实。先是怔一下，继而笑起来，大方地回答："是的，请务必把您认识的青年才俊介绍给我。"

　　一句俏皮话，各方人士由此信心满满。想必任何一个青年都不会拒绝这样一个女子，更不会拒绝一个做岑润苴孙婿的机会。

　　德珍由着他们去，对此并不深究，她有另外的事要忙。

　　当她决定留在爷爷身边之后，王槿鸢那边已经替她安排了一些行李，跟随最近一批画作一起寄至。行李的负责人是本地一间画廊的买办，王槿鸢将联络方式留给了女儿，嘱咐她注意身体照顾好爷爷就挂了电话。

　　办公室的窗外，风似酥糖，云若棉糖，春光照得人懒洋洋。在她给那位买办去电之前，买办先给她来了电话，电话里说话的是位叫陈萍的小姐。

　　下午已经没有德珍的课，雨薇见她拿起外套准备离开，问道："你要走了吗？"

　　德珍点点头，雨薇看了眼时间，随即也站了起来："我也没课。"

　　二人整顿了一下，去了停车场。几个学生在附近打羽毛球，见到德珍纷纷朝她打招呼，雨薇招呼她上车，她本想拒绝，但雨薇的那份热情叫人无力招架。

上了车，雨薇问她去哪儿，德珍将地址递了过去，雨薇的表情显得有些惊讶："你也收到邀请了？"

德珍不明所以，她只是去取行李而已。

雨薇打开车内的抽屉取出一张请柬："今天是'细'的二度开业日。"

德珍这才会意过来为何雨薇车后放着未拆干洗店衣罩的礼服。

既然是去同个地点，一路上二人也就聊开了。

"细"坐落在古子城里，德珍从未去过，但年少时她总陪爷爷去古子城淘宝，王槿鸢则常带她去附近的教堂。从教堂的巷子下来，就能抵达当时的儿童游乐园。十几年过去了，游乐园已经拆掉做了市民公园，依着江畔，风景独到。

"细"就在沿江公路上，它的隔壁，是德珍爷爷早年的事务所。三年前爷爷将建筑转让给了书法协会的老朋友，如今是一间古风雅然的小书画院。

雨薇本打算下了车去洗手间换衣服，德珍却笑着将她带进了隔壁书院。书院里工作的年轻人不识德珍，以为她们二人是"细"的宾客，问她们是否走错了地方。雨薇刚想解释，德珍已经看到了熟悉的身影。

"莲池爷爷。"

张莲池老先生闻声望来，见来者是德珍，又惊又喜。二人寒暄片刻，德珍将雨薇介绍了一番，得知她俩都是去隔壁，胡子花白的老先生拉着德珍的手有些吃味："我还以为你是特意来找我这个糟老头子请你吃饭的呢。"

德珍笑了笑，张老是城里有名的老饕，即便是破弄巷中脾气过硬的苍蝇小馆，只要张老去了，也得卖他几分面子。在德珍眼里，美食文化并不轻松，因为师傅们感人的坚持，也因为老饕们刻薄的挑剔。

这与绘画也有共通之处，画者的精妙想法，也得有鉴赏力与之持平的观者来相衬，二者相辅相成，缺一不可。因而承蒙张老不弃，总将年轻的她引为知己。

雨薇换好小礼服，像是换了一个人，变得光彩照人起来，连张老见了也夸她一句："真是蓬荜生辉啊。"

德珍带着欣赏的目光看着雨薇，雨薇虽被他俩夸得低下头去，但心里美滋滋的。张老一边送两个年轻人出门，一边说："隔壁的新主人，应该会很高兴你俩去为之增色的。"

张老略带深意地瞧了她俩一眼，德珍道了谢，与老人家告别。

德珍与雨薇一并进了隔壁，门口冷冷清清，虽是二度开业，却并无开业日的喜庆模样。四方四正的大门大开，像极了一个冰冷的洞穴，走过长长的廊道，才听到些许人声，再走几步，已经有明亮耀眼的光线流泻下来。雨薇上交请柬，签了名字，德珍目送她进去，刚想对工作人员表明来意，接待的小姐已经引了路："德珍小姐这边请。"

她怔了一秒，跟着接待走进侧门，特意封闭的廊道全程通着强烈的白光，好似电影中的奇幻场景，接待小姐的高跟鞋扣在地面上，形成一段扣人心弦的乐章，令人如坠幻境。

见到那位负责行李的买办小姐，德珍脸上还残留着一丝梦境般的恍惚神色，对方则对她脸上的迷惑十分得意，热情地接待起她来。

德珍并未在这里看见自己行李的迹象，陈萍笑说东西都在"细"的仓库中："东西有点多，恐怕塞不进你的后备箱。"

闻言，德珍懊恼地扶额："我妈妈一定又做了令人为难的事。"

陈萍联想了一下王槿鸢交给她的那堆小山一样的行李物品，不由一笑，再看气质娴静的德珍，心想：夸张的母亲，未必会生出夸张的女儿来。

"这倒没有，这批入境的画作中有一幅德加的作品，因此你母亲动用了她的专机，你的行李，算是随行。"说完，陈萍饶有趣味地看着德珍，果不其然，她在德珍脸上看到了一丝愠色。"恕我多虑，我猜你应该没有预约搬家公司，所以，我已经替你准备好了一台中型货车。"

德珍哭笑不得地跟着过分细心的陈萍去了"细"的仓库，里面有几个年轻人正在热火朝天地搬运她的"行李"，货车的车厢，也已经装满了一半。

"真不知道应该如何感谢你。"德珍说。她自小就笃定地认为自己的秉性更像父亲一些，母亲早就被外公宠坏，从来不知这世上有一个动词叫作"麻烦人家"。

在王槿鸢的认知中，她做任何事都是一种"等价交换"，不接受她的嘱托之人，才是傻瓜。毕竟，被王槿鸢欠下的人情，比金子都珍贵。

陈萍似笑非笑地看着德珍："如果我要德珍小姐现在就答谢我，德珍小姐会照我说的去做吗?"

"若是在我能力范围之内的话。"

"听说德珍小姐在伦敦打理您母亲的'48张椅子'，如果方便的话，不如来参加今晚'细'的开业日派对吧，我们的新'细'，迫切需要一些指教。"

仲寅帛根本忘了今天要参加"细"的开业日派对，周子康出去替他办事了，秘书处的那些人，除了给他添乱，一无是处。

带着一丝怒火试完衣服赶到"细"的时候，筹办人陈萍正在接待他的母亲。

"妈妈。"

陈萍扭过头来，见是"细"的新主人来了，脸上笑意盈然，双方客套地周旋了一会儿，她礼貌地告退，忙活别的去了。

仲太太穿着一身黑色素面旗袍，新烫了头发，脸上适当妆点，并不刻意隐瞒年龄，看起来优雅从容。然而这份优雅，仍然是乔装出来的，一见到自己的儿子，端在那里的架势骤然破功。

她一见儿子那身刚从店里买下的崭新衣饰就皱眉头："怎么子康一出门，秘书处就挑不出一个能干的人来？"

仲寅帛似笑非笑地搀住母亲往里走，并不搭腔，他陪母亲走向那幅德加的作品，那里已经聚集着一些宾客，低声地对那幅名画品头论足，试图将自己乔装成一个上流人。

仲太太有话要对儿子说，那价值连城的名画对她并没有太大吸引力。母子俩在离那画五米的地方停下脚步，仲太太忽然问儿子："儿子，你告诉妈妈，你心里有埋怨我吗？"

她问得很认真，并不像是玩笑话。

仲太太一共有两个儿子，长子十六岁独自去往香港，次年考进美国名校，从此负笈他乡。幺子更是可怜，因她当初与婆婆争闹不下，以至于小儿子最终落入婆婆手中教养，一月才见一次，她对小儿子有太多亏欠和不甘，何况这个儿子后来罹患重症英年早逝，更令她痛心疾首，追悔莫及。

仲太太看起来是个大明白人，但也有犯糊涂的时候。她最大的糊涂就是当她心中的恨意无处抒发之时，便把人生不如意之事全都怪罪到长子头上。若不是他这个做哥哥的当初极力劝说弟弟去做手术，说不定弟弟还能多活一两年。她是这么想的。

为此，她怨恨过他，也折磨过他。说她狭隘也好，荒诞也罢，总之，她的小儿子就那样死了，她的心也痛得快要跟着死去，若不做些什么，她终归是咽不下那份委屈。如若不是丈夫从中调解，恐怕现在她仍然无法对那怨恨释怀。

仲寅帛回忆起弟弟初丧的那段时日，他从未见过母亲那样彻骨的悲痛，心智的崩溃让总是笑容满面的她仿佛是一座受潮的糖塔，坍得一塌糊涂。他和父亲用了漫长的时光，好不容易将母亲一点一滴地拼回记忆中的模样，那是他此生做过的最艰难的事。

后来，当哥哥的费尽周折买下了弟弟生前喜爱的这间画廊。今天，正是画廊重新开业的日子。

他所求的，无非是母亲的一份开心。

旧事重提，仲寅帛的心里也并不好受。弟弟不在母亲身边长大，偏疼一些都在情理之中，何况他现在已经离开人世，做兄长的即便有过嫉妒，也都往事云烟了。然而，母亲总是揣测着他的心意，却不知，正是她的那份揣测，让他觉得自己遭到了侮辱。

他虽然是个斤斤计较之人，但他的心胸还没狭窄到那个地步。

仲太太求证似的看着仲寅帛，她已经委屈了一个儿子，生怕把另一个也委屈了。当母亲的就是拥有着那样的天赋，不去细察，也能得知儿子的一切。

而仲寅帛面对母亲这个试探性的问题，只是有些疲惫地闭了闭眼，继而嘴角一扬，笑意流出，平静地说道："怎么会？"

仲太太笑了笑："那就好。"

母子二人在场馆内走了个过场，算是昭告世人"细"的归属权，期间不断有人上前攀谈，仲太太顾念周子康不在，他会疲于应对这些可有可无的恭维和道贺，便没有丢下他一个人回家去。

"鹿湾区的事情顺利吗？"像是没话找话。

"刚和银行方面谈妥。"他挑了最重要的部分说。

想起这件事，仲太太似乎又要叹气："要不是因为鹿湾区的事，卯卯也不至于累出病来，也不会……"

死。

仲寅帛深吸一口气，又悠长吐出，心中千言万语，皆化为一声长叹。

仲太太在一幅油画前站定，望着里面的风景若有所思："卯卯也喜欢画画，但你奶奶偏不让，硬是让他去念医科，只可惜他既没当成画家又没当成医生。我现在总是想，他在的时候真是一件如意的事也没做成。"仲太太又要叹气，但看长子一眼，又忍下了，语重心长地说："鹿湾区是他赔进性命替你爸爸谈下来的，我知道你很忙，可如今他不在了，你爸爸身体不是很好，我又没那么好的本事，所以这都得仰仗你了。"

"我知道的，妈妈。"

她对卯卯饱含的巨大亏欠，用尽余生也恐不能悉数偿还，但她总记挂着能还一点是一点，他又怎会袖手旁观。

得到他的允诺，仲太太脸色稍霁："这事你放在心上就好，博物馆的事不着急就先放一放，子康不在身边，你做事总不得力，别累坏自己。"

"……好的，妈妈。"

由于对方的请托实在太过直白，德珍没有丝毫拒绝的余地，也就顺应形势答应了下来，作为临时宾客参加这次开业日派对。

她匆忙与会，身上穿着去学校教书的装束，全家人都还在黎阑的丧期中，因而除去手表，她没有佩戴任何首饰。她并没有在同事中宣扬黎阑的死，对陌生人描述黎阑的死之于她是一件十分残忍的事，多说无益。她亦不想过分沉湎在死亡的阴影里，更不想让外人总用同情哀切的目光看待她。

大家习惯了清雅朴素的她，以为她从一开始就是这样平淡的，他们又岂会知，她的礼服能塞爆一间房子。然而她此刻并没有因为自己的装束而露怯，反而美得像道自由的风。

"细"的内部是座熠熠生辉的建筑，她被人引入大厅，坐定。开业日的当天又是新主人的见面会，一切当然是煞有其事的样子。衣香鬓影，三教九流，各式人等都是最体面的装扮。

临时搭建的会场没有过分喧闹的装饰，客人们也都轻声细语，德珍私下绕了一圈，却没有撞见先进来的蒋雨薇。到了正式开场的时间，她被带到了第一排的座位上坐下。坐在她身旁的是个十分富态的女子，披着银白色的披肩，姿态很高贵，并对德珍颔首微笑。女子身后是一个异常高壮的男子，德珍无意间转过头去，只是一瞥，对方的眼神忽然之间变得锋利起来。

因了那一眼，德珍尚且来不及流露惊慌，司仪便打开话筒简单地介绍一番，继而会场响起了掌声，一束灯光追至主讲台上。

在一片强光之中，德珍不能很清晰地分辨台上那男子的五官，只见他身穿黑色双排扣西装，丝绒领结隆重地将他衬托起来，面对灯光的追随，他也只是熟稔地一笑，情绪恰到好处。

男子的开场白是英文的，此后，也不管宾客是否符合他的语境，皆是英文主讲。

听至中段，德珍忍了忍，这个时候她极想打一个哈欠。

不知是谁给他写的讲稿，竟会拖沓成那个样子，而显然，他自己也发现了这一点，渐渐地，在那隆重的装束下，他开始流露出一丝散漫。演讲也随之换成了另一种风格，本该铿锵的发音被他懒懒带过。

德珍饶有趣味地看着他，他的声音与他严肃持重的表情有些不称，两者同时对比，意外地显现出一种傲慢之气。

她鲜少片面地揣测初认识的人，但她觉得，他此刻的心情，应该有些不好。

是谁惹到了他呢？

仲寅帛低头将讲稿翻了一页，瞥见剩下的段落，额上青筋跳了一下，但他没有回避。和其他演讲一样，他习惯性地在某些节点抬头巡视一圈听众，然而这也只是技巧性的应景之为，看似有模有样，实则敷衍得很。

聚光灯下，他黑沉的眼睛，忽然捕捉到一个熟悉的光点。

德珍。仲寅帛在心里明确地念出这个陌生的名字。

她就坐在台下一片淡淡的阴影里，目光沉静，素面朝天。与周围那些盛装与会的人比起来，她的眼神，让她看起来好像一个记者，略带钻研。

然而，素服并未压倒她的气质，有那么一瞬，仲寅帛觉得这女人脸上的光泽感实在是该死的太好了一点！

接下来的讲稿，他已经无心再念，草草收了尾向全场道谢。"细"的工作人员率先鼓了掌，宾客则迟疑了片刻，才稀稀拉拉地响起了一些掌声。

他毫不介意那些牵强附会，下了台把场子交还给司仪，司仪补充了几句，所有人移步去就餐。

德珍是在餐桌边遇见雨薇的。雨薇曾经为"细"提供过几幅作品，与陈萍有几分交情，她今日本不想来，可一想到那个神情傲然的旧相识，她抱着或许会遇见他的想法，还是来了。令人失望的是，那个人并没有来。

她虽心有寄托，但亦是寻常的年轻女子，在"细"的新主人走下讲台后，随即就与其他女宾聚在一起对那个英俊的年轻人品头论足起来。

大家都发现了"细"的新主人并未携带女伴，由此可以看出，他至今单身。这个结论让场内的女孩子们着实激动了一番，大概还未跨过爱做美梦的年纪，她们议论他的口吻，显然已将他当成了自己名下理所当然的财产。

她们个个年轻貌美，且待字闺中，意外遇见理想的丈夫人选，如何去吸引他便成了头等大事。德珍当时正在整治自己的蔬菜沙拉，听闻那些，不由得嘴角上扬，直到雨薇认出了她。

德珍将自己为何会参加派对的经过简单交代了一遍，雨薇没甚兴趣听完，终于按捺不住地对她谈论起了"细"的新主人："去年'细'就经营得十分不错，旧主肯割爱，必然是新主给出了一个难以拒绝的价格，你说是吧？"

德珍点了点头，或许真实情况正如雨薇所推测的那样。

"不过，刚才他拉拉杂杂地说了一堆，就是没有介绍他自己。"雨薇皱了皱眉，回头为自己夹了一块美式软曲奇搁在盘中。曲奇是下午从上海直送过来的，模样普通，但她与人八卦了这么久，自是饿了。咬一口，燕麦和提子干、肉桂融合的味道很别致，甜美升级到极致，但并不腻人。

肉桂和曲奇融合的初衷不是夺味，但最终却很夺味。雨薇吃完一整个，可口的食物令她的心情稍好了一些："你看，从前他们那拨爱戴金链子的人如今都改戴佛珠了，穿西装的都买棉麻衫去了，自己开车的也都换成了让别人开自己的车。啧啧，还得指望那些住豪宅的大贵人多买几间画廊才行啊，要知道我们这些穷画匠都快要饿死街边了。"雨薇看着周遭这些鲜衣怒马的名流权贵，嘴上说的话一点也不客气，撇开那一丝不平衡不说，她那性子倒是可爱极了。

德珍往自己的烤面包片上抹了一勺接骨木果酱，抬起头时正对上雨薇好奇的打量，她好笑地问："我脸上有脏东西吗？"

"你难道就一点也不好奇这家的新主人是什么来历？"

"要是你想介绍一下他，我倒也愿意听一听。"德珍坏笑。

德珍没想到，她的一句玩笑话会让雨薇信心大增，八卦的火焰见风则涨。此后的十几分钟内，德珍听了不少趣闻。

但她显然不想陷入任何一桩旖旎的绯闻里，待盘中的食物解决，她便离开了讨论有钱单身汉的女士们的队伍。她还有正事要做。

展馆A区的尽头，悬挂着一张聂鲁达的黑白照片，尺寸不大。诗人有一张适合喜剧的脸孔，温和善意，照片下面是诗人的作品。

正因为时世艰辛，你要等着我；

让我们怀着希望去生活。

把你纤细的小手给我；

让我们去攀登和经受，去感受和突破。

我们曾闯过荆棘之地，屈身于石块堆砌的窝里，我们又重新结成伴侣。

正因为岁月漫长，你要等着我；

带上一只篮子，你的铁锹，你的衣履。

诗的下一句，就在德珍嘴边，可是她又觉得，念到这里就足够。

一阕好诗，可以让光明和黑暗共存，柔美固然需要尖刻来作陪，但人的情绪可没有晴雨表可以按部就班填写，而她的心正处在一个漫长的雨季。她此刻只希望所有伟大的诗阕，都在给人憧憬的部分戛然而止，没有结局的悲伤。

作品注解者是个繁体字使用者，部分海外作品中掺杂着大量的港式，抑或是台式用词。港风古灵精怪，台风甜美动人，两者被糅合在同一幅作品的注解中，让德珍脑海里浮现出一个画面———一个巫婆正守着她的锅搅拌着未知的灵药。

她用纸笔将一些有趣的措辞抄写在自己的笔记本上。

她写得认真，而此时的仲寅帛正在B区招待他的一位熟客，杯中酒被馆内的灯光映衬得酽酽，人们低声絮语。待他送走客人，他的眼睛不经意地就瞥见了那个女人。

他侧首看她，觉得她像个小学生一样。她静美的侧脸，在短暂的一番凝视后，迅速发酵成一种情绪，迅猛地诱发了他心中的恶魔，冲毁了他理智的栅栏。

"我可以站在这里吗？"他悄无声息地站在她身边问道。

德珍从自己的小本子里抬起头，睫羽微颤地看着身边的男人，微笑道："你都已经在这里了，如果我说不行，你会离开吗？"

仲寅帛诡谲一笑，一手托着一只复古雕花高脚杯，另一手藏匿在裤子口袋中，与德珍并肩站在那幅 295cm×410cm 的风格派作品前。

这幅名叫"棋局"的作品继承了非具象绘画红黄蓝白的色调，但并没有几何形体的形式美，画中没有线条，只有点——无数个由色彩组成的点。画里没有规则，画的名字却叫"棋局"，是幅噱头十足的吸睛之作。

这幅作品五米开外才摆放了另外的作品，陈设者特意为此营造出特定的空白空间，加上画作本身强烈的色彩营造出过分的视觉冲击，足以吓唬到一些外行人。

岑家是工匠世家，将建筑美学奉为最高美学，德珍没有继承全部，但也继承了部分，不过长大后并没有从事建筑行业，反而当起了画廊的经营者，因为她在空间和色彩上是极具天赋的。就好比衣着方面，比起香奈儿，她一定更爱伊夫圣罗兰，谁叫伊夫圣罗兰做出了那么一条蒙德里安风格的裙子。

也就是说，这幅偷换概念的画，也讨了她的欢心。

仲寅帛看着这画，只觉得眼睛莫名发热发疼，反观身边的女人却一副若无其事的样子。

就在不久之前，她还在大庭广众之下泣不成声，现在却已经有余力和他开玩笑，这让他忍不住想对她说些什么。然而嘴巴张了张，他却愤然扭过头再度面对那幅画，端起酒杯喝了一口。

德珍转过身来，她眼前是一尊雕塑般完美的男体，隆重的打扮令他如纸裁的一般挺括，空旷的室内，他就像海里的礁石一样矗立在那里，一览无余的英俊。

眼前的作品犹如火树银花，美得像根刺，直扎皮肤，在它面前呼吸仿佛都是疼的。

不知道为什么，德珍觉得这个男人和这幅画，有些像。

察觉到她笔直的视线，仲寅帛转过头来。

德珍看着他的眼睛，那对漂亮的眼仁里，有着一片凝重若雨的黑暗，然而，下一个瞬间，一种陌生的情绪仿佛大风卷起的灰烬，一层一层，掩埋了原本的黑色。

她不自觉地在那道视线中伸出了自己素白的手："你好仲先生，我是德珍，岑德珍。"

她的声音，温柔而又惊心动魄，好似一把开启漫长的故事的魔匙。

　　这两个各自具有傲人条件的年轻人，早已成长到能轻松驾驭自己表情的年纪，抵达了熟练解读那些五花八门的谈话技巧的阶段，他们不再被缤纷的修辞和夸张的恭维所迷惑；到达了一个可以纵观全局的角度，并且能够轻而易举地将一个陌生人的肌肉骨架从头到尾条分缕析。

　　大多时候，一个人被那样犀利地解析后，只会迎来他们转身离开的一幕，但今天，他们是彼此的惊喜。

　　德珍饶有趣味地瞧着"细"的新主人，他脸上似乎写着"自命不凡骄横跋扈"八个大字，而她好奇的是，他凭什么如此？

　　仲寅帛单手插兜，将德珍从头到脚打量一遍，声线像是溜冰刀在冰面上一样冷傲划出："我是仲寅帛，幸会，德珍小姐。"

　　他介绍完自己，随即扭过头去，德珍饶有趣味地瞧着他，良久才好笑地抽回视线。仲寅帛一直看眼前的画不言语，因为他一直有个错觉，觉得自己在她眼中，是个无足轻重的人。

　　当他意识到自己必须说些什么的时候，也只是语气古怪地对着画说了一句："德珍小姐不像是受邀而来。"

　　"是的，我在工作。"

　　"你是记者？"他侧首看她手里的纸和笔，盲目地猜测。

　　德珍微笑："那我可以采访你吗？"

　　仲寅帛没料到她会顺水推舟，此前她还哭得那样悲痛欲绝，此刻却能对陌生人露出这样的笑脸。不知怎么的，他忽然就有些不屑，凉凉地看她一眼："不可以。"

　　德珍轻扯一下嘴角："那我走咯。"

　　她把话说得极为轻巧灵俏，狡黠无比地看了眼离他们一段距离却不好意思靠近的宾客，她猜他大抵是疲于应对才慌忙找了她这间避风所，此刻她若离开，想必他整晚都要继续扮演那个口若悬河的卓越青年。

　　面对这样赤裸裸的威胁，仲寅帛脸色一黑，咬牙叫下她："等等！"

　　德珍顿住脚步，回到原来的位置，维持一种作为对话者的矜持距离，笔直地站立着。

　　仲寅帛恢复了神色，罕见地舒缓起来，听见边上的女人在说："你不应该一个人来参加这种场合的。"

"我知道。"他老实地承认自己的失策，没把周子康带来的后果是他必须亲自面对那些天花乱坠的恭喜和道贺。当然，那些和他结交的企图心也是不可估量的。才短短几分钟而已，他已经差点控制不住要冷笑出声。

德珍笑着看他，琥珀色的眸子散着清澈的婴儿蓝。"我觉得，我们得离开这里了。"不等他作反应，她继续说，"这幅画被我们看了太久，细心的职员恐怕会默默地给它涨价。"

仲寅帛巡视一圈，在馆区角落看见陈萍微笑的脸孔，回过头，开始挪动脚步。德珍跟在他身后，继续履行自己的职责，边走边看，手里摘记着考评点。

一圈下来，他俩不期然遇上了蒋雨薇，德珍大方地介绍了一番，雨薇讪讪地伸出手和仲寅帛交握了一下，继而飞快地闪到德珍身边。现场一位工作人员来请仲寅帛："夫人打算回去了。"

仲寅帛看了眼德珍，说了句抱歉，转身去送母亲。

雨薇有些呆呆地看着那男人颀长的背影，吞声对德珍说："你可真了不起，他可不是那么好相与的人。"

"喂，刚刚是谁把他夸得天花乱坠？"德珍好笑地揭穿她。

雨薇撇撇嘴，眼神闪烁："有能力是另外一码事。"

德珍笑了笑，不置可否。适逢家里来了电话，蘸白询问她的行踪，她报了平安，挂了电话迎上雨薇探究的目光："怎么了？"

"你该不会被设置了门禁吧？"

德珍理直气壮地反问："是谁规定了年纪一大把的女士就要失去门禁限制的？"

"是可以啦，我就是好奇罢了，我过了二十岁后在十点前归家，我妈妈都觉得我不争气呢。"

德珍一愣，继而笑颜扩大。

雨薇抿着唇，二人挽着彼此的胳膊，提前离场。

回去的车上，雨薇说起"细"的新主人，不禁联想起学生中几个自诩才华过人的男学生，她每每惊讶于那些孩子为何如此热衷冷笑，想起今日遇见同一路数的仲寅帛，她又对德珍说："你知道吗，我曾经试着做出这个表情，但每次都自己先笑抽过去。"一副恨铁不成钢的模样。

德珍一路捧笑回家，到了巷子口，蘸白穿着一件厚重的呢子大衣站在路边，也不知是什么时候等在那里的，眼神发冷，嘴唇冻白。

德珍谢过雨薇，下了车与她道别，蘸白拢着袖子走到车边，朝驾驶座上的雨薇道谢。雨薇透过车窗对比这对兄妹，在他们中间来回打量好几遍，没有得到具体结论，最后讪讪一笑，驾车驶离。

春寒料峭，蘸白脱了自己的外套给德珍，自己缩着脖子跺着脚往家走去，边走边说："婶婶不知道又要做什么，今晚吃饭的时候，跟爷爷说要介绍对象给你，简直不像话。"

德珍有些诧异，但还是说："她也是一番好意。"

"她能认识什么像样的人？"蘸白的语气颇是尖酸，"就算不提你外公好了，光论咱们家，你也是我们岑家真金白银打造出来的女公子，她可千万别搬来一堆贩夫走卒叫人笑话了！"

"哥哥。"德珍唤了他一声，提醒他注意自己的言行。

蘸白光顾着生气，一点劝告也听不进去。他从晚饭起就憋着一口气在那儿，当下就要搁了碗筷讥讽婶婶几句，却被爷爷的眼神镇住，撑到现在，肚子里的火非但没有消去，反而越烧越旺了。

姑且不论他身上那些遗老遗少的骄傲，在一个单纯的当哥哥的眼中，他的德珍无论从哪里看都挑不出半点毛病，再怎么样，也轮不到一个市井妇人来做这个媒，天知道她会将什么样的人拉到德珍面前来！

一整晚蘸白都被爷爷的眼神牵制在那儿，他有气在那儿，却又不能跟一个短视的妇人一般计较。

不光他如是想，连淳中也觉得这事欠妥。

慧珠虽然是德珍的婶婶，嫁进岑家也有多年，但王槿鸢的身份摆在那儿，人家做母亲的都没有急，他们这些旁人操那份闲心做啥？

然而爷爷却仿佛自有一番计较，放任过于兴奋的慧珠在晚饭的餐桌上大谈特谈，连眉头也没皱一下。

蘸白想，黎阑的死已令爷爷心力交瘁，或许他也察觉到自己老迈，打算在入土之前看到自己宝贵的孙女身披白纱嫁与俊贤，过上生儿育女平淡顺遂的生活。

可他还是想说，德珍的婚事，怎么着也轮不到慧珠来插手！简直不自量力！

德珍看得出哥哥十分生气，虽然小婶婶在这个家中风评不是很好，但她仍然敬重她。这些年，是慧珠在操持岑家家务，照顾爷爷、叔叔、黎阑，还生下了礼让，没有功劳也有苦劳。何况她是晚辈，并没有立场去评判长辈的功与过。

至于蘸白生气的原因她亦十分清楚，她或许表现得太过高贵，就连哥哥也不免留下她不食人间烟火的印象，让小婶婶来主掌她的婚事，在蘸白眼里，或许是一种侮辱吧。

兄妹二人回到家中，爷爷正打算就寝，德珍去请安，老先生笑眯眯地让她快去洗漱，有事明日再说，德珍未作他想，应承着回了自己房间。

第二日，淳中做东，请父亲和侄子在外就餐。

暖黄的包厢里坐着祖孙三代，从容淡雅，喝酒吃菜。蘸白待爷爷有了三分醉意，适时地给爷爷布菜，但筷子头的珍馐尚未落下，随即被爷爷挡住。"你们都别管这件事了，我们就顺其自然一次。"对于这顿饭的含义，老爷子心如明镜。

蘸白不依，搬出德珍的意愿予以还击。

老先生目光深沉，叹了口气："德珍会答应的，她是个孝顺的孩子。"

"爷爷，您不能拿她的孝顺作要挟啊！"蘸白愤愤不平。

老先生淡淡看孙子一眼说："即是我要挟了又如何？我一把年纪，足以倚老卖老。不光如此，你以为你的妹妹那么不济？她自有她的倔强，哪怕是为了证明她心里已经放下了过家那个孩子，她都会答应我重新考量自己的婚事。"

提起德珍不幸的过去，淳中深吸一口气："爸，你何苦这样逼她……"

"我是为了她好。"老先生说得十分平静。

蘸白气得冷哼一声："您哪里是为了她好，分明就是在害她！"

淳中当下清了清喉咙，瞪了侄子一眼。蘸白没把叔叔的提醒搁在心上，嘴里仍然哼哼唧唧的不服气。

爷爷对孙子的强烈反抗视若无睹，只是沉吟片刻，平静地对淳中说："你这辈子一事无成，做过的唯一了不起的事，就是生了黎阑这样一个女儿，你知道吗？"

提起黎阑，淳中一下红了眼眶，面对父亲的指责，他只能默认。

刚刚店家老板娘进门来打招呼，还笑问怎么不见爷爷带孙女一起来，淳中这才想起这包厢曾经装载过他们一家人的喜乐欢欣。刚要自责，一杯酒推到了面前。

父亲替儿子倒酒，大概生平也遇不上几回吧，任何言语都不能形容白发人送黑发人的悲痛，淳中苦涩地闷头灌下那杯浊酒。

"黎阑是个体贴的孩子，若不是心疼我这把老骨头，她本应拥有更好的前途。"老先生沉缓的声音透着无限失意。

蘸白诧异地看着爷爷垂下眼皮，目光落在自己手边黎阑常在的位置，忽然如鲠在喉。

"如今黎阑不在了，我怕德珍那个傻孩子，也要做一样的事……"

闻言，蘸白、淳中皆是一震。

岑润荽早就看出德珍打算留在他身边，恰巧黎阑骨灰不能下葬之事被她得知，由此给了她一个正大光明的理由留下。他感激那孩子的善良，却又不忍，仅剩的自尊让他无意于让孙女背负着他的余生过日子。

有过一个黎阑，已经够了。

一阵寂静之中，老先生自斟自饮了一杯，橙色的酒液浅浅入口，仗着微醺，他终于对糊涂度日的儿子孙子开诚布公："慧珠的想法是好的，若能成其好事，皆大欢喜。若是不能，把槿鸢惹生气了，自然会将德珍叫回去。"

这是百利而无一害的局。

那顿让人心情不好的酒饭之后，淳中与蘸白再也不提德珍的婚事，慧珠由此对老爷子更添了几分敬意，果然，他老人家说一句话，顶过她编一百个故事。

一想到德珍今后的命运掌握在她手里了，慧珠欣愉地露出一笑。

四月。

潮湿的空气抓不进手心，葬礼的冰寒还悄悄渗透在四肢百骸里，来不及被外头的喧嚣吵闹驱退。每每午夜梦回，死亡的阴影仍追随着生者的脚步来到那酣美的床榻，静静临视。

德珍醒来，忽然而至的孤独在胸口暴走。

外头的天还是半黑的，拢着外套出门，脚下只有青涩的声响紧追不舍，看着远处烟青色的天，她没有什么快乐不快乐，心，异常平和。

她梦见黎阑了。

左耳里的那些呓语总叫她听不清楚，梦境消失前，她却清楚地听到黎阑笑着对她说"姐姐，我多想给你更多更多的爱，令你无坚不摧"。

她刚想回应，却突然醒了。睁开眼，只有一室的黑暗。

惊雀巷里的路灯散着老旧的光，她独自前行，漫无目的，这才知道一个人走路是一件多么让人沮丧的事。

走到花园里小学，她已经发了一身汗。学校的围墙矮矮的，透过栅栏可以看到操场，她站在墙外，看着那熟悉的建筑。

紫薇花架边的秋千上，似乎还残留着她们姐妹玩闹的身影，然而十多年过去，却是一个在地上一个在地下的光景。她吸了吸鼻子，看着那被露水打湿的秋千，眼眶酸酸地转了身，往来时的路走去。

因为黎阑说：姐姐，我多想给你更多更多的爱，令你无坚不摧。

为了证明她真的已经放下了些什么，最后，她答应爷爷去赴慧珠主持的饭局。

慧珠虽未盛装，但也瞧得出是精心打扮了一番。德珍刚收到英国寄来的行李，因而也穿得颇为正式。二人抵达咖啡厅，为时尚早，过了十多分钟，对方匆匆赶来。

那是个长相温凉而英俊的年轻人，十分令人瞩目，谈吐亦得当，初见德珍，眼中显然有惊喜之色，但隐蔽按捺，叫人不轻易察觉。慧珠知道德珍的身价，自然也不会随手拉拢什么年轻人来凑将敷衍，对面那年轻人除去家世平庸之外，无论在哪方面都是十分拿得出手的。慧珠为此万分得意，仿佛已经预见了德珍身披嫁纱与这年轻人走上红毯的画面。

不过，虽然她极想私下打听德珍对这年轻人的评价，但他们二人今天才初见面，作为媒人，她也不好在此久留，因而手机适时地响起，她得了由头起身告辞，把未知的后事留给这两个年轻人去经营。

没了慧珠主持大局，德珍也未见怯场。那年轻人叫卢鸿鸣，是个长袖善舞之人，面相虽凉，嘴巴却不落人下风，口条十分周全紧密，叫人看不出任何破绽。

他努力和德珍谈论英国，问及德比郡的赛马具体举行的日期、湖区的天气、莎翁的戏剧、披头士的音乐和带有憨豆的童年记忆，甚至连詹姆士·邦德的手表型号也谈及了。

德珍微笑着听他玩笑似的演绎他眼里的伦敦口音，她看他的眼神里始终有敬佩。

他显然做足了功课，有备而来。

"鸿鸣，我下午还有两节课，你能送我去学校吗?"她恰到好处地在一个节点瞥了眼腕表，给自己制造一个台阶。

卢鸿鸣从善如流，欣然接受这个请托。

二人一路谈笑风生抵达学校，德珍在门口下了车，卢鸿鸣没有校内行车通行证，因而也不勉强自己做绅士。下了车他本打算再送德珍一程，德珍却笑着说："我不会迷路的。"

这果然也是个灵泛之人，当即明白她在婉拒。该做的都做了，他也觉得自己已尽人事，剩余的且看天命，便与德珍道了别，驾车离去。

此时的校园，四处充溢着朝气的新绿，两名女生将线衣扎在腰上竞走健身，高高的马尾一甩一甩的，朝德珍迎面走来。这世上有许多种美人，但唯有德珍一张脸犹如白描牡丹花的底子，一双灵眸清炯透彻，溢满颤抖的灵魂，叫人看了一怔，又难免多看一眼。

德珍与年轻畅意的灵魂擦肩而过，仰着头长久地凝视香樟树未能遮蔽的天，直到眼睛酸痛才收回长远的视线。黎阑若还在世，也会像她们这般光芒四射地走在春天的校园里吧?

她不知道，就在她身后，不紧不慢地跟着一台进口车，后座的男人一瞬不瞬地看着她。

你看，她多像一只春蝉，不合时宜地出现在他的季节里，薄薄的纱翼虽然脆弱，底下却潜伏着夏天的力量，仿佛一振翅便要藏到树荫深处去。

仲寅帛一阵心悸，嘴上却故作沉着地叮嘱司机——

慢点，再慢一点。

学校有一块巨大的休息坪，透过窗户可以看到湛蓝的天上飞舞着八九只纸鸢。班上有个男孩子在课桌里塞了一只鹰形风筝，由于翅膀太大，不能整个藏住。德珍一边讲课，偶尔看他垂眸看那风筝时嘴边露出的一抹甜笑，心里感到一丝好笑。

大抵是天气太暖和，上到一半，课堂上已经睡倒了一片。班长建议大家漫谈好了，德珍心想那也好过让学生们睡觉，因而就答应了。

讲台下的人总是对她心怀好奇，难得有这样直接且深入的访谈机会，学生们自然不会轻饶她。只可惜面对她的似笑非笑，询问的人却没敢将所有的好奇心一一摊开，只留下一些文不对题口是心非的提问和一些零星的尴尬，她总是答得避重就轻，不露痕迹。两堂课很快结束，学生们只摸到冰山一角，深感遗憾。

这是个不会辜负那些等在门外的人期待目光的女子，身世和美貌背后的一切都难以捕捉，让人感慨世上是否会出现那么一个人，代替他们所有人将那背后的秘密带出来让大家看一看，毕竟，对她抱有的强大的好奇心会支撑起在场所有人的部分青春。

下了课，回去的路上，德珍意外地遇上了一个熟人。

回忆起那日"细"的开业派对上的所见所闻，德珍不禁嘴角勾笑。

甲女说："有一回科氏的少东家宴请四方，这位倒是个颇有绅士风度的青年俊才，仪态大方，潇洒自流。他的'党羽'中，各式各样的人也不少，但并不特别引人注目，真正引起满屋子女士好奇的，就是这位'细'的新主人了。当然，彼时他还不是。"

乙女问："那怎么没听说谁成了他的女友？"

甲女答说："他只是看上去十分高贵罢了。"

后来雨薇与德珍在办公室闲聊，提及此事，不禁诡谲地一笑，讽道："那女人，想必在姓仲的那里吃过闷亏吧。"

德珍不好评价，时光令她慢慢变成了一个具有许多小情趣的人，所以她总是对人笑。虽然她好奇"细"怎会流入仲寅帛手中，但不见得对他的绯闻也感兴趣。

然而，现场的女士们谈来谈去的还是他的桃色新闻，直到最后也没让德珍得到她所想知道的，因而也就适当地避开了。

没想到，今天竟然会在学校里和他遇见。

德珍站在人行步道上，弯腰看着轿车里握着方向盘的男人。外头的天气很暖和，他只穿着一件淡蓝色衬衫，打着领带，鼻梁上架着一副荧光蓝雷朋墨镜，那墨镜使他整个人看起来略显轻佻，没有先前那次看起来沉稳。

然后，他用了一种住同个小区的邻居的口吻对她说："上来吧，我送你。"

德珍直起腰来，前后观望，自己正处在香樟林道的中段，前后不是，令她找不到半点借口拒绝这个暖人的邀请。

他等了一会儿，见她迟疑，牵扯着安全带探过半个身子来，拉低墨镜，从墨镜上缘看了眼德珍，像是确认似的问道："是德珍小姐吧？"

她当然不能说不是，午后的暖风拂面，她眯着眼，将头发勾到耳后别住，这才打起招呼："下午好，仲先生。"继而伸手打开车后门，矮身坐了进去。

看她上了后座，前座的男人不自觉握紧修长的手指，指关节由于用力而泛着青白色。他忍耐了一下，扭转了方向盘，车身优雅轻灵地滑入车行道。

出了学校，德珍好笑地从后视镜中窥见男人的"快问我为什么来你学校"的表情，顽劣的心性被激发出来，狡黠地眨眨眼问他："仲先生来我们学校放风筝么？"

"我一个人。"

"放风筝又不必两个人。"她配合似的伸了个懒腰，没半点大小姐的模样。

仲寅帛往后视镜里看了她一眼，确定她是故意这样问，嘴角一抿，沉默须臾，支吾似的透露了一则秘辛："我不会放风筝。"

"那你来学校所为何事？"让他吃了一记瘪，她又善良地给他台阶下。

仲寅帛闻言露出松了一口气的神情，调整了一下坐姿，清了下喉咙，然后才漫不经心地说："我父亲有意向贵校捐赠五万册图书。"

德珍恍悟似的点点头，原来是来做慈善事业的。

"你呢？"他适时反问。

"我来上课。"

"学什么？"

她摇摇头，眯着眼笑说："不，我是老师。"

"教什么？"他的声线略显紧涩。

"西方艺术史。"

谈话的节点突然来到，德珍回答完自己的工作后，前座的男人抿了下嘴唇，然后便没有再发问了。

她并不了解他，但私下里仍觉得他十分适合沉默，那显得他高深莫测，很神秘。

今日他们的最后一次交谈，是她指着路边一家连锁书店请他停车，向他道了谢，她从容地下了车，走到前座弯下腰，客套地与他道别。

仲寅帛几乎没有出声，冷漠地将车子驶离原地。后视镜里的女子，有着一份和她年纪相符的端庄，素色的外套搭在手臂上，笑容礼貌而周全，简直无懈可击。

她一直驻留在原地，望着他车子的方向。

他且那样失了神地注视着后视镜，生怕她不见，直到后面的车主不耐烦地按了一下喇叭，他才抽回自己的眼神，面无表情地试图将那女人的影像从脑海里驱除。

然而，车子开过一个街口，他忽然怔怔地叹息一声，紧了一下方向盘，松开一直紧咬的牙关，恍惚地吐露出心声："……怎么会是她……"

就在不久以前，这个男人站在世界只为胜利者保留的位置，用如鹰隼般锐利攫掠的眼光，发愿要令眼前这个对世事一无所知的高傲小姐付出轻忽他的代价。

然而，他不曾预料，他会放爱入局。

回到家，仲太太约了朋友在家中打牌，几位夫人见他回来，纷纷停下手来，挨个儿打趣了一句这个英俊的年轻人。末了，仲太太和朋友们打了招呼，合住自己的牌面暂时离席，她接过儿子的外套问道："你自己开车回来的?"

仲寅帛"哦"了一声："您怎么知道的?"

"我刚打电话给司机，他说你还有事，让他提早下班了。"仲太太跟着儿子上了楼，孩子似的追问，"你是不是遇到了什么烦心事呢，儿子?"

见他不答，她抿抿嘴，转而用兴高采烈的语气介绍道："刚刚那穿绿衣服的阿姨看到没有，她家有个当检察官的女儿，妈妈见过一次，除了说话快了一点，别的都挺好的，要不你也见见?"

仲寅帛背对着母亲，没有回应。

然而他只不过沉默了两秒钟，便让母亲误以为自己做了一件十分愚蠢的事。她原是想缓和一下气氛，却没料到会将气氛弄得更糟，只好索然作罢："要不还是算了，你那么忙。"

"衣服换好下来喝糖水，有你爱吃的黄桃。"她换成欢快的语气补充了一句，但仍然逃不过儿子精明的耳朵。

仲寅帛分辨出那一丝微弱的失望，转过身来，深吸一口气，看着她："让秘书室安排一个时间吧。"顿了顿，只听他幽幽地说，"我想结婚了，妈妈。"

仲太太闻言先是一愣，继而大喜，望着儿子殷切地追问："真的吗?"

高她两个头的仲寅帛神情柔和，点点头："嗯。"

得到了承诺，仲太太欢天喜地地出去和朋友们通报喜讯去了。她那冰雕似的儿子，从未将任何女子放在眼中，今天竟然说要结婚，她活着还能听到这样一句话，真是皱纹也要少一条。

果不其然，还在牌桌上的几位夫人听闻这则喜讯，也都一愣，继而纷纷向仲太太道喜，四个女人手舞足蹈了一阵，高兴得连牌也不打了，拿出手机开始整理各自的人脉。

要知道这家的儿子，可是炙手可热的单身汉啊！既英俊又会赚钱，难得还十分孝顺，除了冷冰冰的不爱笑之外，那可是滟水城里数一数二的夫家。

这厢正热闹着，德珍那边进书店逛了一圈，为家中的弟弟选了两本故事书，结账离开时，外头正是火烧云的景象，远处的江面都红透了，这是在伦敦很少能见到的景象。

去"洋白蜡保育院"接了弟弟放学，姐弟俩有说有笑地回了家，她才在玄关换了鞋子，扎着围裙的慧珠提着锅铲出来，喜色迎人："回来啦！"

礼让飞奔进屋子，一把抱住了慧珠的大腿，笑着大喊："妈妈！"

小男孩还是十分依恋母亲的年纪，抱着母亲的大腿一味撒娇，德珍在一边看着，反弄得慧珠有几分不好意思，想让儿子规矩些。

礼让又掏出新收到的故事书给妈妈看，炫耀道："姐姐买给我的哟！"

慧珠问："那你谢过姐姐了吗？"

礼让点点头，然后"嘻嘻"笑了声，慧珠拿他没办法，回头看了眼厨房里的火，吩咐儿子："快去给爷爷请安。"

德珍过去牵了他的手，姐弟俩一起去给爷爷请安。

晚餐时，蘸白状似无意地问了句："约会怎么样？"

"还不错。"德珍答。

"就这样而已？"蘸白不由得拔高了声音，引得一桌子人都停下了筷子看他。他讪讪地咽了咽口水，视线对上爷爷投掷而来的眼神，紧忙低下头扒饭去了。

德珍刚进家门慧珠就想问这问题，碍于礼让在场，只好按捺着好奇。

说起来，这一家子的男人都很过分，以前偏袒黎阑，如今又偏爱德珍。昨天晚上她无意间看见蘸白给德珍修剪手指甲，那模样，仿佛那五根手指是刚出土的玉器似的，光是那稀罕的眼神就叫人不由"啧啧"两声。

而她这个婶婶想做个媒，还被定义成狂妄。呵，一帮子不可救药的遗老遗少。

第二天德珍去上早上的课，不知怎么的，下午才有课的雨薇也在，只见她环顾了办公室一眼，鬼鬼祟祟地挪了椅子过来问德珍："你相亲了？"

德珍点点头。

雨薇没料到她那么老实地就承认了，眼神一惊，继而用一种拨乱反正拯救堕落女青年的眼神痛心疾首地看着德珍："你疯啦？知不知道这很掉价?!"

德珍被她夸张的表情逗笑，反问："你怎么知道这事的？"

雨薇心虚地撇撇嘴，承认自己八卦："我听别人说的，说你下班后上了男人的车。"

"哦。"

"就这样?!"

"不然呢？"

雨薇又凑近了点，小声问："是谁啊？长得帅吗？有钱吗？父母怎么样？什么星座？属相是什么？"

德珍失笑："我该先回答哪一个？"

雨薇把眼珠子转了一圈："先告诉我是谁吧。"

德珍却恰巧整理完了自己上课要用的，从位置上起了身，看了眼时间："我得去上课咯。"

"喂！先回答我再说啊！"

"我赶时间。"

"喂——！"雨薇看着她的背影叫道。

德珍头也不回地走了。

很多时候雨薇都觉得德珍那些"欲知后事且听下回分解"的话头，都是故意的！

这个岑德珍，长得美就算了，心眼却大大的坏！

不是她吊雨薇胃口，而是对于那个相亲对象，德珍其实并不想透支太多热情。

她曾遇见许多极具才华的人。他们脾气各有各的古怪，强势的有，硌硬的有，难伺候的有，难讨好的亦有。但，还是无法克制地让人喜欢。恋爱与婚姻，想必也是类似的心情吧。

一旦喜欢上，哪怕对方有着星辰般繁多的缺点，你也觉得那是一种独到的美感。

所以，她很清楚地知道她并不喜欢卢鸿鸣，哪怕他看起来是个完美的新郎。

第一次见面后，他们打过几通电话，也发短信问候，客套寒暄。第二次约见也很顺利，他很自信，她则全程用赞赏的目光瞧着他。直到第三次约会的到来，这个行事周密的年轻人，终于露出了马脚。

那日，仲寅帛有个午餐会议在湖墅路的一间酒店举行，司机载他抵达酒店，新来的助手手忙脚乱地下车为他开门，他最后看了眼会议事项，合上文件夹的那一秒，透过车窗他看见了那个女人。

她提着杏色的皮包，略显尴尬地站在一个停车位上。

仲寅帛下意识地拉回了车门，罔顾助手吃惊的神色，紧紧地注视着窗外正发生的那一幕。

上一次，他无意间看见她从陌生男子的车上下来，对着那个男人含笑微微告别。这一次，她站在一个紧俏的停车位上，一脸的啼笑皆非。

被关在车外的新助手也察觉了老板的视线，打眼看了过去，对面的女子端庄娴雅，发如鸦羽，春天的阳光将她照得浑身暖融融。他来赴任之前，被周姓前辈叮嘱过这么几句：头儿只有女伴，没有女友。对于异性偏好外在高冷、内心火热一型，且对方最好永远不要失了分寸，点到即止，半糖主义。

"若是不小心失了分寸呢?"

听筒里沉默了一阵。继而，一道冷冷的声音传来："年轻人，别让你的职场尚未起步，就已结束。"

电话断得很平静，天知道听着忙音传来的这个人，手心都已经汗涔涔了。

大抵是有前言在先，再看老板对那女子发直的视线，职场新人莫名地松了一口气——凡事都有意外，不是吗?

仲寅帛的确很意外几次三番地遇见德珍。这座城，说大不大，说小也不算小，可他们却总能意外相遇。呵，这诡异的巧合，真令他心烦。

草草结束了会议，仲寅帛与一群下属站在电梯前，大概是有他在场，大家都屏息不说话。直到电梯"叮"一声开启，从里面走出一个人来。

她穿着奶油色的外套，提着杏色的皮包，粉黛未施，正低头认真地看着右手的牛皮笔记本。她的手指很长，食指与小指将笔记本抵夹，左手捏着笔头在上头写写画画，右耳和肩头夹着手机，正在与谁通话。

她说："是的，我已经到了……"

那声音，温柔极了，犹如春风和煦，又如暖阳莅临。

挂了电话，她终于知道正眼瞧一下电梯外这群有些傻掉的人。

甫一对上仲寅帛的视线，她微微怔愣，继而将手机从肩头拿下，微笑着打招呼："好巧，仲先生。"

话音刚落，陈萍从另外一个会议室出来，远远招呼一声："德珍小姐！"那道敞开的门里泄露出了热闹喧嚣的声响，杯盘叮咚，嗡嗡絮语阵阵传出。原来是"细"的员工在此聚餐。

画廊从午后开始营业，对于那儿的员工来说，这是他们的"早餐聚会"。

陈萍见到仲寅帛也在场，愣了一下。仲寅帛那厢却已经用眼神示意堆在身后的下属们进电梯走人，自己则朝陈萍走了过去。

德珍趁他俩寒暄的空当，利落地撕下了自己那几张笔记，匆匆折好。陈萍投来一记微笑，她走了过去，与仲寅帛并肩站在一起。

她本来已经在酒店三层用餐完毕要与卢鸿鸣离开，临行前接到陈萍的电话，说是有几位当地艺术家要引荐给她，加之上次给"细"做的笔记还未能抽出时间与陈萍探讨，所以她只好抱歉让卢鸿鸣独自回去。

没想到，会在此地遇见这个冰雕一样的男人。

歌词里似乎那么唱：有生之年，狭路相逢，终不能幸免。

女人一旦遇上了解释不通的事就习惯拿"宿命"一言以蔽之，想到自己也没能免俗跌入这句歌词的境地，忽然地，她就笑了。

陈萍收了德珍递过去的草稿，又邀请仲寅帛一道见见那几位艺术家，她满以为仲寅帛会婉拒，没想到他却爽快地答应了。看了眼边上的德珍，她忽然又明白了什么似的一笑，默不作声地引他俩进门。

陈萍那记露骨的眼神，让仲寅帛突然有些懊恼答应这个邀请。侧首瞄了眼边上的女子，他的大脑飞速地思考着如何以恰当的方式离开，却又不会使自己看上去像是落荒而逃。

但事与愿违。

接下来的一个小时，他只是看着那女人如鱼得水般穿插在人群中。她谈笑风生，侃侃而谈，谁都喜欢她。而他，却像是这不符时宜的艺术家聚会中的一尊铜像。

他傲慢倔强的神情总是拒人于千里之外，众人的眼神通常只在他身上停留一秒随即移开。那短暂的目光着实令他自觉受到了排挤，仿佛他才是这群装扮古怪的人中不合时宜的那一个。

当然，他也没打算做主角，哪怕他如今已是"细"的主人。

聚会的起由是王槿鸢提供的那幅德加画作。这画，此刻就被摆在大厅中任人品头论足，现场没有安保，没有警戒，气氛像个家庭聚会，边上还有人在用餐，和之前在"细"初次亮相时的慎重天差地别，丝毫看不出他们对那幅价值一千二百万英镑的画作心存敬意。

他对画亦没有兴趣，只是将眼神飘来荡去，冷硬的态度，令他有足够的空间思考自己的事儿而不被任何人打扰。

他承认众人口中的"德珍小姐"长得很漂亮，但她未免太爱笑了，那些堆砌的笑容，使她看起来很轻浮。尤其是在他两次撞见她与男子约会之后。

离开的时候，他只觉得扫兴。

然而他并不知道，自己的离开，令他始终注视的女子，暗自松了一口气。

德珍回到家，立即对慧珠谈及她的结论，是的，她要拒绝卢鸿鸣的第四次约会。慧珠的惊讶之色溢于言表，追问为什么，德珍没有给出一个明确的答案，模棱两可地说了一句"他很好，但我们不适合"，然后就为这段短暂的交集画上了句点，立场坚决。

晚餐时，慧珠的尴尬和疑惑到达了一个顶峰，她自认为自己选的人不会有错，事实上，她并不容许自己初推的人选就落得这样一个下场。她有自己的野心。

淳中发现她的不专心，佯装清喉提醒了她一下，她这才缓缓回了神，对正看着她的老爷子讪讪一笑。

前夫欠债落跑后，慧珠带着女儿来到涟水。初来乍到，她对这座城市人生地不熟，稚巧又病着，她身上所有积蓄几乎都给了医院，最后干脆在医院找到了工作。

但那也无非是给人把屎把尿的活计，辛苦不说，有时还不讨好。可她太需要钱了，也就顾不上计较那么多。有一段时间，大家都说三楼东北角那间的男人可怜，一问，说是车祸，老婆死了，他没死。

那房间也是热闹，人来人往的，路过时总能闻到从里头传出来的清爽花香味。对慧珠来说，那是一种昂贵的气味。

后来，她恰巧在那男人落单时给他推了一次轮椅，他温和客气地道谢，此后，便熟悉起来了。他并未在医院久住，但他瞧出了她的困境，给了她一张纸条，上面写着他的联系方式，说："如果实在不行，就来找我。"

两个婚姻生活戛然而止的人，他有他痛失所爱的心如死灰，她有她仅剩的骄傲和自尊，因而，一切都按照成年人的游戏规则，点到即止。

但慧珠还是遇上了靠自己的勤劳解决不了的麻烦。

她是个好看的女人，当初违背父母的意愿嫁给了自认为不错的人，结果所托非人，到头来终是为自己年轻时的鲁莽买了单。去见淳中那天，她在行李中找到了仅剩的半管口红，稍作整理，上门求救。

淳中二话不说把钱借给了她，当下解了她的燃眉之急。整顿心情后，她再度登门拜访，这才发现这家的厨房洗碗槽堆满了碗盘，保丽龙碗里还有泡面剩下的汤水。她闷头做完家务后，得到了一份工作，还有这个男人的家门钥匙。

难得的是，他的女儿也很喜爱她。她从来不提她死去的妈妈，从来不哭，总是笑眯眯地看着人，慧珠在心里骂过她"没良心"，但小丫头却依然用纯真无邪的口气对她说——"阿姨你做的饭真好吃"、"阿姨你的手霜真好闻"、"阿姨你穿这件衣服真是好看极了"，像只没心没肺的白眼狼。

改变慧珠人生的那一天，她如往常那样用钥匙自己开门，还未开始打扫，突然听见卧室里传来奇怪的声音。她忙进去查看，原来将女儿送去英国的当天夜里，他在回来的路上着了凉，已经烧了两天。

手忙脚乱地将人送去医院，从此她又多了一个需要照顾的人。每天熬粥炖汤，听说动过手术的人容易感冒发烧是因为动刀伤了元气之故，她又去药房抓药煎煮，每日带着一股中药味往返于城市的一南一北。

一日一日过去，医院里的人都以为她是岑太太。连淳中自己，也有过记忆的回路跳接——将她当成自己已逝的妻子喊错名字的时候。

她照样应声，然后转头继续做自己的事情，将现状粉饰得无比平和。

一年后，她如愿嫁给了这个男人。

饶是对德珍心存芥蒂，慧珠也不得不承认，德珍漂亮而不具攻击性，天生拥有一张能轻易激发人好感的面孔，想必很少有男性能够拒绝她。

但卢鸿鸣一开始是回绝的。

不过没关系，慧珠还有王槿鸢那张牌，果然，这个精明的年轻人在一番思索后妥协了。

慧珠算是认清了，婚姻和爱情中，难免也有各取所需的时候。当初的岑淳中缺少一个主持家务的人，他的女儿缺少一个妈妈，所以他娶了她。如今，卢鸿鸣各方面都具备了，却欠缺一个稳固的依靠，如果牺牲自由就能换来这个依靠，他那样聪明的人，怎么可能拒绝这个机会呢。

爱情不单单是春天一起赏花，夏天一起看烟火，而是早起见到彼此臃肿的脸孔时的那份波澜不惊，是隔着厕所的门稀松平常地谈话。遑论别人怎样，至少，慧珠的感情生活是这样的。时光是修昂骄奢却又残酷的情人，早已卷走了她曾经珍贵的财富远走他乡。

仔细想了想，慧珠还是约了卢鸿鸣私下见了一面。她太想在这个家中建功立业，断不能"出师未捷身先死"，免得今后一直被这一家大老爷们笑话，永远翻不了身。

蘸白和淳中叔侄二人最近总是有意无意地提醒她，在这个家中存在着一条隐形的线，越界了，只会自讨苦吃。所以，在丢脸之前，她最好整顿好自己的位置。

稚巧能为学业起早贪黑，她这个做母亲的，自然也有她爱较劲的地方。生女肖母不是吗？

卢鸿鸣将与德珍相处的经过复述了一遍后，缜密的言辞中并未显出过程中有何纰漏，但为以防万一，慧珠还是不客气地多问了一句："你真的全都说了吗？"

卢鸿鸣早知大势已去，想了想，也就不隐瞒了，随即吐露了那日下意识让德珍为他抢车位的事。

听完，慧珠真是气不打一处来。喝了一口咖啡，她冰冷的视线贯穿这个年轻人，质问他："你到底知不知道她是谁的女儿，谁的孙女？"

卢鸿鸣一张俊脸血色全无，他当然知道。

那句"能不能帮我一个忙"脱口而出之后，当下他已经懊恼非常，气血逆流。可德珍却在微怔之后打开了车门，替他把停车位抢下来，甚至还对本应得到那个停车位的司机抱歉一笑。那司机也是看在她的分上，没有和他多作计较，绅士地把自己的车绕出了停车场。

要知道，那可是最后一个停车位。

"罢了，或许是你没这个福气。"慧珠只有这一句话。

卢鸿鸣目送慧珠离开后，在桌面下捏了捏拳头，慢慢地喝掉面前那杯冷咖啡，一颗心也跟着冻住。

德珍固然是一张通往上流社会的好牌，他并不失意于无法得到她的青睐，而是懊恼身为一个各方面已属上乘的男子，仍然不能避免内心的小自卑时不时出现，冲撞着那条有关未来的隐形轨道。

不过，他很快整理了心情，毕竟，与他约会的女人是德珍不是吗？

输了好像也不为过。

野花
总是知道
蝴蝶的秘密

上了一早上的课回到办公室，雨薇正伏在桌上睡觉。春困是上帝赐予的糖果，甜美嫩腻，瞧雨薇的睡容，显然是在做好梦。

没有人拉着她聊天，她只好轻轻搬开椅子，坐定，开始给她的父母写信。

文字总是能比电话多出一份心意，能给秘密腾出一片花园。

她和父母始终保持着这种古老的沟通方式，然而近来不能说的事件太多，因而绣花似的写完一千字，已经一个小时过去了，简直字字斟酌。

盖上笔帽，雨薇也醒了。

德珍煮了咖啡给她，并且在她意识回笼之前狡黠地离开了办公室，丝毫不给她追问相亲后续的机会。

花园里的路并不怎么宽敞，电线杆旁逸斜出，窄窄的巷道因为院墙过老，石缝里已经长出了茂盛的凤尾蕨。绕了半天，她才找到自家的方向。

黄昏的惊雀巷染着一片金灿灿的色泽，巷口孙婆婆家的猫窝在墙头的迎春花丛里，见到德珍，它"喵"了一声，眼仁漂亮得像琉璃。

跟了几步，它便懂事地停住了脚步，默默注视着德珍往巷子深处去。

蘸白和淳中见德珍这场相亲无戏，心里也是喜忧参半。爷爷却当着慧珠的面叮嘱了一句德珍，那个年轻人，还是应再见一面，作一个恰当的收尾。德珍一一应下。吃完晚餐，蘸白去了工作室赶工，一个小时后，德珍去送咖啡给他，做哥哥的眼神闪烁，嘬了一口咖啡后问道："过家那边，你妈妈还往来吗？"

"当然啊。"她浅浅一笑。

她答得那么自然，蘸白反倒不好继续问了，待他咽了咽口水，才补了一句：

"德珍，答应我，不要在自己的婚姻大事中逞强，可以吗？不喜欢的人，发挥高傲也可以不去见。风度这东西你有的是，在这里丢失，还可以从那里找回，不是吗？"

她倚在书架边，眼神在光下泛着沉美的色泽。对于兄长的关心和建议，她自然都是明白的，如果一拜可以抵消一分来自于家人的恩情，她恐怕要行三万跪拜，一直跪到布达拉宫去。

"哥，我都懂的。"

蘸白敛目瞅她一眼，不相信："你哪里懂了？"

听他的语气，似乎又要拿她独身三载的事做文章，她赶忙抢白："这几年我不是在为谁守身，当真只是因为没有遇上喜欢的人罢了。"

蘸白不客气地揭穿："还说没有，你都不愿在我面前提起他的名字。"

"你说云越吗？"她定睛看着蘸白，眼里的水形成镜子似的湖面，平静无波。

蘸白"啧"的一声，因为她的刻意而皱起眉头。

"被死亡阻断的爱情固然可怕，但又能怎样呢，也不能因噎废食，从此就与世间万物断了联系啊，这些我都懂的，哥。"她不能改变任何既定的事实，所以只能一步步地改变自己，成为现在的这个"德珍"。

"德珍，不要一味说漂亮话，却在心里拼命喊着'我做不到'、'我忘不掉'。"蘸白说。

她笑了笑，走过去捏了捏他紧绷的肩膀线条："好啦，别担心我，在未来所有的男女关系中，我会适当发挥我的美貌的。"她故意扭了个搔首弄姿的姿势，惹得蘸白不由发笑，"不过，说到'我做不到'、'我忘不掉'，你和大嫂现在怎么样了？"

蘸白拿笔"嗒嗒嗒"点着自己的工作台，一副"我好忙，你还是饶了我吧"的表情，德珍也只好见好就收，逼他喝完最后一口咖啡，继而端着空杯脚步轻盈地出去了。

第二日德珍去了趟北京。她有一个相当任性的母亲，因而哪怕她本身也是大时代的贵族少女，却也免不了偶尔沦为母亲的跑腿小妹。

飞行数个小时，出了航站楼，暂时找不到落地接应的人，茫然四顾之时，却意外遇见熟人。

对方已经先打了招呼："德珍小姐。"

"仲先生。"

仲寅帛已经开始习惯每次意外遇见德珍，因而英俊的脸上并没有过多惊讶。二人一番客套后，德珍等来了接自己的人被堵在车阵中的消息，挂了电话，仲寅帛的助理取了行李过来，出行的车辆业已安排好了，请他移步。

他看了眼德珍，口气有些冷硬："若是不嫌简陋……"

他还没把话说完，德珍随即答道："我愿意。"

男人愣住。

她笑着补充："如果你是在邀请我同车的话。"

仲寅帛的助理叫萧尘，司机另有其人，一车四人，大老板努力维持他的气定神闲，德珍和小助理却没让嘴巴闲着。

得知德珍是乘经济舱出行的，萧尘缩了缩脖子，吐了一句："头等舱明明还有座位。"

他还没意识到自己即将惹来麻烦，仲寅帛冰冷的视线已经率先一步将他贯穿了。

德珍自然也觉察到了身边男子冷飕飕的气场，笑道："坐末等才能感受到真正的服务，不是吗？"

"你是航空公司的考评员？"仲寅帛问。

德珍俏皮地笑道："恕我不能告诉你，我可是个神秘的女人。"

司机和萧尘都被她得意的神情逗笑，心想：这女人真是美丽又可爱啊。

仲寅帛固然感受到了德珍的魅力四射，光凭这点她就可以打动任何人，却只会惹怒他，他不喜欢太讨人喜欢的她，这会令他的心的偏向像是某种附和，显得廉价。

萧尘偷觑后排一眼，发现老板的脸臭不可闻，立即收起了笑容。

德珍侧首，问身边长腿交叠，一派闲适而霸气的仲寅帛："仲先生喜欢北京吗？"

时间滞空了大概十秒。

仲寅帛反问："你呢，喜欢北京吗？"

德珍用手搓了一下腿，低头一笑："喜欢啊。"

"理由？"

"因为很戏剧。"尽管交通和空气都不容乐观，但时间赋予了它最根本的意义。她是个恋旧的人，因而格外迷恋这份融于骨血的情绪。

"是吗，我一直以为对非北京人而言，它只是一处观光胜地。"

德珍抿唇笑了笑："是啊，不过，但凡观光地多少都有一副客气的面孔，迎来送往，络绎不绝。唯独北京，是以周到细致的演技而著称。太平盛世歌舞升平也好，外族入侵惨淡经营也罢，不管发生了什么，它都好像没什么可以惊讶的。很了不起，不是吗？"

"你为什么要和我谈这个？"

她热情的笑容，有些使人晕眩。"因为你看起来好像不喜欢这里啊。"

"我为什么非得喜欢这里？"听到那样轻浮的回答，他差点没冷哼出声。

结果她说："别这样嘛……"

然后，他就真的"哼"了一声。

德珍看了他一眼，随和地笑了笑，不过，此后她便再也不说话了。

萧尘小心翼翼地偷瞧了眼老板，只见那张风华绝代的脸上带着一种不自然的涨红……

抵达德珍住宿的酒店，萧尘看了眼外头的大楼，像撒娇又像感慨似的对仲寅帛说："老板，我看这间酒店挺不错，我要住这里。德珍小姐，你住几号房？"

德珍拿出手机翻出房号信息："1906。"

"那我去问问1907是否还空着。"他那口吻轻快得像个小男生，下车给德珍开了车门，又搬完了行李，见仲寅帛还待在车里，弯下腰奇怪地朝车窗里问，"老板，你不下车吗？"

仲寅帛冷冷地回了一句："希望你能在1907号房度过愉快的时光。"

言罢，车窗缓缓上浮，司机发动了引擎，缓缓驶离。

萧尘目送车子驶远，对仲寅帛露怯的表现感到好笑，又觉得这样的难为情很可爱，兀自傻笑片刻，这才扭头对德珍嘿嘿一笑："德珍小姐，我来帮你提行李。"

德珍将被风吹乱的头发别在耳后，对他无可奈何。

她星期一早上排了两节课，在北京度过两天两夜，于礼拜一早晨乘飞机回去。

机舱里十分干燥，空乘小姐提供了一张面膜给她，她愉快地覆上，闭上眼睛补眠。

下了飞机，南方湿润的空气扑面而来，舒服得叫她叹息一声。直奔学校上完两节课，回到家，爷爷将她从头到脚打量了一遍，说道："似乎胖了一点。"

她忍不住弯起眼角："是的，住隔壁间的年轻人一到晚上就如饕餮附身，饥饿得一口气能吃掉三头牛。"她就算只是捡萧尘剩下的吃，小肚子也不可避免地圆滚起来。

爷爷被她的说法逗笑，又从她的话中捕捉到她出门交了新朋友这个信息，脸上有些欣慰，顾念她面带倦色，便没有再多问，放她回房休息。

但在那之前，慧珠端了水果放下，招呼德珍吃一些再去睡："后天下午你有空吗？"

"嗯，但我安排了和卢先生见面。婶婶有事吗？"

慧珠计划了一整天说辞，没想到德珍抢先一步，她倒怔了一下，忙赔笑摆手："没什么，我想趁梅雨天来之前将衣物晒一遍，你负责整理蘸白和爷爷的，我负责整理你叔叔和礼让的，巧巧她爱干净，不弄也没关系。"

德珍应了下来："那就明天晚上我去整理，后天早上晒，如何？"

慧珠一连说了三个"好"，这时厨房传来水壶烧开的呜呜声，她忙借故离开了。

又是一年梅雨季了啊。

德珍看着客厅里挂着的全家福，有些恍惚地问爷爷："爷爷，你想念黎阑吗？"

"想啊。"尤其是这个季节。

德珍一下子眼眶就湿润了，朦胧中仿佛又看见那个七八岁的小女孩，嚷嚷着外头好日头，独自抱着爷爷当时用的蜀绣大棉被拿去晒，手忙脚乱中却擦倒了客厅里的高脚台灯，自己也被被子压在下面，高喊救命。

画面依稀，仿佛昨日之事。

她和爷爷心中虽有万千感慨，却只能成人式缅怀，这对他们而言，何其残忍。

对于黎阑的离世，德珍现在仍感觉沉重而虚幻，一些固执的信念卑微地倒塌，说起来却无济于事。就好比我们手上的宝贝，别人不见得想要；我们眼中珍贵无比的人，对旁人来说也只是路人甲而已。

唯一让她这个做姐姐的稍感安慰的是：即便黎阑的一生戛然而止，却因为爷爷几十年如一日的耳提面命，直到最后她仍做到了"想起自己的身份，不羞愧不凄凉"。她是岑家珍贵的女儿，一直都是。

对于黎阑的想念，自然是不会终止的。德珍偶尔静下来的时候，耳朵里都是时光吞咽电流的声音，好像一转过头，就能看见黎阑，听到她叫她"姐姐"，仿佛她从未远离。

就在她发呆的这一会儿，外头已经下起了雨。她已经在这间餐厅坐足了半个钟，却没有等到卢鸿鸣来。卢鸿鸣的个性并不像是因为一次失误就破罐破摔的人，她只当他被琐事绊住了无法联络她，她又等了一刻钟，这才起身离开。

然而出了餐厅，她却意外遇见了惊喜的人。

"大嫂！"

李薰爱穿了一件白色长款西装，长发披肩，发上落了些雨水，正在和身边的人专心致志地交谈，见到德珍，她的眼神有刹那的凝滞。

薰爱摆摆手示意同事先上去，这才朝德珍走去。

德珍常年与父母在一起，鲜少能与薰爱碰头，姑嫂之间的情谊，也仅止于婚礼上的匆匆几面。

蘸白与薰爱同在北京念书，同侪数载，蘸白回回抢走薰爱的第一名，毫无绅士风度。更气人的是，蘸白平素连课也不去上，去了也在教室里睡觉，却古怪地每次考试都能拔得头筹。

这对冤家斗了几年，回回碰面都是剑拔弩张。此后，他俩又意外地一起入读芝加哥大学建筑系。

蘸白是岑家长子嫡孙，德珍的大伯母因他幼时进厨房不小心打破了一只碗，此后再也没让儿子进过厨房。故而，蘸白在北京的几年一贯给人既懒又邋遢还很土气的印象，去往美国也没能一雪前耻。

对照起来，薰爱的变化却是翻天覆地的。她花了四个月就改掉了自己的英文口音，学会了穿小黑裙，摘了框架眼镜，买了口红。

唯一没变的是，她依然只能是榜眼，状元郎的交椅上永远横陈着四叉八仰土得掉渣的蘸白。

几年前的秋天，德珍去纽约参加婚礼之余，去了一趟芝加哥。她的爷爷、叔伯、父亲，都选择在德国留学，且都是同校校友，唯独兄长单赴芝加哥，她也好奇到底是什么使得蘸白力排众议打破家族传统。

然而，她却看到了自己无所不能的哥哥提着一桶油漆，正在粉刷别人家的房子。

那是德珍第一次看到他褪去所有光环的样子，不是岑家的孙子，不是高贵的大伯母骄傲的儿子，只是一个平凡的男人，浑身漆点，蓄着胡茬。

但，依然很迷人。

后来才知道，他当时正在挣买戒指的钱。

最终，那枚戒指戴在了薰爱的无名指上。

不是冤家不聚头，爱情一旦来了，薰爱也无可奈何。然而，生活的考验总是无休止的。婚姻的开始是全然梦幻的甜蜜，但渐渐地，蘸白产生了履行家庭义务的念头。

爷爷的三个儿子，敬在因病去世，慎其入赘王家，淳中作为幺子，具有天生的善良和软弱。德珍的大伯母在爷爷的安排下再嫁，德珍的母亲和岑家上下格格不入，至于慧珠，她尚有太多东西要学。如此一来，只能由淳中独挑大梁，但蘸白也知道，小叔叔并不是能面面俱到的人。

二十八岁的蘸白，试图回归自己那个古朴守旧的家庭。而彼时的薰爱，正是在行业中打开局面的年纪，蘸白的那个念头，无疑给她的女王加冕之路浇了一盆透彻的冷水。

后来他们分手的时候，维持着各自的风度，平静地说了再见。蘸白孤身回国，薰爱继续客居他乡。

但德珍知道，哥哥的心里眼里，始终只有那个看到排名时流露出不服气的李薰爱。

有情人不成眷属，实乃人生一大憾事。黎阑没了，德珍更希望哥哥能过得好一点，可她始终没找到恰当的方式告诉蘸白遇到薰爱的事。

她最怕的，是弄巧成拙，适得其反。然而就让他们那样继续端着可笑的自尊过活，也不是她所乐见的。

那天失约之后，卢鸿鸣一直没有再联系她，她也不甚在意。薰爱正在做一个大型项目，但是，她怀孕了。

薰爱的工作环境对一个孕妇来说实在太过恶劣。她的同事似乎也都被蒙在鼓里，薰爱那微凸的小腹，陌生人看了只会觉得是岁月赐予女人的惩罚，只有德珍知道，薰爱那样的女强人怎会容许自己的腰围逐步夸张起来。

　　果然，一问之下，结论便出来了。

　　德珍一下子忙碌起来，下午若是没课，她会潜心做好饭菜送到现场给薰爱。有时，她甚至为薰爱做助手的工作。以薰爱的脾气，德珍没有自信劝服她不要工作去休息，因而施工现场中，但凡她力所能及的事，她都愿意替薰爱做。

　　很快地，她主掌了薰爱的中餐晚餐，最后连早餐她也开始涉及。

　　七点钟，她按响了薰爱的门铃。

　　十分钟后，薰爱揉着困顿的双眼开了门，见到德珍笑着站在外面，她深吸一口气，板起脸，双手交叉在胸："德珍，你做这些都是无意义的。我和你哥哥早就没有瓜葛了，这个孩子并非你的侄子，不要白费力气。"

　　德珍敛起笑意，倒不是失望和受伤，只是略有些尴尬。"如果妨碍到你工作，我很抱歉。"她将保温桶里的早餐递过去，薰爱却不领情。她只好将东西放在门边，将散落的碎发别在耳后，"虽然你和我哥哥离婚了，但你曾经是我的嫂子，你的家人不能在身边照顾你，所以我忍不住……"

　　"觉得我可怜吗？"薰爱冷声问。

　　德珍抬头看她，抿了抿嘴角："你在这里，以及你怀孕的事，我都没有找到时机对哥哥坦白，后来我想了想，大抵逃脱不了自作多情的嫌疑，因而我不打算告诉他了。我想，你大概也不希望他知道你的行踪。但作为保守秘密的交换条件，我希望你能允许我来照顾你。是不是我的侄子都一样的，毕竟是一条珍贵的生命，不是吗？"

　　"你觉得我不疼他？"薰爱意指腹中那个四个月大的胎儿，"嫌我不会照顾小孩子？"

　　德珍淡淡一笑，有些苍白，但很坦诚："我心疼的是你。"

　　大清早就要面对滴水不漏的她，薰爱已经十分不耐烦。其实十分想发一顿脾气然后摔上房门，但这招对德珍来说或许并不管用，想了想，薰爱索性提起了地上的早餐，在德珍面前晃了晃，最终仍是扬了个笑脸："多谢关心，但足够了。"

　　吃完闭门羹，德珍识趣地离开。

　　她相信，无论现在表现得多么凉薄绝情，当年许下诺言时炽热的心没掺半分假。薰爱是否口是心非，她不得而知，但她也尝试着在理解的过程中放弃自己的固执，毕竟，成人世界不接受过分好意。

她正思考着如何说服自己适可而止，电梯已经抵达大堂。她尚未迈出脚步，眼帘一掀，只见外头立着一双笔直的长腿，声音的主人正在说："……有些事，宁可保持沉默让别人觉得你是个傻子，也别开口证明这件事……"

然后，挨训中的萧尘突然一句："德珍小姐！"

背对她的男人缓缓地转过身来，薄荷一样凉的眼角梢因为纰漏百出的下属惹他心烦，此时尽显不耐。

"早安，萧尘。"德珍愉快地跟贪吃的小伙伴打招呼，眼珠一转，对上仲寅帛的，"早安，仲先生。"

身姿笔挺的男人微微扯了一记嘴角，回过头吩咐萧尘："去取车来。"

萧尘缩了缩脖子，偷觑了德珍一眼，不敢多作停留。

德珍走出电梯，她手里提着一把黑色长伞，臂上挽着自己的手袋，身上罩了一件价值不菲的白色廓型外套，灰色的竖纹线衣领口露着一截橘红色衬衫尖领，底下是同样素灰色的长裤，脚上一双白色浅口鞋。

她总是过多的黑白灰三色装扮，不戴首饰，不化妆，在春天的阳光里，一副几乎要与光融为一体的样子，故而他今天格外喜欢她领口的那抹橘红。

"德珍小姐昨晚也外宿了？"不会聊天的男人不客气地问。

德珍拿伞尖点点酒店大堂光可鉴人的大理石地面，这男人，连地上的影子也是倨傲的。

"仲先生呢？"她轻轻一笑，看向他奢华的衣着，"看您不像是来工作的。"

仲寅帛还穿着昨晚宴会穿的蓝色天鹅绒西服，一大清早就如此隆重，的确招人怀疑。接受她的嘲弄，仲寅帛勾起嘴角："彼此彼此。"

德珍一愣，很快意识到他似乎将她误会了，不过，她没有对他解释的必要，故而只是无奈地笑笑："很高兴见到你，我还有事，先走一步，祝你度过愉快的一天。"

她优雅从容，似乎完全不介意他眼神里赤裸裸的诋毁，并且一点也不为自己感到冤枉，就那么客气地走掉了，仿佛只是在散步的途中遇见点头之交。

仲寅帛看着她推开金色旋转门彻底离开，握了握拳，这才上楼回房间去取被助理拿错的外套。

昨晚被多灌了几杯，为免母亲唠叨，索性就在外头住宿，等会儿还要出差，却意外在此之前遇见德珍。这个看似高贵端庄的女人，总是对人笑得不正经，现在连生活素养也很可疑，还总有本事用三言两语激怒他！

回去的路上天阴沉沉的，想起那个不可一世的男人，德珍不置可否地笑笑。回到公寓脱了外套，雨紧接着就来了。

早年间王槿鸢不愿住花园里的旧房子，住酒店总套亦不觉得舒坦，索性便在滟水以德珍的名义置了一套物业，方便她与丈夫一年一度例行拜访。德珍那些从英国远道而来的行李不方便送到花园里的爷爷家，一来东西名目众多，二来，爷爷若是知道行李是乘专机来的，哪怕嘴巴上不说什么，也避免不了心生不悦。

德珍不指望能替奢侈成性的母亲在爷爷那儿拿到一个好分数，但也不希望母亲的印象分被扣成负数。

惊雀巷的厨房是慧珠的天下，为了照顾薰爱，德珍只好偷偷在这里另起炉灶。一段日子下来，生疏的厨艺似乎也有了一些长进。

她正看着窗外的雨刷着碗槽中的杯碟，门铃响了。

摘了橡胶手套去开门，门外站着一个保姆打扮的中年女人，对德珍一记憨笑。德珍拖长了尾音问："你是？"

对方先呈上一只纸盒："我是替顶楼那家工作的，我家太太前一阵看见小姐有行李运进来，派我来过几次，一直没遇上你，今天赶巧了。"

德珍接过纸盒，里头装着一只六寸大的奶油蛋糕，还是温热的，缎带一打开，食物的暖香味扑鼻而来。

她愉快地接受了邻居的礼物，笑着对保姆说："替我谢谢你家太太。"

对方弥补了多日来耽搁的邻里礼数，离开时也很愉快，德珍送她进了电梯，一再道谢。

一早上她只顾着给薰爱忙活，被蛋糕的香气一勾，这才想起自己的肚子还是空的。邻居的登门礼，简直是场及时雨。

关上门，将蛋糕拿进厨房，在尚未完全整理的行李中一通翻找，最后找到了一副完整的英式餐具。她取了碟子和银质叉子出来，挖了一口奶油搁进嘴里。

整个人顿时活了过来。

仲太太今天有心事。

　　昨晚她儿子彻夜未归，据说是出差去了，只不过她这个当人母亲的，身份一亮出来，对方立即老实交代了她儿子昨晚被人灌醉的事实。

　　世人都说她嫁了个好丈夫，生了个好儿子，事实上，也的确如此。丈夫就不多说了，儿子的话，打从出生起就是个省心人儿，不哭不闹长大成人，连叛逆期似乎也不曾有过。

　　从小到大，他上最好的学校，考最好的成绩，读着叫人望尘莫及的大学，除了性子有点冷之外，几乎没有缺点。连喝醉了都知道在外投宿不叫母亲担心，这样的儿子，上哪儿找去？

　　可是，为什么她思来想去的，清晨五点就起来折腾烤箱了呢？

　　仲先生看着流理台上整齐摆放的六个蛋糕，摇摇头，上班去了。仲太太一一给打牌的朋友们致了电话，总算都给蛋糕们找到了归属，最后一个蛋糕胚涂完奶油，想了想，让保姆送去楼下碰碰运气。

　　十分钟后保姆回来时，仲太太正在厨房心不在焉地整理后续，等忙完了，才想起来问蛋糕的下落，保姆回说楼下的年轻人刚好在家。

　　仲太太兴奋得手舞足蹈："我就说肯定是搬进来了，这个点八成人还在家，果然被我猜对了！"

　　保姆被她激越的反应逗笑，抿着唇忍了忍，说道："上次我们晚上九点去敲门，不是也没人应，您还嫌人家夜生活太丰富呢。"

　　"哎哟，谁吃闭门羹都会不高兴的，我也就是那么一说罢了。"仲太太是个没心眼的，也不和保姆计较这个，又问，"开门的是男的还是女的？"

　　"是位小姐。"

　　仲太太两眼放光："长得如何？"

　　"好看。"保姆答。

　　"只是好看而已？"仲太太有些失望，好看的女孩子满大街都是，不见得她儿子都喜欢。

　　"是位很有礼貌的小姐，一直送我进了电梯。也很年轻，没有化妆气质也很好，不过看不出来结婚了没有。"保姆也替她记着儿媳妇人选的事儿呢。

　　"那你请她来我们家玩了吗？"

　　"请了，她答应有空就过来，又问我您什么时候在家，我说您都在的。"

　　仲太太不高兴了："你怎么能这么说，好像我很闲似的。"

"那要怎样说才恰当？"

"要给她一个具体时间才对，比如傍晚的时候，那样的话她过来和我聊一会儿天，我便可以顺其自然招待她在我们家吃晚饭。再者，现在的年轻人如果可以将事情拖一拖，八成会拖个没影儿。大忙人才显得紧俏呐，就和我儿子一样。"

这家的保姆也是个脑筋灵泛的，太太那么说，她点点头思索了一番，很快认同了太太的说法，便给记在心里了。

德珍这边，拜访邻居虽然提上了日程，却没有照顾怀孕的嫂子来得紧要。最近她的早出晚归已经惹来爷爷的征询，所幸她在爷爷那儿向来循规蹈矩分数超高，他老人家也没有多作怀疑。

至于她家蘸白哥哥，淳中的公司出了点麻烦，最近他一直在公司帮忙做事，一时半会儿也顾不上德珍。

五月的天气就如三岁小孩的脾气，三分晴七分雨。上完课出了教学楼，德珍打着伞去往办公室。雨薇约了她一道吃午餐，但走到一半，她忽然绊了一下，一个趔趄差点摔倒。

松了一口气之余，她拍拍胸口压惊，却意外在拐弯的广角镜中看见自己身后不远处有个女孩子，像是行迹败露，表情慌乱不知所措。德珍疑惑地转过头去，对方却已经撑着伞疾步离开。

望着那雨中的背影，德珍喃喃自语："原来也有女生爱我啊……"

结果，到了办公室和雨薇说起这事儿，雨薇一阵猛翻白眼："你也真是够了！"

德珍笑笑，不以为意。

好不容易天气晴朗起来，薰爱也渐渐对德珍每日例行拜访习以为常。施工现场总会看见德珍越俎代庖替薰爱指挥这修正那的忙碌身影。

蘸白也忙完了叔叔的事情，他忙着倒好，一旦闲下来就会丢三落四。

星期四他去骑马场修排水工程，结果图纸忘带了。骑马场的工程是德珍大伯岑敬在早年监理的工程，图纸是岑慎其趴在工作台上一笔一画画出来的。

在爷爷的帮助下，德珍找到了图纸。将图纸塞进画桶，出租车已在巷子口等候，她匆匆出了家门，上车后才惊觉自己忘了带钱包。不过好在是去找蘸白，也不至于付不起车钱，退一步说，她还能乘这车回来再付车钱。

车程很长，她意外地在陌生车辆上睡着了。

骑马场设在郊外，一觉睡醒，眼前已经换成了阳光朗照、草木葳蕤、万物向荣的野间景象，满眼的苍翠绿得她眼睛发软。出自岑家男人笔下的工程、建筑物其实不算多，但生活设施却比比皆是。例如大型游乐场、体育馆、机场等，爷爷早年还设计过三座火车站。他的三个儿子，所学也不尽相同。岑敬在在德国学习基础建设，回国后参与过许多高速公路路段建设；岑慎其则偏爱小型建筑，后期还在日本待过四年，因此喜欢游乐设施以及室内场馆；至于岑淳中，反而出人意料地有几栋建筑物作品出手；轮到蘸白这一辈，别看蘸白吊儿郎当的，却有摩天大楼情结。不过这座城市并没有让他发挥所学的空间，所以，他那个宁愿离婚也要留在芝加哥的妻子如今做了大监理，他却只能做些替叔叔善后、替父亲留下的工程做维修的工作。

设立在半山腰的骑马场因为最近的几场大雨，年久失修的排水系统终于崩溃。养马的人才知道这畜生的矜持贵重，因而故障一出现，马场主人已经下了重金找人维修，无奈管道实在太过复杂，堵塞情况也很严重，最后马场的老工人才想起了当年建造马场的人。

十五年的维修期限早就过去，蘸白本大可以拒了这桩麻烦事，但他想了想，还是来了。

德珍一到，兄妹二人摊开图纸，古老的制图技法精妙地呈现在两个年轻人眼前。惊叹之余，德珍也没忘记等她付车钱的司机，蘸白听后笑说："难得你也有犯糊涂的时候，你还是留下吧，等会儿陪我骑会儿马。"

"你又不是不会骑。"

"都多少年前的事了，老早忘光了，有你在好歹也能提点着些。不是说对脊椎好么，我寻思着我也到了年纪，该捡起这些昂贵的消遣了。"蘸白打开钱夹，叫了个人过来替她打发了司机。

德珍笑："不服老不行吧。"

"那还用说。"蘸白眼神一暗，"我可不想把我的工程留给我儿子来修。"

知他是想起父亲早逝的痛楚，德珍默了声。

兄妹二人迎着山间春光去了跑马场。蘸白寻了个方位开始对照德语图注，德珍在薰爱那儿学到了指挥现场的经验，安排工人撒撒白石灰做做标记，俨然得心应手。

一直忙到下午，兄妹二人盘腿坐在矮矮的工作台兼饭桌上。蘸白喝了一口纸杯咖啡,眼睛看着图纸,叹道:"我老头还是挺牛的。"

德珍失笑:"这图明明是我爸爸画的。"

"也不全是二叔画的,你看这儿这儿,还有这儿,都是我老头画的。他们兄弟俩用的线不一样。"蘸白长长的指头在图纸上一阵点点戳戳,"你不懂,看不出来厉害在哪儿。"最后下了这样一个让人啼笑皆非的结论。

德珍拿他没办法,心里只想,大概只有男人才会计较这些吧。父亲在儿子眼里,总是带着光环的。

德珍看着自己的兄长,不知如果他得知薰爱怀孕了,孩子的父亲却不是他,心里将会多复杂。

人类最根本的自私,就是不会替别人养孩子。

"哥,婚姻到底是什么?"她问。

"婚姻?"蘸白高深莫测地笑笑,"反正不是你想的那样的。"

"那该是什么样的?"

蘸白看了眼青天:"其实男人都是蠢货,一旦明确得知他的女人多么爱他,多么陶醉于他制造的幸福,他会义无反顾为家庭和她牺牲一切。不过,如果他对她没有把握,甚至产生多余的担心,那么,他将表现得像个无赖。"

德珍抿唇一笑:"如果我对一个男人说,'我这辈子最正确的选择就是嫁给你',他因此变自负的可能性大,还是会被感动得一塌糊涂,然后更爱我?"

"这就不好说了,不过男人们都喜欢听类似的话,不管是真心,还是假意。"蘸白看她一眼,颇有深意道,"德珍,其实男人们并不排斥对自己的女人和家庭尽义务,你不要在那之前就心生畏惧。"

"怎么会?"德珍眼底含笑,拿了一块点心搁在嘴里,用食物找回平静。

蘸白瞄了眼地面上挖出的管道,叹了口气,拍拍双手,抖落点心碎屑:"我看今天是没法骑马了。"

他不参与,却不好叫德珍大老远白来一趟。他打开钱包:"大老远来一趟,就别这么回去了,出身汗也好。"

德珍接过零花钱,在商店租借了一套用具,挑了一匹三岁大的温驯母马,牵着马走进专门练习盛装舞步的室内训练场馆。

此时,仲寅帛正在场馆二层与人交谈,巨大的玻璃面阻隔出一间观察室。骑马场的老板十分年轻，脚上穿着黑色长靴，双手负在腰后，肩膀微微下垂，与人说话的时候，一派轻松自然地转玩着手里的鞭子。

德珍一上马，他当即在巨大的镜子里看见了她，紧接着，他就再也不能集中注意力听仲寅帛说话了。

他的走神，很快被仲寅帛发现。

仲寅帛顺着他的视线而去，只一眼，随即哑然失笑。

习惯，真是一个可怕的东西。今时今日，无论他以什么样的方式与德珍见面，都不会感到惊讶了。

科达明和仲寅帛虽为朋友，但各有各的爱好：一个养马，一个买画。此刻，二人站在玻璃幕前看着马背上的德珍，一个如沐春风，一个面无表情。

科达明觑了眼身边的朋友，不经意想起曾经自己的某任女友想问仲寅帛一些私人问题，仲寅帛当时心情很好，大方说："问吧。"

女友受宠若惊，流利地问出："你为什么从来不笑呢？"

仲寅帛勾唇："我笑的时候你看不到。"

女友紧追不舍："那你一般多久笑一次？"

他颇认真地想了想："可能三年也没有一次。"

听这话的当下科达明嘴里正含着一口红酒，险些没喷女友一身。

以他对仲寅帛的了解，这三年未必会有一次并非假话。有时候他都觉得仲寅帛是他们这个圈里最闷的男人，若不是能力顶尖，他或许不会花心思与仲寅帛交际。然而就是这样一个人，在这一刻竟然神色有些不自然。

科达明瞧了眼那头的德珍，不禁勾起嘴角。

德珍对那两道窥探的视线浑然不觉，骑了一小时的马，背上已经汗湿。归还了器具到蘸白那，蘸白瞧了眼天色，命她先行回家，他手头上的事没一时半会儿是结不了的。

蘸白掏出自己的车钥匙递过去，临了又抽回手，憨憨道："你看我又忙糊涂了。"他忘了德珍不会开车。

德珍一笑："我已经打听过了，往下走一段就有车站。"

蘸白却不放心："还是叫我助理过来送你吧。"

德珍垮下肩头，无奈道："哥，你在担心什么？"

"我担心你会遇到危险啊。"

"老天，我可是穿越非洲大陆的人好么？"德珍又是挤眉弄眼又是笑，五官忙碌得很。

经她那么一提醒，蘸白倒是想起来相片里那个乌糟糟的吉普赛女郎德珍了。他至今仍然记得相片后德珍写的那句话：醉过方知酒浓，爱过方知情重，穷过才知富好。

搭配上她那身打扮，真是寓意十分深刻的箴言呵。

蘸白笑了笑，作罢了："你开心就好。"

德珍抿着笑踏上归途。

这附近其实根本没有什么车站。来这儿消遣的都是些富贵闲人，谁家没有一台车呢？

唯一的一台大巴是供工作人员使用的，偶尔接待游客。虽然说了谎，但她也只不过是想趁着春光大好，独自走走罢了。

山中仍开着野晚樱，植株生得矮小，花开却艳丽，一抹独树一帜的色泽试探着贴紧季节的根部，扶着春天的臂膀，悄绽，悄逝，在德珍眼里看来，这既忧郁又美丽。

仲寅帛驾着车远远瞧见爬上山石攀折樱花的女人，当下心都揪紧了，真想扶着她的肩头疯狂摇醒她：你到底长不长心？

等她下到地面，他鸣了下喇叭，给她一记小惊吓。

德珍望向驾驶座的瞬间，表情心虚，但更多的是复杂。

啊，又见面了。

仲寅帛落下车窗，对于野外的惊喜见面仍是主场态度："上车吧。"语调是零下十摄氏度。

德珍瞪了他一眼，他连头也不偏一下，眼皮也未上抬分毫，姿态能冻死个人。

她周遭的男性多是温柔良善之人，待人接物总是多有包容，仲寅帛这样傲慢的，她不是没见过，她只是没见过这么深入人心的傲慢，仿佛他一抬眼角梢就能激起人内心所有的厌恶。虽不至于痛恨，但也很反感。

不过，她还是抱着怀里的花枝上了车。

"来骑马？"冷若冰霜的男人问。

"嗯。"

"走路来?"

德珍在后排座位上斜看他轮廓好看的后脑勺，敷衍的态度被他所不满也不慌张，不紧不慢地答："和我哥哥一起来的。"

"你还有哥哥?"

"嗯。"

"你有几个哥哥?"

"一个。"

"我认识吗?"

德珍深吸一口气："大概吧。"这座城市并不大。

仲寅帛对她上车的目的心知肚明，她无非是想避免无意义的纠缠，但他可不会轻易令她如愿。

"喝下午茶了吗?"

德珍看了眼窗外，回答道："吃了点心喝了咖啡。"顿了下，又补充了一句，"我现在不饿。"

仲寅帛上扬嘴角，她倒机警。

"那订餐吧，我让他们慢慢准备，没关系吧?"

闻言，德珍不得不透过后视镜观察他，仲寅帛也轻移视线，二人的灵魂在镜中交会，一个得意，一个惊讶。

短暂的几秒过后，他镇定地移开，直视前方，此后再也没朝德珍看过一眼。

德珍冷静了会儿，越想越好笑，直到听他打电话点餐，她内心的无力感才姗姗来迟，这个霸道的男人显然不容她轻易逃脱。

她垂下肩头，揪了一片野樱花瓣捏在指腹间，花汁染红了葱白的指头。

车子开了许久，回到滟水城时已近天黑，二人一前一后进了餐厅，落座。

男人翻开菜单问："喝酒吗?"

"不了。"

明明是询问过后得到否定的答案，他还是不由分说地做了主："那就只喝一杯吧。"

他用眼神招来侍者："餐前酒，加温后冷却，两杯。"

德珍认真地看着他，这个男人啊，仿佛多说一个字都会折损他，长得像绅士，却毫无半点绅士风度。但在对方强烈的掌控欲下，她无意指正他，任凭他来主导这场游戏。

她逆来顺受的表情令男人微抿唇角，眼底星芒闪动。

上菜后，二人没有再交谈，菜品不错，尤其是在饥饿感上升时。德珍运动后又坐了很长时间的车，的确饿了。

"味道怎么样？"过了很久，他才问了略显僵硬的一句。

德珍端起水杯喝了一口，咽下食物："第一次吃。"

仲寅帛停下餐刀思索片刻，这才明白她过分慎重。不过想来也是，以她的家世，对"味道"应该秉持着一贯的标准，对于一间第一次走进的餐馆，并不轻易下评判。

他有一对很棒的父母，他们信任他的判断，放任他的行事作风，从不过问他的男女关系，也从不催促婚事。直到那天他主动提出结婚的请求，母亲的喜悦让他知道，其实她一直在等他这句话。

他的父母并非出身显赫，走到如今全靠双手打拼，他们对儿媳妇既有憧憬，又不失标准。仲太太曾说："看一个女人的出身，点一条鱼给她吃即可。"

这家餐厅的主厨是澳大利亚人，地理之故，他非常善于处理各种海产。现在很少有餐厅会做整条的鱼呈给客人，但很显然，这道柠檬汁烤鱼并没难倒德珍。

仲寅帛看她将餐叉插入鱼腹，手腕翻转，剔出鱼腹丰满的鱼肉，并以此法吃掉那半面鱼身才停下了餐叉，让侍者换下一道菜。

"天底下所有的鱼，你都只吃一面？"他问。

"嗯。"她喝了一口水，神情寡淡。她从小就有专门的调教嬷嬷，对于一个孩子而言，过分繁杂的餐桌礼仪只会惹她不快，偏偏嬷嬷家有个少年过云越，哪怕她再不情愿，也咬牙学完了所有。久而久之，倒也成了可以出师的"淑女"。

男人神思敏锐，发现她的不悦后，立即转移了话题。

"你没有自己的车吗？"

她淡淡笑起来："你给买新的吗？"

"如果你需要的话。"他认真。

"不用了。"德珍秒答。

这样的对话，听起来是男人在讨好她，她也尽力使自己不那么严肃，可男人的认真却叫她无法说太多俏皮话。

沉默中他们仍试探着彼此，他寻求一个切入点，而她思考如何脱身这窘局。

这时，餐厅里忽然响起一首英文歌曲，德珍不掩惊喜，引得仲寅帛也竖起耳朵倾听。

他是个不适合听情歌的男人，纠结时，眼中的暗黑格外出彩，犹如脱胎换骨的前夜，亦是百转千回的超度。他眨眨眼，仿佛眼前这女人为他打开了一个新国度的大门。

德珍窃笑，解释道："这是我妈妈喜欢的歌。"

他不言语，因为气氛的不融洽而微微恼怒。在歌者漂亮的口哨声中，二人用眼神对话，婉转暧昧的歌声里，对视间闪耀的火花，眨眼间心中已抹去了真真切切的车水马龙，碾平了热热闹闹的人间尘嚣。强悍的是他，柔情的是她。

在这样的气氛烘托下，下一刻，他便说了一句令他追悔莫及的话。

"会成仙的你。"

在言语和眼神的双重攻势下，德珍并没有怯场，她像是知道他会后悔道出这句称赞似的，优雅从容一笑："谢谢。你也是琼枝玉树。"

仲寅帛失意非常，既感谢她铺台阶的举动，又厌恶她拘谨而客套的恭维。换作别的女人，早该知道他的意图，偏她净是装傻充愣。

德珍努力回避他的视线，那样一句直白的称赞，再献上那炙热执着的眼神，试问又有哪个女人招架得住？

若非她此刻心如死灰，大抵也不会让骄矜自傲的他不慎触礁。

她静下心来听自己的心跳，似乎，加速了。

仲寅帛边咀嚼食物，同时不忘注视她用餐时各种优雅离奇的小动作，不加掩饰地表达自己对她的痴迷。

德珍深吸一口气，他直勾勾赤裸裸的视线多少令她有些不适，备受侵略之下，终于停下进餐的动作，抬眼望进他火焰跳动的眼睛里。

暧昧的情愫在歌声平息后再度重燃，在灯光下发酵得更浓烈。德珍显然有些架不住了，这致命的眼神所包含的侵占和夺取，任谁都无法泰然自若地呼吸。

"你长得比较像谁？"忍了又忍，她左顾而言他。

"我爷爷。"他笔直的视线仍然没有丝毫偏移，回答她后，又反问，"怎么了？"

"你的眼神很老到。"她低头吃了一口食物，"还有点强烈。"

他没有料到她会这样说，毕竟，这世上鲜有女人敢与他对视并作出评价。诚然，他也知道自己的眼神并不讨人喜欢，因为这双眼睛遗传自一个他很讨厌的人。

他习惯用慑人的目光审视旁人，虽然德珍不喜欢他那极具攻击性的眼神，但面对她，他并不想掩饰什么。

德珍想起在电梯口他教训失误的萧尘的样子，微微颔首，的确，强悍的形象更适合他。

她的认同，让他稍感放松。气氛虽变得自在了些，但两人却没有更融洽。

"今天是我们第几次见面？"

德珍回溯前缘，答道："第五次了吧。"

仲寅帛若有所思地点点头："五次的话，应该对我有点感情了吧。"

无视他的自大，德珍笑说："我和花园里的乞丐天天见面，你觉得我会和他产生感情吗？"

得到她的反馈，仲寅帛全情切割牛肉的手顿了一顿，挑挑眉，眼里的光游弋了下，没有抬头看她。德珍在沉默中盯着他看了半晌，继而垂下眼帘。

雪莱的诗里说：tear a veil（撕去一层面纱）。tear真是个妙词，既激烈又克制，复数就会成为眼泪。

就好比她其实是个隐忍的人，却总是被他逼得不得不亮出自己的爪牙。

仲寅帛脑中有诸多构想，关于她爷爷手中的那份图纸，关于自己内心的偏向，与此同时他还不忘消化眼前这女人的性格，四面楚歌之下，他唯有按捺着心中的烦躁，问些他可以问，而她也可以答的问题："你喜欢温柔的人？"

德珍无法回答他的这个问题，因为她突然想起了黎阑。

为何凡·高的星星如此明亮

那时候，她刚刚与过家的儿子过云越订下婚约，黎阑捧着笑脸，用又羡慕又嫉妒的语气对她说："姐姐，原来你喜欢的是那样的人啊。"

她抿唇而笑，默不作声，端持着恋爱中的女生合理的举止。

她似乎是偏爱温柔的人的，因为云越就是那样的人。

说起云越啊，明明与她青梅竹马，却在立下婚约之后，也跟着羞涩起来。一如所有互有好感的男女那样，他们之间对视超过两秒钟，一方肯定要移开目光。

那时候的他们，更像蛋糕塔上的翻糖小人，简单而隆重，拘谨而温柔，平淡而浓厚。面对亲友善意的取笑，初时的无所适从渐渐地也酝酿成了甘甜的蜜。

而那份牢固的甘甜，至今仍在她心中的某个角落。

然而人生如此巨大宽泛，谁又能预料，当时意气风发的当事人，如今竟只剩下她一个。

"你在想什么？"

她醒过神来，对上仲寅帛的视线，无可奈何地笑笑："在想我妹妹的话。"

"什么话？"

"我问她未来要嫁给什么样的人，她说要嫁给身长似鹤的意见领袖，挥一挥衣袖，信徒无数的那种。"

仲寅帛敛眸："那她找到了吗？"

"不，她去世了。"

"抱歉。"

德珍望着他，没有在他五官之间发现任何歉意。

"不过，你还没回答我刚才的问题。"

"哪一个?"

"你喜欢温柔的人?"

"我以为你忘记了。"

"怎么会?"他诡谲一笑。

德珍无奈:"我不确定我是不是喜欢温柔的人,但我知道,我不会喜欢你。"

"那么肯定?"

"是的。"

他不为所动,将她的凌厉直接扼杀在了摇篮里。

"那如果我已经喜欢上你了,怎么办?"

"是吗?"

他给出一记确定的眼神。

德珍轻笑:"那么,我来问你,凡·高的星星,为何如此明亮?"

上一秒,他还像个刚从足球场上走下来的年轻人那样,神气活现地被热烈的阳光庇佑着走到现在;下一秒,他却因为一个风马牛不相及的提问,顿时掉进了冰窟,连同他的眼神,都带着一种浸泡在冰水中的刺骨感。

"不,我不知道。"

良久,他决定不掩饰自己在未知领域的无知。这份诚实令德珍稍感宽怀,脸上也变得和颜悦色起来。

"如果你要追求我,那么,我手里会有三个问题,刚才的提问,是第一关。"

"我喜欢你难道是一场游戏?"他有些生气。

她笑:"人生何处不是逢场作戏?"

她注视着眼前这个男人,他的耐心不是一般差,目中无人,且傲慢非常。可一想到她此刻拥有了剥夺他的盛气凌人的资格,竟有一丝难以名状的小兴奋。

用餐结束后,仲寅帛主动提出去散步的邀请,丝毫不掩饰延长这次见面的意图。德珍已经承诺给他机会,上了车后,始终没问他要带她去哪儿。

途中,家中来了电话,礼让在电话里大声问"姐姐你在哪儿",德珍温言软语压住小朋友的躁动,电话转到爷爷手里,她报备了回家的时间,便挂了电话。

仲寅帛从后视镜中看她,见她掩着嘴打了个哈欠,于是问道:"困了吗?"

她眯着眼睛点点头,骑马是件十分消耗体力的运动。"熊困熊困的。"

车子在红灯前停下，他转过头来看她，为她新颖的形容而感到疑惑和好笑。

她从他求证的眼神中会意过来时，孩子气地一笑。家中有个吵闹的小朋友，大人们的修辞就难免受到影响。

仲寅帛落下后排左边车窗，夜风灌入，将细碎的野樱花瓣吹落了不少。德珍觉得脸上热热的，想起那杯餐前酒，下意识地捧起脸靠在椅背上，红灯转绿，她便再度闭上了眼睛。

自左窗灌入的风打在右窗上，她的发丝在风中飘动。夜风在车厢内形成一个气旋涡流，脱枝的花瓣随之飞舞，最后被带出窗外，飞了满街。

是人都会产生不切实际的愿望，而仲寅帛此刻的愿望就是希望这条路直到天荒地老，没有尽头。

但是，他很快又被这个浪漫而夸大的念头惊醒。高楼的霓虹洒在车前扭曲成一片花花绿绿，五彩斑斓的光点落在他坚硬的鼻尖，如梦似幻，勾人跌坠。

就在这当下，一块硕大的招牌突然地出现在他的视线里，他莫名紧张了一下，握着方向盘的手指节耸动，彰显着他频繁的内心活动。

最后一记挣扎后，他从后视镜中窥视后座一眼，不安的手随即打了左转方向。

车子停在酒店门口，他将车钥匙拔出，率先下了车。德珍被关车门的声音吵醒，睁开双眼的刹那，混沌拂睫。仲寅帛弯下腰，一手插在裤兜里，一手搁在车顶，语气奇异地温善而宠溺："我有点私事需要处理，楼上有房间，你可以在那儿休息一会儿，我等会儿来接你，可以吗?"

他用词十分克制，努力使自己的语气像商讨，而不是命令。

德珍不作多想下了车，被私人管家领进电梯。

大堂里仲寅帛笔直修长地伫立在那儿，水晶灯下落着他的影子，他背对着她与两位男士交谈，紧接着三人在一名助理的指引下往边上走去。电梯门缓缓合上的缝隙里，她最多只能看到这些。

套房是精致而奢华的，一眼足以令人清醒。她抱着双臂在窗前俯瞰了一会儿城市夜景，期间接二连三地有人送换洗的衣物和新鲜的时令水果进来。也不知过了多久，终于看倦了，她疏懒地伸了个懒腰的同时，眼角余光瞄见簇新的衣物，这才觉得自己身上带着淡淡的汗味儿。

打开浴室，里头所有设施都带着闪亮的光泽，她进了淋浴间快速地将自己冲洗一遍，换上干净的衣物。它们虽然没有那么合身，但也可以将就。

仲寅帛到时，她正在卧室吹头发。风筒的嗡嗡声掩盖了他的足音，等她从镜子中看见他，他人已经在她身后。

"你忙完了？"她露出一记明朗的笑容。

他沉默地接过她手里的电吹风，修长的指头插入她发丝间，德珍再怎么迟钝都已经感觉到这份不妥了。这个可怕的男人，恐怕在她问及"凡·高的星星"这个问题时，已经对她产生了恶意。

是她大意了，她怎么会以为在折损他的威严和骄傲后，还不至于得来他的报复呢？

她瞪大眼睛看着镜子，他对她施加的第一个吻，平静地落在了她潮湿的发顶。

电吹风停止了运转，男子略带粗糙的手掌摩挲着她的颈项，继而滑至她的锁骨。敏感的肌肤因陌生人的气息激起了一个个颤栗。灼热的呼吸毫无章法地落在她脸上，可见，在设置这个陷阱之前，他便早已动了情。

仲寅帛弯身抱起化妆凳上的她，尖锐的齿啮着她的下巴，珍宝般地将她抱至床上，热情的双唇膜拜着她的颈项。德珍被顶上的灯光照得睁不开眼睛，视线的余角只有男性的头颅在窜动。

对照先前她的各种行径，他满意她的顺从，却又疑惑她连欲擒故纵的把戏也不屑于玩耍，他那丧失的自信仍在继续丧失，好似从此就要与他分道扬镳。

他停下动作，手掌支撑在松软的床上，为她挡住刺眼的灯光，谋定而后动："你为什么不怕我？"

德珍的瞳仁里倒映着他的影子，双手交叠搁在自己胸前，目光坚定地望着逆光中的仲寅帛，声音有些颤抖，但还算镇定："我不怕你，我的心，就是我的保镖。"

仲寅帛注视她许久，虽然她勉力自持，但眼中已泛点点水光。他虽然想过强迫她，但到底还是心软了。

他霍然起身，下了床背对着她，声线结冰："起来吧，我送你回去。"

大难不死，德珍紧忙吸了吸鼻子，揪着领口从床上起来，稍作整理之后，她匆匆将换下的衣物装进纸袋，红着眼睛去开门，突然，却又在玄关处呆立住。

背对着她的仲寅帛没有听到意料中的摔门声，转身讥讽道："怎么还不走，是想留下来继续陪我吗？"

德珍茫然地侧过脸来，望着他："我现在不大正常，出去被人看见，别人会误会你。"她的结束语出现了颤音，气息也有些凌乱。

闻言，仲寅帛初时诧异，继而惊顿，等他消化了她的意思，迸出火花的双眼已经预示着他濒临暴走的边缘。德珍还没意识到自己的善良已经触怒了他，只见他在眨眼间旋风似的到达她面前，强劲的虎口钳住她手腕，按压在墙上，接着便是他施加的第二个吻。

她紧蹙双眉奋力挣扎，然而他炽烈的情感就如一颗松露巧克力那样融化在她的舌尖，吞进肚里。她被吻得缺氧，面红耳赤地逃脱再三，仍是被抓回继续这个吻。

都市男女的情欲正在仲寅帛的掌控下铺陈开来，德珍的反抗更是激发了他的胜欲，使得这个吻无限绵长起来。

辗转间，她咬伤了他的嘴唇，他吮红了她的唇瓣。这个吻，以过激开始，最终也未能以平静结束。

当他松开她的刹那，他线条美好的侧脸，随即被一掌打偏了过去。

清脆的掌掴声回荡在玄关，他因此而失神片刻，缓缓抚上自己的脸颊时，她已经头也不回地快步离开。

停了三秒，他拉开门追了出去，拉住未走远的她的手腕。她扭过头来瞪视他一眼，让他看见一丝凶狠被释放出来的痕迹。

"我道歉。"他沉声说。

"你错在哪儿了？"

"我不该欺骗你，强迫你。"

然而，他低下高贵的头颅并没有赢得她的原谅。德珍将他审视了一遍后，只是微喘着命令他："松开我。"冷冰冰的三个字，带着几丝微微的失望。比起生气，她更多的是无语。一待她甩开他的钳制，随即头也不回地朝电梯走去。

仲寅帛有些恼怒有些挫败又有些不耐烦地跟上："你就不能像你长的那样大方吗？我已经跟你道歉了。"他还从来没哄过谁。

德珍充耳不闻，头也不回地走进了电梯。

仲寅帛暂时放弃了追赶，掏出手机让人将他的车开出来。德珍径自出了酒店，比她先到的乘客坐进了唯一一辆正在候客的的士，而下一刻，她就感受到了照在自己脸上的车灯。

不用看也知道那恶劣的人是谁，她没有丝毫犹豫转身飞快地离开。

仲寅帛沿着步行道将车开在她身边，落下车窗对她说："上车。"德珍当作没听见。他只好将车开到她前面，然后下车等在路中间，但德珍连眼皮都没抬一下，与他擦肩而过。他气得咬牙，转身冲上去捉住疾步的她，一脸的狂乱："叫你上车！"

德珍愤然甩开胳膊上他的手，倔强地朝前走。

她是在大家族被调教着长大的女人，为人处世自然有属于她的周全，然而遇上冷漠生硬的他，多少就有些矫情了。

面对不愿意的情况，她以自己对他浅薄的认知，仿佛知道他会放弃似的，选择逆来顺受。而在无法解释自己发红的眼眶、凌乱的衣衫时，她选择静立整顿自己的心情，为了他的颜面，以及她自己的颜面。

他是那样痛恨她的良善，恨不得亲手撕开她！

路灯下，她的步伐果决而有力，仲寅帛油然而生一股胆寒，上车追了一段，减速滑到她身边，再次下车拉住她，非常恼怒地对她厉声喝道："你到底想我怎么做？欲擒故纵也得有个度！！"

德珍并未被他激烈的言辞激怒，一旦下定决心，她就会变成不能阻止的人。这世上，从来就没有人赢过她的倔强，仲寅帛也不例外。

车流不息的街道忽然空旷宁静起来，他甚至能感受到她血流涌动的节奏，她的确在生气，完全不想搭理他。

他阻止她试图再次越过他身体的举动，深吸一口气，缓和着胸膛里即将爆发的情绪，闷声吐出一句："我的失控并不常发生。"

"是吗？"

他妥协地垂下肩头，半垂着眼眸："我并没有将我的智慧都用在带女人上酒店这件事上。"

"所以呢？"

"对不起。"他飞快地道歉。

"你完全没明白自己错在哪里。"德珍毫不留情地揭穿他，夜色让她看起来既高傲又冷艳。

见她又要走，他急切地大叫："也许是我误会了！"

德珍顿住脚步，扭过头来冷眼看他，反问："误会什么？"

"你不是喜欢对着莫名其妙的男人乱笑吗?"他以为自己能扳回一局,但很显然,这样的答复只得到了德珍更深一层的不想理会。

她的骄傲并不少于他半分,开智时她就明白了她不可能用自己的美貌才华和善良说服所有人。别人怎么看待她,不管好与坏,她都无意去纠正,又或者说,画者的灵魂都崇尚自由,如果不是成长在家庭氛围浓烈的环境里,她大概会选择全世界去流浪。

当然,她也能理解仲寅帛的想法。各取所需的都市男女,哪怕只是第一次见面,如果心意相通,也会手牵手上酒店。她原谅了这一层,在这一点上,她甚至比仲寅帛更开通。

至于欲望,他抗拒不了,可是她不自量力地和命运赌了一回,她宁愿相信这个男人最后会放弃,也不要设想噩梦的边境。结果,她赌赢了。

可是,当时她出于各种考虑没能及时逃离的举动,却给自己招来了祸端。

落荒而逃的同时,她也对他几个小时之前的表白产生了恶心的情绪。她无法想象一个男人借由爱她,却肆无忌惮伤害她强迫她!

而此刻,在运用过伤害和强迫之后,他开始看不起她了。

就那么快。

"我乱笑?难道我要哭着过日子才正常吗?"德珍无奈。

看出她完全不想对他解释,他愤愤地提醒道:"难道不是吗?开车送你去学校的那家伙,你不是和他正约会着吗?既然有男友了,面对我你也丝毫没有警惕之心,很显然,你很适应这样的生活,不是吗?"

还没等她回话,忆起一清早在酒店大堂遇见她的情景,他又添了一句,语调升至一个古怪的频率:"被很多男人包围着生活,是你的常态吧?"

明白过来他是在说卢鸿鸣,她思索片刻,这才顿悟在学校碰面的那次,并不是意外相遇。他既然能让她毫无戒心地跟着他进酒店,甚至洗了澡换衣服,那么谋划一场相遇,对他来说简直是小菜一碟。

见她不回答,他的嘴角抽搐了一下,只当她是默认了自己的行径。然而他仍然不见得有多高兴,反而失望了起来。

德珍却问了他一句:"你是不是从来就不相信我的话?如果你只是用钱和气势买漂亮的女人和你游戏,那么,你并不需要懂我。"

直到最后,她都不想斥责他。倨傲的人,总有他的可悲之处,他那么聪明,迟早会明白的，不需要她亲口来教。

然而他却依然不放弃质疑她的人格："如果你洁身自好，现在也就不必和我在街道上争论这些了。我从来没说过我是什么正经的男人，可是，你妥协得未免也太快了，不是吗?"

德珍看着他，眼神失望透顶。

原来，从一开始他就没有想过要得到她的宽恕，那些道歉，只是他急切想将事态掌控在他手中的敷衍之词。

想清楚了这一层，她索性静下心来思考着结束这幼稚的周旋的方法，最后，她眯着眼睛问："既然你那么厌恶我，那我现在问你一个问题——我那么可鄙，为什么你仍然喜欢我?"

他愣住。

是啊，为什么她那么可鄙，他却仍然喜欢着她?

遇见一个人，犹如一段旅程。并不是所有的旅程都快乐，但她敢说自己走过的每一段路都值得。

陷入悖论仿佛已成为现代人的常态，所幸她生在古老的家族，一切都有着无可比拟的参照，别的女人花一辈子也不见得能醒悟的事，她却像是阳光熟悉叶子的脉络那样明朗。

她所有的骄傲，都来自于她的出身，不谦虚地说，若要细论，她比他骄傲十倍。

讨论告一段落后，仲寅帛又沉默了，街灯的光怪陆离不断擦拭着他那坚硬无情的脸孔，德珍等他回答，却始终没能等来回复，她只好转身离开。

"等一下!"

她不再理睬他。

"我保证不碰你一根头发!拜托请让我送你回去!"这一句，几乎是他咬牙切齿地吼出来的。

"不用了。"不知道是不是走得太快气息不平稳，虽然她表现得冷漠决绝，音调却颤抖着。

这让仲寅帛误以为她是气得太厉害，愈发感觉到她的不好对付。他快步绕到她身前，怨恨的眼神好似在说不懂见好就收的女人真是麻烦，嘴巴上却说着违心的话："就听我这一次吧，那样我也可以早点回家。"语意似乎是在表达：听我的话，我就不会去梦里纠缠你。

德珍看着他，像是在确认他的真心似的。最后，她转了身朝他的车走去。身后的男人，终于松了一口气。

快步跟上她，见她又去打开后座车门，才保持了十秒钟不到的好心情当即烟消云散。仲寅帛竖眉盯着她："我是你的司机吗？"

她侧首，迎面而来的车灯在她静美的脸颊上游移，他难免阴险地揣测，那个送她去学校的家伙，也是被她这张动静皆宜的脸给迷惑的吧！何况，她还腆着脸冲人家那样乱笑！

两人眼神交会处仍然是静电下的火花四溅，无关暧昧，只有谁把谁征服。最后，德珍屈从了。

见她打开副驾驶车门坐进去，他这才上了车。既然一开始就假装与岑黎阑之事无关，那么也没道理现在暴露自己的身份，将车子流利地驶入车道，他问："你家在哪儿？"

德珍不看他，报了面包店的地址。

他发出一声冷笑，铁着脸怒火中烧："上次是书店，这次又是什么鬼地方？我已经说了，不会碰你一根头发。"

他不掩讥诮，德珍回敬他一记眼神，同样的内容。

"我在你眼里是傻瓜吗？我怎么可能相信你一次又一次？"

"那么那个送你回学校的家伙呢，都愿意替他占停车位了，还有什么事是你做不出来的？"

"我不想和你讨论他。"

仲寅帛尖酸起来："为什么？他比我好？"

"是的。"德珍有些赌气。

他冷笑一声，用像是劝她擦亮眼睛似的语气讽刺道："狗在书房住三年，也会吟风弄月。"

闻言，德珍飞快地扭过脸瞧他，他却直视前方，丝毫不觉得自己的比喻有何不妥。德珍绞了一下纸袋的拉绳，无奈地叹气："拜托你的心也像脸那样漂亮吧。"

他不屑地嗤笑："那你应该找个天使交往。"

德珍今天已经受了不少刺激，对他已经感到累了，报了家门地址，两人一路无话抵达了惊雀巷东巷口。她提着衣物袋子下了车，仲寅帛也跟着下来，环视一圈周围的环境，皱着眉头："我记得这条巷子连车子也开不进去。"

德珍以为他是在抱怨这古老小巷的落魄，有些不客气起来："你可以走了。"

他露齿一笑，算计好似的："路远天黑，我送送你。"说完，双手插进裤袋，率先迈过了路边的积水潭，走进了黑漆漆的惊雀巷。

德珍摇摇头，无奈地跟上。

到了岑家门口，二人站定，仲寅帛侧转过身，瞄了眼木栅后岑家广袤的花园："你家？"

德珍"嗯"了一声。

"冷吗？"

德珍看他一眼，"不要费力表现那么好，那不像你。"

他也不生气，轻笑一声："进去吧。"

德珍旋即推开木门，听他在背后说："不跟我说再见吗？"

她转过身来："再见。"

仲寅帛笑了笑，咧着嘴角："能最后拜托你一件事吗？"

"你说。"

他将慑人的目光锁定她："答应我，在我开车时，再也不要那么理所当然地跑去后座，你那样会让我觉得很没面子。"

德珍想了想，答他一句："知道了。"

"那进去吧。"他从裤袋里伸出右手摆摆，微肿的脸上挂着笑。

仲寅帛回到家，停好车才瞥见后座的樱花枝，花瓣都掉得差不多了，只剩可怜的几瓣孤零零地站在枝头。他捧着那簇枝条进了电梯，光亮的内面倒映着他颀长的影子，侧脸的指印清晰可见。

想起德珍，他从鼻子里发出一声笑，垂眸看了看手里的树枝，索性将最后几片花瓣也给抖落了。

到家时父母都已经睡下了，他悄声去书房博古架上找了一只青花瓷瓶，一路抱回自己房间，将枝条丢了进去。

一夜无梦。

翌日一早起来，一家三口在餐厅碰头，仲太太懒洋洋地回应了一声儿子的早安，眼角余光忽然瞥见他脸上那清晰的指痕，大惊失色，忙过去捧住儿子的脸，左右查看。"你怎么又被人打了？"

仲王生深知儿子的秉性，无视妻子的大惊小怪，但等落了座，还是问了儿子一句："你没事招惹人家了？"

面对父亲的责问，仲寅帛反而心情很好的样子："是我做错了事。"

闻言，仲家夫妻俩对看一眼，难道出手的是女人？

仲王生问："认错了吗？"

"算是吧。"他答得端正，并不掩饰，垂眸拿着调羹拨弄煮得稀烂的白粥，拌凉了才喝了一口。

仲太太哪里顾得上谁对谁错，她只知道打人就是不对！感受到母亲心疼的注目，仲寅帛安慰了她一句："没事的，明天就会消下去。"

他不提还好，一提起来，做母亲的哪里还压得住火气："她难道不知道你是做什么的吗？这好好的脸给弄成这样，叫你怎么上班做事？"

"妈妈，我说了，是我先招惹她的，她生气了才这样。"他无奈地解释。

仲太太见他还护着那动手的女人，气更是不打一处来，拍了筷子扭过身子当即饭也不吃了。

"你和年轻人斗什么气？"仲王生见妻子这样，皱眉提醒她一句。

仲太太捶了一下胸口："儿子没有你的份吗，你怎么可以说这样的话？儿子被打了，还被打成这样，你连眼皮都不抬一下！"

"那我该怎么办？他也不是三岁，我也不可能替他去打回来不是吗？"

仲太太瞪得眼珠子都快掉出来了，一大清早就遇上那么叫人上火的事，丈夫儿子还都一副若无其事的样子，她简直要被气疯了。再看儿子，他不但没放在心上，还露出一丝傻气来！该不会是被那女的给打傻了吧？

仲寅帛喝完自己的粥，拉开椅子起来："妈妈，我吃完了，我去上班了。"

"这么快？"她还没把脾气使完呢。

和父亲也打了招呼，仲寅帛径自上楼换衣服，等再下来时，又是一副衣冠楚楚的样子。仲太太扶着他的手臂左看右看，见没什么纰漏才放开他，不过等她将视线一往上，眼神立即暗下去，埋怨道："会打人的女人，还是不要交往的好，会让你累的。"他长那么大，她这个做母亲的都从没打过他一下呢，怎能叫别的女人开了这个先河?

仲寅帛从善如流:"知道了,妈妈。"

出门前,他最后叮嘱了保姆一声"我房间的花瓶不要动",随即带着脸上那枚显眼的"徽章"上班去了。

蘸白是星期五一早回来的,忙活了一个通宵,衣服上满是泥土,喝完慧珠准备的牛骨汤,简单洗了洗就去补觉了。德珍将他换下的衣物放在大水桶里浆了会儿,换了十道水,才算彻底洗净尘土。

稚巧早起上学,见姐姐在忙活,愣了一下,也不知道是否该帮忙。

德珍对她道了一声"早安",又夸她勤奋。这个妹妹和黎阑不大一样,黎阑并不懒惰,但总是睡不够,能多睡一分钟她是绝对不会早起三十秒的。

稚巧如今也长成心高气傲的少女,长得漂亮学习又好,偶尔也有别班的男生托人递来情信,她看都不看一眼,完全不当回事。可现在,她却被这个挽着袖子浆洗衣物的姐姐三言两语弄红了脸。她的漂亮在姐姐面前,不足挂齿。

稚巧在强大的美色中痴愣了会儿才回过神,紧张地拨拨头发掩住发烫的耳朵,又嘟囔了一句什么,德珍还来不及说什么,她就背着书包飞快地跑掉了。

德珍一愣,笑了笑,眸光流转。

晾晒完衣物,爷爷也起床了。一同起来的礼让歪着身子凑到德珍身边,朝德珍张开双手要抱。德珍抱起他放在饭桌上,一家人吃完了早餐,德珍去学校上课。

中午她约了卢鸿鸣一道吃午餐,见面的西餐厅就在学校附近,德珍点好餐等他来摊牌。

三十分钟后,他开始做挽回她的工作,然而德珍却十分坚定地再度说了拒绝。

"德珍小姐是认为我还有很多不足吗?"他皱眉问。

德珍摇摇头:"不,你很优秀。"

"那为什么我仍然得不到你的青睐?"喝了口咖啡,他苦笑一下,"如果你是为了打发家人的热情而与我勉强见面,我不见得会生气,如果你已经有了喜欢的人,我也会全身而退,但请直说。"

德珍苦笑:"我并没有男友。拒绝你,只因为我是个固执的人。或许很无情,但你若非我所愿,我想无情便是至情。"

闻言,对面的年轻人敛眸凝神,自知失策,转而道:"上次的事,希望你能原谅我。"

她险些失笑："我并没有因为你叫我替你抢停车位而自尊心受损，希望你别误会。"

"那是因为什么？"他自觉自身臻近完美，除了那次事出意外，他并没留下什么纰漏。

在德珍看来，卢鸿鸣与仲寅帛一样都很自大，但卢鸿鸣看她的眼神里多了一份孤注一掷。日久生情或日久生恨，都会发生在这不起眼但必不可缺的一类人里。他们通常很优秀，但又缺少一点外物的加持，往往光凭这一点就会让他们自卑得抬不起头来。而他们遇阻时下弯的脊梁，总是藏着秘密的执着与野心。

"因为，你从一开始就没有表现出你的诚实。"思虑一番后，德珍说。

卢鸿鸣诧异地瞪大眼睛。

德珍将碎发别在耳后，她知道他很后悔脱口而出的习惯，但她说他不诚实，不见得有冤枉他。

在他的不解和疑惑中，她看了眼停在窗外的车："那台车并不是你的，不是吗？"

她第一次坐那车就猜到了，因为它过分的整洁，也因为他驾驶时透露出的小心翼翼。

不光如此。

想起那个在雨中慌乱掉头的身影，她眼神一软："你已经有女友了，对不对？"

"你……"

"她最近时常跟着我，有时在学校，有时在我回家的路上。看得出来她很爱你，你对我脱口而出的请求，恐怕曾经在她身上无数次上演。她一定很爱很爱你，才会一次又一次为你做那样的事。而你，将她的爱当成了习惯。你使用她，利用她，消磨她对你的热情，甚至走到了我身边。你有野心诚然可贵，但我也有权利拒绝一个属于别人的人。"

坐在她对面的男人，因她不常见的凛然，微微震惊着。

"关于以后，我对你只有一个忠告：今后，请别再让她为你做那样的事了。我只体验过一次那份尴尬就觉得不可思议，更何况是她。如果你也爱她，就不要让别人去可怜她。"

她始终认为，人和人的不同就在于，有的人为了自己的追求磨灭别人的感情，而有的人为了追求苛刻自己。情急之刻，总是更能分辨出人格的高低。

　　生而为人，她并不觉得自己比别人高贵多少，但她总是比别人更苛刻自己。爱这回事，从来不是她说了算。她拒绝卢鸿鸣，也只是在拒绝一个属于别人的人。

　　离开餐厅后她一个人逛了一会儿附近的超级市场。

　　你问她难过吗，不，她买了三百块钱的零食，结完账她超快乐的。

　　话分两头，仲寅帛一进"中天"的大门，脸颊上的巴掌印就引发了谈话热点，这已经是最近他那张俊脸第二次负伤了。

　　尤其是他的秘书室，几个姑娘自己不敢打听，也不敢去送药膏，只知道一味怂恿萧尘，让他去当马前锋。萧尘将一大摞艺术类书籍放在桌上，擦擦汗，对边上几个姐姐说了一句："老板从不正眼看我我会到处说么？"摊上这样一个常年臭脸的老板，都不叫个事儿啊。

　　姐姐之一拍拍他的肩膀说："他们天蝎座的都这样，小尘你别放弃！"

　　另一位却一声冷笑："他不看你，那是你祖上积了大德了。"

　　话音一落，边上几位都一副心有余悸的样子，点点头表示认同。

　　萧尘垂下肩头望着天花板，仿佛他可怜的人生已经呈现在眼前。长叹一声，他扭扭自己的胳膊，搬起那叠厚厚的书籍踮着脚尖走进了老板办公室。

　　仲寅帛正在落地窗前与人通话，回头冷睨萧尘，萧尘随即轻手轻脚将手里的书在沙发前的茶几上放下。

　　"你再打听一下，周部长也是人，不管怎么样，他也要吃饭睡觉的，我们的时间不多了，项目不能再拖了。"

　　萧尘竖着耳朵站在边上，电话那头的人八成是周子康。因为博物馆的项目，萧尘已经很久没有在公司见到这位秘书室室长了。

　　等仲寅帛挂了电话，萧尘通报了一遍行程，仲寅帛这才在沙发上坐下来，选了一本打开看了起来。

　　站在一边的萧尘张了张嘴巴，却不知道该不该问。

　　仲寅帛眼帘一掀："你挡住我的光了。"

　　"哦！"萧尘紧忙让开。

　　仲寅帛翻了一页画册，问："还有事？"

萧尘盯着他俊脸上力道深厚的指印，咽了咽口水："没有了。"

沙发上的人懒洋洋地换了一个舒服的姿势继续看他的书，但是一米开外的那两道视线弄得他很心烦："还不出去吗？就这么想知道跟工作没关系的事是不是？"

妈呀，原来他知道自己脸上有指印啊！那他还带着它到处走来走去？！

无视萧尘的惊诧，仲寅帛合上画册，一双长腿交叠在一起，漫不经心地指了指自己的脸颊："想知道由来吗？"

"嗯！！"萧尘重重地点头。

恶劣的上司瞟了他一眼，诡谲一笑："不给问。"

"……"

萧尘离开办公室的时候，差点哭出来，真是官大一级压死人啊。姐姐们的话果然没错，惹谁也不能惹天蝎座！

戏耍完小助理，仲寅帛好心情地再度打开画册看起来，想起那个可恶女人的那个可恶的问题，腮帮子耸动了一下。不就是想知道凡·高的星星为什么那么亮吗，等他找到答案，看她还有什么话可说。

一个小时后，德珍收到一个白玫瑰花篮。

附带卡片说明了花篮的来历，但快递员才掏出单子想让她签收，她便将花递了回去："请帮我退回原处。"

快递员微愣，面露难色向她解释订花的客户并没有留下地址。德珍想了想，抽走附带卡片，在快递员的手机导航里输入了"细"的地址，让他将花送到"细"让陈萍签收。

两个小时后，这个花篮在各方人士手中辗转了一番，又回到了仲寅帛手里。没过一会儿，全公司上下都流传着一则消息：老板挨打了，且对方不接受道歉。

然而绯闻的主角却不见挂怀。下了班回到家，仲太太问他怎么带花回来，他表情讪讪的，不解释。

回到房间，他一边更衣一边想，这女人真是够绝够傲！

隔了一天，德珍照例给薰爱准备餐饮，天气回暖，喝汤有些过头，因而就做了几样爽口开胃的小菜给她：一道黑蒜汁黄瓜沙拉，一道白酒浓酱拌鸡胸肉和韩国泡菜，还有一篮刚到的百香果。

蘸白说过，她最喜欢吃百香果了。

薰爱至今还没开始孕吐，在食物方面大开方便之门，简直来者不拒。德珍瞧着她的肚子，时常幻想里头藏着一头小饕餮。

她在边上看着薰爱吃完东西，不等她过河拆桥拿脾气赶人，就自觉地收拾了碗筷离开，这般潇洒反倒叫薰爱憋了一口气。

回到母亲的公寓，她整理厨房的时候突然想起住楼上的太太，随即去翻找行李，要没记错的话，行李目录里有一套Lladro的瓷偶。她收集这个西班牙瓷器有一段时间了，王槿鸢身为母亲，多少会留心她近期的喜好。现在看来，这远渡重洋而来的"行李"作为手信倒显得十分有诚意。

只不过她在顶楼那家门口反复按了门铃却没人来应门，看了眼手机上显示的日期："原来是周末啊。"她笑了下，打道回府。

等电梯时，她无意间看了眼大厦的楼层数，原来这一层并不是最顶层，恰巧这时有电梯上升，她想了三秒，狐疑地伸手按了向上键。

电梯一直没有停，最后"叮"一声抵达她现在所在的楼层。电梯门一打开，她好奇地往里看了一眼，正是那天给她送来蛋糕的保姆。

"你好。"对方落落大方地与她打招呼。

德珍回了问好，保姆笑起来："刚才电梯停在这层我还吓了一跳呢，原来是德珍小姐啊。我主人家在楼上。"她将堆满电梯的购物袋挪出下脚的位置给德珍，德珍走了进去，贴着墙壁站着，又听她解释道，"这层也是我主人家的，是留给儿子结婚用的，平时没什么人来。"

原来如此。德珍点点头，将手里的盒子捧在怀里，跟着保姆上了顶楼。

大厦的格局她不是十分清楚，她只记得一层似乎只分劈两家住户，王槿鸢当年也想买顶楼，因为她是个不想和人做对门邻居的女人，可惜顶楼已经被卖出，她只好退而求其次。

现在看来，这户人家财力定当十分雄厚，不单买下了顶层，甚至连楼下一层也买齐了。这样家庭的女主人热爱烘焙，倒显得十分可爱又有人情味呢。

顶楼的电梯一开就是这家的玄关，地面上贴着黑白相间的棋盘地板，左右搁着两个高脚石盆，里头种着一些葱茸可爱的彩色小花儿，说不上名字的绿色丝萝垂在盆外，像极了流泻的绿色瀑布。

上了两个台阶，打开白边格窗镜门，里头是客人用的衣帽间。再走五步，才算是真正进了这个家。

客厅自是十分宽敞，也很华丽，细节处又彰显女主人的偏好，虽然色泽偏冷，但奢华中仍有温馨感。

保姆顾不上去整理购物所得，忙去卧室通报太太客人来了。仲太太正在睡回笼觉，蒙眬间听见有客人，紧忙起来梳拢头发，规整衣饰。

保姆见她一时半会儿是不会好的，转而去厨房给德珍泡茶准备点心。

德珍抱着手臂站在客厅的画前，这是上次在"细"见到的那幅名叫"棋局"的作品的复制品，做小了尺寸，果然攻击力就小了许多。论起风格，这幅画与这个客厅可谓格格不入，主人家宁愿牺牲客厅的整体风格也要悬挂这画，大概是基于盛大的欢喜吧。

不久前，她在这幅画前与仲寅帛初次见面，当时他因孤身与会被各方搭讪者围拥，不堪其扰之下找到她做掩护。

她还记得当时他客套地征询她："我可以站在这里吗?"

而她取笑他："你都已经在这里了，如果我说不行，你会离开吗?"

她得承认，他们相识的方式不算坏。只不过她傲气持重又不屑于解释，而他精明慎戒又目中无人。他们都不是能被随便的人和事打动的人，她对他有过好奇，而他现在喜欢上了她。

遐想间，这家的太太终于打扮周全出来见客了，德珍搁下茶杯从沙发上起来。

这个季节，街上的女孩子早已穿上了鲜艳的裙子，她却因为仍在丧期内，终日素服示人，若仔细论起来，惊艳几乎与她无关，然而身为王槿鸾的女儿，她几乎复刻式地继承了母亲的美貌。她虽素颜，却叫看的人仍觉冰艳。仲太太头一眼见到德珍，就是那么觉得的。

妇道人家的客套寒暄无非也就那么几句，没一会儿二人面对面坐下，她看她，她也看她。

"周末打扰到您休息真不好意思。"德珍说。

"哪里哪里，你能来就让我很开心了。"仲太太看着德珍，舍不得将视线挪移一分，越看越是人心，如果不是面对面坐着，她简直要拍手称庆了。

德珍在那道俨然被视为儿媳的热烈视线中泰然自若，寥寥几句，大致了解了这家的情况。爸爸和儿子都喜欢在外面待着，家里的女人久而久之就在厨房找到了用武之地。"难怪您的蛋糕那么好吃。"她嫣然一笑。

不得了啊不得了！仲太太在心里大叫。

仲太太也算是阅人无数了，但坐在德珍面前，却险些没被那笑容给融化了心脏。

"这是你带来的吗？"仲太太好不容易移开视线，看着桌上的盒子问道。

"是的，是上次蛋糕的谢礼，希望您能喜欢。"

仲太太眉目欢欣地打开盖子，从里面取出一只白马瓷偶。虽然她的儿子拥有一家画廊，但她这个做母亲的却只是个附庸风雅之人。不过好东西就算没有过人的审美，也是看得出高下来的。

仲太太估摸着这瓷偶的价值，面色有些忐忑："我送你一个蛋糕而已，你却回我这么大一份礼，这叫我如何是好？"

德珍一笑："您的蛋糕在我心里和它是等价的。"

仲太太受宠若惊，只差没当场开口介绍起自己儿子。

如果说仲太太起先对一个年轻女子能住进这栋大厦的能力产生过质疑，那么现在所有的疑惑都已经打消了。

她看起来还很年轻，但那一如植物般悉心形成的美，却需几代人精心浇灌才能养成。

想起带着指印回家的儿子，仲太太顿时觉得人和人真就不能这么比较！看吧，有人美成春风，有人却是掌风。哼！

思及此处，仲太太再也按捺不住了，找了个借口躲进房间拨通了儿子的电话。

仲寅帛正在球场陪父亲打小白球，接到家里的电话，还有些诧异。父亲和朋友谈笑正欢，他特意避开人群走到一边，摘了手套接起电话："有什么事吗，妈妈？"

仲太太劈头盖脸就是这么一句："我不管你正在交往的那个女人是谁，赶紧分手。"

"为什么？"

"我已经有儿媳妇的人选了！"

趁主人离开，德珍独自喝了会儿茶，无意间瞥见水晶花瓶里那捧白玫瑰，心念一动，走过去数了枝数，数完当下只差没笑出声来。

那幅画，这束花，或许，还有那个人。多巧。

那天他将她逼得出手打他，事后她也不是全然心安理得的。这个男人有别于一般的登徒子，又与她身边接触的男性完全不同，他眼底侵占的意图太过明显，但在紧要时刻还算彬彬有礼，总而言之，他太不一样了，想要不咸不淡地打发他几乎是不可能的事。

现在的情形就更可笑了，她竟不知不觉地来到他的家……

不过她并不急于落实心中的猜想，等仲太太笑容满面地从卧室出来，很快对她介绍起那个令她倍感骄傲的儿子："他今天难得有空，却陪他爸爸打球去了，要不然你们可以见见。"

德珍笑得神秘："那就改日再会吧。"

仲太太拍拍她的手："那你一定再来玩啊。"

德珍微笑点头，有问有答，始终优雅持重。

当她静下来不说话时，仲太太也停下来看她。在外人面前她始终维持着一种美好的距离，犹如一株雪霁花开的山茶，散发簇新的冷香，无畏凋零，优雅不羁，引人攀折曲颈而别。

她前世定然是拯救了国家，不然老天怎会叫她生得这样好看？仲太太如是想。

"'仲'这个姓，似乎不多见。"她声如夏光，信手一勒，恍惚中已有盛夏的热烈，使人晕眩。

仲太太仿佛陷入了荒诞的爱情，竟没余力掩藏，一一对德珍道出了夫姓继往，甚至财富的由来。

她尚不知德珍的家世，说起自家的发家史，细节处有夸大但不算过分。德珍始终保持着温善的笑容，她对钱财不那么敏感，但也懂得来之不易。她的外公王霆，堪称心计一流之人，平息的晚年曾对她有过这样的忠告——命是弱者借口，运乃强者谦词。

因而，虽然仲太太反复强调是时代造就了这个家的强盛，而她只不过是运气比别人稍好些，但德珍仍言辞由衷："敢与时势博弈之人，亦是勇者。"

仲太太被晚辈几句褒奖之词捧得心花怒放，一时间竟忘了自己事前从未对德珍提及自己夫家姓仲。

德珍的猜想得到证实，脸色温善，持杯喝茶。

若不是德珍来了电话，仲太太真想大谈特谈三天三夜。她满怀惋惜地送德珍进了电梯，又得到德珍改日再登门的允诺，这才稍稍宽心。

仲家父子与朋友们在外吃了晚饭才回家，可怜仲太太已经忍耐多时，儿子还没来得及换下衣物，她便拉他坐下一把按住，开始倒豆子似的描述了有关德珍的种种。

"儿子你听妈妈的话，不要在外蹉跎了，妈妈看人的眼光很准的！"

仲寅帛啼笑皆非，连仲王生也好奇地挑起眉头："世上怎么可能会有那样的人？"现在的年轻人，能安安稳稳工作挣钱就实属难得，气质高贵生得美貌又谈吐稳妥的女人，真要想遇上一个，比摘星揽月还难。

仲太太恨不得明后天就把德珍娶回家，见这爷俩却毫不上心，伤心地说了一句："你们怎么都不信我！"

然而即便她这样，仲家父子却仍默契地回避此事。

仲王生刚失去一个儿子，心情尚未恢复，这时候引一个陌生女子进门，势必会被各式各样的人问及那些零零总总的轶闻，他有他的顾虑。

至于仲寅帛，他并不知道母亲口中的这人即是他心里的那人，他脸上的指印还未完全消退，那一巴掌足以打消他对其他女人产生任何念头。

但是他也不能放任情绪过激的母亲不管，只好技巧性地转移话题："妈妈，那束花是你插的吗？"

"是啊，怎么了？"

仲寅帛站了起来，肩头垂落着，似乎叹气，但眼神又极为认真："答应我，如果以后成为谁的婆婆，一定要认真学习插花的艺术可以吗？"说完还无奈地摇摇头，惹得边上的仲王生不厚道地笑了一声。

只有反应慢半拍的仲太太一脸气急败坏，嚷道："德珍才夸过我插花手艺不错，怎么到了你们爷俩这就这么不堪入目了？"她瞪眼瞧着人高马大的儿子，只恨当初没把他生做女儿身，那样也用不上她来着急给他娶媳妇的事儿了！

仲寅帛本打算上楼洗漱，母亲这一句孩子气的抱怨，初时他并未细听，但耳朵就像是被施了魔咒一样，自动捕获了那个关键词——德珍。

"妈妈，你说的那个女人，叫德珍？"

"是啊，怎么了？"仲太太被儿子忽然的转身弄得怔住。

他飞快地摇摇头："没什么，名字有点耳熟。"

仲太太随即笑起来："她好看得不得了呢，或许你真的在哪里见过！"

仲寅帛对她点点头，那缥缈的神情分明不曾笑过，可是眼角、唇边，却都是溅出来的笑。

星期一上完课回到家，德珍惊讶地发现花园的矮墙外堆着几只五颜六色的书包，再往里头瞧，有几个孩子的身影。

进了门，老爷子负手立在门廊上，威严地看着那几个正在拔草的孩子，德珍忍不住偷笑一声。那几个孩子对爷爷怕得要紧，见到德珍仿若救星降临，一个个哭丧着小脸与德珍告状爷爷是如何欺负他们的。

德珍好不容易打发走几个哭哭啼啼的孩子，提着点心走到爷爷身边："您又顺手抓苦力替您干活，真是老奸巨猾。"

每到这个季节，翻入岑家庭院偷花的孩子总是屡见不鲜，十次总有八次被老爷子抓个正着。老爷子是个惜花之人，谁摘了他的花谁就得替他干活，孩子的家长上门求情也无济于事，有几次甚至连家长也一并被留下来拔草修枝。

岑家庭院是德珍奶奶留下的遗产，爷爷自然十分珍惜。奶奶去世后，这个庭院曾在德珍大伯母手中发展成鼎盛。大伯母改嫁后，庭院荒了一两年，后来都是黎阑在打理。

黎阑眼界未至，情致未炼，她虽是个少女，却不喜精致，总是把花乱种，发不发芽也不管，只管施肥浇水，好在大伯母留下的轮廓还在，那些凌乱的植物竟也长成了如今的一片繁茂。

对于爷爷来说，一座庭院，三个女人：一个是他敬重的妻子，一个是他珍爱的儿媳，一个是他疼爱的孙女。这遗产本该一代一代传承下去，到了黎阑这儿，竟是断了。

"德珍啊，他们踩断了那株坡地菊，你去救一救，看看还能不能活。"

"是角落那株吗？"

爷爷点点头。

德珍脱了外套搁在门廊木板上，捋高了袖子走去墙角，绿叶新长的菊株断了好些，她从壁洞里摸出花剪，剪断折断的部分，将新枝插入松土里，浇了水，便收工了。

"你对园艺比黎阑还不上心。"爷爷评价道。

对此她并不否认。前年那花也被踩断过一次，秋天的时候黎阑拍了照片给她，它竟开了一百多朵花。

既然黎阑当初的随意造就一方繁盛，那她也只好继承黎阑的野趣自然了。就像爷爷说的那样，能不能活，全看天意。

祖孙二人回了屋子，德珍挽着爷爷："您不要再骗小孩子来替您干活了，庭院以后我会打理。"

岑润荩走得缓慢，手杖点在地上声音清亮，他笑说："指望你吗？你的心，比马还野。"

"我是淑女啊，爷爷。"德珍强调。

"你是不是淑女，爷爷最有发言权。"

她笑嘻嘻地："那我一半淑女一半狂野可以吗？请把庭院交给我吧，爷爷？"

老爷子停住脚步，只给了两个字："不行。"

德珍看着爷爷从自己手心滑脱的手臂，张了张嘴巴，终于忍住没问为什么。

论起来，这座庭院应该是由这家的媳妇来继承的，黎阑也只是替薰爱代劳，而德珍始终是要出嫁的女儿。如果可以，她当然也不想越俎代庖惹爷爷不高兴，可是蘸白和薰爱的关系那么复杂，她要怎么做，才能圆这两个人的局，让这庭院再度百花怒放？

庭院的事虽然惹得爷爷有些不快，但德珍总能找到其他方法令他重现笑颜。

她的奶奶是个半路出道的雕塑家，算起来，奶奶还是爷爷的学生，难得她天赋极佳，偶有作品问世，定会得到一番盛赞。德珍的记忆里没有留下奶奶太多影子，关于奶奶的事都是从她父亲口中得悉，而爷爷一提起奶奶，心情就会变好。

"我以前听爸爸说，你们打算和奶奶联手建一座博物馆，后来为什么没有动工？要知道妈妈知道后家里弥漫了三天醋味呢。"

岑润荩"呵呵"笑了一声："是有这么一回事，你伯伯你爸爸年轻的时候总是信誓旦旦，恨不得把地球推平了按他们的意思重新造一遍。"

"后来呢？"

"后来啊，他们出了国，见了世面，就不敢胡言乱语啦。"老爷子眨眨眼，一脸坏笑。

德珍也笑，博物馆的事最后不了了之大概和眼界突然变开阔不无关系，不过德珍仍有些好奇，毕竟爸爸都没说过要给妈妈造个博物馆，哪怕妈妈醋劲大发，爸爸也只是一句"最好的想法已用尽"打发了妈妈。今天提起这事，她倒想看看父亲究竟倾尽了怎样的想法。

家里的图纸不例外都在收藏室，她不知道爷爷和父亲他们筹划博物馆的具体日期，只能往前推算时间碰运气，花了半个小时，她终于在一个樟木长盒里找到了博物馆的图纸。

图纸虽然保存完好，但纸张却有些脆了，她戴了手套取出它在眼前展开，全景图让人觉得有种说不出的壮美，但难以鉴定风格。这并不是一个设计感十足的现代建筑，它的基本结构质朴扎实，甚至可以说有些笨拙，真要将它建造出来也不是一个能得奖的作品，不过，德珍觉得它倒像是可以使用上千年的样子。

充满想象力的作品在某些特定的年代是时髦的，但既然有时髦，就会有过时。而她眼前的这个作品，它不讨好任何人的品味，只牵发你灵魂深处的共鸣。因为它，足够质朴。

德珍越看脸上的笑意越深，她生在匠人之家，虽然继承了过人的鉴赏力，但她本身并没有拿得出手的作品，常自晒自己创造力贫乏。不过好在她有个同样笨手笨脚的黎阑当妹妹，倒得到了不少安慰。

除了图纸，她还发现了细部的小册子，难怪说这个作品要和奶奶联手，原来建筑外观有许多融合雕塑的细节。

德珍热爱任何才华横溢的作品，并不会因为这份才华呈现的方式不同而有所偏好。云越意外过世后，她接手经营母亲的"48张椅子"，由她经手的作品也算不计其数，但她仍忍不住感慨：妈妈吃醋也是应该的，谁让奶奶的手艺这么厉害。

蘸白回来时她仍在收藏室，进了门见她一脸痴迷傻笑，蘸白纳闷："你在看什么好东西？"在他的印象里，德珍只有在屈服于他人的才华时才会露出这般痴傻的笑容。

德珍将奶奶手绘的小册子递给他看："哥，你说咱们家的好基因是不是传男不传女啊？"

蘸白听了这话觉得好笑，看了眼小册子，原来是奶奶的东西，不过这册子他小时候就看过了，漫不经心地翻了几页，问德珍："嫉妒了？"

她撇着嘴佯装不高兴："当然嫉妒啦，哥，你说奶奶这好手艺会隔代遗传吗？"

蘸白大笑，合上小册子，卷起来敲敲她的脑袋："别这么贪心，你把你的美貌遗传下去就够了，赚钱养家的事自有人负责。"

德珍悻悻地皱皱鼻子，但也不生气，想起来问他："今天你怎么这么早回来？"

蘸白"哦"了一声，脸色有些认真起来："我们办成了一件事。"

德珍挑挑眉，但不是很好奇。

蘸白一本正经地说："黎阑那件事，妥了。"

德珍一愣："你是说，黎阑可以下葬了？"

蘸白点点头："老家那边打电话来说盯梢的已经撤了，叔叔已经赶过去，明天你和我一起过去看看。"

德珍大喜，忙收了乱七八糟的图纸，打算将这好消息告诉爷爷。蘸白看着欢欣鼓舞地去报喜的身影叹了一口气，好似心里的石头终于落了下去。他看着桌面上长长的樟木盒，心里有些感慨，姓仲的那小子虽然有些不通情理，但总归还不算无可救药。

不过也是巧了，德珍对生意上的纠葛从来兴致缺缺，怎么今天会突然想起来看博物馆的图纸？

周子康带了人手回来复命后，秘书室天天挨训的情形总算得以缓解。下属们一张张叫苦不迭的脸让他深感挫折，不过想起来一墙之隔的那个大魔王是那样阴晴不定的性格，他又不能责怪下属什么。

周子康是个先入为主的人，凭严谨的习惯做事，这种性格和他秘书这个职称很相符。他原是仲王生的贴身秘书，下放到任何部门都是经理级别的人物，主动请缨替少东家"护法"，既了却了仲王生的隐忧，也有对集团继承人好奇的成分。

仲寅帛初回国时，他父亲是替他安排过秘书的，但也不知怎么的，三天一小换，五天一大换。

周子康此前见过这位少东家，那还是很多年前的圣诞节，仲太太跟着身边的太太团兴起过洋节，特意将儿子大老远地召回来。周子康去机场接人，天公不作美，高速上下着薄雪，飞机误点半小时，终于到了。

回程的路上，周子康识趣地闭嘴，愣是将满肚子的讨好咽着一句没说。当时他只觉得这少年骄矜倨傲目中无人，不过并不讨人厌。几年后再见他，依然清隽，气度沉实，不带一丝富贵子弟应有的浮华气，眼神带着一点狠。

这狠是没有对象的，作为一个生意人，却是放之四海之内皆准的。

有人的地方就会流行抹黑富家子，这是个很奇怪的现象。不过周子康觉得，这个怪现象更像是一个"狼"让"羊"掉以轻心的烟雾弹。

事实上，他们这些人的天生优势并不仅仅是钱而已。圈子里的长辈个个都是人精，耳濡目染之下，就注定了这个人的眼界、思维方式、执行力都与其他人不同。他们有读不完的书，参加不完的各式聚会，天性使得他们每顿饭吃得都有目标，每一杯酒喝下去都要见效，他们太知道自己想要什么了，而仲寅帛显然是其中的佼佼者。

但也因为这样，周子康才对他突然放弃岑黎阑而感到纳闷。为了那张图纸，当初他不顾劝说也要一意孤行，好不容易捱到现在，眼见岑家人就要经不起这般耗下去，他说放弃就放弃了，周子康也是百思不得其解。

汇报完一系列事项，周子康重提了图纸之事："总算见到周部长了，不过他仍是那句老话，拿不到岑润苍的图纸，没必要详谈。"

办公桌后的男人冷哼一声："他今年七月退休，我倒要看看，究竟是他耗得过我，还是我耗得过他。"

周子康神色幽然："话虽如此，但工程部已经提交了鹿湾区大厦的初步方案，有个小道消息称科氏今年拟定在燕子坊原址建造浥水第一高楼。"

仲寅帛总算提起些兴趣了："多高？"

"还不确定，董事长留意到最近科氏股价小幅度攀升，派人打听了一下，说是科氏放了内部消息。"

"我只想知道多高。"

"315米。"

呵，比"中天"的鹿湾区大厦要高出四分之一呢。

周子康留心着办公桌后那男人的脸色，他不是输不起的男人，但他生平最恨有人特意给他添堵。更何况，他与科氏少东家科达明还有几分说得上的交情。

他长久的沉默终于让周子康感到了一丝后怕，思来想去，也只有胆战心惊地建议道："董事长的意思也是博物馆的项目越快越好，眼下我们放弃了岑黎阑，岑家人虽不至于感恩戴德，但或许会重新考量我们的请求，你看，需不需要我再去岑家走一趟？"

"不用了。"仲寅帛连犹豫都没有。

周子康以为他有什么新的构想："那……"

"这件事先这样吧，打个电话给吉隆坡问问阿Ben在不在，他要是手里没活，安排个时间我们见一面。"

"知道了。"周子康听他要把Ben找来，就知道他认真了。

他不是不后悔放弃岑黎阑这个计划的，突然冒出的科氏一下让整个局面变得棘手起来。眼下，博物馆的事刻不容缓，他却忽然别无他法。

阔大的办公室泛着冷冷的色泽，桌面上放着一摞高高的画册，外人看了或许会以为他开始修心养性陶冶情操，但实际上因为德珍的提问他吃了多少苦头只有他自己最清楚。

决定放弃岑黎阑，也是因为害怕那个女人知道此事后，决绝得连解释的机会都不给他。

他以手搓面，叹息一声，看了眼日历。

已经五天了，她回老家办事也该回来了吧？

这天下课后，德珍又"偶遇"了仲寅帛。

他对昂贵的"细"尚且没有付出太多关心，捐几册图书而已，他却前前后后来了多回，这样的亲力亲为，她怎能视而不见。

不过这一次，他是来替他母亲传话的。

很显然，在她得知顶楼住家即是他的家之后，他也知道了那天她曾拜访过他的母亲。德珍无奈："晚餐我会去的，不过，这种事你何必亲自来传达。"

他摸摸自己被她打过的那面脸颊，状似心有余悸道："谁叫我没有某人的电话。"

就这样，他顺理成章地得到了她的号码。

事后德珍不止一次失笑，这个男人既自大又幼稚，可孩子气发作时，又叫人无可奈何。她并没把此事往心里去，她说过她不怕他，自然也不会怕他打来电话。

仲太太姓谢，单名一个"仙"字。有个别致可爱的小名叫仙果。

她是个懂得谦逊的女人，嘴上说自己一事无成，都是托丈夫儿子的福才有今时今日别人对她的尊敬，但事实上，她甘愿自贬而将功劳全部推给丈夫儿子，这样聪慧大方的女人，又有谁会质疑她的荣华富贵不是她应得的呢？

而她做东请德珍吃饭，也好像是经过深思熟虑的。

请客吃饭虽是再正常不过的事，但如何叫宾主尽欢就是一门学问了。就好比与恋人一起可吃西餐，但大闸蟹只可与家人共享。而亲热的人之间，才吃粤菜。

德珍不得不说，仲寅帛虽轻狂傲慢，却拥有一个脾性与智慧皆是一流的母亲。

仲寅帛抵达包厢时，里头的两个女人正挨着头聊怎么煮盐水花生，他母亲在说，边上的女人认真在记。她仍然一身极简主义，而他母亲却穿了隆重的旗袍，她的淡然只凸显他母亲过分的殷勤。

岑润葵闲来爱吃盐水花生，慧珠虽做得一手好菜，但也并非面面俱到，可惜了后院那三行花生，每年都只落得被慧珠糟蹋。碰巧谢仙有这一门手艺，因而现下德珍这儿正起劲着呢，完全顾不上刚进门的男人如何看她。

仲寅帛受了这番冷遇也只是安生地叫了声"妈妈"，只可惜仲太太正忙，道了声"哦，你来啦"，又转头与德珍贴在了一起。他如此不受欢迎，只好悻悻脱了外套拉开母亲边上的椅子坐下。

德珍写完条子抬眼问仲太太："是这样的吗，您看看我有没有落下什么？"

仲太太接过纸条检查一番，末了拍胸脯保证，若是按着她的法子去做，定然能煮出好吃得叫人跺脚的花生来。等她得意完了，又自然而然地夸德珍的字写得好看，她举着那张纸条左右细看，比端详钻石还要认真，直到最后才想起招呼自己儿子："你来看看德珍的字，真是漂亮啊！"

仲寅帛吹散浮在水面上的叶片，浅浅喝了一口，不知是茶好，还是水好，抑或是一切恰到好处，总归，他那悭吝的嘴角没有少了笑。末了他不紧不慢地接过那张小纸条，对光而视，只见上头写着：

择生吃时肉紧感花生两斤，水与花生齐平，满三匙盐，大火烧至锅起啸，改用中火烧四分钟，焖放三小时。食之。

看完，他嗤笑着送回纸条："把字写得这样好，有缘由么？"

见惯了他不屑的表情，德珍平淡自然地回答他："常言道，读书不行，好字来平。"

"是吗？"他扬高声调，搭配挑眉。但紧接着就在桌子底下挨了仲太太一记脚踹，附带一记眼神警告。

仲太太知道自己儿子要求有多高，但她如此中意德珍，自然不容他放肆。她并不知情眼下这对男女早已数次过招，"初次见面"儿子就对人家出言不逊，仲太太甚至觉得有些丢脸。

仲太太正疑惑今天儿子怎的如此冒失，恰好遇上传菜，有外人在场，她只得暂时压下情绪，转而与德珍讨论起菜品来。

德珍对面端坐的男人眯着眼看她俩和乐融融的模样，心里有些不是滋味。妈妈，到底谁是你的亲骨肉啊？

待菜上齐，更过分的一幕在仲寅帛面前活生生上演了。只见仲太太略显费劲地摘下自己手腕上的翡翠手镯，交到德珍手里，语重心长地说："你啊，真的是太素了点儿，这个就送你了，答应我要好好戴啊。"

说话间那手镯已经套住了德珍的手腕，仲太太托着她的手，评价道："你生了一双文静的手，这镯子很适合你呢。"

德珍对长辈的礼物基本上不会拒绝，但仲寅帛那双快要掉出来的眼珠让她不得不婉拒这番盛情。

仲太太当然不依，以为年轻姑娘不爱这些老物件，才要开口说话，无意间瞥见边上儿子一脸的不舍，转而不大高兴地问他："你心疼了？"

当儿子的即刻摇头。

"那就没你什么事儿了。"仲太太负责盖棺定论。

仲寅帛吞了吞口水，对母亲随手就将传家宝送出去的举动不予置评。

多年前谢仙的一个姐妹要卖一批首饰救急，但她手头也不宽裕，对这只镯子虽情有独钟，当下却推掉了。怎料她夜里做梦也梦见那镯子，还为此怅然若失了好几天。最后，是父亲买下了那镯子。尽管那时家里正是用钱的时候，但父亲还是那么做了。

有了这样刻骨的来历，即使多年后谢仙拥有的珠宝琳琅满目地堆满她的珠宝盒，但这只镯子始终拥有超然的地位。

一个男子愿意腾出十之九五的身家为你置办一件心之所好的意义，和一个百万富翁为你接连不断添置装饰品的意义，是不同的。

仲寅帛自然深知母亲是个多容易满足的女人，从前她还苦恼他和卯卯兄弟俩若各自娶妻，这个"传家宝"究竟要传给哪个儿媳妇才得当，如今卯卯已经不在，她苦恼的事也失去了意义。但她亦不是随便的女人，这镯子这样轻易到了德珍手里，可见她有多满意她。

德珍垂眸看那镯子，感受着它的温润细致。她并不贪恋这道迷人的绿，王槿鸢的珠宝盒里，玉石何止一件两件。母亲是王霆的宝贝女儿，单是从外婆那里继承下来的手镯珠串就已不计其数，更何况各方亲眷中的高龄女眷，总会在行将就木之前为自己生前的美器寻一个担负得起又与之相配的新主人，而王槿鸢总是最佳的继承人选。

仲太太见她端详许久，就说："你可别介意我那小气儿子，要知道自从我有了这镯子，可是旺了他们仲家三十年呢！"

"妈妈。"仲寅帛拖长了音，无奈地垂下眼角。

仲太太却趾高气扬地拉着德珍继续说："虽然是小东西，但你也别嫌弃。"

德珍扬起亲切的笑容："我会好好戴的，还得指望它旺我夫家三十年呢。"

"三十年太少啦，你的话，三生三世也未尝不可。"

德珍笑："承您吉言。"

对上仲寅帛深究的目光，她依然笑得周密妥帖，不卑不亢："也是巧了，我母亲姓王，您姓谢，联系了这镯子，或许真应了那句'旧时王谢堂前燕，飞入寻常百姓家'也不定。"

当年王槿鸢的确是下嫁岑家，而谢仙，不管她的出身如何，听见德珍这样抬高她，简直欢欣得无法形容，心道：这闺女真是怎么看都是我的儿媳妇啊。

然而她儿子却并不买账，凉凉地一句："你一句话就抹平了我父亲数十年的苦心经营，还真了不起啊。"

闻言仲太太简直要当场发问了，怎么今天他老是拆台扮讨厌鬼来着？

德珍却老老实实道歉："抱歉，我不是很懂生意上的事。以前就有人说过，我要是去做买卖，十个微软也给我赔尽了。"

仲太太笑出声来，由衷道："若真能赔上十个微软，那也是天大的本事了，人家是变相称赞你呢。"

德珍耸耸肩，俏皮一笑："我也那么觉得。"

"你一向如此厚脸皮吗？"趁着母亲在用餐收尾前十分钟去治妆的空当，仲寅帛不客气地问她。

德珍轻笑："不然你以为我固宠有术靠的是什么？"

他撇撇嘴，不置可否。

平心而论，她若靠脸，会活得像神像仙；靠嘴巴，却是个有血有肉的女人。

此前在酒店他对她多有得罪，如今若不损他几句，她就浑身不舒坦似的。她啊，虽长得落落大方，心眼儿其实比针眼还小，真真十足小女人一个。

"那个说你会赔光十个微软的人是谁?"

"你觉得是谁?"她反问。

他掀起眼帘看她，颇有几分无奈："你就不能好好和我说话?"

她笑得狡赖："到底是谁和谁不好好说话?"

在她那双善睐明眸的注视下，他甘愿忍受复杂，转而问："花，你不喜欢吗?"

"什么花?"她装傻。

"道歉的白玫瑰。"他善意提醒。

她抿唇："哦，那花很适合你家。"

仲寅帛咽下自讨苦吃的酸涩滋味，连番打击之下，骄傲的脸变得有些消沉。然后，他兴致高昂的母亲回来了。

三人稍作整理起了身，德珍主动挽起仲太太的手臂，二人走在前头，男人垫后。

她要高出他母亲许多，偶尔侧首与他母亲轻声说话，声音控制在一个若即若离的范畴，叫人听得见，听不清。他在后头看着她衣领外露出的一截腻白的颈子，心里幻想她长发动人的样子。

"仲!"

这时候身后忽然有人唤他。他回转过身，原来是科达明。

达明脸上拥簇着明朗笑容，顺手拉上包厢的门，关上一屋子荒唐的热闹，走过来与仲寅帛握手寒暄。

他是个看似无害却锐利之人，这一刻，仲寅帛无法阻止他看见德珍。

"搭上了?"达明收回落在德珍身上的眼神，冲仲寅帛暧昧一笑。

仲寅帛并不否认。

达明用肩膀轻轻撞他一下，笑语朗朗："下手真够快的呀你。"

仲寅帛以为他不会轻易放过取笑他的机会，不过，他却只是拍拍他的肩膀说："去吧，人家等你呢，改天约个时间一块儿吃饭啊。"

说着，这人带着几分微醺，摇摇晃晃地朝洗手间去了。

仲寅帛没作多想加快脚步追出去，接过泊车小弟送来的钥匙站在一边，端看母亲与德珍话别的情景，并无催促之意。

"你的车呢?"仲太太如是问了一句。

德珍摇摇头："我打车来的。"

"打车?!"仲太太不可思议地拔高音量，但很快又意识到自己的失态，随即邀请德珍上她的车，由她送她回去。

撇开司机是仲寅帛不提，此番盛情难却，德珍只好与仲太太一道坐进了后座。

车子往花园里开去，途中仲太太接了个电话，仲寅帛借机朝后视镜看了德珍几眼，她也回望过来，二人视线对接半晌，她像是明白过来什么似的，用口型对他说道："我搭车不犯法吧?"

开车的男人抽回视线，冷哼一声。

仲太太挂了电话恰恰听见儿子这一声冷哼，观察了下此刻气氛，拉起德珍的手搁在自己手心，悄声与德珍咬耳朵："你别理他，他一天二十四小时都在发脾气。"

前头的司机提醒道："妈妈，我人还在呢。"

仲太太连忙收了声捂起嘴巴，反应可爱极了。不过，她说人坏话被当场活捉也不心虚，反倒继续拉着德珍告状："他啊，从小到大班上的女同学都不敢跟他讲话，到现在也是！德珍，我能收你做干女儿吗，这样也好让我有个讨人喜欢的孩子可以跟人炫耀一下。"

德珍看着这母子俩，心里觉得不可思议极了。

"怎么不说话，是不愿意吗?"仲太太有些紧张。

德珍摆手，瞅了一眼驾车的男人："我当然是愿意的。"

仲太太欣喜若狂，立即筹划应该弄个什么样的仪式借以确认这桩突如其来的关系。

车子开到惊雀巷西巷口，德珍与仲太太道别下车。仲太太今天穿得过于隆重，自觉不适宜下车示人，只好派儿子下车送她。

二人一同进了巷子，仲寅帛不言语，德珍亦然。

明知道东巷口离她家更近，他却挑了西巷口停车，司马昭之心路人皆知。

感觉到他的放松和闪神，德珍侧首仰望他："就送到这里吧，别让干妈久等。"

"干妈?"

德珍站停，半转过身，有些认真的意味，眼底一片干亮的澄净："我们俩，能否到此为止?"

她的声线在任何时候都带着暖人的温度，这声音赋予她与生俱来的亲和力，谁也夺不走，谁也不能污蔑。但这个优点，同时也是她的缺点。她太温暖了，暖得总让人想依赖她，也令她的生气和坚决缺乏一丝直指人心的说服力。哪怕，她嘴里正说着最决绝的话。

仲寅帛低头望进她眼底，这一瞬，穿堂风带起她柔软滑顺的发丝，她瞪着一双大而有神的眼眸，望着他的眼里闪烁着动人的光，仿佛就在刹那，潮湿的空气被点燃，洞开的大门洒下明媚的阳光。

她就这样望着他，没有丝毫陌生感。

在仲寅帛意识到自己做了什么之前，耳边首先听到的是德珍的一声尖叫。是的，他倾身吻住了她。

又一次。

他倨傲而狷狂，在这阵令人沉睡的微风中，托着她高傲的头颅，摘下她那神灵的面具，濡湿的舌头实施着咒语和仪式，意图夺得这颗天神的遗珠。

他吻得隐秘而仔细，裹挟着他狭隘的痴情，施予着他炙热的欢喜。她被他推抵在围墙上，温柔叹息，从最初无惧的对抗，到接受他残酷的执念，他凄美地诱惑着她，爱与不爱成了巨大而宽泛的命题，他解不开，她，亦然。

哪怕她在这个吻里包含了伟大的同情，哪怕他赢得了片刻无奈的强胜，哪怕风那么好，花那么好，她始终澄亮而隐忍，欢愉中带感伤，任由他骄傲的意念入侵，吸取她感情的净度。

吻毕，他悠长的喘息在她耳边落下印记。

她睁开眼睛看他，此时此刻竟有些无法压抑内心被激起的涟漪。

仲寅帛捧起她的脸，额头抵着她的："既然你答应给我机会，就别着急反悔。我绝不允许你做我的妹妹。"

"我……"

没等她开口说话，他又一次捧起她的脸施加了他的魔法，短暂的吻成功地驱赶了她清醒的偏执。

"别一开始就对我太无情，我的心也是肉做的。"

"那我的呢？"她气喘吁吁地望着他，怔怔地轻声问。她的心，难道是石，是铁，是钢做的吗？

强者并非没有眼泪，她只是早已学会如何含泪奔跑。然而这个倔强地闯入她生命的男人，却总是轻易令她的善良崩溃。

她该如何是好？

尽管事后她如何也不愿承认，但在平淡的日常中，偶然想起矮墙下的那个长吻，她的脸颊总会泛起可疑的红晕。

这个周末，外出采买生活用品归家的慧珠，意外地在家门口遇见了仲寅帛。趁天气变得更热之前，他来约德珍去骑马。

慧珠先是狐疑地端详他半晌，听他说他来找德珍，继而绽开笑颜，热情地招呼他进屋坐坐。

然而德珍与他有过约法三章，其中一条即是避免和她的家人接触。所以，他像个二世祖似的冷冷拒绝了慧珠的邀请。

贩夫走卒的一句闲言碎语慧珠自然不会放在心里，但仲寅帛的一声"不必了"却真真是戳中了她的心窝子。乞丐骂你傻瓜，你可以反诘，但国王说你是傻瓜，那就是你的罪名！

脸上无光的慧珠进了屋子，怒气尚未转消，心里狠狠骂了一句：难怪甩了鸿鸣，装得比谁都像那么回事，原来是遇见真金白银的了！你也就一狐骚而已！

德珍回到家，远远已经看见打扮得十分精神的男人站在自家门口，难为他一点也不露怯，老大的一个人，屈尊降贵被人参观。

"你去哪儿了？"他皱眉不善地问。

德珍跑得气喘吁吁，额头敷着一层薄汗，还来不及顺气，匆忙解释道："婆婆的猫不见了。"她吞了吞口水，那小东西太灵活，她在橘子树下哄了半天，晒得人都有些晕眩，它才肯下来。

他于是理直气壮起来，先是数落她不守约定令他空等，又顺带要了赔偿，指着自己嘴角邀吻。

德珍看着他幼稚的举动，没好气地捶了他一记，一溜烟闪进家门："再等我十分钟！"

回到家中，慧珠早就等在那里。爷爷今天出门去了，她也没再避讳，直面问德珍："外面那年轻人是哪家的？"

德珍稍敛笑脸，避重就轻地转述了一番自己和仲太太的因缘，然而慧珠并不轻易罢休，追问道："他有女朋友了吗？"

德珍轻笑，擦擦汗湿的脖子，洗了毛巾挂回原处，回答她："这个我不是很清楚，我们也才刚认识。"说着转身出了洗手间，去客厅取了自己外出的背包，扬声告知自己回来的时间，出了家门。慧珠只得暂时作罢，透过窗子看到德珍快步穿过庭院走到仲寅帛身边，二人轻声说着什么，仲寅帛替她拨松了打湿的头发，继而两人并肩离开了。

慧珠原以为德珍会像王槿鸢那样偏爱青年才俊，不会在家世背景上多作追究。鸿鸣出师未捷，着实令她消沉了一段时间。如今再看仲寅帛，她只觉得自己大错特错。

以貌取人，绝对科学。

性格写在唇边，幸福露在眼角。理性感性寄于声线，真诚虚伪映在瞳仁。站姿看出才华气度，步态可见自我认知。表情里有近来心境，眉宇间是过往岁月。衣着显审美，发型表个性。职业看手，修养看脚。而穷会从全身散发出来。

德珍所要求的气质、谈吐，那不都是用钱堆砌出来的么？

卢鸿鸣什么也不缺，就是缺钱而已。

天光和美，最适宜外出郊游，德珍不太爱在车上与人交谈，上车不到十分钟，就有些想眯眼。

"想睡一会吗？"他侧首询问。

德珍"嗯"了一声，随即感觉到座椅向后微倾，倒成一个令人备感舒适的角度。她睁开眼睛，并且看了他很久。

"再看下去会磨损的哦，岑小姐。"他目视前方，嘴里作着甜蜜的警告。

她嗤笑，难得心情那么好，也就不跟他计较。

"要毯子吗？"趁路口等灯的空当，他越过座位之间的间隙，找到毛毯搭在她腿上，附带一句解释，"别多想，是我妈妈用的。"

"我又没怀疑什么。"德珍为自己辩解。

他无奈地看她一眼，调整了下坐姿，清清喉咙："如果你真的质疑这条毯子是为别的女人准备的，或许我会……"

"你会更开心吗？"

就这样被轻易看穿，他又一次清喉咙，眼睛看向别处，闷声吐出一句："我变态来着。"

她被逗笑，展开毯子盖在身上。

side侧着身子垂下眼帘，她静默了一会儿，十分突然地倾吐一个事实："其实，我不会开车。"

"嗯?"

"我父亲教过我，但我没学会。刚好我外公在这方面又十分专制，他觉得男人就是用来给女人当司机的，不然汽车商干吗多余地设计四个座位。我妈妈一辈子没摸过方向盘，也从来没有穿过牛仔裤。"

他忍笑："好吧，你外公说得也不无道理。"

德珍看他一眼："真阴险，你们把女人宠得什么都不会，就离不开你们了是不是?"

他认真地点点头。

如果被允许，他何尝不想将她养成一只金丝雀。

虽然王槿莺备齐了一个机舱的行李，连居家清洁用品都寄了整整两箱，却唯独忘了德珍的马具。于是，殷勤的男人得了机会送了她一套崭新的。

他还未从她学不会开车的笑料中挣脱，到了骑马场，肩膀仍然不可抑制地抖动，德珍气恼地瞪他一眼："是疯子的话戴朵花啊，干吗装成正常人。"

他笑不自抑，从后备箱中取出用具，递了一只纯白色的包给她："有你的衣服鞋子，我看着买的。"

她接过包，见他脸上仍然堆满笑，感动之余不忘瞪他："你见好就收吧，不然我这儿就再没有可相告的秘密了。"

他点头，从善如流状。明明是不苟言笑的人，最近却常被人当成傻子看待，其实他也无奈。

德珍进了更衣室换上衣服，他的眼光还算过得去，选的衣物和用具都与她极为相衬。他自己用的那套就更甚了，令她每每望向他时，总情不自禁感叹金钱的魅力。

平心而论，他的确是个卓越的男人，大抵此生都与平庸无缘。

感慨之下，她又不禁幻想，他们若是以普通人的面貌相遇，又会是怎样一番光景。

从骑马场回来后，经由慧珠那张嘴，家里人也就大概知道了德珍身边现在有那么一个人。但蘸白对慧珠的话向来只听信三分，也就没往心里去。爷爷又深知德珍的秉性，她自己不主动开口提的人，或许也就是个普通朋友而已。

然而随着天气升温，德珍和那男人的情谊也在发酵。雨薇开始抱怨自己总约不到德珍的饭局，周子康和萧尘则忙于应酬被老板爽约的合作伙伴。

他不是那么好打发的男人，脸皮又厚，除非她移情别恋，否则他是不会放弃在她眼前博取存在感的。而她又懒得为了一顿饭这种事与他纠缠，因此十次邀约里，总有七八次让他如愿。

但不管德珍如何放任他的作为，她依然是那个施施然的德珍，平淡朴素如初。不过，为了主导二人的关系，令自己始终占据上风，也为了剥夺这个男人的骄傲，她不惜搬出母亲传授给她的那一套经验。

"你若想带我出门，在我拒绝你两次之后，第三次我会点头。你要学会穿绵柔的衬衫，舒适的鞋子，忘掉隆重，只戴一块手表，关上手机，约会前来接我，好让我的家人放心。"

"这个不难。"他说。

"我要事先知会你，二十五岁是道分水岭，棉花糖一样甜甜粉粉的傻气不再适合我，我无法接受为爱殉身的决绝，也拒绝立即共赴激情的冲动，但有很多需求我又不想亲口说，因为我仍追求一点点的默契和共通，所以，我真正想要的，你一定要猜到。"

"还有呢?"他虚弱地问。

仲太太端着水果来到客厅，见儿子正在与德珍通话，心情十分好，可眯眼细瞧，却发现此刻的儿子比她三分钟之前见到的那个老了三分……

德珍浅笑着继续说："我们可以先去看电影，我喜欢电影。"

他随即丢开沮丧，动容一笑："好的，那我们一起去看电影。"

挂了电话，仲太太追问："你和德珍是要去看电影吗? 明天?"

仲寅帛好笑地看着比他着急的妈妈："等查清楚最近有什么好看的电影才能做决定。"

仲太太歪头一想："德珍喜欢明快的东西，你别挑闷的给她看。"

她儿子随即提议："恐怖片行吗?"

仲太太细思，猛然回过神来，气得打他："臭小子就会动歪脑筋!"

"看恐怖片就是动歪脑筋了?!"儿子忍笑。

"我看过的韩剧都能绕地球一圈了，还能不知道你们这些小把戏！黑灯瞎火的有女孩吓得扑进怀里很是暗爽是吧？"

仲寅帛一本正经："妈妈，她可不是普通的女人，搞不好是我扑进她怀里呢！"

仲太太尚且不知她儿子已经带着德珍上过一回酒店，又对德珍几度逞凶斗狠，二人早已情缠数回，这缘分不是一场电影就能毁掉的。

她才不管前因后果，虎着脸反复叮嘱："反正我不许你让人家看恐怖片，不然我们就断绝母子关系！"

"要不要这么严重啊妈妈？"儿子大呼委屈。

恰巧仲王生从卧室出来，见妻子小孩子脾气又发作，立即拿儿子问起罪来。好不容易把人哄好了，二人一道进了卧室就寝，但在卧室门即将关上的刹那，仲太太仍然放不下心，对儿子重申一遍："不准你带她去看恐怖片啊，我不准！"

仲寅帛终于没能忍住，笑出声来。

然而仲太太在关灯后并未立即进入睡眠，她总想着德珍那样的女子必然被众多青年俊彦倾慕，她若不替自己那个傻儿子加油把关，天知道她能不能实现今年当婆婆，明年当奶奶的宏愿。

心念一动，她随即打开床头灯，推醒身边已经入睡的丈夫。

"怎么了？"仲王生哑着嗓子问道。

"我们明天去看电影吧，我要把最近上映的电影都看一遍！"

仲王生愣愣地看着妻子，心想：她可真是魔怔了。

德珍与仲寅帛的电影约会定在次日晚上八点。为了将烂片剔除，仲太太一早就出门替儿子探路去了。仲寅帛听父亲说起此事，吃惊之余倒不阻拦，反而觉得好笑，仲太太那么喜欢德珍，这让他一上午的心情都很好。

达明是踩着饭点到"中天"楼下的。周子康去了吉隆坡办差，拦下达明的是萧尘。近日来他老板心情似乎一直不错，不过科达明是个身份模糊的来客，因而萧尘慎重地拨了内线电话。

"科先生来了，您要见吗？"

仲寅帛正盯着画册做功课："哪位科先生？科达明？"

"是的。"

"不见。"他想也不想飞快地回答。

办公室的门应声而开，达明满面春风地走进来："哟，我当你是忙着赚钱呢，原来是在啃书。"他随手拿起一本画册翻了翻。

"我说你，别总拿我的秘书当摆设行吗？"仲寅帛无奈地站起来，去茶水台冲咖啡招待不速之客。

达明笑嘻嘻地盖上画册，阴阳怪气地来了一句："那你也别光顾着恋爱好吗？难道那女的有我长得好看？"为了证明自己的姿色，他甚至捧脸做太阳花状，自恋程度可见一斑。

仲寅帛冷笑一声，目光终于落在他身上："无理取闹，必有所图。说，找我什么事？"

戏演不下去，达明也就收了心思，眼底笑意变得锐利："我有一个消息和一桩交易，你想先听哪个？"

仲寅帛端了咖啡给他，达明想说什么，他心里大致有数。上回在粤菜馆的走道里遇见，包厢里传出的热闹喧嚣的人声中，他听出几个甚为熟悉的声音。达明平日在与什么人打交道，又在筹谋什么，并不需要他特意去查。

"先说说交易。"

要说达明有多喜欢仲寅帛的果决，全都表现在他此刻的笑容里。既然大家都如此爽快，他也就直言不讳了："我家老头打算在退位前干一票漂亮的，想必你也听到了风声，就燕子坊那块地，离你家的鹿湾区大厦不远。相关的人我都见过了，他们不投反对票，但是同年造两幢摩天大楼对地方银行的压力也很大，层高也一直没谈拢，所以今天我来你这儿探探口风。要不我们两家都把高度往下降一降？"

仲寅帛嗤笑一声："你父亲真看得起我，鹿湾区是卯卯谈下来的，归我父亲管，你和我谈有什么用？"

达明摇头强调："卯卯已经不在了，你父亲从他生病起就决意让你接盘中天这是有目共睹的，你说了不算谁说了算？"

仲寅帛挑挑眉，双手交叉在胸前，像是在思考可以让步的余地："要是随了你的意，我能得到什么好处？"

达明见有希望，流露喜色："你不是一直在等博物馆的项目吗？那个我能帮你搞定。"

"什么意思？"

"周克成强调博物馆只能是岑润荬的作品，但是谁也买不到岑润荬的图纸，你又不能等到周克成退下来，那我们只好让他提前退休了。"

仲寅帛听完这个提议，说不心动是假的。不过，这个诱惑还不足以撼动他。

科氏想要造315米高的摩天大楼，别说地方银行会吃紧，三年之内整个澹水市都不用考虑发展别的经济项目。

科氏可以狂妄，但没道理让中天沦为陪衬。所以，这个交易，不成立。

"另外那个消息呢？"

"我姑姑早上给我来了电话，让我安排中山广场影城的全套电影票，说是要陪你妈妈看电影。我顺便就跑了个腿，在车上听见你妈和我姑反复提及一个名字。"

仲寅帛眼底一暗，面上却笑："你到处都没闲着啊。"

"过奖。"达明当没听出仲寅帛的讥讽，"我认识你这么久，头一回觉得你让我糊涂了，我看你妈的意思是恨不得立即让她过门，可我又知道这个岑德珍是岑润荬的宝贝孙女，我说，你该不会是……"

看不惯他欲言又止，仲寅帛索性反问："我该不会什么？"

达明笑了笑："这事儿简单啊，你拿下人家的孙女，再把条件'啪'那么一放，人家什么图纸不能交给你？"

达明的一个"交易"、一个"消息"，其实都是"交易"。仲寅帛不会傻到看不出他想做什么，用德珍换图纸这个说法虽然荒唐，但所有的生意不都是建立在荒唐上的吗？

达明那么说，无非是想告诉他：这个计划已经被我看穿，不能再用了，但你可以考虑与我合作。如若不然，此事要是"自己长了脚"跑到岑润荬耳朵里，后果你就自己猜吧。

二人皆是商场虎子，亦敌亦友，亦正亦邪，端的是杀伐决断说一不二的架势，只不过一个孤绝傲慢，另一个笑脸迎人，也就当事人才懂他们的"友情"是基于什么样的立场，温善和睦的背后，又堆着多少青春的尸骸。

达明先后见过德珍两次，要调查德珍并非什么难事，有关德珍的家世背景，轻易就能找到确凿的证据，谁让她是王槿莺的女儿。

而周子康提供给仲寅帛的资料里虽不排除疏漏，但也已经十分详尽，光是王槿莺拥有的头衔，洋洋洒洒地都能列满两页纸，更不用说她经手的那些产业。

上次在北京的机场相遇，德珍安然乘坐经济舱出行，他原以为这是她朴素的品性所致，却不知王槿鸢在欧洲各大航空公司均有股份。据悉，王槿鸢下一个目标是要抓下故土领空的云彩，她的女儿乘坐经济舱出行，只不过是替母亲打探情形罢了。

　　毋庸置疑，德珍拥有一个不凡的母亲，故而谁若娶了她，谁便会得到魔法的进阶。

　　仲寅帛若单纯出于男人的身份爱慕她，并不奇怪，但达明特意提及此事，自然别有一番意味。

　　达明只见过德珍两次，头一回在骑马场，也不过是感慨这女人很是特别，仲寅帛略带炽烈的眼神，也在情理之中。但第二回被他撞见仲寅帛带她与母亲一起吃饭，这就另当别论了。像他们这样的男人，怎会轻易带女人见家里人？

　　达明这次登门拜访，一来是为生意，二来是为打探仲寅帛的心意。相比前者，达明似乎更在意后者的结果。仲寅帛要是只为岑润荽的图纸，一切好说，要是这只冷面狐狸动了真情，后果真是不堪设想……

　　“中天”虽然已是一间成熟的大机构，养活着上千人的生计，但若得到王槿鸢扶持，只会如虎添翼。达明虽还年轻，但对权位并非淡薄，他能与仲寅帛言谈欢笑，不过是因为二人旗鼓相当，日后若是一高一低不能比肩而立，这朋友便没得做了。

　　仲寅帛送走他时，看起来心情仍是不错。达明虽足够警惕，但也算不准他对德珍是真心的成分多，还是算计的成分多。这一趟，几乎是白来了。

　　达明的顾虑是实际而周详的，但世事充满变数，未雨绸缪未必能改变即将到来的命运。爱与不爱这种事，从来不是谁说了算，既然谁都做不了主，只能听天由命，随遇而安。

　　晚上七点，仲寅帛如约来到惊雀巷。他没等多久，德珍就出来了。

　　她穿了一件尖领衬衫，黑色九分裤，脚上一双丝光蓝平底鞋，头发紧贴头皮束在脑后，泛着丝绸一样润泽的光。男人以为她在苛刻地要求他这样那样之后，至少会在穿着上配合他，但他此刻只觉得自己被摆了一道。

　　德珍走到车边，见惯了他总是投行高大上的穿衣风格，再看如今他身上绵柔的衬衫和舒适的鞋子，这焕然一新的“小清新”，简直叫她乐不可支。

"晚上好，仲先生。"她笑得极为顽劣。

男人叉腰，龇牙咧嘴看她："你家里就没一条裙子吗?"

路过的行人好奇地打量这对蛋糕塔上走下来的糖人，明明走出去老远了，仍止不住频频回头。

德珍不喜欢在家附近引人注目，笑着对他说："我只是让你打扮得舒适些，但没说我也要变得花俏啊。"

她说得理直气壮极了，眼里闪烁着促狭，他要是信她就有鬼了。

"好了，上车吧司机先生，你再不走，我可要亲自摸方向盘了。"说着笑眯眯地打开车门上了副驾驶。

到了电影院，时间尚早，他牵着她的手排队买爆米花，身边拥着几个来看动画片的孩子，一个个一脸痴汉相看着德珍。

趁德珍走开接电话的空当，他挑眉狠狠剜了那几个小鬼一眼：毛都没长齐，就敢惦记起他的女人来了!

小鬼头们被一通眼刀凌迟，险些没吓哭，一拿到爆米花，就缩着脖子头也不回地闪离现场。

德珍接完电话回来，接过他递来的爆米花，他问："谁打来的?"

她答："你妈妈。"

"哦，都说了什么?"

她笑："她说，如果你买了恐怖片的票，叫我千万不要跟你去。"

男人霸道地将她的肩揽过来，向世人宣告所有权，顺便拣了一粒爆米花丢进嘴里嚼了嚼；睨眼道："将在外，君命有所不受。"

"不怕我事后告状?"她狡黠地眨眨眼。

他圈着她走进放映厅，刹那的昏暗间，他推她在墙上，不顾被人撞见的可能，啄了一口她的唇，道："在那之前，我会先行堵住你的嘴。"

情之倾覆，摧城拔寨。

按照他的说法，他将对她的喜欢全部归结在一种情绪里——每天总有那么几个瞬间让他特别想吻她。

德珍对他这种说来就来的索取，有种说不上来的无力。明明不想与他继续这段关系，但又无法逃避。如今连他母亲也掺和了进来，仗着要奉行母命，他倒是很享受这个隐秘的过程。

他们看的电影很纯情，讲的是恋爱中人的事。琐碎，但很温暖。明快，却又哀伤。

散了场，他跟着人潮牵她出去，外头的灯一照，他意外发现她脸上的泪痕，不由紧张起来："你没事吧?"

德珍吸了吸鼻子，给了他一记安心的眼神，抱歉地去了洗手间。

待她出来，他去牵她的手："早知道你会哭，我就带你去看那个了。"他指了指动画片的彩色大画报。

她被逗笑，依在他身旁往外走。

仲寅帛不是玩乐的性格，普通男女的恋爱过程他一概不知，不过刚看了电影他倒从中学到了一两招："我们去江边走走吧?"

德珍没有拒绝这个请求。

江边公园很长，时近十点，公园里偶有一两对散步的情侣，风很舒服。电影的余韵还未散去，心中那声叹息仍徘徊不去。

也是巧了，这部电影的投资人、男主角、编剧，她全都认识。去年她去横城参加婚礼，这三个人的绯闻曾闹得满城风雨，才半年过去，报纸上却爆出他们离婚的消息。

两个人的爱尚且如此复杂，更何况是三个人。

她再审视身边这个男人，他的每个吻都像是要吃了她一样。这样的人，这样的热烈，多少有些灼眼。

夜风微醺，她淡淡叫了他一声："仲寅。"

他回过头来，目光探究，星子的光芒在其间闪烁。

"你喜欢我什么?"

"我喜欢你现在歪着脑袋与我说话的样子。"

她满足地笑了一个，继续向前走，翻过他的手看看他手腕上的表，深吸一口气："我喜欢你的积家手表，还喜欢你身上清冽的味道。"

他站停脚步摘了自己的表带大方递给她："喏。"

她傻眼："干吗?"

"你不是说喜欢吗? 那送你咯。"

她好气又好笑。

男人不怀好意地凑到她耳边："手表可以送，但味道送不了，只能委屈我天天跟你约会了。"

她乐得低声笑："你脸皮这么厚，萧尘他们知道吗？"

"他们又不用跟我结婚，知道太多只会老得更快。"他吊着眼角梢，理直气壮。

德珍叹了一口气，拿过手表给他重新戴上。

他看着她垂落的长睫毛，心念一动，忽然说："以后你要看的电影我都先看一次，这世上除了我，再也不能有人让你哭。"

"以为说这样的话我就会感动吗？"她好笑。

"我不在乎你怎么想，总之，你的眼泪只能属于我。"男人将她搂进怀中，骄傲的脸上有一丝沮丧。

德珍感受着他今晚的异常，闭上眼睛，回拥他的腰身。他的爱或许不可救药，但她不怕他。

嗯，她不怕他。

回到家中，也不知怎么的，蘸白喝得酩酊大醉回来。慧珠屏息脱了他沾满呕吐物的外套，德珍端来水盆拧了毛巾给他擦嘴，淳中在门口招呼送蘸白回来的年轻人们，再三谢过人家，难免又问了究竟。

事务所里几个文质彬彬的年轻人面面相觑了一会儿，也不知道是该说还是不该说。

德珍出来找醒酒药，见他们堵在玄关，走了过去。

她从来都是叫人眼前一亮的人物，虽然都知道蘸白有个貌美的妹妹，但这会儿见着真人，一帮年轻人呼吸都停止了。

德珍走到淳中身边对他们道谢，慌乱中仍有优雅。这些整天埋于图纸中的年轻人哪见过这阵仗，待德珍回头继续找药，他们几个才怔怔地六神归位。

也不知是不是受了美色蛊惑，其中一个终于对淳中开了口，道出了蘸白醉酒的因由："今天我们工作室聚餐，遇上了嫂子……"

闻言，淳中一愣。

另一个见同伴开口了，面有难色地补充了一句："我们在包厢喝酒，隔壁间特别吵，蘸白去敲门，没想到嫂子……在里头。"

淳中再傻也明白这是什么意思了，以蘸白那性子，撞见自己老婆和别人喝酒打闹，不当场掀桌子才怪。

送几个年轻人出了庭院，淳中一再道谢，剩下一个还没开过口的闷闷吐出一句："嫂子她，好像怀孕了。"

翌日，蘸白酒一醒，人就被叫进了爷爷书房。剩下的事，他们爷孙俩自有计较。

德珍出门去找薰爱，途中接到仲寅帛的电话，他要来学校接她去吃饭。此刻她心里只有哥哥嫂子的事，无暇顾及其他，也不知怎么的，随口就扯了个谎话："我要组织学生去采风，明天吧。"

说着挂了电话。

到达薰爱所住的酒店，还是那个房间，摁了门铃，开门见到的却不是薰爱。好在通信录里还有薰爱一个同事的电话，对方很快意识到德珍的来意，口风死紧。

德珍顿时心烦起来。静静的电梯里，尘埃落地也能入耳，她几不可闻地叹息了一声，闭上发红的眼睛，用手捂住了脸。

刚下飞机的周子康快步跟上前面男人的脚步，听他冷声质问："这么大的事为什么会被外界知道，到底是谁找的那个人。"

周子康匆忙按了电梯："是我。"

"辞了他。"

话音刚落，电梯向两边展开，他尚来不及收敛冰寒的气息，一抬眼便看见了德珍。他先是一愣，下一秒脸上风云变色。她不是组织学生去采风了吗，怎么会在这里？

德珍从小就害怕遇到这样一种情形——说了谎话心存侥幸，却意外被人揭穿。

她是个一路被赞美着长大的人，尽管她也有这样那样的小情绪，可是这并不意味着她能容忍自己的缺陷被放大，呈现在世人面前，而且这个人还是仲寅帛。

"那……那个，岑小姐，你流血了……"周子康惊诧地指了指她的鼻子。

她呆了三秒，一股腥热倏然而下，甚至流进了嘴里。她后知后觉地摸摸自己的上唇，血迹沾染了葱白的指尖。

她怔怔地看着仲寅帛，就像个外遇被丈夫抓包的妻子那样，对这个男人产生了不具名的恐惧。然而究竟在害怕什么样的结果，她却不想承认。

漫长的自我挣扎过去后，她呆呆地看着面前那只托着手绢的手。男人已经恢复了常态，仿佛雕像一般等她来接，她久久不动，他这才失去了耐心，不顾下属在场，食指挑起她的下巴亲自为她擦血。

且不说眼前这对男女是多么男才女貌，单论气场也是天下无敌，叫人无法忽视，偏偏他俩又在众目睽睽之下上演这样一番暧昧，叫人不禁就想深了。

刚停完车过来的萧尘见到德珍也在，脸上喜色未表，却发现她正对着自己的鬼畜老板鼻血直流，当下也是愣了，心中还道：原来德珍小姐也是见色起意之人啊。

"萧尘，去叫医生过来。"

周子康对他在外走动的这阵子所发生的事一无所知，故而萧尘跑远了，他还怔在那里。直到仲寅帛清了清喉咙叫他先上楼找Ben，他这才回过神来进了电梯。

仲寅帛带着德珍去了大堂休息厅，她脸带迷茫，也不张嘴为自己撒谎的行为辩解，仲寅帛耐着性子等医生来，随同而来的还有酒店大堂经理。

血很快就止住了，她是个堪称瑰丽的女子，连这种时候都有一种蛊惑人心的美。

仲寅帛知道她现下会感觉别扭，因为所有情绪在她脸上一览无余。可当她垂落着眼睫想心事时，心烦的样子却很可爱。他悲哀地想，自己当真是魔怔了，本来这是个教训她的好机会，他却一点也不想深究令她难堪。

见她也不说话，他站了起来，留下萧尘照顾她，自己先去应酬远道而来的Ben。大堂经理在他身后跟随，一直送他进了电梯。

德珍坐了一会儿便想离开，萧尘却按住她，笑眯眯地说了一堆好话，又拿医嘱大做文章，成功地绊住了德珍腿脚。

一刻钟后，仲寅帛解决了公事，下楼见德珍仍在，不由松了一口气。萧尘识趣地拉走仍有些回不过神来的周子康，留二人独坐。

德珍无视他投来的锐利眼神，别开头，淡淡吸气。

"今天我穿得特别帅吗？"他的语气轻佻而愉快。

德珍看他一眼，何止英俊，简直星光璀璨。

见她不搭话，他低头检查自己的行装："难道不是吗？那你干吗看着我流鼻血？"

"天气太闷。"她总算开口了。

琉璃台上搁着一只长形玻璃缸，盛着一汪清水，带着两片绿叶的栀子花被养在里头，香气盈盈，充满禅意。

仲寅帛敛气凝神："不是带学生去采风吗，怎么又不去了？"

"是明天，我记错了。"她答。

仲寅帛勾唇一笑，他不喜欢有人对他撒谎，但也没有小气到不能原谅，人活一世，总有一两个瞬间需要谎言的力量。

此刻比起她的谎言，他更担心她的身体。

"起来吧，我送你回去。"他霍然站起来，从沙发上拿起她的手袋，另一只手牵起她的。

他罕见地不追究，让德珍有些微微诧异。

她与过云越的爱太过纯洁，经验不足，自然不了解人们会因爱而懂得狡猾，他如此成熟的规避，或许也有隐秘的绸缪。

但男人其实并未想太多，他只是怀揣着一丝小希冀，指望日后他若有对不住她的地方，她能想起他今天的大度，对他从轻发落。

送完德珍，回去的车上周子康小心翼翼观察着自己年轻的老板：三分钟前他的手机传来一声短信提示音，他查看了短信，却没有立即回复，而是假装去做别的事。

如果说周子康刚才还对他接近德珍的目的有所怀疑，那么此刻他已经确信：这个男人沦陷了。而且很彻底。

只有恋爱中的男人才会玩欲擒故纵的把戏，明明收到她的来信，却不想回得太快，不想让她看出自己在守候，转而去做别的事。撑了好久，以为可以了，一看时间，其实才过去一分钟而已。

什么叫喜欢？不想承认却又难以抗拒的，就是喜欢。

在周子康看来，车后座的这个年轻人虽然有着这样那样诸多缺点，但仍强过同类人太多。

首先，他很决绝。他对过去鲜少后悔，对未来不抱疑虑，十年后人世间的大概，也早被他想到了。

其次，他很独立。他不与人钩心斗角，因为他不是棋子，而是下棋的人。他也从不攀附权贵，因为他本身就是权贵。

最后，他很智慧。他从不向恶劣的人显示自己的高尚，也从不向愚蠢的人显示自己的高明。当他遇到一个蠢到让他忍不下去的人，他只会说："还不退下是想死么？"

你看，他多直白，毁人不倦。

至于德珍，她植根于内心的修养，无需提醒的自觉和为别人着想的善良，一切都令她值得被珍爱。

这两个人，做了真实的自己，又恰好互相迷恋，多难得。

回到公司，二人一前一后进了办公室。

"Ben的意思很显然，他需要先看详尽的图纸才能做决定，签约前我们至少得为他安排十次内部会议，让他了解这边的流程，察看可行性，还需在短时间内在当地找适合的施工队伍。"

仲寅帛放下文件，松了松领带："尽量满足他。"

周子康点点头，但在出去之前，他多嘴问了一句："你和德珍小姐的事……"

逆光中周子康有点捉摸不清他面前这年轻人的神情，但他的声线沉稳而有力，不带平素半点讥诮："你想知道什么？"

周子康吞吞口水："她知道图纸的事情吗？"

聪明的男人于是明白了他的意思，语气略带森然："她不知道。"

"那，你打算和她说吗？"

仲寅帛把眼神一收，神色古怪地看着他："会，但不是现在。"

得到这样的回复，周子康七上八下的心仍然忐忑万分，会又不是现在，那是还在等待时机的意思咯？

仲寅帛少见的模棱两可令他惴惴不安："那你对她到底……"

他话音尚未落下，男人的眼神随即杀到："我说得已经够多了，你还想打听什么？这件事难道不该怪你吗？如果你一早处理了图纸的事，也不必我亲自出马……"

他一顿，自觉失言。

周子康大惊失色，虽然早就推断过这个猜测，可如今被他亲口证实，仍是吓得心跳漏了一拍。听他话里的意思，他是因为图纸才接近德珍的？

周子康不禁要问他了，为什么要这样做？看德珍看他的眼神，不像是没有感情的，一旦岑家人发现德珍被利用，图纸不是更没着落了？他为何要做这样损人不利己的事，这作风根本不像他啊！

仲寅帛叩了叩桌面，发出一阵有节奏的笃笃声，似乎也在整理前因后果，但最终，他只是冷硬地看了周子康一眼："出去吧，安排一下今天和Ben的晚餐。"

周子康看了他一眼，不敢再问，神色复杂地退出办公室。

等他出去了，办公桌后的男人忽然倒向椅子，以手搓面，眯着眼看了一会儿天花板，心里长叹一声。

周子康竟然还可怜她的处境，呵，真正可怜的人是他才对吧。

他和那个女人之间哪有那么多计谋，一切不过是他情生意动罢了。

德珍回到家，蘸白已经去北京了，爷爷正在打电话安排暂替蘸白职位的人选，见德珍回来，他朝她招招手。

结束通话，爷爷从眼镜上缘觑她一眼："去找薰爱了？"

德珍点点头，精神尚存恍惚，神采全无。

"辛苦了，去休息吧。"老人家对此也是隐而不发，年轻人之间的事向来荒唐。德珍是他钟爱的孩子，说实在的，他根本不想她为此伤神，然而她本性又过于良善，总以为自己的亲人不应得到不幸。她又怎会知，既然是命，她也无力回天。

时隔几日，从北京传回了消息，蘸白暂不回来，留在北京陪薰爱养胎待产，大概是知道了德珍背后给薰爱煲汤煮饭的事，通话的结尾，蘸白对德珍道了一句："丫头，谢谢你。"

德珍抿唇，心里的石头终于落地，挂了电话，连呼吸都感觉畅通了几分。

或许，这是一个好的开端。

在她眼中，所有的缺憾都来自对完美的追求。因为轻易能够要到的，往往不稀罕。稀罕的，往往够不着。于是，缺憾便成了局部的完美。哥哥和薰爱这样强者和强者的爱与恨，与原则博弈一轮后胜负已分，想必在未来的所有构想中，他俩也不得不因这个孩子而学会妥协迁就。

至于发生在她身上的缺憾……

她握着水壶的长柄，凝视着眼前的月季花，细密的水柱渗透墙根，冲出一股泥土的气息。绿叶丛中的花苞迎了水珠，十分娇艳。早晨看它还是一个扎得紧紧的花骨朵，傍晚斜阳一照，它已开全了。墙头的那几朵在微风里摇晃，吹落一两片花瓣来，像极了她凋零的心事。

自打上次说谎被他撞破，那个强势的男人似乎变得很忙，忙到忽然没时间前来骚扰她。

隔了三五天不见他，说不上十分想念，但旁人已经看出端倪。

雨薇像只闻到腥的猫一样轻手轻脚地凑过来，一把搂住德珍的脖子，亲昵地摇了摇："我们的大小姐也有唉声叹气的时候呀？"

德珍呆呆地看着自己桌上空白一片的信纸，又到了写家书的时候呢，她却一筹莫展。

雨薇睨了眼信上的抬头，知道她又在写"家庭作业"，于是撇嘴说道："你知道吗，我外甥叫我帮他做数学题的时候我也是你现在这个表情。"

德珍连对笑话也意兴阑珊。

"怎么啦你，为情所困？"雨薇怪叫一声。

德珍这才提起精神看她一眼："你就不能放过我吗？"

"这叫什么话，岑德珍，我们还是朋友吗？！"

"抱歉，我只想孤独一点。"驱客之意再显然不过。

雨薇瘪着嘴不高兴："你是不是嫌我经验不够丰富，不屑于向我求教啊？"

看样子她是不会放过她了，德珍索性丢开笔头，将家书事宜放后再说："说到这个，你单恋的那个男生最近有现身吗？"

雨薇沮丧地摇摇头。

德珍凝视她，忽然有些于心不忍。她也是听同事说的，雨薇有个喜欢的人。对方是个业余画家，常在"细"看展览，有一次雨薇去送东西，恰巧遇见，当下惊为天人。

"除了柏原崇，就没见过能将白衬衫穿得那么好看的人了。"雨薇毫不夸张地对人说。

德珍并不怀疑雨薇的感情，但坏就坏在，除了雨薇自己，谁也没见过那个人长什么样。时间久了，大家渐渐开始怀疑雨薇口中的那个人是否真的存在过。

不过雨薇并不介意这种质疑，她只是伤感，那个人已经消失半年了。

"能告诉我他叫什么吗？"德珍问她。先前有陈萍的请托，现在又有仲寅帛这一层，她要帮雨薇打听并非什么难事。

但雨薇却摇摇头，笑笑，故作明朗："我又没有要嫁给他，何必大费周章去找他。"

看她口是心非的样子，德珍静默片刻，最终决定尊重她的意愿，不再插手此事。

"你不是约了李老师去逛街吗，怎么还不去？"她提醒道。

雨薇恍然一拍脑门，继而拉住她的手："啊！你不说这个我差点忘记了，李老师去画展了，你陪我去。"

德珍有些头疼地看着她，这个人说风就是雨的个性，在某种程度上来说已经到了了不起的境界。

十分钟后，她的人已经在蒋雨薇的车上。

初夏的燠热已经开始显现，找了停车位，二人冲进星巴克，点单坐定歇脚。德珍耳边嗡嗡声一片，心里正在想那个男人此刻在做什么，胳膊却忽然被冰了一下："岑德珍小姐你不要太过分了啊，我这么绝代风华的人物坐在你面前你竟然也给我走神？"

德珍说了句"对不起"，喝了一口冰咖啡，手腕上碧绿的镯子在她素白的肌底上十分显眼。识货的雨薇暧昧眨眼："好漂亮的翡翠，谁送的？"

"你要吗？送你。"德珍好脾气地逗她。

"你敢送我还不敢要呢，天知道是哪位有心人费尽心思用来讨好你的。"

德珍看着腕间那盈碧绿，心情意外见好。这镯子她已戴了一段时间，她是个注重场合的人，头脑再热也不至于不分轻重。这镯子许是与她投缘，几次她想摘下它，总会忽然冒出别的事分走她的注意力，如此一来，她便懒得折腾了。

在雨薇注意到它前，眼尖的慧珠早就问过它的来由，她语焉不详，慧珠虽没再细问，但也猜了个八九不离十。

这镯子的用料有些稀罕讲究，连对珠宝首饰不甚挂心的爷爷也曾过问了一句，虽然只是赞美它的成色，却也害她一阵心跳不止。

因了此番，她若摘下这镯子便显得有几分做贼心虚，反倒叫人生疑，如此她也就常戴着它了。

雨薇转眼又问："听说昨天有人送花去你班上，有这事儿吗？"

德珍无奈地垂下肩头："又是哪里来的小道消息？"

雨薇眨眨眼："难道不是真的吗？"

看着她懵懂的神情，德珍咽下差点脱口而出的回答，沉默了片刻，才说：

"你觉得呢?"

"你少来,又拿这套糊弄我!之前不是有人专程来接你下班,那人呢?和送花的这个有可比性吗?"一说起八卦,她比谁都精神。

德珍只觉好笑,大抵是她从未扶正过仲寅帛的身份,而他用的车辆又不尽相同,学校里总是流传着和她有关的稀奇古怪的流言蜚语。她瞧着雨薇认真求证的真挚目光,竟有些不忍告诉她,她嘴里说的都是同一个男人,免得扑杀了她脑中那个宏大的故事。

仲寅帛的确有送花来,而且是送到班上,生怕没人知道他的存在似的,惹得男生们嗷嗷起哄,又一举断了那些男学生的念想。他这么幼稚,德珍就不评价了。

但她不得不承认,此举的确是手法高明的撩拨。哎,花到人不到,又有什么用。

"你倒是说说看嘛,我特别想知道到底什么样的男人才能打开你的心。"雨薇拉着她的手不依不饶。

"谁能打开我的心?……这个不难猜。"

雨薇眼前一亮。

德珍好笑答她:"外科手术医生啊。"

雨薇气得瞪她一眼。

正说话间,透过落地窗恰恰能看见商场的入口忽然拥进一批人,清一色的西装革履,笔直挺括。不光如此,商场里头也出来一批人,领头的伸出手来与这边的男人握了握手,寒暄几句,继而引他进去。

"啧啧,气场真不是盖的。"雨薇搓搓自己起鸡皮疙瘩的手臂,摇着头说。

德珍看着他离去的方向,即使被前呼后拥着,他仍鹤立鸡群,一秒钟就能在乌泱泱的凡人中脱颖而出,吸睛指数爆棚。

"你忘记他了吗,他就是'细'的新主人啊,上次见过的。"发现德珍的眼神发直,雨薇善良地解释起来,不过很快她又笑了,"你大概是看过太多美男子,把人家给忘了吧?"

德珍抿了口变温的咖啡,心笑道:岂敢?

仲氏夫妇的婚姻也不是全然一帆风顺走到今天的,如今习惯居家的仲太太,与丈夫也曾有过价值观上的剧烈争吵。

就像一个既定议程一样，一段婚姻走到一定年头，都会经历这个阶段——随着丈夫的能力越来越强，家庭越来越富有，婚姻中的弱者便会开始自寻出路。

彼时仲寅帛还在美国念书，身为儿子，他给父亲的建议很直白，也很管用。

时隔一年，他将他那双长腿迈进了华尔街，而他的母亲得到了一座百货商店。

开业剪彩时，仲王生给商场入口扎了个又大又漂亮的蝴蝶结，仲太太云里雾里地被牵下车，并从丈夫手中接过金剪刀，彼时她尚不知这即将是她的新职场。知道原委后，她哪里招架得住这阵势，从此以后再也没为自己在家中的地位抱过屈。

仲寅帛回国后，只用了一句"赚钱的事还是让我们男人来吧"，便顺理成章地从母亲手中接管了这桩生意。

所以，他今天来，是工作。

德珍对此并不知情，只猜测他或许和商场方面有什么合作，转头就被雨薇拖走购置夏装去了。两个小时后，雨薇战果累累，德珍两手空空。

雨薇"啧"了一声，看不下去了，硬是选了几条裙子将她推进更衣间："你再不换裙子穿，过几天就该长痱子了好么？快去换，我买单。"

德珍拿她没办法，只好褪了长裤换裙子。

匆忙之中雨薇也是胡乱从衣架上抓了几件下来塞进她怀里，但更衣间的门再度打开时，雨薇的心情就像圣诞节拆礼物那样，两眼写满了惊喜。

白色丝绸上衫搭配印花长裙，丝绸和丝绸的碰撞，换作别人来穿，都显得过分隆重，可是穿在德珍身上，不仅裙子的古典和华丽没少一丝一毫，还产生了些许少女的俏皮、淑女的热烈。最不可思议的是，这些本不相容的美，在她一个表情的管理下，竟和睦地融为了一体。

雨薇早就总结过，德珍无论穿什么都好看。在衣着方面，她早已完成了她所需要经历的一切，总能将最恰当的东西穿在自己身上，此刻雨薇只有五体投地才能表示她的惊叹。

"怎么了？"德珍将耳边的碎发别到耳后。

雨薇半天回不过神来，神思沉浸在诗歌的宏大中愣愣地回答："刚刚你的手机一直在响……"

德珍接过手机看了眼显示，随即走开去回电话。店外就是沿廊，巨幅的透明珠串从顶楼垂坠而下，她倚在栏杆上等着电话接通，却意外听见了熟悉的铃音在附近响起。

"德珍小姐。"萧尘惊喜地叫道。

德珍侧首，见人群中正往外掏手机的仲寅帛，微愣了下。

萧尘快步走过来，花了三秒将德珍从头到脚打量一遍，眼珠里仿佛礼花盛开："虽然知道你一向美若天仙，但你今天真是格外明艳动人。"

德珍坦然接受这盛情的恭维，目光却落在不远处的男人身上。

作为一段暧昧关系的双方，她和仲寅帛都想过何时将这段关系公布于众，然而他有"前科"在身，所作所为便不得不变得谨慎，她亦是持重之人，这段感情之于她，虽甜蜜却也是负担。他们都有自己的顾虑，沉默着走到今天。

只不过，让她没想到的是，这个男人只花了两个字就正式确立了这段关系。

仲寅帛在看到她的那个瞬间也是五味杂陈考虑了很多，她就如萧尘说的那样过分明艳动人，惹得他神魂颠倒对她招手说了两个字："过来。"

语气是再温柔不过的对情人的宠溺。

众目睽睽之下，她僵窒了片刻，最终，身体表现得比心更诚实，甚至有些轻快地朝他走了过去。

"一个人来的?"他低声问。

她摇摇头，发丝轻甩，指了指趴在玻璃墙上围观的雨薇，介绍道："我同事。"

他往她手指的方向去了一眼，很快收回，面对面牵住她的双手："那待会儿一起吃饭吧。"

"好。"她在其他人好奇的注视下微微一笑，那种糖霜中带点薄荷叶般羞涩的笑容，像是大夏天的一杯冰红茶，顿时让人从头舒服到脚。

见她答应得那么爽快，他随即脱下了身上的外套披在她肩头，也没多的嘱咐，只给了她一记眼神，便放心地带着人离开了。

回到店中，还来不及摘下肩头男人的外套，只见雨薇双手叉腰做母夜叉状怒目而视："岑德珍，你最好给我从实招来!"

Chapter 2

天上一颗星，地上一座城，心里一个人

之前有些话我没能说出口……你是不是觉得我没那么喜欢
你？不是这样的……有些人吃东西习惯先挑最好的吃掉，有
些人总把最好的留在最后，你不能因为我把你留到后面，就
以为我不喜欢你啊……

墙上花　光中尘，

抗拒，反感，拒绝。

放任，妥协，喜欢。

男女之间的流程，大抵不过如此。

与雨薇避重就轻地交代了经过，这个热情的朋友意外地没有取笑她，而是拉起她的手轻轻甩了甩，低下头轻声说道："德珍啊，我猜你也是有故事的人。你的心里，或许住着一个让你悲伤的人。"她顿了一下，笑笑，"你那么好，值得拥有一段好爱情，尽管你走到了一个令我意外的男人身边，不过我还是由衷地替你高兴呀。"

一句简单的、尾音上扬的话，温柔地给德珍仓皇的爱情打了个圆场。

对雨薇而言，德珍总是特别的。她的笑容，她的声音，她的存在，足以区别十米以外的任何一个人。她既有安静腼腆的一面，亦有机灵狡黠的一面，但她始终是温柔的。哪怕在学生们吵吵嚷嚷的班级聚会上，孩子们都肆无忌惮地释放压力，唱着荒腔走板的歌曲，喝着低价劣质的红酒，她无法逃脱这热闹的局面，却也可以沉静地坐在一角，时不时替身边已经垮掉的孩子扶住歪斜的身体，推开前来的酒杯。

和其他人一样，比起她是谁的孙女，雨薇更喜欢眼下这个德珍。

对此德珍却有些诧异，她以为雨薇会追根究底，却没想到是这样一种纵容。不过她很快就想通了，默默地笑着，安静地感受这久违的祝福。

至于后来仲寅帛问起雨薇的身份时，她很骄傲地给了定义："我朋友。"语气中不乏"你未必也有"的意思。

仲寅帛诡谲一笑，但愉快的气氛始终贯穿了晚餐。牵着她的手走出餐厅，城市已染灯辉，他侧目顺她一眼，笑道："裙子很适合你。"

她在原地转了半圈，用小鹿斑比似的眼睛看着他："美吗？"

他大方承认，继而抿唇而思，并告诉她当下他的一个决定："为了鼓励你以后多穿花裙子，我得送你一个礼物。"

她假装好奇地眨眨眼，身体则顺理成章地被他拽走了。

半个小时后，德珍开着她的"礼物"在路上。从她紧张的程度可以看出，她那句"我不会开车"的确是大实话。

"放松，方向盘都快被你拔下来了，亲爱的。"副驾驶上的男人冒着冷汗说。

德珍试着放松手指，深呼吸，并时刻注意路况。

仲寅帛感受着车体蛇形弯曲行走的超快感，拧着声带不停清喉咙，暗暗后悔给她买车的举动。好不容易练习了半小时，他命她在路边停下，解开安全带下车进了路边一家便利店。

待他回来时，德珍瞧他一手一根雪糕的居家样子，笑着打趣："你说你在花旗工作过，其实就是从这便利店出来的吧？"

仲寅帛讷讷地朝后一看，那便利店招牌上写的正是"花旗便利店"，一时无语。

"拿着。"他屈身钻进车里，将左手雪糕递了过去。

德珍笑着接过，剥开包装纸含进嘴里。

两人安静地坐在车里享受这短暂甜蜜的清凉，一如其他恋人，安静中仍散发爱意。

"明天我要去纽约，想要什么样的手信？"他问。

难得见到面，他又开口说这种事，着实是惹人不快啊。

出身注定了她对物质渴求的程度，优渥的家境，富足的生活，使得她经常被这个问题问倒。然而因为今天问这问题的人是他，她十分慎重地想了想，最后回答道："容我仔细想想。"

他亦不为难她，继续吃他的雪糕。

待两根木棍现形，短暂的休息时光也结束了。他像是要在今晚破除她身上的魔咒一般，决意要将她教会为止，车子于是又上路了。

过了十点，街道开始冷清起来。她虽无太大的进步，但至少学会了如何在驾驶座上舒适呼吸。仲寅帛也松懈了几分，散漫息惝地靠在椅背上，时不时给出一句指点。

"去纽约是工作吗？"她很突然地询问。

车内凝滞了三秒，他回过神时，面带惊喜，她竟学会追问他的去处了？

"怎么了，不能告诉我吗？"

他按住暗喜，用眼角余光瞄了她一眼，正经答道："去挖人墙脚。"

最近他和银行之间有交易，对方提供他足够的周转资金，他则为对方提供一个欲得而不能的人。严格说起来，这一桩算得上是衍生公事，谁叫他打定主意要和达明斗气。

德珍知他是商场上出名的玉面修罗，既然他说得隐晦，她也不再过问。车子四平八稳地开在路上，过了良久，她忽然发现他话少了，一看，竟睡着了。

她瞧着他歪倒在一边毫无防备的侧脸，坚硬的下巴弧线暴露无遗，既觉得好笑，亦有几分动容，他竟信她到如此地步！敢在她驾驶的车上睡着，真是不要命啊！

由于他的消极怠工，她不得不握紧方向盘独自寻找回去的路。只是她这新手上路格外谨慎，不长的一段路，竟也开了一个小时。到了他家楼下，已是深夜。

她这儿正埋头苦找停车场入口，他却机敏地醒了，带着几分凡人才有的睡眼惺忪，伸了个懒腰，望了眼窗外，不禁发出一声赞叹："哟，这不是我家么？我没在做梦吧？"

"同学你的恭维很含蓄，值得表扬。"她被他夸张的语气逗得笑出声来。

他同样笑吟吟地："奖品呢？"手指指着自己嘴角。

她没有考虑太久，松开安全带，凑将过去轻啄一记，过后当即想要闪开，却被男人一把抓住手臂，拉进怀中，深吻起来。

早知他对她的诸多渴求中包括这一项她还引火上身，现下这局面，她也只能一边默许，一边承受了。

哪知他却得寸进尺，中途趁她神魂颠倒时在她耳边点火说了句什么，当下她愣了五秒，等回过神来，脸已红透，不假思索朝他胸口捶了一记。

"不行吗？"老大一个男人，竟装委屈。

德珍受不了他这样的，白他一眼："你索性在业余爱好那一栏写上'上酒店'得了。"

不见她生气，他嬉皮笑脸起来："其实也可以去我家。"

"仲寅帛，你够了。"

"不然还可以去你家。"

"……"

他将话说完，自己也惊讶了，当下有三分紧张七分后怕。上回已经见识过她的脾气，这次玩笑开大了，也不知会落得什么下场。

然而，与他的忐忑截然不同的是她深思的表情，她甚至很认真地考虑在母亲的公寓里交付自己的可能性。

须臾，车子进入地下停车场，她不但下了车，还进了上楼的电梯。

她回眸时，望进那个男人的眼底，仿佛对自己青春中最重要的这个节点，胸有成竹。

仲寅帛瞧着她，在她的神情意味中分辨出几分视死如归，不觉好笑。

说实在的，他并不像一开始那么急切了。渴望依然在，并且历久弥深，可他就是知道，他不需要着急。

她为自己的冲动感到一丝脸红，但又觉得似乎没有反悔的必要。

这些年，承蒙家中老小天天夸奖，令她得以赞美度日。她还没回过神，人生已经过去了四分之一。然每当独处时想起年少时的恋人，不由怆然，与他有关的记忆竟都是纯洁的白。自己的小半生，似是与疯狂无关。

既然如此，今日她便来做件疯狂的事吧。

她的公寓简陋得不像话，大堆未拆包的行李堆在客厅中，沙发蒙着防尘布。所幸灯光尚美，照得她的脸琉璃一样发着光，置她在美中徜徉，犹如皎洁无云的夜，繁星漫天闪烁。

天上一颗星，地上一座城，心里一个人，说的好像就是她。

他吻着她跌入床中，她晕眩中伸出双手捧着他悬在自己上方的脸，他的神情在逆光中隐匿，绝佳的亮与暗融汇于彼此瞳眸，一触即发。

这个素雅如同莲花的女人只是静静地看着他，轻易看穿他一瞬间的跌宕起伏，顺着呼吸渐促的频率，爬进他五脏六腑。

"不后悔吗？"他咬着她的耳朵问，声线沙哑得恰到好处，像条油滑的小蛇，叫人直想捏着它的尾巴揪出来。

她掀起眼帘看他，衣物摩擦窸窸窣窣，容许她最后一次确定心意。他从沉默中得到回答，俯身轻吻着她。在一切开始前，最后说了一句："别怪我。你，大概就是我不爱别人的理由。"

凝眸，时光回溯最温柔刹那，对未来的惊慌，对过去的歉疚，终成旖旎梦幻的布景墙，在火热交织的情事中，显得微不足道。

爱欲是何？之于她并无太多惊喜。上流社会的名女人，论及婚嫁总标榜自己洁白如纸的躯体得以抬高身价，当然，自珍自爱并非谁的过错，只她并不那么迷信，认为到了某个时刻，这种事自然便会发生。

这过程像什么呢？

在她脑海里，像是回到了幼时的市场，她提着绿皮小西瓜，女管家怀抱鸢尾花，妈妈牵着她的手挑选虎头虾，声音是嘈杂的，气味是混乱的，催她直想飞奔回家。

然而，潮涌的混乱中，光中的尘埃飞往时光对岸的路程中，温暖层层叠加。鸢尾新鲜的汁液迸溅在指尖，长茎落入花瓶，一股清气弥漫，至于花开不开，开多久，她都依它。

睁开眼，海市蜃楼崩塌。惊醒中她看见他拧着眉汗湿的脸颊，看他骤然松开紧咬的下唇，清晰地吐出她的名字："德珍！"

那一瞬，她的身体犹如宇宙一度又烫又稠密。然后，他们带着各自的疲惫，相拥睡去。

翌日，仲寅帛被手机提示音叫醒，他还得去赶飞机。

德珍睡得极沉，连他下床也未醒，直到他洗完澡出来，正想叫醒她，她的名字夹在唇舌之间，却叫他发现了她沉睡的模样。

微微敞开的被口露出她锁骨下残存着的阴影，周遭浮动着昨夜狂热的印记。她脆弱得就像刚破土的蔷薇嫩芽，唇瓣晕着浅浅水色，纤细的颈子，骄傲的头颅，弯成天鹅休憩的模样，格外温婉动人。之于他，这是一种顺从的模样，仿若从此他便是她的天。

他禁不住脑中狂野的想象，触手摩挲她骨瓷般的脸颊，拨开她丝滑的发，指尖盈香。

这个女人，终究是属于他了。他这样想。

德珍醒来，恰见他一脸深思坐在床头凝视她，她罕见地流露出女儿家难为情的娇态，缓缓拉高了被单裹好自己。

他取笑道："遮什么，该看的都看过了。"

她动作虽快，却还是来不及掩住他的嘴，更来不及收手，堪堪地被他擒住，骨感的腕被他握在手心往唇边一带，手背落下一枚轻吻。

"起来，陪我去机场。"他舍不得落下她一个人在这儿胡思乱想，或者尴尬。

德珍扬起嘴角，红着脸掀开被子起来。

路上他一直握着她的手不放，几乎没有出声，却从不停止他那慑人的目光锁着她容颜，沉默地表达着他的耐心和温存。她的发没有平素那样乖巧整齐，那一点点的凌乱使她多了一份女子的柔媚。

车子抵达时，她趁司机下车搬运行李，飞快地拉住他的衣袖说："手信的事，我有主意了。"

仲寅帛挑了下眉，侧身倾覆，单手扶在她耳后，在她眉心落下一吻。

她一瞬不瞬地瞧着他，最终在他期许的目光中，将唇凑在他耳边："我要你早些回来。"

收拾停当回到惊雀巷，爷爷并没有责怪她未经允许的夜不归宿，因为当下他有客人。

"这就是慎其的女儿吧？"客人是个满脸笑容的男人，桌上仍放着一筐时令蔬菜，是客人送的见面礼。

岑润荩递了一只新鲜的秋葵给她，她放在嘴里咀嚼，继而露出微笑。岑润荩随即对客人笑道："你讨好了我孙女的嘴巴。"

客人呵呵地笑，抽出一张名片递给德珍，上头印有栽培基地的地址和联系人的方式，德珍收下了名片又谢过他，悄然退出客厅。

她请班长通知同学将她的课调到下午，昨夜疲于应付，这会儿说什么也该补个觉的。也是怪了，明明经历了一件人生大事，她却沾床即睡，还十分踏实。

醒来时是下午一点，爷爷也是午睡刚醒，祖孙二人在厨房碰头，一个眼神略带深意，另一个十分心虚。

德珍挖了一勺桂花蜜露泡了冰水给爷爷，问："今天的客人我从前见过吗？他好像认识爸爸。"

她跟随祖父的脚步来到客厅，二人坐下，岑润荩喝了一口蜜露水，心情见好："你不一定见过他，不过他是个讨小孩子喜欢的人，黎阑就很喜欢他。你也知道，黎阑总喜欢把你当成自己的财产对外炫耀。"

德珍笑笑，她们姐妹一直都是彼此的骄傲。

岑润荩叹息一声，这个周克成曾经将黎阑当成自己孙女一样对待，也称得上是疼了黎阑一场，但也因为如此，黎阑的葬礼他都不愿意来。

德珍想起先前那张名片："他是搞农业的?"

岑润荩笑着摇摇头："不，种菜是他的业余爱好。"

德珍莞尔，他的业余爱好还蛮务实。

岑润荩这时看了眼挂钟，提醒道："你下午不是要补课吗，这都几点了?"

闻言德珍一愣，爷爷这是不打算跟她秋后算账了吗?

"愣着干吗，还不快去?"老爷子笑呵呵地催促。

德珍知他不打算追究她昨夜外宿之事，意外逃过一劫，她紧忙站了起来，收拾收拾，去了学校。

她不算是个勇敢的人，偶有几次叛逆，也没遭到任何责怪。她于是懂得，家人的容忍是出于她的四方妥帖。他们深知，不管她去到多远，都会在旅途的最后安全抵达他们身边。他们相信她是王家周密的淑女，也继承了岑家匠人的纪律。连她自己也认为，疯狂不适合她。

但这一次，她的确是出格了。至于没有遭到任何盘问，她都不知道该不该庆幸。

惊雀巷的黄昏，霞光与灰蓝色的天融合成一体，看起来既矛盾又和谐，长久地凝视，就像面对一个会让自己惴惴不安的未来。

锁骨上的吻痕赫然在目，一如一个人爱另一个人，被赋予最确凿的证据。一向眼尖的慧珠今日落在德珍身上的视线总会延长几秒，这个精明的妇人打发日子的方式，仿佛就是从德珍身上寻找脱轨的蛛丝马迹。

德珍并不回避婶婶的审视，因为她也在筹谋一个场合、一个方式，将那男人正式介绍给家人。

随着锁骨上的吻痕逐步消退，蔷薇花也爬满了围墙，写出时光的漫长。

"等待"两个字，让她变得敏感而脆弱，以至于险些无法支撑起自己。

她开始没来由地讨厌起纽约来。

这样漫长的等待过后，在一个下着小雨的清晨，看见站在家门外的他，她心里的惊喜有多大就可想而知了。

她花了好大的精神，才克制住不冲过去吻他。母亲手里有一条无上教规：女子在爱情中失掉的矜持，永远无法挽回。

她不知道这一刻自己该不该奉命行事，仓皇之下，竟是一副懵懂的神情。

仲寅帛刚完成漫长的旅程，眼皮泛着淡青，垂落着睫毛看她一会儿："让你久等了。"声线沙哑缺水，在女人耳里听来却别样性感。

见惯了他往日精贵模样，再瞧他新冒出的胡茬，初见沧桑，她颇不习惯。看了这样的他一会儿，忽然拥住他，叹了口气："感谢上帝。"

终于，让他回来了。

他无声一笑，回拥她。

细细的小雨融进彼此的衣物里，肌肤内。并且，在她回过神前，他就把穿着睡衣的她拐走了。

自他走后，德珍不大敢来母亲的公寓，这既害羞又甜蜜的心情，她还不甚熟悉，她就怕自己一踏入这门，就会看见当时那个情动的自己。

但这公寓对仲寅帛却有另外一番含义，这是眼下这个女人对他交付身心的地方，是战场，亦是圣地。

他喜欢自己的停车位对面停着他买给她的新车，他亦喜欢电梯间的镜子里她安静露怯的神情，他甚至想念那间堆满行李和杂物的房，以及那张等同于梦想的床。

这一切的一切他有多想念，只有他自己知道。

二人进了门，脱了鞋子："你能回家先睡一会儿么，等会儿我上来。"

他从背后围住她，皱眉不同意："我现在只想和你在一起。"

她在他的怀抱里挣动一下，很快放弃："现在还早，你先去见见妈妈，洗漱一下。我会上来和你一起吃早餐，九点钟我们准时见。"

他瞧了眼手表，不甚乐意："那这段时间你一个人在这儿干吗?"

不提这个还好，提起这个她就皱眉，扯了扯自己身上的睡衣，她半生气地说："你一大清早把我拐走，就不怕我爷爷知道后打断你的腿?"

他心虚地笑笑，松开她，作了妥协。离开前，他在玄关的鞋架上看见一双深灰色男士拖鞋："这是为我准备的?"他不是不惊喜的。

"是啊，我在网上找了很久。"

"那我试试合不合脚。"

她好笑地推推他："别闹，下次吧。"

他心想反正也不急，那就下次吧。

然而，看着他转身离开的背影，她却忽生不舍。迟疑片刻，这才追出门外，在电梯口拉住他："我想了好久要不要亲你。"

他微怔，瞧着她咬住下唇的动作，起了玩心逗她："那你现在想好了吗？"

她将头发别到耳后，不经意露出发红的耳廓，像是要犹豫很久，却忽然抬起头来，拉下他的脖子，踮起脚尖飞快地啄了他一下："辛苦了。"

话音一落，随即难为情地想逃走。

男人哪里容得了她先点火再逃跑，轻轻一带就将她顺到自己怀里，一个转身将她按在墙上，热情地填补心中欲壑。

一如其他都市儿女沉沦的轨迹，遵守本分的封印一旦解除，就再也不可能收回那头出闸的猛兽。长吻久而不毕，静悄悄的楼道里，喘息声回荡在人心里，任由思念爱意交杂的情绪在彼此唇瓣中吐息，吞咽。

九点钟闹钟准时响起，仲太太敲门之前，儿子已经醒了。

此时他已洗去舟车劳顿的疲惫，只有些许惺忪睡意。仲太太正为儿子的自律感到骄傲，猛地一回神，才想起正事："德珍来了，你赶紧洗洗下来，我们一起吃早餐。"带上门前，又狡诈地补了一句，"打扮得帅一点哦。"

仲寅帛又好笑又无奈，奸情就发生在她眼皮子底下，她却云里雾里丝毫不察，可爱归可爱，却叫当儿子的心有几分愧疚。不过，一想到很快就能名正言顺牵那女人的手，他的心情又变得十分好。镜子里的他看起来坚毅抖擞，信心十足。

他还好奇她用的什么方法进了他家，换了一身打扮下楼，却见她穿着围裙，正在厨房里和他母亲低声细语，两人时不时发出一声低笑。见他登场，她笑着朝他点头打招呼。

待早餐上了桌，仲王生与儿子坐在这一席丰盛前，有些不知该从何下手。最后德珍端着汤出来，仲寅帛寻常语气问了一句："都是你做的？"

德珍未答，仲太太随即笑吟吟地解释起来："德珍家的瓦斯停了，上来借灶的。"

仲寅帛一听，心中发笑不止，她家哪能停瓦斯，这样冒失的理由亏她编得出来。但他又瞧母亲的喜形于色，好似恨不得德珍家天天停瓦斯一样，真的就那么喜欢。

收回遐思，他递了眼神过去，好奇那浓白的汤是什么。保姆拿了玻璃汤碗过来，德珍先盛了一碗递给仲王生："您且尝尝，手艺不佳，还望见谅。"

仲王生接过，拿汤匙拨弄了下，分清汤中鱼肉蛤蜊，浅浅尝了一口，一桌人都静静等他评价，仲太太生怕丈夫不上道，说出什么"真知灼见"来，毕竟是个嘴挑的人，且两个儿子也都随了他的性子，对吃食格外讲究。她虽然那样喜爱德珍，却对这年轻女孩的手艺不敢担保，忧心德珍在丈夫那儿失了分数。

然而仲王生却不紧不慢，连喝半碗，才在众人的忐忑中竖起大拇指。

在短暂又漫长的一番担惊受怕后，仲太太气得跳脚："死鬼，好吃就直说，干吗故弄玄虚?!"

"我哪有?"仲王生受到了莫名其妙的指摘，自然为自己辩驳。

仲太太哼了一声："叫你儿子说说，你那第一勺多像在喝毒药！"

餐厅的空气凝滞了一秒，继而爆发出仲王生爽朗的笑声。

德珍被这家喧闹欢愉的气氛感染，笑声中窥视自己雕塑般英俊的恋人，狐疑初见他时他那冰冷的模样是从何而来。

仲寅帛也正看她，只不过是在用眼神对她说："我的汤呢?"

德珍默不作声盛汤递给他，抽回椅子坐下，美丽的脸隐匿在粉色的花束后。

他喝了一口随即露出笑容，二人之间的你来我往仍十分隐秘。

饭毕，仲寅帛被急于促成好事的母亲委派出来送她下楼。电梯里他着白衫黑裤，浅口皮鞋，没穿袜子。

"一大清早的，你上哪儿找来的鲈鱼蛤蜊?"他问。

"'细'隔壁的小书院你可曾去拜访过?"她不答反问。

仲寅帛点点头，购下"细"后，他曾让人拜访过那书院的主人，吃了几次闭门羹，终是见着了。仲寅帛见那白胡子老头风趣和蔼，一时放松了警惕，结果被押在那破书院干了半日粗活，爬上爬下钉完半桶钉子！

不过，他倒不知道她为何要提这个。

"鱼是我打电话托张老弄来的，蛤蜊的话，费了点周折，所幸都按照约定时间炖好了，你可吃得满意?"

他点头如捣蒜。

"那就好。"她笑说。

"那汤叫什么?"他得留个心眼，今后好跟她点单。

"就叫鲈鱼蛤蜊汤。"电梯开了，她走了出去，转过身来，笑了笑，眼藏狡黠精慧，"忘了告诉你了，那汤，特别适合术后和产后的人喝。"

仲寅帛一愣，虽然还是有些不习惯她偶发的恶作剧，但好在他也是脑筋转得快的人，他深情款款地看着她，说："是吗，你教教我，以后我煮给你喝。"

德珍一怔，继而失笑。恶人自有恶人收，说得真是一点也没错。

这天下午她与雨薇去打了一会儿网球，出了一身汗，脸也晒得通红，正想进门冰敷，无意间瞥见庭院里堆着一些纸箱。巷子口婆婆家的猫猫正盘在纸箱上打瞌睡，听到德珍的脚步声，睁开琉璃一样的眼仁，蹲坐起来，冲她"喵"了一声。

德珍蹲下身摸摸它的小脑袋，将它从纸箱里抱起，摸摸它顺滑丰厚的毛发，轻声哄着："猫猫啊你又逃家出来玩，等婆婆发现你不见，又要担心了。"

惊雀巷的孩子都有些怕这只猫，只因它若看中了什么，一定会想方设法得到，德珍耳闻过不少与它有关的趣事儿，甚至知道它会等在放学的路上打劫孩子们的零食。真是又妖孽又魔幻，她只恨自己没亲眼见到那画面。

慧珠见她迟迟不进来，反而抱着猫玩，心道这家姐妹俩真是如出一辙，黎阑也是见到猫啊狗啊就往家里带，怎么劝都不听。"德珍，张老送了龟苓膏来，你快进来吃。"

德珍应了婶婶一声，放下猫，又摸摸它的头，这才打算进屋。

也是巧了，猫猫坐塌了纸箱，一些旧物就从未封好的纸箱里跑出来，她只多看了一眼，就再也移不开脚步，怒从中来。

黎阑的丝巾，黎阑的被单，黎阑的玩偶，课本笔记本……零零碎碎的小物件，竟都是黎阑的！

她合上纸箱，想了想，进屋洗脸，安静地吃完龟苓膏。

半小时后，搬家公司派人来了岑家。慧珠一时间没反应过来，眼见工人们将院子里大大小小的箱子利落装车，德珍与爷爷报备了晚上的去处，上了搬家公司的车一起走了，慧珠这才明白过来这是怎么一回事。

德珍从没和长辈顶过嘴，但她也从来没打算将黎阑从生命里驱除，说她顽固也好，愚鲁也罢，总之，既然有人见这些东西不顺眼，那她就换个地方存着，井水不犯河水。

工人们搬完东西离开公寓，她稍作一番整理，天已擦黑。

德珍将书籍一类分装在专门的箱子中，边角的余地塞一些工作手册。黎阑在校学习护理，册子上印着实习医院的徽章，她不由得有些好奇黎阑都学了什么，随手翻开几页，德珍大为震惊。

那字里行间的，竟都是少女心事。

黎阑与稚巧同住一个房间，继母在那房间进进出出，叫她的隐私无处遁形，但她的心又是那样迫切，亟须将那些心意与情怀记录在案，可她又担心会被人发现，只好将之描述得极为隐晦，甚至有些驴唇不对马嘴。但这又怎能瞒得了德珍的眼。

德珍默默深呼吸，黎阑应该仍是渴望有个人能读懂她写下的这些暗语的，不然又怎么会在某几个片段里情绪失控，表露真心。

她心内的某个机关为之触动，掉落了经年累月锈迹斑斑的铜沫。她没有想到原本只是单纯地和婶婶怄气，最后竟会被她挖掘出这样沉重的秘辛。

几乎与她无话不谈的黎阑，竟瞒着她喜欢着一个男生，而且，似乎还喜欢了很久。她翻完了所有工作手册，并不是每一本上面都留有痕迹，将所有碎片式的段落前后联系，黎阑的故事初现雏形。

比如，这个男生是医学院的学生。拼凑想象一番，他大约是那种霸道别扭独占欲又很强的人，虽然酷炫得近乎冷漠，但从选修课都不会低于九十分的情形推断，他应当有一个羡煞旁人的好头脑。

岑家的女孩子对念书好的男生从来都是没辙的，德珍对云越如此，黎阑也未能逃脱这魔障。

至于男生的身形外貌，黎阑用了这样一个词形容他：身长似鹤。

德珍反复咀嚼这个词的含义，须臾，那男生的形象跃然纸上。

诚然，黎阑对这个男生的喜欢就像房子一样显而易见，不过德珍还是在一些不自觉的句子中发现，那个看似强大到没朋友的男生，有时也会被黎阑控制，像极了一个假装凶狠的小木偶。

或许，他也爱着黎阑呢？德珍忍不住这样遐想。

这是她身为女子逃脱不了的窠臼，与爱情有关的所有，她都不愿被辜负，何况这个人还是她心爱的黎阑。

离开公寓时，她仍有些头重脚轻，心情沉重而虚幻。她扶着墙壁在大厦门厅的沙发上坐下，脸色略显苍白。她满脑子都是黎阑和她喜欢的那个男生。关于这个年轻人的线索很多，她却有些不知从何开始，但不管怎样，她都需要去见见他。

她想看一看，被黎阑所爱慕的他到底是怎样一个人，问问他，是否知道这世上有一个女孩爱你如生命，黎阑的葬礼为何你不来……

怔愣间两个高大的身影挡住了她的光线，身穿笔挺制服的保安上前询问："小姐，你没事吧？"

她虚弱地摇摇头，此时电梯"叮"一声抵达，与此同时萧尘慌慌张张地从外面进来，仲寅帛陪同Ben走出电梯，二人还在交谈什么，萧尘率先认出了沙发里的人："德珍小姐？"

德珍缓缓抬起头来，面前两个保安见有认识她的人，也就双双走开了。

"德珍小姐，你哪里不舒服吗？"

在萧尘询问前，仲寅帛身前的年轻男子上前询问德珍："Hey, Are you OK? Do you need urgent care?"

德珍摇摇头，她只是看着仲寅帛。

男人的脸色不见得比她好到哪里去，女友动辄晕倒流鼻血，自然会让他很没面子，他没能照顾好她，起到男友应有的作用，显得很失责。

"Ben, get away from my girlfriend please。"

Ben看了看德珍，又看看仲寅帛，不敢相信他竟瞒着他偷偷交女友！虽然有些生气，但Ben还是洋派地耸耸肩退到一边，犹如手中有一根虚幻的魔法杖般，手指在半空中画了个圈，尾音上翘："Unfriending……"

仲寅帛无奈看他一眼，半蹲在德珍身前，手背冰了冰她额头，视线放软："你还好吧？"

德珍虚弱地笑笑："我没事。"她又看了一眼边上东南亚长相的Ben，问道，"你朋友？"

仲寅帛点点头，拥着她起来："我送你回去。"

一行人出了大厦，萧尘打开车门，先送Ben回酒店。Ben似乎对仲寅帛有女友这件事十分好奇，不断观察后座的德珍。德珍有心事，对他的好奇疲于应付，身边的仲寅帛投去几次警告，Ben这才悻悻作罢。

抵达酒店，Ben下了车，朝德珍挥手道再见，德珍朝他淡淡微笑，车子缓缓驶离。

Ben这个人很热情，并不让人讨厌，只是眼神略带深意。不过再看身边的男人她又理解了，身为他的朋友，大概很清楚以他的性格很难交到女友吧？

他愿意恋爱都是匪夷所思的事，更何况是落落大方地承认她的身份呢。

仲寅帛缓缓扭头，发现她嘴角一丝笑意："在笑什么，这么幸灾乐祸？"

德珍摇摇头："你这个朋友有点意思。"

闻言，仲寅帛眯起眼睛，捧起她的脸："他在今后一段时间会一直出现，但男人更了解男人，不要去想象他，他是会让女人受累的风格。"

德珍不以为意，笑得狡黠："不打紧，我从小就是妈妈们会让儿子小心提防的那种女人。"

闻言，身边的男人气得差点吐血。

这天，逛完商场的仲太太独自进了一家茶餐厅，她的朋友正在收银结账，等会儿才来。

用餐时间，餐厅内难免会有人要求拼桌，仲太太见对方妆容精致，穿着得体，便没有拒绝这个请求。两个年轻女子得到允许，随即在她对面坐下。

仲太太低头看手机上的时间，对面两位开始聊了起来。五官较为艳丽的那位家境优渥，言谈中透露出家中还有一个三岁儿子，丈夫整天出差开会，她玩厌了香港日本，又觉得欧洲夜晚冷清，说着说着又要叹气。另一个长相较为平淡的女子是她的朋友，她的任务是负责附和与恭维。诸如"你命好嫁了有钱的老公"、"真羡慕你什么地方都去过"的信息层层叠加，偶有词汇更新，也是换汤不换药，令人乏味。

仲太太越听越是不悦，面前这两个年轻人，漂亮的那个贪得无厌，叫人厌恶。平淡的那个也叫人无法喜欢，一把年纪了仍不懂朋友的繁华跟她无关，何必句句附和。

回家的路上仲太太还在感叹，现在的年轻女人，真是不会过日子。哪像德珍，又美又真实，无论长相还是家教，都无可挑剔。她那儿子可不是寻常角色，还不照样被德珍迷得死死的。

仲太太到了家，才换了衣服，门铃响了，保姆去应门，不一会儿进来仲太太姓科的朋友。

科敏敏是科家老爷子的爱女，上头有四个哥哥罩着，排头老小，故而年纪一大把，仍然是爱玩的小孩心性，尤喜八卦。她与仲太太虽算不上是"同道中人"，但也兴趣相投，聊起天来从不带磕巴的。

仲太太招呼道："你怎么来了，晚饭吃了吗?"

"吃了，有好东西到手，先给你送一份来。"科敏敏个子十分娇小，比仲家装饰用的大胖花瓶只高出一点点，跟进自家门似的，她熟络地进了仲家厨房，将泡沫箱子放在光亮的流理台上。保姆递来剪刀，她剪开包装带，仲太太凑将过去，看见里面切好的金枪鱼块。

科敏敏有个女婿专门经手这些海物，手段明快利落，一条金枪鱼从北太平洋捞上来，从日本连夜空运到上海，再到客人的饭桌上，左右不过二十四小时，当然，价格也十分华丽。

仲太太尤喜金枪鱼柔嫩鲜美的肉质，但碍于各种限制，即便家财万贯，想吃时也未必能吃到。科敏敏懂得投其所好，因而哪怕平素嘴碎了些，仍然与仲太太结交了情谊。

保姆不会料理海产，仲太太兴致一来，索性手把手教了她。科敏敏这次极耐得住性子，一直待她出了厨房才道出来意。

"上次你不是叫我介绍人给你儿子认识，可我最近怎么听人说他和一个女人走得很近?"

仲太太难掩喜色："是有这么一回事，是我们楼下邻居的女儿，我第一次见她就喜欢得不得了，就私心给我儿子搭线了。"

科敏敏不大高兴："那你怎么不早点告诉我，我都替你安排好人了，还想问问你家的什么时候有空一起吃个饭呐。"

仲太太不大好意思，但也直言不讳："这不是他俩还没定下来嘛，我也不好到处跟人乱说，麻烦你啦。"

科敏敏见有台阶也就下了，撇撇嘴："我也不是这个意思，你中意最重要不是。"不过科敏敏随即面有难色多嘴说了一句，"有句话我不知当讲不当讲，我也是凑巧知道有这么一个人，知道一些事，她有没有跟你说过她家里的事啊?"

仲太太会意过来："你说德珍吗?"

科敏敏点点头。

仲太太看她忍不住想抖包袱了，便调整了一个更舒服的坐姿，洗耳恭听，看看她都知道些什么。

只是科敏敏开口第一句就把她给愣住了："这个德珍啊，听说订过婚的。她家不是住惊雀巷嘛，我家有亲戚就住附近，订婚的时候挨家挨户送了糖的。"

少女德珍曾被送去专门学习礼仪，调教嬷嬷是清廷亲王府里出来的人，后人中有个少年名叫过云越，便是德珍后来的未婚夫。

云越长德珍两岁，父亲是德国人，身有中德法三国血，生得倒是英俊白皙，天资聪颖。每逢长假，德珍就会被送去过家，待了两年，过家一家老小她都认识，唯独只耳闻过这个清隽少年。直到有一天，德珍在过家的厨房和他迎头撞了满怀。

德珍很快被这个忧郁而美丽的混血少年迷住，以稚龄之身追求她心之所向，云越却嫌她太过吵闹，总闭门不见。

然而几度春秋更迭，德珍痴心未改，二人的婚事便提上了长辈们的日程。

却又不知怎么的，在订婚后三年，血气方刚的两人大吵一架，德珍负气去了非洲，云越不知，夜半驾车离郡，夜遇风雨，祸至，亡。

两个月后，德珍从非洲回来，方知自己新寡。此后，便再无人能入她眼。

仲太太听完，亦是不甚唏嘘，才子佳人当如是，只可惜蓝颜薄命。

科敏敏喝了口茶润润喉，略带讥讽点醒："仙果儿，你可要想清楚了，这姑娘，克夫命！"

仲太太脸色一变，难得地沉默了下去。

目的已达成，科敏敏不作停留告辞而去。

仲寅帛回了家，父母都在等他的样子，他换了衣服下楼吃水果，仲太太随即问他："你最近是否得罪了什么人？"

"为什么这样问？"以他的性格，得罪人不是家常便饭么？

仲太太看了眼丈夫："今天达明的姑姑来过，你和达明还在一起玩吗？"

仲寅帛吞下嘴里的桃子肉，冷笑一声："都和你说了什么？"

仲太太却有些为难起来，科敏敏抛出"克夫"这一说，哪怕收不到预期的成效，也会叫仲家上下硌硬几天。

此时仲太太尚且不知道德珍是岑润莐的孙女，德珍也不特意挑明，若是和仲寅帛没有后文，交代祖辈父辈也无济于事。而仲太太也没多作追究，她以为日后有的是机会和德珍坐下来闲聊，一次都把问题问完，下回便缺了谈资。

仲寅帛看母亲的神色，不论科家姑侄棋路走法如何，他心里有数。

而仲太太担心的也非德珍有过婚事，她那样被众星捧月的女子，结过婚都不奇怪，更何况只是订婚。仲太太担心的是儿子的反应。

她儿子是个挑剔的人，她尚且还不晓得他与德珍早就纠缠在一起，因而心里也没个准儿。

"你心里怎么想的？"仲太太小心翼翼地问。

"我已经知道了。"

"已经知道了？"仲王生也诧异儿子的反应。

仲寅帛"嗯"了一声："我和她也才认识，还没到互通有无，交代情史的份上，等她想对我说的时候自然会对我说，她这个人，一贯很诚实。"

仲太太欣慰地点头，又拧眉提醒道："你这么想是对的，虽然她订过婚，但你也不清白，别以为我不知道你那些乌七八糟的事，对了，上次打你巴掌的女人分手了吗？"

仲寅帛笑了起来，下意识地摸摸自己的俊脸，有些讪讪的，心中叹道：妈妈啊，你该担心的并不应该是我，而是那些不遗余力动摇这桩爱情的根基的人。

随着项目的推进，各种各样的会议密密匝匝地挤满了仲寅帛的行程，他不再有机会时常在那个女人眼前招摇，二人难得的一次约会，还是晚上九十点钟的加餐。

约会不算正式，地点也是德珍选的其貌不扬的小馆子，但就感觉而言，却是最好的Omakase。仲寅帛从未在不看菜单不看价的情况下完全让主厨来安排他的食物，他不觉得这世上有谁值得托付这样的信任，但之于喜欢探险的德珍而言，她却热衷厨师根据他们二人的气氛即兴发挥。

好在，她的面子太大，厨师从来不曾辜负她。

因为晚上还有和法国建筑师的会议，用餐完毕他还得回去开会，周子康让萧尘送他回公司，自己负责送德珍。

德珍与恋恋不舍的男人告别，继而上了周子康的车。

仲寅帛看着周子康，眼神幽深，似在警告。

德珍不察，坐在车里朝外头的男人挥挥手，车子缓缓驶离，周子康一边驾车，偶尔从后视镜中观察德珍。

在这个物欲横流的年代，撇开身家背景不谈，德珍只能称得上是个正经美人。

可妙就妙在，她不能选择自己的出生。

她这一生，注定要被家族的光环加持。这也意味着，她未来的伴侣将和"公平"二字无缘。而今她已是风华正茂的年纪，大概早已厌倦浪费时间和人讨论公平。

周子康看来，人的努力可分为向上努力和平行努力，这两种人分别会成为狙击型人格和扫射型人格。仲寅帛显然是前者，德珍显然是后者。

如果他俩都是蛋糕师傅，仲寅帛想的一定是开加盟连锁，然后上市融资做老板。而德珍想的只是做最好的蛋糕，让吃到的人深感幸福。如果在职场相遇，他们中的一个会看不起另一个眼界狭小，另一个则会看不起这一个没有职人的魂。

但事实上，这二者并不在同一个维度，所以根本没有可比性。更值得庆幸的是，他们互为男女，且喜欢对方，这就意味着他们最终会交叉成为一个"十"字。

这二人若能走到最后，对"中天"是有绝大益处的，如若不能，周子康还真不敢想象后果。

尽管他们看起来对彼此情真意切，可周子康仍有隐忧。

抵达惊雀巷，德珍先行下车："谢谢你送我回来。"

"德珍小姐客气了。"

晚风吹散了她的发，她将之别在耳后："如果方便，明天能请你帮我一个忙吗？"

周子康虽有狐疑，但也未多犹豫，当下给了德珍他的联系方式。

第二日，一箱青梅从云南寄到，送货人直接将东西送到大厦顶楼。彼时德珍正在厨房与仲太太、保姆三人包扎三种不同的蛋，分别是鸡蛋、鸭蛋和鹌鹑蛋。

她们将菊科植物的花和叶子覆在上头，再用丝线将洋葱皮捆住鲜花蛋，放入加有香料的水中煮熟。

上百枚蛋出锅后，仲太太剥开其中一个，发现蛋白上被影印了花和叶的姿态，美丽犹如琥珀。她从未见过这样的手法煮蛋，尽管味道尝起来并无大不同，但就形式而言，却叫人十分惊叹。

仲太太才吃了一个，就忍不住打电话给周子康叫他来一趟。

周子康到的时候，仲太太和保姆正围着德珍雕刻青梅，这是云南白族的洱雕，是未婚女子展示自己双手灵巧的一项技艺，现在正是青梅旺季，梅子雕刻后用盐腌制可保存一年之久。德珍手起刀落，不像是头一回做这个，仲太太看得入神，也叫周子康一道近前欣赏。

周子康不得不称赞恋爱中女子的智慧，她既不想让自己的爱意明露，也不想让那男人太过得意，最后借由仲太太的手，顺理成章地达到了目的，皆大欢喜。

取走仲太太事先备好的上百颗鲜花蛋，德珍去门口送他，这个向来落落大方的女子，因为心意始终暴露在周子康眼中，略带羞涩地对他说："希望你的同事会喜欢，还有……如果他来不及吃饭，至少提醒他吃一个。"

这个句子里的他是谁，不言而喻。

"我一定会的。"但他肯定不会告诉他这是德珍做的，否则这上百颗蛋肯定会被他私藏起来，为了能让别的同事也尝尝未来老板娘的手艺，他一定会把秘密守得紧紧的。

回到屋内，德珍走向她的两个大龄学生，虽然速度和成品都不像话，但能将仲太太困在家里，她觉得自己也有几分厉害。

一箱青梅全部去核完成雕刻和腌制，仲太太直起身来伸了一个懒腰："德珍啊，留下来一起吃晚饭怎么样？"

德珍将青梅分成两半装好，闻言摇摇头："不了，陪我忙活了大半天，您和阿姨都该累了，好好休息吧。"

仲太太看她一眼，眼神极致温和，亦十分欣慰："你啊，总让我后悔当初没多生一个女儿。"

德珍莞尔："最近水果多，今后我还会时常上门叨扰您的，请您不要嫌我烦就是了。"

"怎么会。"仲太太笑说。她恨不得她能住到家里来呢。

与此同时，"中天"上下因为确立了重大目标，不分职位高低全部都在忙碌。

仲寅帛开完统筹部会议，紧接着又是战略合作会议。达明先来给他添堵，后又派姑妈到他母亲那里乱嚼舌根，此仇不报，他都觉得对不起自己。

想造滟水第一高楼？哼，那就各凭本事了。

周子康回到秘书室，将董事长夫人的鲜花蛋按照各部门的紧要程度分发下去，只留了十个给总裁办里的男人。

负责送蛋的冤大头是萧尘，仲寅帛正在核对预算，看都没看一眼，萧尘灰溜溜地退下。一小时后，周子康去财务拿了新的报表回来，瞄了一眼桌上原封不动的鲜花蛋，不怕死地打断男人的工作进程："您不饿吗？"

仲寅帛依旧没有抬头，沿着办公桌侧坐，这个姿势令他那双长腿感到放松，身体放松才不至于让脑部分心。

"德珍小姐花了一下午的时间煮的呢。"周子康话音一落，立即别开眼神。

仲寅帛依旧保持原有姿势，眼睛看着资料，嘴巴却问："就这么几个？"

"您看到的是成品，萧尘都替您把蛋壳剥掉了，其实外头还捆着丝线，弄好一个起码半分钟，你家阿姨帮工做得手都酸了。"

"我问的是'就这么几个？'"他不理会周子康的答非所问，终于从资料里分神，"剩下的呢？"

"夫人有叮嘱在先，我已经拿去慰问各个部门了。"难得能坑到这个男人，周子康自然不遗余力。

仲寅帛笑睨他，冷哼一声："想调去安哥拉援建你就直说。"

周子康也笑："我这么机智，就算我想去援建，董事长和夫人也肯定不会答应的。"

说着，人退出了办公室。

仲寅帛往嘴里塞了一颗鹌鹑蛋，气结。

这天他回到家中时，父亲也在。

仲太太正在展示德珍雕刻的青梅，见儿子回来，忙问："德珍的蛋你吃到了吗？"

他点点头，在沙发上坐下，揉揉发酸的肩膀。仲太太让保姆去榨果汁给他，脸上笑眯眯地征询："有没有很感动？"

他"嗯"了一声，以示不解。

仲太太坏笑："我说德珍啊，她也中意你呢，要不然怎么会把我从午睡中挖起来陪她做这些？说是做给家里的学生补身体的，我才不信呢，做那么多哪里吃得完，我一眼就看出她的意思了，这不，替她把子康叫过来了。"

仲寅帛低头扬唇，又好笑又无奈，高手对战紫荆之巅也不过如此。

"唉，你到底什么想法？今年能让我当上人家婆婆吗？"仲太太拧紧青梅罐子，过来捅捅儿子。

仲寅帛看了父亲一眼，站起身来，双手插兜，深吸一口气，温柔的目光看着殷切的母亲："我上楼洗澡。"

仲太太不怀好意地叫住他："你果汁还没喝呢，我加了核桃，补脑的。"

他留下一个背影，扬声道："您替我喝吧。"

仲太太身处在一个高智商家庭，又是绿叶丛中一枝花，难免有时候觉得自己势单力薄被欺压，早几年别家太太鼓动她一起玩股票，结果这父子三人异口同声："你负责花钱就好！"

诸如此类的情形屡见不鲜，因此能捉弄一下他们，仲太太就会十分开心。

"你儿子知道害羞了，你看见了吗？"她朝丈夫眨眨眼，完全没明白那句"您替我喝"的用意。

仲王生看了小人得志的太太一眼，摇摇头似笑非笑地叹了一口气，转而打开报纸。

吃过晚饭，仲寅帛去书房跟父亲汇报进程，结束后他揉揉眉心，说道："我约了Ben明天来家里吃饭，可能会开夜会，晚饭后您能带妈妈出去两小时吗？不然又像上次一样给他介绍女友，我们没法谈事情，况且，Ben他根本不缺女友。"

仲王生听了好笑，当下答应下来，但他同时也提醒他："你妈妈就是在家太无聊而已，不然也不会德珍每次来她都那么高兴。"

"我知道。"预感到父亲打算说的话，当儿子的开始筹备如何抽身。

果然——"德珍的事，你自己怎么看？如果不喜欢人家，就不要去招惹，你妈妈那么喜欢她，万一最后没成，她会失落的。"

"我有分寸。"

事实上，他还得感谢她。因为卯卯，妈妈一直催促他加紧做鹿湾区项目，但因为她，妈妈却会说"工作可以放一放，再忙也要去约会"这样的话。因为她，他的地位首次凌驾于卯卯之上，这都是从未有过的。

他想，也许是时候与她有个结论了。

一箱青梅中有一半是盐渍的，另一半糖渍。晾晒出第一批成品后，德珍送了一罐给陈萍。她不知道为什么会第一个想到陈萍，这感觉很微妙，好在陈萍从不打听令人害羞的事，不然她也没法解释这件事。

刚萌芽的恋情就好像是背着老师新涂好的甲油，透亮的，小心翼翼地不想任何东西碰花它，上课的时候会忍不住用余光去瞄指尖，偷偷傻笑。走在人群里，总觉得自己与她们有那么一点不同。那份隐秘的快乐可以一直持续很久，以至于连梦都是粉红色的。

"I need you now。"

去约会的路上广播里唱着歌，专注的她却只听到这一句。

从前她觉得将感情依附别人，终将成为对方的负担。现在她却转变了想法，她觉得这种"依附"，是可以独自快乐的，因为她已经足够成熟。

生活是一张流浪的地图，不见得所有人都能如图所示找到各自的专属，很可能拼命寻找，却依然跟不上时间的步伐，岁月之所以残忍正因为如此。但总有一天你会明白，在所有痛苦和寂寞之后，老天对你另有安排。

仲寅帛对此也有些微体察，德珍心态上任何细微的转变，都是他在意的，尤其她今晚穿了一条樱色的裙子。

这是他第二次见她穿裙子。

当她走进餐厅的时候，仿佛整座餐厅都成了静物写生，气氛瞬间端庄起来。他不知道她是如何做到的，但他觉得她总有她的办法。

胸口那个蓝色的小盒子突然有点硌得慌。他想起出门前父亲对他的叮嘱："她这么美，你不用浪费时间隐藏自己的骄傲。"

连父亲都觉得他的心情好得有些过分，忍不住开口调侃他。虽然怪难为情的，不过这也是一种认同，他十分感激。

德珍走到他面前，他色彩鲜艳有备而来，似乎再也找不出比他更适合穿三件套西装的人了，明亮大胆的撞色让他全身喷发着一股爵士年代的新贵气息。

他替她拉开椅子，她坐下。

"你真是个残忍的人，这么折磨我。"他坐下望着她，眼睛里闪烁着危险慑人的光。

她抿唇轻笑："这位先生请不要夸张。"

他将手臂搁在台面上，露出衬衫下暗蓝的表盘，并且殷切地看着她。

德珍无奈，只好将手伸过去，被他握住。他揉弄了一下她的骨节："我真是蠢透了，何必在外头吃饭。"在家就行了，方便他撒开手脚。

侍者过来呈上菜单，给他们的水杯加满水。德珍挣动一下，抽回自己的手，对于他的戏弄，轻瞪他一眼："别闹。"她端起水杯润润自己有些干燥的喉咙。

仲寅帛摊开菜单，熟稔地点了主菜、酒和甜品，打发走侍者，性急的模样害那个侍者一脸好笑却又不敢表露。

"这家的chef精通法餐。"他眨眼说道。意思是说，在上菜之前，他俩有足够的时间——你看我，我看你。

德珍瞧着他似笑非笑的嘴角，不说话。虽然这男人眼神处处挑逗，行为上却很约束，没有再对她动手动脚，在公众场合给足了她最高规格礼遇——既含情脉脉，又冷静持重。

她在心里为自己感到好笑，别人都说恋爱中的女人十分盲目，但她刚刚跳出的一个想法让她惊觉自己无药可救——她竟觉得他"禁欲"的样子很迷人呢！

随着晚餐的推进，不停有光鲜亮丽的女士进场，高跟鞋踩在苏格兰橡木地板上，她们张望，等待，奔赴各自情人的怀抱。空气里弥漫着各式香水味儿，浓淡不一，彰显着主人各自的腔调。或甜美，或冷艳，只待开一瓶酒，与她们的情郎重温上个世纪。

而德珍眼前的男人正在桩桩件件地交代他最近的忙碌，既是分享，又像澄清，而他的眼神则一直在说"别看我这么忙，但我始终在想念你呢"。

德珍端坐聆听，任由他滔滔不绝，她能体谅他惊人的倾诉欲，因为她也是有一肚子话要对他说，只是她不知从何开始而已。

她不是那种擅长坦露心迹的女人，这是一件叫人害羞的事情，但她会分心记住自己静默涌动的情绪，或许老了之后，这些记载着他们彼此年华的镜头，会完美演绎她的紧张和快乐，成为一张通往过去的凭证，任她记取。

"我更喜欢它的东方名字，青鸟。"当他说起他曾在树林里捡到过知更鸟的趣闻时，德珍表达了一下自己的想法，"你见过它的蛋么，真是艳丽得不行。"

他笑："我听说过它是蓝的，一直以为它和蒂凡尼的盒子同一个颜色，结果被我弟弟骂白痴。"

她笑得像个小女孩，一如任何一个女人都拒绝不了那抹蓝，她的笑容亦可以收买任何人。

她是那种会让人说出不着边际的胡话的女人。

哪怕他在金字塔顶饱尝高高在上的滋味，也见识过妖魔鬼怪横行的场面，她仍叫他颤栗。

他从没那么紧张过。

叫人高兴的是，她的心，似乎也被他动摇了。

拒绝，总是最好的勾引。他不再像最初那样被欲望蒙蔽双眼，理智地见好就收，灵活地运用着高手与高手之间对决的要义，展现着他惊人的克制和隐忍。

他花了很久才把话题引到这里，看着她发亮的眼睛，他心里有个声音在说：

"就是现在!"

言语根本无法去表述他此刻内心最柔软的感情轮廓，理智徘徊在牙床之间，任何一丝泄露，都是不被允许的，他的人生中尚未有任何一刻如此煎熬，因为全天下唯有一件事最讲究timing。

他将手探入自己的外套内袋，指尖触及那个艳丽的坚硬小蓝盒，一阵铃声突降，打断了他漫长的酝酿。

德珍抱歉，打开手包接起电话，嘴角还残存笑容，叫了一声："婶婶。"

"德珍你在哪，快回来!"慧珠的声音在电话中极为急促。

德珍敛起眼底的笑意："婶婶，发生了什么事吗?"

"爷爷摔倒了!"

事情是这样的。

入夜后，岑润苣带着孙子去喝酸梅汤，顺带散步消食。没承想祖孙二人遇上一个喝得半熏的司机，避让不及，老爷子护着孙子摔倒在路边，腿骨骨折。

德珍这厢闻讯后顷刻没了主意，怔愣间，仲寅帛已拉开椅子起身，牵了她往停车场走。

将她送到医院，他才将手搭在门上，却被失魂落魄的她慌张制止。

"你别来，不太方便。"到底是世家小姐，临危不乱像是与生俱来。

他有些不悦，却未强求。在她的认知里，她的男友应在一个正式场合被郑重其事地引荐给家人，她不想他在这种情形下贸然出现是对的。

但他还是说了一句："我送你进去。"已经不能再让步了。

她来不及想太多，点了点头，这才推开车门下车。

仲寅帛穿着赴会的装束，在这灯火阑珊的街道上，在那寂寂无名的路人眼中，便显得格外隆重，德珍亦然，她那条樱色的长裙，显得她太与众不同。

然而当事者却无暇顾及这些注目，她匆匆提了裙子上台阶，他右臂横在她腰后半虚地护着，低头紧看脚下台阶："小心点。"

不长不短的几个台阶很快走完，她心思不在这儿，也就不作寒暄道别，只是转身面对他站定，小指勾了勾耳边的碎发，露出耳垂上流光溢彩的坠子，再抬起头时，眼中隐隐泛着泪光。

他不由握住她的手腕，因是用了几分力气的，意味郑重："别哭，你爷爷不会有事的。"

德珍吸了吸微红的鼻子，"嗯"了一声，错开他的手，没再看他，快步走进门诊大楼。

仲寅帛看着提着裙子奔跑的她，心微微地颤着，怀里揣着的那个小蓝盒硌得他的心阵阵泛疼。上了车，方向盘胡乱打了一圈，在熟悉又陌生的街道上转了很久，最终他还是回到了公司。

蓝色的小盒子，被关进抽屉。

深夜，她传来消息，简单明扼地写了她爷爷的病情，最末一句"接下来的一阵或许不方便见面，见谅"，他应该为她的冷淡和疏离表现出自己的气急败坏，因为那样才像她的情人。

可是，手指在屏幕上滞留许久，最终只有一个句点，一个字："好。"

岑润荩这回险中求生，股骨裂，胫骨骨裂，上臂骨折，统共伤了三处，好在性命无忧。

慧珠赶到医院见到他仍好好的，惊吓过度地拍拍胸口，如释重负地道了一句："谢天谢地！"

她可不是要谢天又谢地么，要不是老爷子下意识护犊，她的宝贝儿子会怎么样就无从得知了。

蘸白不在家，为了让他安心陪薰爱待产，岑润荩叮嘱所有人这件事不能让他知道。淳中的事务所最近接了项目，尽管十分想在父亲床前尽孝，但他人在医院又不能替父分担痛苦，也被老爷子一句话给打发了。

"有德珍在就好。"

淳中看看自己稳重大方的侄女，顿时放心许多。慧珠要照顾家里大小事宜，得了闲才能来医院。倒是礼让，他还太小，有黎阗车祸在先，这次差点丢了小命，最喜欢的人又因为他而受伤，心有余悸又很抱歉，事后搂着德珍的脖子哭了好一阵，哽咽得说不出话。

德珍很清楚，这种来自灵魂的颤栗总能引发一场没来由的号啕大哭，站在做姐姐的立场上，她只能用温言软语安慰敏感多思的小弟弟。至于上天为什么要折磨她最亲最爱的人，使她的心如此煎熬，她想不通，也没有闲暇去想，她只希望爷爷可以快点好起来。

期间，仲寅帛去香港出了一次差，因为Ben的到来，达明明白了他最后的决定，既然如此，达明只好决定抛去朋友的立场。

以"中天"目前实力，其实无须忌惮科氏。但科家的主要势力在香港，鹿湾区项目要想进行得顺利，仲寅帛必须想法子让达明没法放狠招。思来想去，唯一有效可行的方法就是让香港方面自顾不暇，如此一来，他与达明就仍在同等地位竞争。

倒是博物馆的事在仲寅帛从香港回来后有了眉目，向来避而不见的周克成竟然主动给他打了电话，邀请他一同参加母校建筑系成立五十周年庆典。

周克成的母校，正是德珍任教的那所大学。

仲寅帛不明白周克成意欲为何，但这似乎意味着达明在背后有所动作，虽然当初二人协议没能达成，不过达明测试可行性的过程中或许惊动了周克成，而"中天"又对博物馆痴心不改势在必得，总归，这位把关人开恩了。

仲寅帛捡了现成便宜，此番若能成事，倒要谢过达明了。

熙熙攘攘的庆典举行完毕，仲寅帛还得回公司开会，周克成的秘书这时过来接洽，仲寅帛没有亲自出面，派周子康与对方周旋。

周克成被系领导请走，一时半会儿想不到他，他看了眼时间，决定去找德珍。

他熟悉她的课表，这天下午没有她的课，她爷爷仍在医院休养，他也只是打算碰碰运气而已，但手机上的定位显示她的车就在附近。

"你在学校？"

德珍正在组织学生整理庆典会场，用脸夹着手机，回道："在。"

他听到电话中的吵闹，大致猜到她人在哪儿，于是说道："我在美院，你过来。"

德珍看了眼时间，雨薇正遣人搬运椅子，随即说道："等我十分钟。"

挂了电话，她继续手边的事，好在学生们很卖力，不一会儿就收尾了。她上了自己的车，绕了大半个学校抵达美院。

她其实早就知道他来了，忙碌之余瞥见他，这人仍是冷冷的，不苟言笑，拒人于千里之外。与会校友中鲜有年轻一辈，他仿佛雪神从冬天里走来，周围的女学生们早在打听这个冷峻的男人是谁，她又怎能装作没看见。

她是在美院新建的展厅里找到他的，他的车停在外头。展厅的长廊长达百米，学生与老师们都去建筑系凑热闹，空旷的展厅空无一人。

仲寅帛听到半奔跑的脚步声转过身来，见她气喘吁吁地跑到他跟前停下，不悦地双手抱胸："我要捐多少钱才能让你们领导不使唤你干这干那？"

德珍瞪他一眼，胸口有些不适，便没有搭话。

男人伸手摘掉她头上的白色鸭舌帽，露出她微微晒红的脸庞，眉头一皱，掏出手绢给她擦汗，一边还发出啧啧声。

"你爷爷身体好些了吗？"

她点点头，陪他往长廊那头走去："再过几天就能回家了。"

他走得极慢，走走停停，又看看墙上的画："我该去探望他的，不过最近实在太忙。"

"嗯。"她都明白。

见她反应平淡，他停下来看她，眼带复杂。他的确应该去探病，只不过，他不知该用何等面目去。去纽约出差那趟她说不要手信，但他仍给她准备了。那只小蓝盒在他桌肚中沉睡良久，那天晚上，他本打算给她，可惜事发突然没能成行。

他是心存侥幸的，求婚若是成功，他便不再提图纸之事，以她在岑家的地位，事已至此，也许不会追究当初他的恶行。以他一己之力，面对从前的事他百口莫辩，但她若答应许他为妻，家中的阻力便算不得什么，到时候他也可大大方方去见岑润荩。

可惜，Timing不对。

落地窗外天光云影，夹竹桃花开满树，他满心沉重，却故作悠闲："上次你的那个问题，有人答出来过吗？"

德珍一愣，等会意过来，才摇摇头。当然没有，因为她从未问过谁。

他笑："不如现在我来作答吧。"

"你有信心吗？"对于那个曾让他脸上无光的问题，他显然耿耿于怀。

他耸耸肩："不试怎么知道。"

德珍看着他，从前隔得远，雾里看花倒觉得他棱角分明，最近她却有些词穷，总也找不到恰当的词来形容他。

她尚不知道这份忐忑，正是爱上某个人时才会拥有的心情。无法将心的天平摆正，她便只能对这男人听之任之，仿若寻常女子。

仲寅帛酝酿了一下，给他的辩述起了一个头："有人曾推论凡·高的星星漫天旋转，是因为他服用了精神病药物，当他舔笔作画时，吃进大量含有重金属铬的黄色颜料导致他得了精神病，服用药物后又产生幻觉，而幻觉最后呈现在了画里。"

德珍若有所思："听上去很符合逻辑。"

"你先别急，我还没有全部说完。后来我又看了他的画，就我粗浅的观察来说，他的画中太多画刀痕迹，画笔可不是他的所爱，要说舔笔吃色中毒，其他画家得精神病的可能性不是更大？而且，他早年习作手稿留存于世的有许多，星空里的大旋转图案在他早期作品中也有出现，比如荷兰农田里工作的农妇，即使只是用铅笔作画，但裤子和裙子上的线条已经是大旋转，那个时候他不但没得精神病，甚至还不习惯用颜料作画。"

德珍抿唇，这个男人嘴里的答案很专业，却没能打动她，她真正想要的并不是这个。

其实这个问题在岑家早有讨论，蘸白的观点建立在画风派别上。印象派认同太阳是红橙二色组成，阳光下的暗部不应有红色，最简单的证明就是当你将红点和咖啡色混杂在一起，红色就会被拖累，变脏变暗。但若在红点中加青绿色，红橙黄三色多了，整体画面就会变亮，若是红色少，青绿色多，整体又会变暗。《星空》中的那棵柏树，若是细看就会发现作为主体的青绿色中点缀着红色，正因为有红色存在，就显得黑色格外沉重。

这个话题难得讨了王槿鸢欢心，因而德珍也听到了来自母亲的说法。她认同蘸白的观察，那棵柏树若是用咖啡色来画，那么画中的白天黑夜将不再分明。

至于岑家其他几个男人，莫不是工科出身，论起整个印象派的基础，就必须提一提牛顿三棱镜分色理论。印象派绘画中，既没有黑色，也没有咖啡色。因为在自然界中，尤其在太阳底下，绝对没有这两种颜色，所以，印象派画家用青绿色代替了暗色系，利用各种颜色的互补关系来增加绘画的亮度。借助对颜色的掌握利用，他们达到了前人所不能及的高度，印象派也因此真正立足于历史。

眼前的男人雅望非常，急于得到她的肯定，她却不疾不徐，追根究底起来：

"我知道你看了不少书和资料，不过，我想知道的答案是你的看法，而不是书里的。"听起来像是刻意刁难。

仲寅帛皱眉，定定看她一会儿，应该穿裙子的季节里，她替妹妹守丧，一身素色。然而这也抵挡不住她举手投足散发的仙气，光是那么站着就已是一幅沁人心脾的美景，遑论什么时髦和前卫，在他眼里，她的美就是不经意。

他一瞬不瞬地瞧着她，声线百年难得一见的温柔："是不是谁的答案令你满意，谁就能娶到你？"

听他这么说，德珍狡黠起来，嘴角上扬："你以为我是那种唾手可得的女人吗？我可是名女人的女儿，小时候不知道弄哭多少男生呢。"

他好笑地看着她，她这样真是可爱极了："没关系，我乐意你是那样的女人。"

生也好，死也罢，总归是栽在她手里了。

心念一动，他闷声上前拥住她。突如其来的拥抱仍有几分侵略感，但她适应得很好，很快变得安顺。

顷刻，只听他叹息似的说："凡·高的星星为何那么明亮呢，你若真要我说，我也只能说是他放肆的风格所致，他对亮度的追求到了极致，夜空中的星光便成了漫天爆炸的超新星。至于他为什么要把星空画成那样，似乎也不为什么，若要追究，我想他在成为一个伟大的画家之前，首先是一个人，一个男人。爆炸，定然是出于他满腔的勇气，如此而已。"

顿了顿，他松开怀抱，捧住她的脸孔，亲吻她的鼻尖，抵着她的额头，凝望她的眼睛："犹如我爱你，你比星光更璀璨。"

德珍并不清楚自己的丈夫应当是个怎样的男人，但王槿鸢早就对她有过明示：他应当强势而倔强，是头儿那样的男人，傲慢又有权势。他可以苛刻且直接，但脾气不大过本事。若有自己的事业，他当拥有它的全部，但不是在里面干活。若没有，至少得有个爵位什么的。

每每想起这些条款，德珍总是要笑。她爱云越的时候，云越什么也没有，当时她要的不过是"所遇良人，托付终身"而已。

但如今看来，母亲的那些条款，似乎都是为眼前这个男人准备的。

爱情的模样有千万种，但往往与期待的不一样。强势如王槿鸢，初见岑家二哥时是在巴黎的餐馆等朋友吃饭，彼时她因打网球不慎肌肉撕裂，情绪十分不好，岑家二哥见她独坐角落过来招呼，安慰她自己也曾划船拉伤腰肌，要她不要太过担心。谁知王槿鸢呛道："我受伤和你受伤意义能一样？"岑家二哥一愣，继而温善地笑笑："你说得对。"王槿鸢忽然不好意思自己这样骄傲，害羞地沉默起来，心中感慨：这小哥脾气真好。

女人在安身立命这件事上尤其像猫，总要伸长利爪四处抓挠一番，借以确认笑脸下面是否仍是笑脸，美好的皮相下面是否仍然温暖。当年王槿鸢这漫不经心的一出手，看到的是能让她瞬间投降的美好。也难怪最后她违背父亲执意"强取岑二"，遇到让自己安心的男人，逮回家才是正经。

德珍知道父亲与王大小姐结婚时钱包比脸还要干净，但他还是义无反顾娶了这个心性骄傲的世纪名女人。王小姐不缺钱，她要的是一个打开家门深情拥抱她的男人。

父母一直在给她做着良好的示范，他们强大而非泛泛之辈，令她从心底认可他们的成就，出于这种内心的肯定，才不至于在云越的意外后她的情怀也跟着死去。

仲寅帛是个幸运的男人，他的答案不尽然是正确的，但用来打动德珍，足矣。

因为迈过了第一道关卡，他显得心情很好，德珍送他上车，他落下车窗和她说话："打个电话给我妈妈，她很想你。"

她点点头，看着他乘车离去。

她还来不及伤感，雨薇来电，说是学生们订了晚餐叫她一起过去，她本想拒绝，但学生们一个一个发言求她赏脸，她推脱不得，只好去了。

饭店就在学校边上，名叫"红楼"，建筑本身的气质十分好，内部装饰沉稳大气，菜价中规中矩，因店老板是本校毕业生，常给优惠，所以学校方面常在此地招待客人。

雨薇派了一个勤快的男生在门口等德珍，二人上了二楼包厢，里头十几个人嘻嘻哈哈，已十分热闹。德珍在雨薇身边坐下，低声问她为何要让学生破费，雨薇洋洋得意："谁说他们请客的？"

德珍不解，边上一个女生笑呵呵地说："谢蒋老师买单！"

吵嚷杂音掩护下，德珍问雨薇："你疯啦，这些孩子都是长身体的时候呢。"教师工资才多少，吃完这顿之后挨饿吗？

雨薇嫌她少见多怪，拍拍她的手道："看你这么关心我，我就跟你说个故事吧。是这样的，刚刚我正在草地上捡垃圾，一个西装男走过来，说是某人的秘书，然后给了我一叠红楼餐券，说是辛苦了，叫我好好用。"

德珍无语，刚才仲寅帛一直和她在一起，他是什么时候派周子康去做这些的？

雨薇恶质地撞了她一下，语气暧昧："我看啊，是你最近忙着照顾你爷爷累瘦了，有人心疼了呢。"

她好不容易抓着德珍的小辫子，不借题发挥一下那还是蒋雨薇吗？

德珍委实拿她没办法，只得任由她去了。学生们帮忙干了一天活，胃口极好，菜上一盘立时清空一盘，连看上去瘦瘦小小的女生也连吃了两碗米饭才搁下筷子。

等饱嗝声此起彼伏，雨薇起身去结账。德珍提着她的包包先与学生们下楼，张望间见一群中年男子下楼而来，为首的正是那位送秋葵到家中的周克成。

德珍朝他微微颔首，对方也有些许意外，笑容和蔼朝她招了招手，德珍走了过去，周克成朝同行人介绍道："这位就是岑老家中的那位女公子了。"

周遭大概都是建筑行业人士，一听"岑老"，立时明白德珍的身份，纷纷微笑朝她颔首。德珍一一见过他们，不怯场也不过分热情，把持着应有的分寸。

此时雨薇结完账下楼而来，也未观察形势，蹦蹦跳跳地来到德珍面前，张口即是："姓仲的还挺上道，咱们吃了这么多，才用掉一张餐券而已。"

话音一落，她才发现对面站着的是一群非富即贵的男人，不由得愣住。

德珍朝周克成说了抱歉："您种的秋葵很好，希望下次能和您一道看看菜园。"

周克成哈哈大笑："那就改天再见吧。"说着随即带着一干人等先行离去。

这一群人一走，红楼外的停车场顿时空了一半，雨薇心有余悸地拍拍自己胸口，问德珍："我刚刚是不是丢脸了？"

德珍又好笑又好气："你还会在意这些？"

雨薇叉腰不服："谁知道里头有没有我未来的公公！"

闻言，德珍一愣，接而无奈地摇摇头，雨薇追上来拉住她的手："你是不是看不起我了？"

"怎么会，你这么有志气。"

她也不生气，哈哈一笑："我也这么觉得。"

夏天的云彩，像极了深蓝里的独白。德珍常想，如果世上有一台机器给那些按部就班的人该有多好，因为并不是每个人都渴望下一秒与这一秒不同。

如果有这样一台机器，就能算出他们的喜好，编排出固定情节，让他们不必享有太多惊喜，也不用忐忑踏上未知的奇妙旅程，更不必在序章才刚刚拉开帷幕的时候，就觉得力不从心。

就好比，当她在爷爷的病房中接待前来探病的仲太太时，并没料到会再一次遇见周克成。

昨晚德珍依言致电给仲太太，仲太太说她学会了自己做鲜花蛋，但雕梅手艺还不尽如人意，又问德珍最近怎么不上家里玩，德珍暗忖片刻，大方告知她爷爷住院之事。

仲太太闻言大惊，似乎比德珍还要着急，德珍安慰她爷爷再过几日就可出院，仲太太哪里听得进去，执意要来探病。德珍心想如今与她家儿子的关系日渐明朗，此时让仲太太过来也无妨，只当事前给家里人打预防针了。

只不过她才下楼去接了仲太太上来，进了病房却见爷爷正与周克成相谈甚欢。

“德珍，这位是?”岑润荩停下来问。

德珍愣了一下，这才想起介绍：“这位是与妈妈住同栋公寓的太太，此前我去公寓煲汤给嫂子，承蒙她照顾了。”

闻言，岑润荩和颜悦色起来。仲太太今日打扮得端庄妥帖，是个妈妈样，岑润荩也是猜她定然十分喜欢德珍，如若不然也不会对他这老头“爱屋及乌”。

德珍请仲太太坐下，自己去洗花瓶用来摆放仲太太亲手包的花。

待德珍出去了，仲太太腼腆地看了一眼未来亲家：“我也是昨天才听德珍说起您的事。”像是责怪自己来晚了。

“不打紧，劳烦你走这一趟。”

见亲家为人这么客气，仲太太于是放下心来，摆出几样亲手做的点心：“我料您屋里应该不缺补品，所以就做了一些豌豆黄、山药糕。”

说着给岑润荩和周克成二人分别取了几样。岑周二人尝过她的手艺，纷纷点头赞赏：“现如今能做这些点心的人不多了，您用心了。”周克成说道。

仲太太摆摆手：“我也是闲的，德珍手艺才厉害呢，和她一般年纪的姑娘，很多连炉灶点火都不会的。”

闻言岑周二人相继而笑。

“对了，还没问您怎么称呼呢，失礼了。”仲太太展示完自己的手艺，讨了好，才想起来问旁人姓名。

周克成见她谈吐不俗，也就未有掩饰，取了自己的名片给她，不过却是蔬菜基地所有者的身份。仲太太接过名片，看了一眼抬头，当即说道："这个基地是您的啊，我常在您家订蔬菜呢。"

周克成眉开眼笑："是吗?"

仲太太收了名片，从自己的爱马仕手袋里取了名片盒，百货商场虽是儿子给经营着，但仍给她印了老板的名片，她不常用到名片，故而这一百张精装名片，几年来仲太太给出去不到十张，其中还包括丈夫儿子的三张。

此刻她是庆幸带了名片盒来，不然在人家面前难免输了阵仗。

周克成见了商场名字，当即也说："这商场是您的啊，我夫人常去购物呢。"算是礼尚往来。

仲太太见这人风趣幽默，进门初时的紧张顷刻间烟消云散。一高兴，趁着话头，也给岑润蓂递了一张自己的名片，当作正式的自我介绍。

岑润蓂收下名片，恰逢德珍洗完花瓶回来，她见一屋子气氛融洽，露出松了一口气的表情。但她待不到三分钟，手机又响了。

仲太太是个活络的人，让德珍不必将她当成客人招待，听她这样说，德珍也就放心出去接电话了。

只不过，德珍这一个电话接完回来，屋子里的气氛却全变了。

见德珍回来，仲太太收起一脸的慌张和尴尬，惶惶起身，连道别也来不及，只称自己还有事在身，得先走了。德珍想去送她，她却说："不用!"

或许是意识到语气过于严厉，她又赶忙对德珍笑笑："还有客人在，你就不必送我了，我有司机。"

德珍不解地看着她，虽然她极力维持姿态，但心烦的情绪仍源源不断暴露在空气中，德珍站在门口目送她逃也似的离开，看了一眼病房内，爷爷和周克成的脸色也相当不好。

仲寅帛被周子康郑重其事地叫出会议室的时候，正毫无所知地进行着他与工程部的议题。关于大楼抗风抗震的问题，一行人已经探讨了两个小时。

稀里糊涂地抽身走进自己的办公室，仲太太一脸怒容坐在沙发上。

他本想让人送杯咖啡来，却发现外头的秘书室安静得离奇，唯有电话铃声此起彼伏。这罕见的气氛驱散了他大脑的混沌，仲太太始终板着脸孔看他，像极了一个等着没去补习班上课而跑去游戏厅输光零花钱的儿子回来秋后算账的母亲，叫人看了下意识将皮绷紧。

"妈妈。"

"坐下！"

聪明如他，也难以懂得母亲这份突如其来的恶意，他做错了什么吗？

他裤子才沾了沙发，仲太太就开始发难："为什么没告诉我德珍与你那个博物馆的事情有关？"

闻言，仲寅帛眸色一暗："您又从谁那里听说什么了？"

"没有听说！！"仲太太气得摇头大吼，一丝不苟的头发也乱了，"人家亲口对我说的！"

"您今天见谁了？"

"谁？！岑家老爷子！"

她也不过是炫耀似的说起儿子最近在做大事，本想让亲家觉得他不是个游手好闲的年轻人，但岑润荩与周克成二人听完，互看一眼，相继沉默。鹿湾区如此大的项目，岑周二人又怎会不知，他们自然知道这是属于"中天"的事业，仲寅帛是谁，更是不言而喻。

只有她云里雾里，还傻乎乎地追问怎么了。结果周克成却反问："我们德珍和你儿子在交往？"

仲太太虽很狐疑，却仍点了点头，岑周二人霎时脸色铁灰。

须臾，岑润荩借口身体不适，请她先行回去。她不明所以，多嘴问了一句，这不问还好，一问就问出事情来了。

她向来知道儿子做事是有几分狠的，因为他从不在乎别人怎么看他，但她怎么也没想到，他竟是为了生意才答应她与德珍接触的啊！

这个周克成正是市立博物馆项目的负责人，周子康为了博物馆之事劳碌奔波她也有所耳闻，只因她一心惦记卯卯的鹿湾区，没深究博物馆的事，从周克成口中得闻此事，她就像是活活挨了一巴掌一样，一张老脸都烧透了。

此时此刻，罪魁祸首就站在她眼前沉默不答，仲太太火气越显，提高了音量："我就不明白了，那个博物馆就那么重要吗，甚至值得你将自己也搭进去？！德珍有什么错，你何苦这样害她！"

他震惊于这样的说辞，总算明白了这顿责骂的由来。

他从出生到现在，从未有一刻感到如此屈辱不堪。与生俱来的骄傲与自负使他在少年时就惫受同侪指指点点，他固执地认为，不必要的人就不必浪费时间去经营，他的爱没有那么饱满，通常都不够用。

然而，他已经不是第一次从母亲手里体尝挫败的滋味了。这个声称最了解他的人，这个生他养他之人，却往往是这个世上最不信任他的人。

人都逃脱不了某些根源性的牵绊，这些根深蒂固的东西，会决定他最终的模样。他可以遭到全天下人的唾弃，却狭隘地不能经受来自母亲的半点否定。这是他生而为人，唯一的弱点。因为这个女人一生都觉亏欠另一个儿子，而他，总是想要讨她一个欢颜。

在这桩机缘巧合中，只因有了德珍，那扇紧闭的大门才对他打开一道缝隙，透出一点点的光亮来，施舍似的。

而今看来，却是他自作多情了。她从根本上否认了他的人格，所以事发突然的情形下，她先入为主地推测了最坏的可能。

这一幕是多么熟悉啊，如今只是重蹈覆辙，他为何还是未能习惯呢？

仲太太怒目而视，她是多么中意德珍他该知道的，到头来这竟都是他的"生意"！她越想越气，怒气冲冲地瞪他："为什么不说话？"

"您要我说什么？"他语气十分平静，好像早就料到会有这么一天一样，嘴角一抹苦笑。他不是没想过坏结局，只是没想到会是这样阴差阳错。被母亲误会成这样，他哪里还有话可说。

仲太太仿佛受到了莫大的耻辱，神情自厌，眼尾的细纹里都藏匿着深奥可畏。

看他这副样子，仲太太更是气不打一处来："我就问你一句，要不是今天有人告诉我，你打算瞒我到几时?！你是不是一开始就计划好了要用德珍去换那什么破图纸？你都计划多久了？你倒是说啊！"

说着，仲太太一边打他一边哭起来。她亲手教出来的儿子，竟然连真心也玩弄！

从他蹒跚学步，到会跑会跳，无一不被她看在眼里，她了解他就像清楚自己的每一块骨骼。当她从别人口中得知他刻意隐瞒德珍图纸的事，她很快就明白了个中用意。

商场诡谲，陶冶不出高尚的情操倒也符合常理，可她那样喜欢德珍，反复对他强调，他明明看在眼里，却为何将错就错走到这般境地？更残忍的是，要她在当事人面前亲耳听到这样的结果，这叫她如何能承受？今天她算是将一辈子的脸都丢干净了。

而这个始作俑者，不但没有一丝悔意，还面带冷嘲，仿佛为了达成目的是天经地义一般。真是不把她气死不甘休啊！

她狠狠捶了一下沙发，蹙眉悔不当初："我知道你聪明，你筹划好了路该怎么走，可德珍呢，你看不出她也中意你吗？你怎么就忍心伤害她呢？"

"我……伤害她？"他真的差点冷笑出声。

"你就真这么无法无天吗？难道这还不算是伤害？她若得知你是为了一张图纸才接近她，该有多震惊？"仲太太说着说着捶着心肝哭得更厉害了，她简直要无地自容了，岑家为了保住德珍，或许真的会让步交出图纸，可是，德珍该怎么办？

到那时，所有人都会知道她的感情被人欺骗，输得面目全无，她那样骄傲，怎能忍受这样无情的背叛？

仲寅帛看着母亲，她哭得既愤怒又委屈，可她很快又收住了阵势，因为她知道哭也无济于事，她得想办法尽可能挽救，她那么爱德珍，怎能眼睁睁看着鲜血淋漓的事实呈现在德珍面前。

"您去哪儿？"仲寅帛跟着她一起起身。

仲太太回眸瞪他一眼："我不管你之前作了多少铺垫，给我立即收手！"

"妈妈。"他无力地拉住她的手。

仲太太愤怒地甩开他的手，反手一个清脆的巴掌落在他左脸上，下手毫不留情，不光打偏了他的脸，甚至嘴角出血。"我不允许你再靠近德珍！"

他捂着火辣的脸颊怔怔地抬起头来，仲太太绝傲地只留下一个背影。

他站在原地良久，隔壁秘书间电话铃声此起彼伏。呵，他总算明白为何母亲要把人都打发走了，原来只是为了这一巴掌作准备。她大概从进门起就想动手教训他了吧，能忍到最后，实属不易。

他的心，危险地肿胀着，绝望和愤怒缩不进血液里冬眠，在夏日的空气里张狂挥舞。

十分钟后，周子康推门进来，他小心谨慎看他一眼，沉默一阵，转身去冰箱取了冰袋。

"Tina在线上等你讨论香港方面的事。"周子康提醒道。

三秒后，他惊讶地发现仲寅帛已经收好落寞，英俊的脸重新换上运筹帷幄的精明表情，接起闪灯的内线。

未来一场荒诞，不明不白

忙碌固然能抵消许多情绪，但仍不足以挽救事实。

就在仲太太怒闯办公室的这天晚上，周子康送仲寅帛回家，出了电梯，意外发现玄关玻璃门锁紧，而地上则放着一袋行李。

周子康到目前为止仍不清楚他离开的那几分钟到底出了什么事，但仲寅帛只是沉默地捡起地上的行李，无声地步入电梯。

周子康跟着进去，随着电梯下沉，气氛也跌到了谷底。

最终，他在公司附近的酒店办理了为期一周的住房，临走前仲寅帛仍在大堂沙发上查看电脑里的数据，他很疲惫，而且无家可归，但周子康仍不敢问他一句怎么了。

周子康做事向来有个止损位，这是个不能触碰的底线。如果触碰，意味着后果无法承担。每个人都该有这样一个止损位，无论是感情还是物质，上司该如此，下属也该如是。

周子康以为，能让仲太太拒绝儿子踏进家门的事，一定是不能为他这个外人所干预的事件。

但他显然料错了，因为这件事，远远比他想象的要严重得多。

隔一天，周子康接到了周克成秘书的电话，电话内容表示，部长已经转变心意，这周三就会重新召开会议讨论方案。虽然话意不明显，但周子康仍隐隐地听出了部长大人不再执着于岑润荽的图纸的信息。

他对仲寅帛转述了这个好消息，但仲寅帛听完之后并未流露欣喜。他好像不再关心什么博物馆什么图纸，一心扑在鹿湾区。

总裁办的低气压一直持续到周三规划局讨论会结束，会议期间，周部长一直若有所思地看向"中天"所在席位，众人有目共睹，而"中天"方面意外地不再对该项目表现热衷，甚至有些冷淡。虽然还未举行项目投标，但就目前情形而言，所有人都以为"中天"斩获头角的机会十有八九。

回去的路上，周子康看着边上一言不发的男人，与开车的萧尘在后视镜中对望一眼，二人默契地保持车内宁静。

行至凤霞路口，始终如雕塑的男人却突然说："右转，去医院。"

人一旦走到仅凭一己之力无法左右事实的境地，首先想到的一件事是求神拜佛。因而当慧珠提出要去庙里做事，德珍想也没想就答应了。

事实上，岑润荩见她不是去学校上课，就是在医院待着寸步不离地守着他，心里其实是叹气的。可他又知道强行劝说不会成功，因而慧珠想出这么笨的法子来，倒让他松了一口气。

德珍前脚才走，稚巧后脚就到。稚巧这天连着午休和自习课，一共能在医院陪爷爷三小时，她带了一本太宰治的《人间失格》，比起相对宏大的欧洲文学，日本文学更能引发中国人内心细微的共鸣，而且，对于稚巧而言，日文语感不会为难她日渐瘫痪的面部神经。

她念完三页，发现爷爷睡着了，于是合上书，蹑手蹑脚地抱着花瓶去换水。

她一出门，岑润荩当即醒了，人老了，就是浅眠，一丁点儿的动静也能惊醒。

怔愣间，病房门再度被推开，他打眼看去，进来的是位光鲜亮丽的年轻人。

仲寅帛视线朝病床笔直而去，神情肃然，眼里并无敬意。

进门之前，他紧了紧自己的领带，信心也充分了些，他希望这次谈判的气氛是友好而矜持的，且双方都不会空手而归。

走廊尽头的长椅上坐着周子康，他看着墙上钟表跳跃的指针一瞬不瞬，犹如时间的使者。仲寅帛提醒过他，一旦超过十分钟就要去敲门。因为他来是谈判，不是来谈心。说得多了，难免失了气势。

由此，周子康终于明白了仲太太怒气冲冲杀到办公室兴师问罪的事由，也清楚仲寅帛如今的处境。

时至今日，他仍不敢断定他所追随的这个年轻人到底为了什么而活得如此绝望，他更不敢断定他那份感情的真实性。

他之所以不像科达明那样四处开花，只因他与人的友好原则生硬而单纯。

逢场作戏不适合他这张脸，他很清楚自己的短处，因而几任女伴，来得热烈，去得潇洒，一个都不拖泥带水。

唯有德珍。

这个女人太不一样，以至于周子康此刻都暗自后悔：当初，不该引他入道的……

当时刻意提起德珍，仅仅是出于不应在岑黎阑葬礼上滋事而作的考虑，但很显然，葬礼上那惊鸿一瞥，足以熏神染骨，苍生尽误。

差不多九分钟的时候，周子康从蓝色的塑料长椅上起身。

走道的灯荧荧死白，仿佛每投射一米就被滤纸筛了一回，人在地上的投影微弱得只剩浅浅一团，形同鬼魅。

短短的几步路，周子康每一步都沉重而缓慢，以至于走到了近前，才失神地发现岑润荩的病房门口站着一个略显惊慌的少女。

她的眼睛和鼻子都有些红，失措的表情像极了考试作弊被老师抓了个现行。

周子康缓了一秒才将她认出，这是岑家最小的那个孙女。他朝她点点头，继而叩了叩房门，推门而进，朝里面的人道："时间到了。"

背对门口的仲寅帛身长似鹤，他已将该说的话尽数说完，再多一句，他只怕要与自己不共戴天。经了周子康提醒，他生冷地利落道别："那么，我就回去了。"

说完，潇洒离场。

稚巧站在房门口好一会儿，直到那僵直的背影消失在走廊拐角，才愣愣地抽回眼神，朝病房里叫了一声："爷爷。"

她将花瓶放在床头，拿起那本书翻开继续读起来，至于适才被她无意间听到的谈话内容，只字不提。

与此同时，仲寅帛沉默坐于车中，车内气氛比之前更为凝重。此行他是下了尾生抱柱的决心去的，既然翻了脸，也没想从岑润荩那讨着什么便宜，因而此刻半点释然也无，心情反而更沉重了。

一晃眼，车子上了坡道。香樟树从淡黄色的院墙里伸出来，寺庙飞翘的角檐塑着神兽雕像，一条排队的长龙沿着院墙蜿蜒，趿拉着拖鞋的中年男子，摇着蒲扇牵着孙儿的妇女，肤色黝黑衣衫脏污的打工者，各式各样的人物都有，瞧这阵仗，大约是有人在寺庙行善。

路况不容乐观，萧尘将车开得极慢，经过寺庙门口，萧尘一个猛刹，只因一个衣衫时髦的女子被风刮了遮阳伞，伞架整个外翻，差点摔在滚烫的车盖上。

那女子从地上狼狈而起，险些被汽车碾压的余悸写满了整张脸，换作在平时，她一定会指着司机的鼻子铆足劲发挥口才，但今天不行，因为有人远远叫了她的名字。

她瞪了萧尘一眼，又恨恨踢了一脚汽车前轮解气，转瞬扬起笑脸，伞也忘记打了，一路欢快地小跑过去，高声应和："嗨，德珍，我在这儿呢。"

寺庙门口植有一棵巨木，高大的树冠下落下大片清凉的阴影，树枝上缠缀着祈愿的红布条，夏风一过，铃铛细碎作响。树荫下摆了几张长桌，有人正分发一些桂花糖水、绿豆汤之类解暑汤水，因为是免费的，市民闻讯而来。

周子康小心翼翼看了仲寅帛一眼，这个严谨的年轻人紧抿嘴角，显现出前所未有的消沉，密不透风的车厢内呼吸声也无，更显他的失意。

仲寅帛盯着树下那女人，风沥沥，世界是安静的，那个女人的灵魂干净得在发光，多看一眼都会灼伤他的眼睛。她扎着月白色的头巾围裙，素面朝天，正低声与身边人说着什么，撩发间偶然泄露一丝疲惫，但嘴角是笑着的。

后头的车不耐地鸣了一声催促的喇叭，他闭上胀疼的眼睛，苦涩地开腔："开车。"

萧尘无言地启动车子，车窗瞬间掠过寺庙高大的树和淡黄院墙。

德珍将盛好的糖水端给一个高瘦的男人，对方接过朝她笑笑。这时慧珠喊她过去搬东西，她将摊子交给雨薇，一路小跑过去。

微热的风吹拂在脸上，好似爱人的气息与她擦肩而过……

整整一个礼拜过去，她都没有尝试联络仲寅帛。当然，他也没有联络她。等爷爷出院那天，她终于感到了一丝反常。

她鲜少发短信给他，偶尔主动也是报备行踪好让他安心，而这种主动只是为了逃避他过分执着的热情。

她想了想他忽然冷淡的原因，最后发觉那日下意识将他挡在医院外的举动或许刺伤了他。然而她还未及深想，就不得不把念头暂搁，因为蘸白回来了。

蘸白一回来就嚷嚷为什么不把这么重要的事告诉他，大家搬出各种理由，他却急了，赌气一天。

等晚上，他又像是自己想通了一般，主动推开德珍房门。他甫一进去，就看到油画上白花花的人体，面露赧然。

德珍从书桌上抬起头来，表情怡然从容，像是知道他会来似的。她猜这回他去北京定是吃了些苦头的。

你想啊，人家好好的女儿嫁给你，你放弃大好前程偏要回老家，甚至罔顾妻子的意愿，面红耳赤地离了婚，搁在父母眼里，这就是举世之仇，偏偏你又回头招惹人家，还怀了孕！从父母方面单纯出发，伤害他们女儿的男人就该千刀万剐，让他吃一阵白眼那都还算轻的了。

"在丈母娘家吃饭不香？"德珍意有所指地笑笑。

蘸白脸一黑，拉得老长："别提了。"然后抽出烟盒。

亲家给脸色看也是应该的，但外孙已经在女儿肚子里酝酿，他们早晚也要答应的，只是缺一个适当的机缘点头同意罢了。现在就是个不错的时机，长时间的讨好不起效用，那么若即若离就是绝佳的战术。这次他回来，隔一个星期再回北京，想必亲家二老也该转变心意了。

德珍伸手过来，拢着火苗替他点烟，红暖的光照得她鼻尖一亮："回来也好，我就勉为其难收留你几天好了。"

蘸白苦笑："说得我好像上门女婿似的。"

"难道不是？"德珍狡黠地弯起眼睛。

因为一句调笑，蘸白眉宇间郁气散去不少，如释重负，一口烟，一个贴心人，整个人都松快了些许。

"得亏有你。"蘸白叹息似的说道，"我白长了这么些年，回想起来，爷爷身边不是黎阑就是你，我就只剩嘴巴尽孝了。"

"大伯母千辛万苦地将你生下来又不是来我们家献祭的。"瞧瞧他这忧愁的口气，德珍好笑。

蘸白吐出一个烟圈，疏朗的面容半笼在青色烟雾里，德珍并不讨厌他抽烟，她觉得他抽烟的样子极好看，显得男人味十足，她是个忠于美的人，也就不扫兴提什么健康的事。

"我不是，你也不应该是。"

"是什么？"

"献祭的童男童女啊。"

她愣了一下，继而扑哧一声笑出来："你孩子都有了，还童男。"她取笑他。

蘸白嘿嘿一笑，不置可否。

说到这个，她歪着头深思一番，脑海里不由自主蹦出那男人的脸来。

蘸白精怪地看着她，有些诧异："你该不会是……嗯……？"

德珍左顾而言他："我瞧着你这脑袋里时刻装着一部《儒林外史》吧？"

蘸白眨眨眼睛，茫然反问："这是什么意思？在夸我记性好吗？"

"可不是么，满脑子都是知识分子的腌臜事，桩桩件件也不嫌多。"德珍耻笑道。

她这般挤兑，蘸白也由着她去，兄妹俩心照不宣地笑笑。这时慧珠切了水果端进来，蘸白恰好挡在那些画前，顺手拉下白布盖住那些白花花丰腴之极的女体盛宴。

"你俩说什么呢，这么高兴。"

"没什么，他要当爸爸了，穷开心呢。"德珍粲然一笑，蘸白也跟着一声傻笑，兄妹二人活像两个快乐的二百五。

慧珠嘴角一弯，转而道："明天我打算收拾东西，给家里腾得空些，免得爷爷磕着碰着，德珍你得闲么？"话音未落，又说，"对了，这阵子怎么不见那个年轻人来找你？你要是有约会，我自己来也行的。"

她说得落落大方，德珍却后牙槽紧磨，偷偷觑了蘸白一眼，他露出吃惊稚拙的样子，缓缓扭过头，视线落在德珍脸上："你恋爱了？"

事已至此，遮遮掩掩也就失了必要，她仔细想了想，轻声应了一句，算是肯定。

蘸白又惊又喜，吞了吞口水，念头一转，找爷爷打小报告去了。

慧珠故作吃惊："我原以为你们兄妹俩知无不言言无不尽，可瞧他这反应，却不像是一早知道的，德珍，你不怪我一时嘴快给你说出来吧?!"妇人显得有些慌张歉疚，掩饰得极好。

德珍叹了一口气："正打算说呢，被婶婶抢了先机。"

慧珠笑道："那就好。"她放心地笑笑，"对了，那后生瞧着挺好，不过我是说不上话的，你若有空，就让他来家里坐坐，陪爷爷吃个饭，叫你爷爷给你拿捏拿捏。"

德珍应了一声，好歹把她给送出门，阖上房门，心跳有些快，不知道蘸白都是怎么对爷爷说的。思绪正漫游着，蘸白推门进来，脸色煞白。他径直问："那人怎么样？"

"目高于顶，像是与慈祥绝缘，正儿八经的从冬天里走来的那么一个人。"她知道他在问谁，也不打马虎眼儿，反而老老实实地回答，想着仲寅帛的种种，以为欲扬先抑这种手法比较保险。

果不其然，蘸白冷哼了一声："既然这样，就不必带回来给我们见了。"

"为什么？"她脱口而出，她家从来不出武断的人，这拒绝叫人猜不透来由。

蘸白有些不耐，撇撇嘴："我脾气不好，要是他给你委屈受，我绝对会揍他的！到时候你是护着他还是护着我？"

瞧他的口气，活像个受不了妹妹被拐走的执拗哥哥，别提多孩子气。

德珍走过去，她明白他爱她，但他直接拒绝见面的理由太蹊跷，事实不尽然像他说的那样，左思右想，最后她只好拉起他的手问："你在担心什么？"

"担心你会受伤。"蘸白嘟囔了一句，显得很没骨气。

闻言，她莞尔一笑，轻快地说道："那就等我真的受伤后，你再来安慰我啊。"

蘸白对着光仔细看她美丽的脸孔，象牙肤色做底，不期然地被琐碎而温暖的岁月温润，透着玉器的光泽，手腕上陌生的手镯是她被其他男人征服的痕迹，使得她这张善良的面相含蓄中有了怒放的意思。

蘸白恶狠狠地想，是谁不好，为什么偏偏是那个人？！

而德珍想，事到如今，也是时候该去找他了。

因为爷爷住院，母亲的公寓她已有一阵未来，冰箱里的食物多半不能食用，她丧气地关上冰箱门，拿出手机。

电话通了许久，却不见有人接，她转而致电给萧尘，但萧尘说他现在在上海出差，并给了她酒店房间的座机号。

这次电话很快通了，一个女子询问："你好，请问是哪位？"

与女子声线一并传来的还有淅淅沥沥的淋浴声，德珍愣了一下："你好，我找仲先生。"

那厢顿了顿，半捂着话筒回道："仲先生现在有事不方便，请问有事需要帮您转达吗？"

德珍只叹对方是个做事小心的女子，便说："不是什么紧要的事，待会我再打来。"

那边礼貌地应对一番，最终挂了电话。

德珍看着暗下去的屏幕，有些哭笑不得。他固然是相貌周正的男子，又有家业加持，制造机会让她体尝这种情形的滋味，也不在意料之外。

她故作淡然进了储藏室，盘出几瓶洗涤剂装进纸箱，这是她所喜欢的品牌，按丝织品和羊毛制品不同分类使用，让女人处理起昂贵的衣物更加得心应手。她以为自己与仲家熟门熟路，互通有无不算过分。

待她抱着一箱东西上了楼，进了玄关，这家保姆出来迎她，面有难色道："德珍小姐来啦？我家太太不在家呢。"

德珍瞧了一眼手表，保姆接过她手里的东西，二人相继进了仲家，果然，屋子里冷冷清清，德珍与保姆一道进了洗衣房，将东西拿出来，仲家不缺这类生活用品，但好在没有摆放德珍带来的这个牌子。

她一一用马克笔明示用处。做罢，肚子开始传达饥饿的讯号，在这偌大的空间里，那动静简直堂皇。

保姆掩嘴偷笑，末了邀请道："家里还有饭菜，你留下吃饭吧。"

德珍憨憨一笑，洗完手去饭厅报到。

吃完晚餐，她又等了一会儿，仍然不见仲氏夫妇归家，她只好起身告辞。下楼的电梯中，她再度拨了仲寅帛的手机，无人接听，再打酒店座机，也无人接听。

回到惊雀巷，天下起雨，她给爷爷请了安，简单洗漱一番，也就睡了。

上海这边，第三轮会议正在有条不紊地进行当中，待一切结束后，众人做鸟兽状散去。仲寅帛回到房间，专门负责上海事务的女助理开始报备明天的行程，他瘫坐在沙发上不掩疲态，眼皮下泛青，支着头喝咖啡，不时停下来示意助理作相对改动。

女助理说完全部，开始整理今天的来电事项，她挑紧要的口述，顺便提了一句："有位小姐要找您，不过未说何事。"

他神思游离，猛地被这一句拽回，眼底一丝抽痛："几时打来的？"

"晚上赴宴前，你洗澡的时候。"因为对方是女士，她本能地产生戒备，但对方语气温柔和善又有些神秘，为了避免产生不必要的误会，她才特意留心了浴室里的淋浴声。

"没有通报姓名？"仲寅帛问。

女助理摇摇头，对方的语气显得与他很是熟稔，并且有一种不容置疑，因而匆忙之下她就忘了记下姓名。

仲寅帛已经猜到是谁，如此圆滑周密的做事风格，除了德珍还会有谁。

但他一点也不开心。他还要在上海停留几天，于是叮嘱女助理："以后这位小姐的电话，一律称我在忙。"

女助理记下他的嘱咐，带上资料安静地离开房间。

他独自在房间里待了一会儿，最后抓起外套出了门。

仲氏夫妇回到家时已近半夜，刚脱了外套，保姆就说："晚饭时德珍小姐来过。"

仲太太心一跳，往丈夫瞧去，二人眼神交流一会儿，随即仲王生对保姆说："过几天我们要去海南散心，你暂时可以不用来上班。"

保姆也不多问，只说："好的，知道了。"

回到夫妻卧室，仲太太气息薄弱，丝毫没有平日活泼，脸上写满沉重的心事。

她不知道儿子最后用了什么方法，反正丈夫说博物馆的事已八九不离十。瞧德珍今日登门拜访的情形，定然还不知个中情由，也就是说，她儿子在德珍那儿并未露出什么破绽。

她从未这么厌恶过自己，胆怯、无能，使得她没能用自身的强大威慑到这个诡计多端的儿子，今时今日，她终于尝到了苦果。

仲王生得知德珍与博物馆的牵连后，诧异良久，但也罕见地没有对妻子的决定发表意见。

此事终究会纸包不住火，与其到时面对德珍的质问，不如当机立断，哎，就是可惜了这桩好姻缘。

此后几天德珍的心情十分低郁，期间应邀看过一次画展，作品大多摆谱而无趣，回来的路上雨薇絮絮叨叨说个不停，她支着头看窗外飞速掠过的街景。

雨薇说够了，小心翼翼窥她一眼。只那一眼，心瞬间像是泡软的茶叶沉淀在杯底，滤去一切浮躁，只剩茶酽酽的色泽和淡淡甘香。

雨薇对她一向不吝于赞美，她就是这样美，美到世界都看不透她。

"德珍，我算是你的朋友吧？"

德珍扭头，瞧了她一眼，不知她又要设什么陷阱，微微蹙眉。

雨薇笑得憨厚极了："你那个男人真是不够聪明，按理说他私下里也得请我吃顿饭拜托我给他美言几句不是？"

"你想吃饭就直说，我也是领工资的。"

雨薇嘿嘿一笑，握着方向盘："你请不算，要请也得他请，这是我们闺蜜圈的规矩。"

德珍无奈地笑笑，不搭理她。那男人忙得连她都没时间见，更何况是旁人。

车子停在一个路口，雨薇忽而钻到车后，从手袋里翻出名片夹，嘿嘿一声，拨通了上头的号码。德珍不以为意，等她发现那张名片是仲寅帛的，为时晚矣。

电话虽然响了很久，但最终还是被人接起。德珍上前夺手机："你别闹了呀！"这可是大路口，万一个过激踩到油门冲出去，指不定闹出什么样的事故来。

雨薇正在兴头上，吐出半根粉红舌头刺激德珍："怎么，你不乐意和我死在一块啊？"她身手敏捷地贴在车门上，甚至将手机伸出车窗放在车顶。两人又笑又闹，最后德珍实在拿她没办法，瞪了她一眼，悻悻地坐回位置上。

雨薇笑哈哈地调整好变形的安全带，气喘吁吁地问那边："仲寅帛，今晚有空不，请我吃饭！"

笑容维持了两秒，她狐疑地看了眼屏幕，再接起时，眼角余光瞥了眼德珍，吞吞口水，说道："这样啊，对不起，是我打错了。"

说着飞快地挂断了电话。

德珍猜出她又闹了乌龙，半是取笑地瞧着她："都叫你别闹了，出洋相了吧。"

雨薇讪讪地抓抓头发，踩了油门将车往前开。

将德珍送回家，俩人在巷子口挥手道别，车子开出一阵，雨薇仍能从后视镜中看见那个朝她微笑挥手的女人，直到她的身影越来越小，雨薇才从座位底下捡起那张硬质名片，对一遍屏幕上的数字，眸色瞬间暗下来。

等雨薇的车子消失不见，德珍才提着手袋转身进了巷子。她十分感激雨薇在那短暂的一两秒间下意识护她一个周全，让她思考的时间太短，这已经不能称之为"圆滑"，而是一种本能。而这种本能，是需要强大的爱作支撑的。

是的，雨薇并没有拨错号码，她只是意外接电话的是个女人。

想到这里，德珍叹息一声。

但看四下流火，烦闷的天气本就让人不快，那人有关的桩桩件件，没有一件叫她省心。

端的就是我想要你不给的刻意杯葛，又道是你与谁相好我心中显然的醋意，抑或是久久没有一丝问候失怙般的伶仃之感。没道理十里凉薄，那倔强的男人却叫她无端有了身世之感。

她有些害怕了，怕到时二人相见，这番窘境如何释然，更怕他仅凭一股倔劲自欺欺人，作茧自缚。

恰恰就在这个节骨眼上，黎阑的事终于有了些许眉目。她约了对方在咖啡馆见面，但对方呈现的结果却叫她无比失望。

"岑小姐很抱歉，令妹在校期间参与过诸多社团活动，与她有过交集的人不计其数，我们无处查证，而她在网络上的社交十分单一，如果你不能提供更多线索，我们很难继续调查下去。"

德珍抿了一口咖啡，她确实是在为难别人。一来，她只给了黎阑的名字和一个目标。二来，她不允许他们征询黎阑的校友。出于这两方面限制，对方确实无法详尽地深入调查。

"岑小姐，我想，如果你能允许我们探访令妹的校友或是室友，相信很快就能查出那个男生的下落。"对方中肯地建议。

德珍沉默一会，继而摇头："这件事，到此为止吧。"

她不希望因为一己之私而让黎阑昔日旧友怀疑黎阑的人格，既然黎阑将这段恋情保护得如此密不透风，让人无从下手，那她只好遵从黎阑的意志，到此为止。

侦探离开后，她独坐片刻，杯中咖啡已冷，入喉略带苦涩。

次日，她去学校上课。下了课的雨薇正对着电脑，德珍踮起脚尖来到她身后，正准备恶作剧，毫不知情的雨薇倏地一声叹息，鼠标一滚，页面上滑，露出一张英俊的男人脸。

德珍一愣，那不是仲家的儿子吗？

雨薇唉声叹气地起来去倒水，猛地看见德珍鬼魅般立在身后，吓得手里的杯子也砸在地上，猛拍胸口："你是要吓死我怎么的？"

德珍怔怔地看着新闻页面的标题，如中魔障。

雨薇回头瞧了眼显示器上的男人，忙解释道："哎哎哎，你可别想歪了，我可不是暗地里想挖墙脚！他结实着呢，不是我这种弱女子挖得动的。"

德珍轻轻拨开她，在座位上坐下，仔细看了一遍新闻。

雨薇看她仍是不信，更慌了："没什么好看的，就是他包了个工程，我就见这张照片拍得还算不错，花痴多看了一会儿，你该不会这么小气看都不让人看吧？"

德珍此时已经看完报道的最后一个句点，关掉页面，陷入沉默。

她终于明白了自己被再三漠视的原因。

一个小时后，蘸白看着突然提着报纸走进他工作间的德珍，一见她指间那硕大的标题，顿时明白事情已经败露。

他一言不发看着她，此时的德珍犹如横亘在阴阳交接的界碑，沉默又威严。

她审视自己的兄长，很想问一句现在是什么状况，却又害怕一开口得来的全部都是谎言。她心里已有答案，又怕那个答案是正确的，因而呼吸乱了，眼神复杂到了极点。

没人率先打破这凝固的沉默，直到德珍脚跟一软，趔趄了一下，单手撑住书桌，嘴唇微微颤抖："拿到博物馆的人是他？"

蘸白腮帮一阵鼓动："这是他应得的，与你无关。"

她原以为哥哥会给她一个圆满的解释，却没想到得来只有一句敷衍："哥，难道我是傻瓜吗？拦在老家不让黎阑下葬的人就是他吧？"

有人曾用尽卑鄙的手段索要岑家一张图纸，为的就是市立博物馆项目，如今"中天"得标，而"中天"的继承者叫仲寅帛。她不是傻瓜，怎会看不出个中联系。

她清澈的眼仁颤抖着，失魂落魄。呵，难怪被杯葛，原来他已达成愿望，功成名就。

"这件事，爷爷已经知道了？"她想起那天蘸白去告状，最后却平静地回来劝她不必将人带回家给众人看，他一脸纠结地说"德珍啊，我担心你会受伤"。

现在回想起来，败局早已有过先兆，只不过她沉溺其中，不去幻想话中深意。

蘸白叹气："这件事你不必再操心，爷爷已经见过他。"

闻言，德珍思潮翻涌，与仲寅帛相处的画面如电影般在脑海中一帧一帧回顾。听到这里，她再不能装傻，衔着颤抖的笑声问："哥，我是不是很蠢？"

蘸白立时握住她的手，眼底闪过疾痛："我们只是中计而已！"

"中计?"她喃喃自语,即便他接近她只为一张图纸,即便他的隐忍克制都是演技,即便那些甜言蜜语全部都是诱饵,她仍然孤注一掷地去相信了啊,何来"中计"之说?

蘸白瞧出她的心迹,话都说到这个份上了,她却仍抱有一丝幻想,原来女人面对坏爱情都是同一张脸孔,可怜又脆弱。

不过现下他也不能拿仲寅帛怎样,只能眼睁睁看着德珍忍住满腔焦炭。

很多时候,成熟能带来许多好处。无论是沉迷于酒精的声色犬马,还是穿上会被无数热烈眼神洞穿的衣服,甚至在公共场合以过来人的身份大谈人生,都不会得来质疑的声音,只因大家以为你足够成熟。

高贵的梦想,荒唐的现实,推杯换盏,你侬我侬,青春大把,没有什么好可惜。

她在这种"成熟"面前,总觉得自己十分扫兴。

在近亲眼中她是个拘谨而温柔的孩子,在普通人看来,她活得简单而隆重,像是没有什么能使她不快乐。

然而事实上快乐的范畴是巨大而宽泛的,总让她摸不着边际,比起幸福快乐,几次葬礼让她更熟悉悲伤忧郁的轮廓。她厌恶自己的敏感,并痛恨与之为伍,却又始终不能抛弃它。

所幸她的情感储备总能从正面壮大自己,久而久之倒练就了几分临危不乱的风姿。

她伟大而长情的母亲曾这样教导她男女之道:"Men don't take the time to end things. They ignore you, until you insist on a declaration of hate."

听时她狡黠反问:"Really? Someone dumped you?"

母亲耸耸肩,语重心长:"Jane, I'm just like everybody else。"

你看,连呼风唤雨的王槿鸢在爱情面前也是一张凡人面孔。

她太晚想起这实用的告诫,才会看不出他的冷落是在铺设后路。他笃定地以为,她是世家小姐,尊严与荣耀高于一切,尽管这次失算于人,损失惨重,她亦没有脸面去追究。

她知道他一定是这么想的。

换作别的人,她笑笑也就过去了,可是他不行。哪怕他机关算尽,他仍欠她一个说法。

电梯里明晃晃一片，镜子里照着她略显苍白的脸，细细碎碎的皱褶包着她的颈项，雪白的衬衫在腰后微微垂坠，胸前的蝴蝶结落着长长丝带，素黑的裙子没过膝盖，不时髦的打扮，却总会让人多看她一眼。

抵达顶楼，她提着手袋站在黑白相间的棋盘格地板上，高脚花盆里开着一圈深紫色的小花，丝萝又长了一截。

她站在格窗镜子门前，按了门铃，过了许久无人应答，她耐心地重按一遍。

如此往复十次。

雨薇曾对她说过，男人爱你时你就是公主，千军万马不敌你一滴眼泪，而他不爱你时，哪怕你替他挡住了千军万马，最后也不过是享受凌迟独自吐血。

曾有那么一瞬，她很想站在祖父和兄长面前，张开双臂将他护在身后，替他辩解，然而他倔强地不给她这个机会。

时间一点一滴冷却，尖锐的指针每走一格都刺在她心上。

事实上她闭上眼睛就能描绘出门那边的情形，宽敞华丽的客厅，瓶中的鲜花正一分一秒地枯萎。她曾坐在沙发上喝茶喝咖啡，讲风谈月亮，如今却在这清冷的玄关，守着这样一份焦灼的心情漫长地等候，更残忍的是这等候还不一定有结果。

所谓的世家小姐，大多都是鸭子划水似的性格，表面上故作优雅，实际上在水底拼命划水。世上哪有什么真正的聪明人，所有的机灵无非是还没遇到那个让你变蠢的人罢了。爱情面前，多的是作茧自缚，庸人自扰，又怎会差她一个？

原以为自己担负得起这沉重的气氛，但只是等了那么一小会儿，当初的坚持现已令她怀疑。

他是否爱她，他是否爱过她，都成了未知的谜题。

明知没有回应，她仍不断在心里提问，并且很没骨气地遐想，他是爱过她的吧，只是心里的情意不多，犹如冲泡几回的茶，自斟自饮尚可，却不够宽待她这来客。

想到这里，眼泪忽然湿了面颊。

暗下去的灯因她的吸气声骤然亮起，镜子里映着鼻尖泛红的她，死白的光照得她一张脸薄如纸，她没想到自己竟然哭了，只因她等的这扇门始终不为她开。

平心而论，这并非是流泪的场合。但事实上，她骄傲了小半生，生平头一回尝到委屈和不甘的滋味，这眼泪并不冤枉，只是顺其自然罢了。

结束三个小时的等候，她长时间站立的小腿已经肿胀起来，高跟鞋的轮廓将脚背勒出一道深深的瘀痕，脚趾抵着鞋尖，犹如刀口架在脖颈。

她叹息一声，罕见地在心中说了一个词："算了"。

不管前路如何，明天是否炫目明朗，当她这一声"算了"在心中响起的时候，其中包含了多少失望，只有她自己独自品尝。

监控录像明一段暗一段，整整三个小时，他犹如一尊西伯利亚来的雕像，坐在屏幕前纹丝不动。

当那女人的身影终于消失在冰冷的玄关，他才闭上赤红的双目，叹息一声。急泌的泪液杀得眼睛一片刺痛，他双手捂面，身子后仰倒在椅子里，痛苦得几乎不能自持。

彼时她在他家玄关，面对那扇不肯为她而开的门，长久等候。她不知，他就在门后。他多想，多想在她离开的时候给她披上一件外套。告诉她，外头下着冷雨，记得撑伞。

可是，他不能。

他得承认，自己这次班门弄斧，栽了个狠跟头。继周克成主动提出不再苛求图纸后，岑家又派人送来了博物馆全图。

那次医院会谈，他只要求岑润荭约束各方消息，避免德珍得知个中关节。虽然这桩交易因为他不善的口吻变味成胁迫，但他并没有为此后悔。

他可以成为众所周知的卑鄙小人，却不希望她受伤更深。她如此聪慧，不会不懂他的刻意疏远，时间终会将她治愈，他忍痛即可。

可他怎么也没料到老头下手如此黑，竟然主动送了图纸过来。为了保住珍贵的孙女，岑润荭也可谓费尽心思。

岑周这两个老江湖，不但互相卖了一个人情给对方，同时又坐实了他不择手段的罪名。而他唯一能做的，恐怕只有成全吧……

大概你留心一个人，就会留心她的零零碎碎林林总总。

雨薇不知是从哪里听来消息，四下无人时，先将仲寅帛大骂一通，又鼓动德珍去找一个更好的。

雨薇自然是富有勇气的一个女人，活得铿锵有力，爱恨分明。但，始终是个局外人。

德珍迷茫得什么也不愿去想，至今她也未能替自己伸张正义，讨到说法。电话那头的忙音总像世纪般长久，等得她一眼万年，早生华发。

她从未这样执着地做无用功，哪怕那日清清冷冷的三小时已经足够说明一切，她却始终放不下。

那句"算了"，并未用了十分的狠心，反倒更像一味逞强。

这样的日子持续了很长一段时间，学生们放了暑假，母亲开始催她回家。

惊雀巷里炎风阵阵，矮牵牛晒得叶子翻白蜷缩，知了声在树与树之间热闹行走，孩子们穿着凉鞋奔跑在巷弄间制造扰攘，丝毫不怕热极引火，尽情燃烧童年。

她从诊所回来，鼻子里还塞着棉花，她父亲的腿脚好了许多，记挂她的病症，约她去南半球避暑。他大概是从蘸白那里耳闻一些风声，虽紧张她，却聪明不提。父亲总是这样，即便是她的心真的受了伤，他也希望她能坚强挺过。

不光父母对此讳莫如深，连同爷爷叔叔哥哥，甚至慧珠也当作从未发生过什么。周围人像是都约好了似的，施施然翻过这一篇。

回到家中，稚巧见她塞着棉花，知她又流鼻血了，关掉英文广播问她："姐姐，你要冰袋吗？"

她抚了抚微凉的额头，摇摇头朝稚巧虚弱地笑了一个，扬扬手中的药袋：

"我已经去看过医生了。"

稚巧抿抿嘴唇，看她转身回了自己房间带上房门。稚巧不清楚这阵子家里的气氛为何这样古怪，私下里跟妈妈打听，她妈妈也只是倒抽一口凉气，想了想，不准备告诉她实情。

"大人的事你小孩别管。"就这么一句，草草地搪塞了她。

然而，稚巧不是不担心的。前阵子的德珍就像是颗水果硬糖，甜得发亮，可最近她却面如死灰，时常一天也不说一句话，她一向偏疼礼让，可最近连对礼让都十分敷衍。

稚巧总觉得目前这境况似曾相识，黎阑不幸罹难前也有过这般行尸走肉的日子，那时她太骄傲，死倔着不去问黎阑"为什么"、"怎么了"，哪怕夜里听着黎阑蜷在被里偷哭，她都假装没听到……

有这么一瞬，稚巧必须承认自己是这个家中的外人。你看，她心肠太硬，而德珍和黎阑连伤心的方式都如出一辙。

广播里的英文小说突然变成了经书梵文，再也不能被心读懂，她又坐了一会儿，起身去了母亲卧室。

慧珠正在折叠衣物，见女儿进来，抬眼瞅她一记："又要买资料？"她朝床头的柜子努努嘴，"自己拿。"

稚巧打开抽屉，从曲奇盒里拿了两张折好塞进裤子口袋。

慧珠自顾自折叠衣物，再抬头时，见稚巧仍在床头站着，疑惑问道："怎么，还有事？"

"上次爷爷住院，我遇到过一个客人，有些眼熟但我叫不出名字，但我听见他和爷爷说了一些奇怪的话。"

慧珠眼皮一跳，停下折衣物的手："他说了什么？"

"他说'如果你不答应，我现在就可以跟她求婚'。"

慧珠头皮一麻，疾言厉色道："这事你告诉过别人没有？"

稚巧摇摇头。

慧珠丢开衣物站起来，走到房门口将门反锁上，又走到女儿跟前，压低声音道："你可得记住了，这件事今后不准和谁提起。"

"那个男人和德珍姐姐有关联？"稚巧却一言道破天机。

慧珠想要去捂她的嘴已经来不及，身子僵了一会儿，终于在女儿求证的目光中妥协，拉着稚巧在床头坐下，叹了口气，垂下肩膀，蚊声将这阵子家中变化的由来说了一遍。

晚餐时，德珍因为吃药忌口，动了几筷子后，便声称胃口不佳，提前离席。稚巧托着瓷碗，咬着筷子听到房门关上的声音，欲言又止地看了眼主座上神色威严的爷爷，桌下挨了慧珠一记，最终在慧珠挤眉弄眼的警告之下低下头去，让少女的冷傲恢复常态。

德珍卧室。

她翻了几本小说，挑出一本开始耐心看，等合上最后一页，灰姑娘的幻灭钟声同时响起。

她其实是想早早睡的，虽然这个念头总在零点之后冒出。好不容易心中的世界安静下来，隐约又听见窗外雨滴落下的声音。

时间在夜里好像会变得特别慢，明明感觉过去很久，时针不过动了分毫，雨滴还在继续。她最后还是起来，拧开笔管铺好信纸，漫无目的抒发胸口的烦闷。

淑女的戒尺时刻悬在头顶，因而每当遭遇精神亢奋，她总勉力使自己看来云淡风轻。一如黎阑快乐得哈哈笑个不停之时，她也很想跟着笑，却总是发现脸部神经竭力克制着自己。人生在世不如意事十有八九，她亦有心情跌到谷底的时候，每每想抱着什么痛哭一场，沉静一想，心里又产生一股莫名的力量让她忽然变得平和。

这样看来，大哭大笑都于她不适合。

岁月教会她从容，也教会她人生的偶然和徒劳无功都是寻常事，因此她没有用笔去抨击任何人。等笔管写空了，信纸堆叠了一摞，停笔审视墨迹，只觉满纸都是不知所谓。像是极力想表达什么，又像是极力掩饰什么，完全没有侧重。

雨早就停了，台灯的光线逐渐失去在黑夜里潜伏的属性，失去对窗外光线的约束力。她拉开椅子走到窗边，伸了一个懒腰，打了个长长的哈欠。

不知不觉间，竟又见证了一次天明。

家人尚在熟睡，她捡起淡蓝色的线衫外套穿上，踮着脚尖出了家门。

早晨的惊雀巷空气很凉，她交叉抱胸往花园里小学走去，只不过才走到一半，那彻骨的凉意突然不见，暖风迎面而来，仿佛世界在眨眼间就不一样了，那种突然天亮的感觉，其实很奇妙。

小巷随着天边深浅不一的蓝色而变得透彻，她站在秋千架下，被点亮的光线条理分明地切割，她没有反抗，反而闭上双眼享受这静默的凌迟，长久沉迷在这虚空内，无法自拔。

她现在有些明白爱情是什么了。

新闻里时常报道为情所困的女子跳江跳楼，要死也要死得轰动一时。她做不到那样，只能自我折磨。这也许就是她的荏弱，也是不为人知的隐忧。

从前她以为云越是个傻瓜，根本不懂怎么爱她，现在才知道，原来她和云越之间占尽上风的从来都是她，因为云越更善于自我折磨。

云越固然是爱她的。

她固然是爱仲寅帛的。

这种靠得太近害怕被灼伤，离得太远担心绳丝崩断，不知与他保持多少距离才算恰如其分的感觉，毋庸置疑就是爱啊。

秋千将她荡得高高的，仿佛闭上眼睛就能听见黎阑笑着招呼她：姐姐，我们来比赛呀！

睁开眼睛，眼前却是一个无比亮堂的世界，像在告诉你悲伤和思念多么可耻。

"黎阑啊，好像上天早已注定谁到最后全身而退，谁又在一开始时就是美而易碎……"

秋千吱呀吱呀，风里没有下文，只有人生和爱情寂寞相逢。

就在这天，她来到爷爷的书房，告知自己即将回英国的消息。

像来时那样，离开的行李也只有小小一袋。订好机票，她回到母亲的公寓清空冰箱，为家具做好防尘，来到停车场，三格空位上停着仲寅帛送她的那辆小车。

她想了想，从车中清空杂物，打电话给箫尘。

箫尘接到电话的当下，分神愣了一会儿，才转而笑道："德珍小姐，好久不见。"

"是的，好久不见，你还是这么有活力。"

箫尘看着乱糟糟的办公室，强打起精神来，打了手势让秘书处的姐姐给他再来一杯咖啡："我也只有年轻这一资本，德珍小姐谬赞了。"

德珍心下怅然，原来自己一旦成为"外人"，连箫尘也用官腔敷衍她。不过，这不重要。

她深吸一口气，视线落在手中的车匙上："仲先生是否在？我有一件东西需要退还给他。"

"德珍小姐不必拘泥那些礼数,我想您分辨得出什么是gift,什么是conditional gifts。"

德珍摆弄着手里的车匙:"萧尘,我想你误解了我的意思,我即将启程回英国,这车本就挂在他的名下,我只是物归原主。"

闻言,萧尘心下黯然。他是经由周子康提点才明白这桩爱情的真相,此后很长一段时间都处于震惊之中。

仲寅帛打算收心作罢,他是惋惜的。她那样好,不应该被草草对待。然而,他如今生不如死的加班生涯,归根结底也是因为这个女人。他无法左右现状,只能奉命行事。

几番相处下来,他深知这女人有多固执,顿时头疼起来。秘书姐姐已经替他端来加冰的咖啡,他用勺子取出冰块在嘴里含了一阵,然后端起杯子深喝一口,咽下,几百万味蕾在瞬间苏醒,头脑也清明许多。

"德珍小姐,仲先生有许多车,并不缺这一辆,我诚恳地希望您能收下这份礼物。"

这个年轻人紧守本分对她戒备森严,将她误以为是分手后死缠烂打的女人。错不在他,她并不应生气,却也无奈:"萧尘,我并非借口想见他,你若有空也可代他来取。"

"德珍小姐自然不是那样的人,只不过仲先生一般不收已送出手的物品。"

德珍受到前所未有的排斥,一时之间脑筋无法思考运作,最后,她妥协:"既然如此,我只好将东西寄到你的办公室了。"

萧尘急忙道:"您一定希望我替您转交,不过您的愿望恐怕短时间内我无法替你达成。因为仲先生目前不在公司。"周子康教他的规矩他都好好学了,他心知德珍手里的东西是仲寅帛送的,所以不管是什么,他都不会让德珍退回来。

"萧尘。"德珍逼不得已正色起来。

萧尘却叹气:"德珍小姐,请您不要为难我……无论仲先生赠送给您什么,您都值得拥有它……不必退还。"

极度失望地挂了电话,她不知自己被划入黑名单后,那个男人会铸起这般铜墙铁壁抵御她,现在体会到这种滋味,心情不是不复杂的。

她不敢断定他是真的不在,还是萧尘搪塞她的借口,总之,他们众志成城沉瀣一气，又岂是她一己之力可以撼动。

既然如此，那就由他去吧，爱情一旦缺乏固执，便不再重要，不若留个凭证，好让她铭记这前车之鉴。

雨薇得知她要回英国，吵嚷着要为她饯行。一番好意，她不好推辞，今次一别不知何日再见，她便爽快地答应了，雨薇高高兴兴地去订餐厅。

只不过她没想过会遇见卢鸿鸣。他神清气爽，打扮精神抖擞，很有几分领袖的气质，他的野心至今仍让德珍记忆犹新，因而意外相见，他们客套一笑，打算就此别过。

但他随行同僚却嗅出两人间的一丝猫腻，挤眉弄眼道："朋友？"

卢鸿鸣大方介绍道："这位是岑德珍小姐。"不等他介绍完，几位男士已经眼明耳快地奉上名片。

德珍一一收下，一张一张看过，伸出手来："很高兴认识你们。"

她今天穿了一件尖领白衬衫，一条宝蓝九分裤，红色高跟鞋，链条包垂在身侧，发丝掩了半张脸，精致利落中尽是说不出的妩媚动人。在场几位男士被她迷得不行，好半天才回过神来。

卢鸿鸣试着邀请她："德珍小姐若是不介意，不如赏个光？"

话音刚落，雨薇和几个同事一起来了。德珍视线越过他，朝雨薇挥挥手，继而抱歉地看他："不好意思，我约了同事。"

他绅士地笑笑，领着同僚先进去了。

"对不起啊，路上堵车啊！"雨薇一边擦汗，一边解释。

德珍摇头一笑："没关系，我也才刚到。"

雨薇知她不会介意这些，兔子似的一笑，上前挽住她的胳膊，一行人浩浩荡荡进了餐厅。

这家餐厅状似新开，但人气相当不错，只因定位很明确，放眼望去都是附近大公司的职员，男士们将外套与领带搭在椅背，衬衫解开两颗扣子，女士们或多或少带些梳化痕迹，有的还未摘去胸前工作牌。

好巧不巧，卢鸿鸣的餐位就在德珍他们后面。

雨薇在德珍对面坐下，一边翻菜单一边压低声音眨眼提醒："后头那几个一直看你呢。"

德珍专注地看着琳琅满目的菜单，漫不经心答她："是认识的人。"

"啥？认识的？"雨薇吃惊地瞪大眼睛，"就等我这么一会儿你就红杏出墙了？"

德珍无奈看她一眼，转而对服务生说道："请给我3号餐，餐中不要三文鱼，另加两只烤羊肋。谢谢。"她点完餐，将菜单递还给服务生。

"给我和她一样的。"雨薇随即也将菜单还给服务生。

另外几位同事像是这里的常客，早就点好了喜欢吃的，服务生收完全部菜单，说了稍等，去了下一桌。

雨薇耳尖，听见那桌几个男人偷偷打听："那位小姐点了什么？"

她嘻嘻一笑，冲德珍使了个眼色，二人同时起身离桌，结伴去洗手间。

洗脸台前，雨薇腰肢一扭，撞了德珍一记，挤眉弄眼道："就咱们过来的一路，都不知多少人在看你！"

德珍关上水龙头，她才不在乎收获了多少男士的眼球、女士的欣羡，拉出手纸边擦边说："跨国恋一般不长久。"

"这还不容易，你若真看上了，让他陪你去英国过日子呗，他敢不答应？！"

德珍被她夸张的表情逗笑，二人相继出了洗手间，回去的路上雨薇仍不忘给她吹耳边风，鼓励她制造艳遇。

"你够了。"德珍拿她没办法。

雨薇嬉皮笑脸嘿嘿一笑，却又忽然定住，像被施了定身咒一般，站在原地一动不动。

德珍顺着她的视线而去，不期然对上那男人的视线。

仲寅帛此行是与自己的团队出来会餐的。按照惯例，两杯酒，三次动筷，便结账离开。以他的职位断不可能与下属谈心，聊公事又会搞砸气氛，他这么做也是识趣。

可是，他一抬眼，就看见了那女人，好似幻觉。

她瘦了一圈，但依旧明媚动人。当她视线缓缓投掷在他身上时，他浑身血液逆流，熙熙攘攘的餐厅顿时扭曲成抽象画，浓重的色彩弯曲成一条一缕，耳朵里嗡嗡声一片。

萧尘也看见了德珍，略略吃了一惊，双方隔着一段距离，不知怎么的，气氛突然有点令人毛骨悚然。他下意识挺直背脊，嘴巴紧抿。

这个时候，仲寅帛突然说了一句什么，萧尘愣了一下，过了会儿才意识到他说的是法语。此地不宜久留，他抓起外套电脑包，紧忙跟上仲寅帛的脚步。

出去的路只有这么一条，德珍与雨薇像两尊石雕一样站在中央，萧尘耳边是一串串语速飞快的法语，虽然只是在吩咐明天的行程，但也快要逼得萧尘欲哭无泪。

德珍盯着朝她走来的男人，他剪了头发，穿一身鸦青色亚光西装，挺括坚毅，两片嘴唇翻飞不停，与她越来越近。

他们二人交往时间不长不短，她还没来得及将他推到幕前，他却已经打算将她永远尘封。他本就是抱着游戏心态，这么草率地结束也是必然，只不过，隔了一阵时光再见他，她仍心跳得厉害。

这座城真就那么小，他有心避而不见，她便没打算再遇见他，有时候甚至觉得这辈子也不可能再遇见。因而，此刻她是吃惊的。

太突然了，她都没想好摆好表情。

"你，就是我不爱别人的理由。"他曾在她耳边这样说，每次一想起，耳朵仍然会害羞。

言犹在耳，他却变成铁石心肠。

他当作没看见她，仿佛她就是一个路人，一棵盆栽，擦身而过之时，连眸光也没改变分毫，掀动的嘴唇吐着异国语言，制造一份与世隔绝的超然。

电光石火的刹那，她的手指动了动。

"德珍！"雨薇失声惊呼。

萧尘也跟着瞪大眼睛，顿住脚步。

仲寅帛僵住，令人窒息的压迫狠狠挤压了他的脏腑，缓缓低头，看到是她握住他的手。

她像风中树叶一样簌簌颤抖，两行清泪流星般划过面庞，嘴唇抿成一根隐忍的细线，痴痴地望着他。

换作任何一个稍有风度的男人，都应该给以适当的反应，回报她这份情意的分量，而不是在众目睽睽之下，将她的手指，一根，一根，仔细掰离。那神情，仿佛玫瑰遭到了野牵牛的攀附，嫌恶之极。

他甚至没有多看她一眼，继续和下属说着自己的事，快步离开餐厅。

"德珍！"雨薇皱眉拉住她想要投奔那个男人的身体。

她却拉开雨薇善意的手，她知道雨薇只是不想看她满盘皆输，但她差一个理由令自己清醒，注定飞蛾扑火。

"你疯了吗？这样还不够吗？"雨薇怒斥。

她红着眼眶，好想告诉雨薇，她何尝不想忘记这个狠心的男人，然而："对不起……"

她只是没料到自己竟然如此想念他。

萧尘已经尽快去取车，但还是晚了一步，被德珍赶上。

外头下着雨，她冲出大堂很快找到车，跑到跟前时，仲寅帛刚好坐进车子。

"等一下，我们谈谈。"她扒住车门，恳求道。

他睨她一眼，面无表情："萧尘，给德珍小姐一把伞。"

萧尘识趣地从车里取出伞，绕了一圈交给德珍，然而就在德珍松手接伞之时，仲寅帛无情地拉上了车门。萧尘连忙回到车上，而德珍怔了一会儿，等回过神来，车子已经开始移动。

她丢开伞，抓住门把追了上去，初时尚且跟得上，等上了主干道，车速变快，她不得不松开手，以免被车带倒在地。但她仍然没有放弃，突兀地奔跑在雨里，去追寻他。

萧尘不敢开得太慢，亦不敢开得太快。他几乎将车子贴着右转车道行驶，好让德珍不会被其他车子刮倒。仲寅帛的态度十分强硬，他不出声，萧尘根本不敢停车。

雨水浆洗着她雪白的脸庞，淌进鞋口的雨水使得皮革发胀，鞋体扭曲，但她顾不上那些，鞋子什么时候从她脚上消失根本不重要，她只知道她要追上他，把话问清楚。

沦陷的女人才会在爱情里为自己讨公道，她知道这样做很可怜，刚才他看她的眼神悲悯而鄙夷，就像一只无形的手穿过她的胸膛握住心脏，轻轻一拽，疼得她几近昏厥。

红灯在前，萧尘将车停妥，看着后视镜里的画面，心里产生两个极端。

所幸，还有5秒变绿灯，德珍堪堪追上。她拉了拉门把，车门分文未动，她拍拍车窗，雨声太大，她的声音十分微弱。

她看不到车里的人，神情焦急。

仲寅帛抿唇看着窗外的女人，她的无助催生他心里恶魔的种子，狠毒刹那间破土而出，攀着肌肉和筋脉呼啸疯长，一口一口蚕食他的理智。

他的心意，早就处在崩溃的边缘，仿若在悬崖边久站的人，摇摇欲坠，却无路可退。

究竟是放过这个女人，还是放过他自己，他必须得作个选择。

德珍不知道自己是不是哭了，耳边喇叭声震天响，不时有司机落下车窗朝她咒骂，她不知所措地拍着那扇始终不为她落下的车窗。

她好慌张，只知道不能让他这样走掉，却未想好究竟如何面对他。她曾经那样满怀希望，此刻却有一双手将她的爱意一点一点剥离。雨太冷，泪太烫，心寒与无力一分一秒腐蚀她的心智，她好怕他这一走就再也不理她。

她这般疯狂的行径，到底是叫他难堪了，他讨厌她了，甚至不想跟她说话。

"求求你……我们谈谈……"她半哭着咽了咽口水，努力不叫哭声泄露，红肿的手掌麻木地感觉不到任何疼痛。

"老板……"萧尘都快看不下去了。

"你闭嘴。"仲寅帛闭上眼睛，指尖按住暴凸的太阳穴，现在身边若有一把刀，不必借他人的手，他也会毫不犹豫地戳死自己。

这个疯女人！

车门一松，他推开车门，一边下车一边脱下外套盖在她头上，她虚弱地跟跄一步，堪堪被他握住手腕，那只手镯被雨浸润得冰寒刺骨，犹如利剑洞穿他胸口。

德珍被他拽着行走一阵，最终他在无人的公车站台停下，绿色的雨篷映得他脸色极差，他紧抿着嘴唇，失望地看了她一会儿，转身要走。

她紧忙拉住他："你听我说！"

"我们之间没有什么好说的。"他狠狠甩开她。

德珍后退一步，义无反顾地拉住他的衣袖，不肯放他走，几乎语无伦次："你不要不理我……我不怪你利用我，真的！你既然拿我交换图纸，说明你是知道我喜欢你的，是不是？我错了，之前有些话我没能说出口……你是不是觉得我没那么喜欢你？不是这样的……有些人吃东西习惯先挑最好的吃掉，有些人总把最好的留在最后，你不能因为我把你留到后面，就以为我不喜欢啊……"

她急得泪流满面，像犯了错的孩子，固执地掏心掏肺为自己辩解。

但他冷硬地看着她红着的眼，被雨浇透的衬衫贴在长长的锁骨上，不带一丝温度地回答她："太迟了。"

她的告白着实叫人动容，然而这样迟来的爱，就像吃饱以后才上的主菜，车祸现场清理干净才赶到的救护车，葬礼上的溢美之词，他当然能感受到它的真诚，可于现下已经没有任何意义。

那只小蓝盒没能及时在她眼前打开，所以，一切都迟了。

她慌乱地摇头："究竟发生了什么让你变成这样……"她上前抱住他的腰，一时间无法承受那么多打击，只能依傍着他，恳求他对她倾诉心迹，解开谜题。

她与他，本应该是一桩好爱情。

仲寅帛一动不动任她抱着，任她从他这儿索取短暂的温暖，因为他不敢保证，除此之外，这辈子他是否还能再一次被她毫无置疑地投靠。

雨一刻不停地下着，经过的车来车往，上上下下的乘客，无一不好奇地瞧着这对男女。

德珍死死抱着他，既是借温，亦是软化，嘴唇贴在他胸口微微颤抖，几番欲言又止。她何曾这样卑微过，这种无助，这种忐忑，她一点也不习惯。

"……德珍。"他叫她的名字。他告诫自己，这场恋情本就始于一桩荒唐的较量，他求而不得的，她所拥有的，不过就是一场拉锯，如今，只是是时候收尾而已。

"……"

得不到她的回应，他又叫了一遍她的名字，宽大的手捧起她冰凉的脸孔，愤怒地撕扯声线："我从未爱过你！"

"你不要骗我。"

他恶魔般一阵冷笑："我不爱你，当我向你展示了我所能做到的一切，吸引了你的全部注意之后，我的怠慢，难道还没让你明白我从一开始就有所不满吗？"

她怔怔看他。

他皱着眉，脸色冷得可怕："既然与你爷爷有言在先，我说到做到，从此以后，你要死要活都是你的事，与我无关。"

"你说谎……"绝望卷土重来，又一次将她拽入黑暗。他那么固执，她却不知从哪儿生出来的力气，努力把持自己的失望和绝望，虽难掩惨淡，却笑问他："你骗我的，对不对？"

仲寅帛没有回答，只是偏过头，不愿看她。

她抱紧他，不让他犹豫，眼泪浸染他的衣衫，既坚强又委屈。

"我没骗你。"他微微冷笑，眼睛疲倦地闭了闭，紧接着强硬地掰开她的手，冷酷无情地甩开她，不顾旁人异样的眼光朝她吼道，"岑德珍，你什么时候能停止自欺欺人，我们不过上了一次床而已，别以为那就是爱，就可以要挟我！"

他眼底一片歇斯底里，他根本不知道自己在说什么，他只知道再这样下去，他一定会疯的！

德珍如遭棒喝，红着眼睛一言不发，那双堆满笑的眼睛，那双隐忍挑情的眼睛，此刻退化成一片荒沙，寸草不生，但她那只手还是下意识地想去拉回他。

"够了！"他突然语气凶恶起来，嫌弃地挥开那只手，本就松松垮垮的镯子瞬间从她腕上滑脱，摔在地上，发出清脆的玉石崩裂声，只一下便再不能成形。

他僵住，心里像是被人浇了一桶开水，烫得他脸色一片死白。

德珍呆呆地看着那碎裂的镯子，那是他母亲送给她的心爱之物。

仲寅帛看着她将那些碎片捡起，一点也不生气，注视他的目光仍残留一丝讨好。他蠕动了一下嘴唇，双手握住她的肩头，无比认真地对她灌输他的道别辞："听着，岑德珍！我不爱你，不爱你了！别等我，也别纠缠我，让我偶尔想起还能记起你的好，而不是种种厌烦！别犯贱，回你的英国去，这里不适合你，我们，后会无期！"

她摇头，心里已有一座城轰然倒塌。

男人的表情凝重成另一个面目，眼神寒了周围空气，最终，像是鼓起勇气一般，深吸一口气，他终于松开她的肩头，决然转身。胸膛的怒气只有这样才能平息，拘世情难成大事，若要闯出一番事业，就得先学会舍弃。舍弃这个误他大事的女人……

她试着追了几步，脚下忽然一片剧痛，一股殷虹从脚底冒出，弥漫在浮水里，她当下痛得弯下腰去。

"德珍！！"不远处旁观情形的雨薇举着伞朝她奔来。

卢鸿鸣冒雨快步跑到德珍跟前，二话不说将她从地上抱起。

"德珍，德珍你怎么样了？你醒醒啊！"雨薇将伞全部举在卢鸿鸣头顶，踉踉跄跄地随他向车跑去。

德珍朝自己这个行迹夸张的朋友虚弱地笑笑："我没事……我很好……"

只是痛，很痛。

放下一切追来，到头来却失望得那么彻底。生离死别，不过如此。

仲寅帛回到车上，萧尘不敢在原地多留一刻，车子箭一般驶离。

湿答答的男人独坐车中，毛毯吸不走他的生冷，他只是僵硬地看着窗外，雨一直下个不停，像极了那个女人心里的泪。

吃完晚餐，丈夫出门练习高尔夫，仲太太闲着无聊，待在客厅侍弄她的花。粉白的蔷薇带着软而长的茎，剪子一起一落，干净利落，地上满是残枝。

儿子的进门打断她的专注，她漫不经心递眼一看，只见他浑身湿透，犹如刚从水里捞出来一般。

她大惊失色，紧忙放下花剪，跟着上楼。"砰"一声，房门抵着她的鼻尖摔上。

保姆举着吸水拖把上楼来，楼梯上一片蜿蜒的水痕，像是家里进了水鬼一般。仲太太刚想让保姆离开，随即听见一声清脆的瓷器碎裂声伴随着野兽的怒吼隔门传来。

两个女人皆是一怔，面面相觑。

这时客厅座机响了，保姆下楼去接电话，来人声音焦急，保姆回告他："他已经到家了，你放心。"

是谁？仲太太用唇语问保姆。

"是萧助理。"

仲太太"哦"了一声，摆摆手让保姆把地板弄干净，自己则在儿子房门口呆立一阵，才试着敲了敲儿子的房门。

房门没锁，她悄声闪进屋子，地上一片狼藉，他打碎的正是他平时宝贝得紧的那个瓷瓶，里头的枯树枝混着瓷器碎片错乱横陈，浴室传来沙沙水声。

"儿子，你在吗？"仲太太小心翼翼地问。

他与德珍的事，想必不是十分顺当。瞧着他摔东西的行径，只怕他心里也不好受。不好！他该不会是对德珍用了真感情吧？

仲太太被这突然冒出来的想法吓了一跳，心虚地往浴室瞧了一眼，狐疑地摇摇头。不会的，她儿子的心肠多硬，她最清楚……

但她显然料错了。

这天半夜，仲寅帛忽然发起高烧。病来如山倒，仲太太看着儿子被担架抬出去，险些吓出心脏病来。

在医院陪了一宿，烧只退了一点，医生建议住院观察，仲太太回家煮粥回来，只见病房里公司的人来了一堆，然而这些年轻人显然不是来探病的，临时搭建的桌子上摆满电脑，打印机一刻不停地打印着资料。

仲寅帛躺在病床上，脸色苍白眉头紧锁，干燥起皮的嘴唇掀动个不停，沙哑的声音嘱咐着各种事项。底下人不敢关心他的病情，因手头的事情正进行到最关键的时刻，没人觉得他带病工作是不对的。

仲太太既听不懂年轻人们在说什么，也帮不上任何忙，她是现场唯一一个只关心仲寅帛病情的人。

她将粥摊凉，笑得略带讨好："你喝粥么，已经给你弄凉了，一点也不烫。"

仲寅帛翻动手里的资料，看完这份，接过萧尘递来的下一份。

仲太太讪讪收回举在半空中的手臂："你从昨晚就没吃东西，总得吃些什么，粥你不喜欢吗？你想吃什么？妈妈回家给你做。"

病房里的年轻人们突然都停下了动作，他们都是专业人士，野心勃勃，事业的成败注定他们人生的走向，他们没兴趣了解一个母亲担心儿子的心情，但这一刻，他们都不约而同地停下了动作，略带好奇地看着病床上面如死灰的男人。

忽然受到万众瞩目的仲太太尴尬地干笑一记。

仲寅帛翻到第一页在签字栏签下自己的名字将文件交给萧尘，感觉到母亲求救的眼神，低着头分心道："妈妈，我很忙，而且我什么也不想吃。"

平铺直叙的语气陈述着事实，沙哑的声线本该是一种令人心软的动人，却不知怎么被他演绎成变相的驱客。

仲太太愣了一下，会过意来之后，脸上有那么一瞬难堪，但她又是那么通情达理。只见她缓缓起身，将粥摆在床头，临走之前仍不忘记给儿子打圆场："那我去见见医生，等会儿就回来。"

等她出去，病房里的这群人精各怀鬼胎，脸上却像什么也未发生过，继续手上的活计，连仲寅帛也是如此。

迟疑和踌躇仿佛注定与他无关，他已为那个女人献出太多纯真，然而昨日已诀别，那就没必要再被那些不愿离去的黑暗连累。

他心里本有一个未来献于她，如今却只能眼睁睁看着这个未来渐次消失。听起来像是一件值得惋惜的事，但事已至此，他也只好学着勉强接受了。

仲太太出了门，下了楼，走出一段，隐隐地有些想哭，吸吸鼻子，抬眼看看天，又将将忍住了。

正打算回去，一转身，她便看见了德珍。

她以往有多么喜欢这个女孩，现今就有多么心塞。惭愧和歉疚是远远不够的，她先招惹了人家，又怎能妄图去补偿。

德珍亦看见了仲太太，雨薇去取车还未回来，她与仲太太隔空对视一阵，最终礼貌地朝她点点头，算是招呼。

昨夜过得甚是狼狈，处理好脚伤她不愿回家。雨薇也不愿叫她家人担心，借口送别会狂欢，德珍在她那住下了，好歹瞒天过海。

"你怎么了？受伤了吗？"仲太太见她身边无人，脚上又缠着纱布，情不自禁流露担心。

德珍被她扶住一番嘘寒问暖，脸上反而有些不自然："只是不小心踩到了玻璃块。"

"看医生了吗？配药了吗？你怎么一个人？要不要我送你？"仲太太连珠炮似的问了一堆，空气一滞，她才反应过来自己过激了，她又发现德珍的手腕空空，她所赠那枚翡翠玉镯不见踪影，这才恍然她们现在已不是原先那般亲厚的关系，她的这些关心毫无立场。

德珍虚弱地笑笑："我朋友马上会来接我，您别担心。"

仲太太讪讪一笑，心里感激她的善良。

"您怎么来医院了？"这个时间点，说是访客有些牵强，多半是家里有人住院。

仲太太想也未想，脱口而出："我家仲寅昨夜发烧……"

话未说完，德珍一僵。

仲太太生怕自己此言起作用，偷觑一眼，只见德珍轻扯干裂的嘴唇，朝她云淡风轻一笑，殊不知嘴唇干了太久，这么一来便扯出一道口子，豆大的血珠顿时冒出来，她下意识去抿，尝到那丝腥甜后露出虚弱的轻笑，那笑有种往事成风的凄楚迷离，说不出的动人。

仲太太怔愣过后还想说些什么，雨薇却来了："德珍，上车！"她活力十足地扬声喊。

德珍垂落着眼睫，对仲太太说："朋友叫我，我得走了。"

仲太太拍拍她的手："好，好，你当心点。"

德珍一边答应着一边上了车，仲太太朝她挥挥手，自尊心包裹着巨大的秘密，她们中一方没有追问缘由，一方不解释苦衷，礼貌而客气地结束了对话。天上的日头见热，中年妇人用手遮在眉间，看着那车载着那人离去。

仲太太尚不知，德珍这一走，已是隔山跨海异国他乡。

恨无从恨，爱输给爱。最终，挣扎和狂妄像苍白的风，迅疾穿过那些幽暗生辉的旧年月，与自己握手言和。

认识到这一点，她便可以苟且到永远。

Chapter 3

你是周折的包裹，终被我签收

人最喜欢干的事，就是费尽千辛万苦得到某样东西，然后亲手毁掉，于是就圆满了。但他们不知牵住的手，只须一放，便分流成上下游。上游是他，下游是她。上游是梦，下游是人间。

一年冬。一年春。

波士顿某家华人报社楼下，穿Hugo Boss的仲寅帛打着伞走在雨中。这次来美国出差，他破例接受了当地报社的采访邀约。提出采访请求的是个二十二岁的实习生，两年前，他第一次收到她的采访邮件，那时她还大学在读，此后每月十号他的邮箱总能收到她的来信。

照片里的女生看起来很坚强，他与她有过一次短暂的交锋，他扮演自己角色的同时也不断压榨她，她很快走投无路。

今天，他准时抵达报社大楼楼下。她在电话中反复跟萧尘确认时间，他不作任何回复，这跟三天前他的态度截然不同，一小时后，他派萧尘去和她会面，自己打着伞在楼下散步，他也不知道自己为何要这么欺负人家。

三分钟后，女生撑着伞冲到街上，找到他。

她并不生气，掏出采访提纲和录音笔："我要问第一个问题了。"

他漫不经心看她一眼，她长得并不漂亮，平凡到让他不想去深究。她看起来是爱慕他的，但他不想给她任何机会。

半小时后，她得到了她想知道的一切，他离开波士顿，去往底特律。临走前，他买了那份刊有他照片的报纸，专业部分以外，她写了些别的。

她问："你最容易被哪类女性吸引？"

他答："古典美人。不过她需要有糟糕的幽默感才行，那样才能被我的冷笑话逗乐。"

彼时她的笑容有些僵硬，但专业素养在此刻发挥了作用。

她又笑问："听起来你将会有很多情敌。"

他冷冷地答："当然，没有敌人的男人毫无个性。"

字里行间，无一不透露着他已心有所属，足以叫任何遐思断念。

合上报纸的此刻，距离那个女人离开他已经九个月又三天，辗转了三个机场，他终于回到滟水。

一个星期的美国之行没在他身上落下半点痕迹，出了航站楼，他依然是那个衣着考究无懈可击的玉面修罗。

他走时天气冷得呵气成霜，短短一阵不见，季节的魔法已经在这座城市施展无疑。岁月来不及改变太多事情，但往往对某些人特别残忍。四月的人间是上帝的花房，即便疏于打理，也能明艳过人。它既是忠贞的妻子，又是骄奢的情人，亦是最大的艳遇，人只是季节的陪衬。而他甘心沦为这样的陪衬。

归家看过父母，连时差也不调整，他便回公司去上下午的班。

办公室里静悄悄的，萧尘有条不紊地报告大小事宜，他如今顶替了周子康的位置，而周子康早在去年秋天就已调任香港，荣升分公司经理。那都还是科氏股价大跌之前的事。

仲寅帛的为人众所周知，他从不否认自己的狭隘，以牙还牙以眼还眼是再正常不过的事，爱情上的不顺也没有致使他自我折磨，因为他选择拉着一群人陪葬。

科家的摩天大楼，最终也没能破土动工。

但这并非是一场叫人瞠目结舌的业内竞争，剥去金钱游戏隆重的外衣，那只不过是一场处心积虑步步为营的个人报复。失恋的男人仿佛是一头误闯水晶店的山羊，十足的破坏力。

科氏耗尽了两代人的心血经营，那么大一盘生意，要想将之一锅端起并非易事。

萧尘也是猛然才发现，仲寅帛频繁在上海香港走动，只是为了按住科氏脊梁之时，没人对它伸出援手。也就是说，那个心如地狱的男人，压根就没想过给人家喘息片刻坐地反击的机会。

科氏一步一步走进他精心设下的陷阱，直到最后他也没有让自己那双好看的手见血开光。他只是面如死灰地看它挣扎，看它失态，看它衰败。

"这些，他都是怎么做到的？"萧尘当时这样问周子康。

升职宴上喝得半醉微醺的周子康深深看他一眼，淡淡一笑："傻孩子，下次别再问这种蠢问题，我可不见得每次都有好心情回答你。"

仲寅帛对科氏的所作所为，仲王生都看在眼里，他没推进这个过程，但也没有阻止。当科氏因为一系列丑闻掀起腥风血雨，仲王生只是优哉游哉地带着太太去了北海道滑雪，等他回来，科氏覆亡已成定局。

这一仗，与其说是赢得漂亮，不如说是赢得聪明。仲寅帛在银行方面向来人脉过硬，本身又深谙借题发挥，这或许就是传统意义上的那种恭维——他，天生赢家。

就算是业界几个大佬偶尔闲话人生提及这个生猛辛辣的后辈，脸上都会不由浮现出慈祥的微笑来。

巨大的玻璃帷幕展开这座城市的面貌，有人生，有人死，有人人前显贵，有人背后受累，都不过是呼吸俯仰之间再寻常不过的剧目，没什么好稀奇。

萧尘合上文件夹，看着面前这个臭名昭著的举世狂徒，别怪他用这样的修辞，呵，你以为他还在乎自己的名声吗？当然不，他什么都不在乎。

连阳光都会瞬间死在他脚下化为一摊墨迹，这世上还有什么能被他在乎？

每每有人咒骂他心狠毒辣，他连眉头都不会皱一下，比起工作狂人这个定义，他更像一具行尸走肉，游走人间，不过是为了捕捉一息尚存。

极少有人知道，这一切，只因为一个女人。

然而从始至终，他都没有解释一句为什么，哪怕科达明冲进办公室揪着他的衣领高高扬起拳头。

达明纵然有几分本事，经此一役，也再难翻身。他心知肚明，却不敢承认自己招惹杀身之祸全因为一个女人。

仲寅帛自然也不会为他答疑解惑。他只是冷冷睨着他，拉开衣领上的手，讥笑："早知如此，何必当初。"

达明骇笑："你这话说的。"

当初他是有心毁他姻缘，但也没有拼尽全力："你敢说如今孤家寡人，不是你自作自受？"

话音一落，萧尘只见科氏少东家被一击在地。

仲寅帛揉揉拳头，哑然失笑："关于这一点，不需要你来告诉我。"

保安将狂笑中的达明带走，而仲寅帛仿佛什么也未曾发生，回到办公桌前继续办公。

不久，"中天"购下一座马场。萧尘清理马场资产时，耳闻科氏少东去了三亚，打那以后，萧尘再也不曾在滟水城里遇见这个人。

初春的校园犹如半成熟的柠檬泛滥着天真无邪，坐在窗边的少女瞳孔微微发蓝，她扎着高高的马尾，脖颈纤长，像极了未成年的天鹅。她在同学眼中却像个月亮上的人，成绩犀利，模样也叫男孩子们窃窃私语。

外头的阳光是手伸进温水里会泡开毛孔的那种暖，晒得她支着头眯着眼，圆珠笔在修长的指间飞快转动，偶尔停下来做个笔记。

但没人了解她，她也不愿被人了解。她即将离开这所学校远赴异国他乡开始求学生活，消息只有班主任知道，还未在班上传开。她是个不喜欢告别的人。

放学后她去了趟书店，偶然翻到一本喜欢的书，坐下来就看了进去。等回过神来，已时过九点，书店只剩三个人，店员正准备关门停业。

出了门她匆匆给家里打了个电话，道了歉，在路口拦了出租车回家。

车子抵达惊雀巷，她付完车资等师傅找回零钱，紧着头皮作好准备回家被责备。但在那之前，她惯性地朝路边看去。对街的临时停车位上泊着一台蓝色私家车，车里坐着一个男人，车顶天窗半开，路灯下可见微微袅袅的青雾。

她只能看清他的侧脸，这人眉目深邃，眼线很长，眼尾微微上挑，发际线明朗，衣着服帖精致，指间的长烟显得他贵重而忧郁，却叫她很是心安。

她看得这样仔细倒不是存心犯花痴，学校里长得阳光帅气的男孩也不是没有，只不过这个男人是个例外，运气好的话，她一星期能遇见他五次。

是去年夏天吧，托福培训班下了课，外头突降暴雨，同学的父亲开车送她回来，下了车她还来不及撑开伞已经被淋了半湿，浓重的雨幕里，她第一次看见那个男人。

他坐在车里，神情沉默而专注，似在苦候情人。

此后半个月，丰沛的雨水一刻不停冲刷着这座城市，将惊雀巷洗得干干净净。家里的墙壁一直泛潮，好不容易天放晴，她搀着爷爷出门散步。

出了巷子口，她惯性地朝那个停车位看去，几乎每天下了课都能在那个位置见到的那台车，那天却不见了。爷爷问她在看什么，她老实回答："这里经常停着一辆车，有个男人坐在里头抽烟，心事重重的样子。"

爷爷往那个位置淡淡递了一眼，没有说话，背着手缓缓向前走去。

岑家的生活步调仍是有条不紊，倒是那台车的主人，他偶尔不开那台蓝色轿车，有时是黑色的车子，有时是香槟色的。偶尔他会消失一阵，半个月也不露一回面。但一旦出现，又是连着好几天。

后来她带弟弟出来玩，看见他在巷子口待着，也就见怪不怪了。与他虽然不是能伸手打招呼说"Hi"的关系，但彼此遥遥相望之下的心照不宣早已成默契。

她猜他心里可能有悲伤，不然也不可能守着这寂寞的老巷如此执着。她觉得他有点可怜。

也是去年冬天的事，爷爷想要个橡胶手袋暖手，她出门跑腿，巷子里的积雪有一掌厚，雪地靴踩上去咯吱咯吱地响，她心里想着小超市的老板最好没有提前关门回家，冲出巷子口第一眼就看见那台蓝色轿车上堆着一个雪人。

大概是哪家孩子的手笔，那雪人堆得稚拙可笑。她愣了一下，情不自禁扬起嘴角，然后便看见了车里那个男人。

他同时也看向她，视线即将对上的刹那，她将脖子往围巾里缩了缩，踩着一路雪往超市去，原以为回来他肯定走了，好奇多看一眼，那雪人仍滑稽地在车盖上，而他依然在。

此后有一阵，城市陷入了严冬，高速路上车祸频频，机场航班锐减，连火车也受到影响。但很奇怪，她总能看见他雷打不动地出现在那盏路灯下。

她觉得他并不像个无家可归的人，但事实上他就是无家可归。

因为只有无家可归的人，才会这样无望而又无所顾忌地等着一个永远也不会出现的人。

"明天七点半来接我。"

"是。"萧尘打开后座车门，里面喝得微醺的男人有些狼狈地下了车，他上前扶住他，一直送他进了电梯，才转身折返。

"是的夫人，他还在电梯里。"萧尘仔细地回答电话那头的仲太太。

这一年，萧尘也数不清陪仲寅帛去了多少热腾的餐宴，奔赴了多少鼎沸的聚场，他看他人前八面玲珑，人后惜字如金。他很寂寞，可没人敢去招惹他，只好心甘情愿沦为他寂寞的陪衬。

挂了电话，萧尘回到车边，无意间瞥见对面停车位上那辆MINI。它长久不动地泊在那，像是被主人丢弃的大玩具，车身已然附着一层浅灰，手指一勾，萧尘"啧"一声，搓搓脏黑的指尖，叹了口气，驾车离开。

密闭的电梯里漾着水银般的光泽，酒气与酸臭味随着男人的呼吸越发浓重，他靠着冰凉的镜面，高大的躯体缓缓下滑。时过午夜，仲太太已经候在玄关，她穿着睡袍，揪紧眉头将他从电梯里扶起，半扛半抱地将他弄上楼，替他脱衣脱鞋洗脸擦脚，驾轻就熟。

以往他是个体面而周到的儿子，若无必要交际就会早早回家，偶尔醉了也是去酒店过夜，免得家中为他乱成一团。然而现如今，他却像极了传说中的不孝子，早出晚归不说，还时常酩酊大醉，偶有几次不甚，竟直接吐了母亲一身余沥。

仲太太是个后知后觉的人，时间久了，她才发现儿子笑得最多的时候，就是德珍出现的那一阵。

"他竟然是真的爱德珍的啊"，意识到这点时，出于惶恐和后怕，她踌躇着不肯承认。但总见他无眼无心日复一日行尸走肉的样子，仲太太终于作了让步和妥协。

有几次，仲寅帛是故意喝醉了回家折腾这个女人的，他不能像报复达明那样报复这个女人，但又不甘心让她活得那么快活，更不想露出马脚被护短的父亲察觉，于是就想出了这种方法折磨她，让她操心，让她受累。

然而，这也无济于事。

博物馆也好，摩天大楼也罢，他得到了想要的一切。他的诺言如期划破掌心，眼睁睁看着血水迅速给生命和爱情的线染上色，那些辛苦到想死的记忆，每每想忘记，却总在他偶然停下来的时候跳出来一帧一帧完美演绎。

那些快乐，像是仙女棒的火花般，细细碎碎地燃烧着。

那些苦痛，根深蒂固，从未远离。

他反复告诫自己，那个女人已经走远了，但仍无法停止去思念。

就好比有一天，他正伏案工作，忽然觉得脖子一暖，像是被人从背后圈住，一道动人的声音这样叫他："仲寅。"

这世上，只有她这样叫他。

血液似乎滞缓得难以流动，僵了足足一分钟，他才环顾四周，屋子里空荡荡的，什么也没有。

那一瞬，他心里说不出的失望，以手掩面搓动两下，终是红了眼，暴躁地挥掉了桌上的一切，水晶名牌，意大利笔筒，台灯，还在看的合同散了一地，哐哐当当一阵动静，萧尘冲进来，以为他杀了人。

看到那一地狼藉，萧尘沉默地关上房门，动手整理。

过了很久，仲寅帛才幽幽吐出一句："出去。"

萧尘应了一声，轻轻把门带上，将这一天所有的电话和信息都拦在门外。他知道他为何心情不好，但他谨记自己是个职人，站稳自己的立场。

那天，他在办公室枯坐了一整天，窗帘拉得死紧，透不进一缕光线，他感觉不到时间的流逝，整栋楼空了又满，直到第二天下午，终于惊动了他父亲。

仲王生在两年前就已退出公司大部分事务，他有一个足以令他骄傲的儿子，他没将自己毕生事业和盘托出，只是为了在近处多看他几年，在他仍需要父亲的时候，援手帮他一把。

身为"中天"的门面，无论仲王生想走进哪道门都不会有人阻拦他。一个小时后，萧尘见他父子俩一同出了那道门，回家。

仲寅帛以为父亲至少会问一句为什么，但他没有。他只是陪他在书房抽了一会儿烟，直到他自己想通了，从位置上站起来离开为止，父亲始终是沉默的。

父亲是现实的，现实得有些叫他失望。

卯卯死的时候，母亲将积怨已久的情绪化成矛头指向他，他不是不委屈的，甚至问过父亲："您也怪我吗?"

"我不怪你，但我也不会帮你说话，你妈妈是我的妻子，真要追究起来，我始终是偏心于她的。"

这个回答太诚实，以至于一下子让他看清了许多事。

过去，现在，未来，仲寅帛终于明白了自己为何总处在世人的对立面，活像个目中无人的讨厌鬼，那是因为即便在这个家中，他也是一人一边，父亲始终是站在母亲背后，而母亲总偏心卯卯。

这世上，只有一个人，也就只有那个女人，才会在他一次次推开她后又执拗地追上来，跟他解释——有些人习惯先挑最好的吃掉，有些人总把最好的留在最后，不能因为她把他留到后面，就以为她不喜欢他……

然而，这样明确直达、毫无保留的一份爱，他闭闭眼，就将之拒之门外了。

后来他总梦见她哭的样子，尤其是当他喝醉之后。

这一次，她背对他坐在窗前，膝头放着不知名的小册子，看得很认真，阳光将她的头发染成深栗色，雪白的颈子覆着浅浅一层绒毛，不知怎么的，她就哭了，伤心极了。

醒来时，他整个人都像是从水里捞出来一般，额头莫名高热。他来不及穿鞋，冲出家门下楼，飞快按下密码，紧闭的大门弹出一条细缝，回忆一窝蜂从那一室黑暗中拥出。

进了门，尽管他经常过来打扫，但空气里仍然有浮尘的味道。他将公寓里里外外都翻遍后，天亮了。

第一缕晨光落在他脸上，意识渐渐回笼，他跌坐在沙发上把脸埋进手里，过了很久："德珍。"

幽幽的低吟无人回应，嘴角苦涩的笑容印证着他本心。

偶尔他也不请自来进屋待一会儿，他会像个中年妇人一样干家务，从外面买来鲜花插进花瓶，往冰箱里填满食物。心情好的时候也会进来自斟自饮一杯，沮丧的时候陷进沙发抽一支烟。

这样的事做得久了，连他自己也觉得变态。但他阻止不了，也根本不想阻止自己病入膏肓。他总觉得，有一天她若归来，看见窗明几净的大屋，冰箱里塞满食物，桌上鲜花正盛，至少会给一个微笑。

回到家中，仲太太正在厨房煲汤，见他失魂落魄地从外面回来，张了张嘴，又识趣地什么也没问。

七点半，萧尘来到顶楼。仲寅帛在晨浴，仲太太邀萧尘一块用餐，盛情难却，萧尘接过一碗粥。才喝两口，仲寅帛扭着袖扣下楼来，萧尘朝仲太太抱歉地看了一眼，搁下碗。

二人一道进了电梯，萧尘习惯性地汇报数据和要点，他也期望在职场生涯的某一天，能像他的前辈周子康那样坐上分公司的经理，最好能快点，再和身边这个男人待着，他迟早会患上忧郁症的。

出了电梯，萧尘闭上嘴掏出车匙解锁，替身后的男人打开后座车门，仲寅帛解开西装扣子矮身坐进车里，萧尘小跑一圈回到驾驶座，只不过刚打开车门，他就呆住了。

这栋大楼顶层住户的停车位最靠近电梯出口，德珍家的停车位一空就是许多年，去年才可怜地摆了一台MINI，而且一摆又是近一年。

但是！今天！

萧尘激动地冲到对面，在那三格空位上来回走动，又是握拳喝彩，又是手舞足蹈，面带激狂。

仲寅帛看着失控的下属，落下车窗："上来吃药！"

萧尘远远冲他傻笑一个，感动得差点落下泪来："老板，你没觉得今天的空气格外新鲜吗？"

仲寅帛皱眉，冷哼一声。

萧尘跺脚，手指着自己脚下，大声提醒道："车子啊！"

仲寅帛不解地皱眉。

"车子不见了啊！！"萧尘激动地跺脚。

仲寅帛微愣一下，等意识到究竟是什么不见的时候，他突然瞪大眼睛，喉头一甜，被一阵难以描述的狂喜没顶。

是啊，她的车子不见了啊！

彼时雨薇在线上与德珍热聊："我的婚礼你一定要来！"

德珍狡诈一笑："我很忙的。"

雨薇险些气哭："别这样嘛，宝贝儿！"

德珍失笑，她这么活宝，究竟哪个男人娶了她，她还当真好奇了。

下了线，她去选了一套意大利水晶杯，在卡片上写好溢美之词，落款附了自己名字。她看着那两个字眼，不由有些发怔。

生而为人，因了那样浪漫多情的父亲母亲恩赐她美貌与德行，致使她的小半生顺遂无澜。德珍二字并无高深意蕴，此后明了父母深意，其时还得年少时的恋人一句点拨。

他属寡言少年，哪怕她明目张胆爱慕他，他心一如深渊，闲闹时一两句表白，从不见得进他心里去。然而她高烧卧床之际，他夜里却愿意守她床前，声如提琴："德珍，德珍，我得而珍之。"

他怜惜她，并固执地守候她长大，且终将娶她为妻。

如若不是上天夺走他，想必此时此刻，她早已身为人妻，生一两个孩子，吃饭、看书、旅行。她所求不过是晨昏欢笑，笔砚相亲，这些并不难，他亦承诺给她。

然，世上所有誓言似乎都禁不住考验，这个他如是，那个他亦如是。

如今，连雨薇都觅得良缘，昨日的末路狂花，今日的已婚尤物。只剩她，守着一份回忆，力图使自己更优雅，更随性，仿佛什么也不在乎。

雨薇将婚礼放在五月，待那时花都开好了，人美花娇，的确是个好时节，但行程上仍稍显仓促。问她，她却羞红脸摸摸肚皮："再慢，就要遮不住啦。"

她愣了一记，继而莞尔。这先斩后奏的作风，倒贯彻了她的性格。

三月底，德珍上了飞机去往北京。她的哥哥嫂子依旧是那副老样子，互不相让看彼此不顺眼，但好在岳父岳母耳提面命，总算又将户口并作了一块。

薰爱生了个儿子，小家伙生了一双热爱美色的眼睛，自打英国远道而来的姑母到了他家，连妈妈也不要了，只认德珍抱。薰爱乐得清闲，但难免嘴碎抱怨这小兔崽子没良心，像他爹。

蘸白得了儿子还有老婆，一副万事皆不求的调子，认份地在厨房替岳母刷碗。

德珍待了两日，蘸白收拾奶瓶尿布塞进德珍的行李，顺手也将儿子递过来："喏，你先带他回去，我和你嫂子约个会就来。"

他说得潇洒极了，德珍哭笑不得。到底是谁说的男人当了爹就会成熟起来，骗人的吧？

德珍带着侄子上了飞机，她伺候起奶娃娃来丝毫不手生。家中是个大家族，每年总有一两个新生儿面世，免不了她就会听到些育儿经验。而王槿鸢名下有间孤慈院，她很小的时候就学会如何照顾患有裂唇或者听障的儿童。相较而言，她这个侄子还是十分给她面子的，一路上没哭一句，见人就笑，连机长都过来打招呼，抱着他逗了好一会儿。

下了飞机，淳中亲自来接这小祖宗。小东西在飞机上赢得了所有人的尊敬和喜爱，表现够了，这会儿累得不行，一路上睡得不省人事，车子到了家门口他才睁开眼睛打了个长长哈欠。

慧珠在巷口引颈相望，车子还未熄火，人已经打开车门，将这宝贝疙瘩接了过去。

　　德珍只带了一件行李，剩下的婴儿用品倒是塞满一箱，蔚为壮观。淳中提着那些粉粉嫩嫩的小东西，一路无奈地笑。

　　进了岑家庭院，德珍停下来环顾四周，回忆倔强窜动，心头一阵泛酸的想念。是了，又是一年春。

　　叹息未落，手里的袋子忽然一轻，她转眼看去，面前站着一个面相憨厚的年轻姑娘，约二十出头，脸上的殷勤讨好并不过分，德珍松手脱了行李交给她。

　　"你就是德珍小姐吧！"她像是从没见过美得那般天衣无缝的人一般，瞪大眼睛一瞬不瞬，短小的睫毛微微颤着，着实滑稽。

　　德珍笑着点点头："你好，宝凛。"

　　"你识得我?!"她嘴巴长得老大，唇边一圈泛青，若剪短头发，说她是男孩子也是有人信的。

　　"我当然认得你，谢谢你照顾我爷爷，宝凛。"德珍握住她的手，眼神真挚。

　　大约是去年秋天，慧珠将宝凛带回家，让她帮衬些家务琐事，但这孩子后来不知怎么的就照顾起爷爷来了。自从摔了一跤后，爷爷腿脚方面就落下了隐患，尽管已经省略诸多交际，但有些必要的场合仍需他亲自出面，慧珠却并不能回回腾出时间陪同照看，宝凛的出现让这尴尬得以完美解决。

　　德珍曾经最担心的就是爷爷被困在家里，她不愿在他耄耋之际，只因一个不愿麻烦家人的念头，从此失去他的生活。他是个体面的人，他乐于助人，却不善于求助他人，这始终是德珍最为担心的事情。

　　后来一次，她在半夜接到蘸白的电话。蘸白一开口就是一声窃笑，掩都掩不住，等德珍问他做什么，他擦擦笑出来的眼泪告诉她："德珍，你都不知道爷爷多幼稚，我快笑死了。"

　　"你别吊人胃口！"

　　蘸白于是娓娓道来，说是白天的时候张莲池老先生来过，见宝凛将自己的老伙计照顾得不错，因而回去之后命老店家做了几份点心送给这孩子，并电话过，宝凛是知道的。爷爷不知道这点心是专门讨好小姑娘嘴巴用的，领着礼让一人一块，吃掉了小半盒，等宝凛从外头回来，见东西被人吃了，伤心地大哭。爷爷不会安慰人，又不敢承认东西是他吃的，就推了礼让出来，一指："小孩子贪吃你就别跟他一般计较了，你别哭，回头赔你一盒。"

其时礼让身上还沾着一些糕点碎屑，证据确凿，无法推脱狡赖，只好伏法认罪。爷爷自以为此事完美解决，谁料小家伙一句"爷爷也吃了"，打碎局面。

宝凛含泪瞧了呆住的爷爷一眼，噎了一下，哭得更凶了。

爷爷不能收拾外人，还不能收拾自己亲孙子啊，这台拆得太彻底，他老人家又囧又气，便一口咬死自己没吃，都是礼让干的，宝凛半信半疑，礼让不依了，一路叫嚷着"爷爷你坏"，哭着找妈妈去了。

原本宝凛是十分喜欢这个家的，还有爱管人的毛病，别人都不敢对老爷子出一声大气，她却敢对他呼来喝去。这回不知怎么的她那么宝贝那几盒点心，还真生气了，爷爷伏低做小好几日，拿她没辙，慧珠又因老不修胡乱给她儿子安罪名也不乐意，就没在其中试着调解矛盾。

时隔几日，蘸白回来，爷爷把他拉进书房，想让这个军师出谋划策，没想到却引来蘸白一阵哈哈大笑，不仅如此，还跟德珍这儿也报备了一份。

此后德珍陆陆续续听到过许多关于宝凛的趣事，她感激她给这个家带来欢乐，感谢她照顾她的爷爷，并由衷喜爱她的性格。

当初她离开，惊雀巷弥漫着浓郁的沉重，而当她再回来，眼下这份平淡和真实，令她豁然开朗，这份精神上的愉悦，像是会持续很久。

进了家门，慧珠正在厨房泡奶粉，爷爷坐在沙发上，腿上搁着他第一个曾孙，谁都看得出来，他心上开出了花。

"回来啦？"看见久违的孙女，他停下逗弄曾孙的手指，脸上依旧是眉开眼笑，仿佛这个孙女也只是出门上了班回来而已，言语中的亲厚，平静而动人。

德珍走了过去，慧珠出来在地上铺了一个垫子，爷爷将孩子交给慧珠，一如往常接受孙女的磕头跪拜。

这一拜，在外人眼里显得格外隆重，但两个当事人心底，这却是一个简单的表达心情的仪式。一个欣悦他的孙女完美无缺地回来，一个则感激世事更迭他仍安在。

"是的爷爷，我回来了。"她长发披肩，眼睛散发着暖暖的温度，时间治愈了她心上那道裂痕，将她缝补得别样完美。

蘸白与薰爱回来后，筹备清明的事宜正式提上日程。任务繁重，他们须得一大早出发回老家。

黎阑最喜欢的花叫Juliet，连名字也很美。这种奥斯丁月季被王槿鸢从英国带回，在岑家花园扦插成功后第一次开花就迷住了还是小女孩的黎阑，如今它在岑家花园里的表现依然出众。

德珍一早起床在花园里剪了许多，扎成一束放进车里，去看黎阑。

她尚未去过黎阑的墓地，山路上她走在队伍的最前头，像是冥冥之中自有牵引那样，她没费多大周折就找到了黎阑。

黑沉沉的墓碑光洁无尘，她在边上找了一块松软之处将植物的枝条按进土壤。至于它能不能活，花开不开，一如钟爱它的人所说，放任自由。

德珍做农活的同时，稚巧打开了诗册，念了起来：

一天傍晚，当我走出屋外，
在布里斯托尔大街独自闲荡，
人行道上聚集的人群，
宛若收割的麦田的景象。

在涨满了潮水的河岸，
在铁路拱桥的下方，
我听情郎正在讴歌：
爱情之歌没有终端。

我爱你，亲爱的，我爱你，
一直爱到中国与非洲相撞，
爱到大河跳上了山顶。
鲑鱼来到大街上歌唱。

我爱你，直至海洋被关进栅栏，
为了晒干而被人倒挂；
直至七颗星星粗声喊叫，
就像空中出现了鹅鸭。

岁月将像兔子一样奔跑，
因为我以自己的心坎，
紧紧搂住时代的花朵
以及大千世界的初恋。

这时，城市里所有的大钟
开始呼呼地敲出声响：
哦，莫让时间把你欺骗，
你没有法子将时间征服。

在噩梦的洞穴里面
住着赤身裸体的正义，
你一亲吻，时间就咳嗽，
它从阴影中把你窥视。

在头痛和焦虑的时刻，
生活浑噩地渗漏而光。
不是明天就是今日，
时间会有自己的幻想。

令人震惊的鹅毛大雪，
向许多绿色的溪谷漂动。
时间打破了交织的舞蹈，
和潜水者的美妙的鞠躬。

唉，把你双手放入水中，
一直浸到手的腕部；
凝视吧，紧紧凝视水盆，
弄清你失去了何物。
……

夜已经很深，很深，

情人们早就无影无踪；

大钟也已停止了敲打，

深深的河水却继续滚动。

诗歌朗朗回响在山河间，德珍看着碑上那熟悉的笑靥，伴随长诗的魔性，更深地体会到，人世间竟有这样一种重罚，天上地下两处流放，自此山高水远，思念无从跋涉。

她这个妹妹，伤了太多人的心，而今躺在这冰凉的碑下，宛如清莲，湿漉漉惹人一掬。

"德珍，你要常来看你妹妹啊。"长久的沉默后，岑润苤忽然说。

德珍点点头，她自然会这么做。

下山的路上下起了小雨，回到住处，她泡了一杯热茶给爷爷。窗外的雨淅淅沥沥，好像要让所有的诗从雨天萌芽，所有盟誓都被打湿。

回到滟水，天依然下着雨，爷爷显然被亲眷们折腾过了，下了车面露疲态，但精神尚好，可见与亲人的联络总是富有益处的。

德珍收拾停当从老家带回的那些特产，接到了大伯母久违的电话。

德珍的大伯母也就是蘸白的母亲，每年清明祭拜亡夫后，都会转道滟水探望岑润苤。今年蘸白当了父亲，但她还未见过孙子。

虽然大伯母早已有全新的家庭，但德珍依旧自私地希望，她偶尔能参与这个家庭。蘸白看似不在意，可又有谁知道他心里是如何想的。德珍以为，无论如何大伯母也不应缺席蘸白成为父亲的心情，只有她在，蘸白方能圆满，释然所有遗憾。

薰爱与婆婆接触亦不多，除却在婚礼上短暂的几面，蘸白无意间透露的只言片语，她与这个婆婆便再无交集。如今她亦身为人母，将心比心，作好准备迎接婆婆的到来。

家里空余的房间早已被宝凛和蘸白一家子填满，加上德珍，就更拥挤了，慧珠不见得乐意失去主场控制权。为了避免一些麻烦，德珍在酒店为大伯母安排了房间。

蘸白为了替远道而来的母亲接风洗尘，早早安排了筵席。德珍与薰爱带着孩子早一步出门见大伯母，大伯母在酒店大堂等候她们，因了小孙子安静乖巧不吵闹，坐下来一逗便忘了时间。

"他大名叫什么？"

"他这一辈排'和'字，爷爷定了'和龄'二字。岑和龄。"德珍翻出孩子贴身佩戴的刻字玉牌给大伯母看。

"好名字。"大伯母微笑评价。

其实，德珍一直以为爷爷是仗着自己不是宗家一脉乱来反骨之人，他自己排"润"字辈，但好字都被其他兄弟占光，轮到他时只剩一个"荩"字，于是等他有了儿子，就走上了随心所欲之路。你听听，"敬在"，"慎其"，"淳中"，这一个个的，要有多别致就有多别致，惹得王槿莺常讥公公幽默。

至于孙辈，"蘸白"这名实属大逆不道。"德珍"尚有她谨慎可靠的父母把持，"黎阑"与"礼让"却是他信手拈来飞来一笔，他老人家压根就没好好想过寓意就盖棺定论，所幸这两个名字倒也不难听，没惹来什么抱怨。

如今他老人家任性够了，轮到曾孙一辈，却意料之外地靠谱起来，拿出宗谱合字帖，一个一个细细论过，终于定下了"和龄"二字。

小东西大概知道大人们正在议论他，踢着小胖腿抱住胸前的玉牌放进嘴里又舔又咬，大伯母散发满身慈祥，轻声哄他玩。德珍嘴角不禁上扬，恰逢薰爱去洗手间，她便挪揄起她哥来："哥说了，这一个叫'恰恰'，那下一个就叫'偏偏'。"

"恰恰"是和龄的胎名，是薰爱自己起的。这名字建立在她与前夫酒后乱性的耻辱上，本是挤兑蘸白用的，但等孩子生下来，家人早已成习惯，便沿用做了小名，这名字用在男孩身上，倒有几分诙谐可爱。

只不过"偏偏"就有些过了，蘸白主意一说溜嘴，立即招来薰爱一阵讨伐。她生和龄足月而无兆，预产期过了四天，终于耐不住去医院开刀卸货。十月怀胎之苦她才尝过一遍，眼下这个不得心的男人还想再做一次送子娘娘，她怎么压得住火？

不过蘸白却是有儿万事足，挨打就挨打，整天笑嘻嘻的，没个正形。

大伯母听了德珍这番描述，会心一笑，也是趁着薰爱不在场才敢对德珍说："其实，要是女孩的话，用羽字旁的翩也挺好。"

闻言德珍一愣，继而莞尔，心中浩叹：到底是至亲骨肉啊，护短都不带眨眼的。

说话间，大伯母的手机响了，和龄乃一代天不怕地不怕的好男儿，唯独怕手机铃声，他像是天生就能分辨电磁波干扰似的，电话响起前一秒，他那小眉头就蹙了起来。

德珍眼明耳快地将孩子抱到自己怀里，站起身来示意让大伯母安心接电话，自己则拍着孩子的背一阵轻哄："宝贝儿不哭，谁也没惹你啊……"

和龄也就哽咽一两句，并没放声大哭惹来过客注意，可他姑母始终是个过于显眼的女子，她的每一次亮相只用优雅、高贵、惊艳这等令普罗大众厌烦的华丽辞藻早已不足以形容。

仲寅帛一走进大堂就看见了她，像是做梦一般，狐疑地将眼睛眨了眨。

她蓄长了头发，黑羽般的长发似他心头浓墨重彩的一笔，马海毛织就的绿色连身毛衣长及膝盖上方，两边各开一道小叉，走动间流露一寸春光。

而她怀里正抱着粉嫩的婴儿，她满怀爱意地托着小东西的背，轻声哄着。

仲寅帛呼吸渐促，将氧气大口灌入胸腔，气体在肺腑突然膨胀，悲愤像是冲出栅栏的兽，觊觎理智的控制权。

"德珍！"薰爱从洗手间出来，快步走上前来。

德珍缓缓回头，目光擦过那个男人，微怔了片刻，他浑身散发着杀戮者的气场，光线悉数死在他脚下，化作一摊墨迹的浓重，与周围格格不入。

她曾经那样仔细看过他的面庞，如今再见，稍稍尝到一些物是人非的滋味，他依旧是那个挺拔英俊的年轻人，精致，妥帖。

却与她无关。

所谓的爱早已窒息在冰冷的岁月中，隐匿在岁月的某个幽暗角落。她牵起嘴角，抱着怀中那片香软沉重，错开了那道执着的视线，优雅离开这起事故现场。

家宴进行得很顺利，德珍挨着薰爱而坐，帮她照顾小孩，扮演着她应该的角色。

这家师傅做得最好的是鱼。冒烟的鱼锅端上来，开锅前往里头添两条青花椒枝入汤点味，满锅的鱼片像解除封印那般霎时全醒。夹一块搁在嘴里，止不住地活蹦乱跳，鲜美无比，一呼一吸之间，脑神经已接收到来自味蕾的一万个致谢声。

再喝一口血糯米酒，刹那间全身的毛孔打开，生而为人的欣悦没顶，快活到几乎喜极而泣。

"德珍。"薰爱叫她。

德珍停下筷子，额头覆着一层薄汗，双唇红艳艳的，舌尖酥麻，脸露憨笑："嗯?"

薰爱递了纸给她，嘴巴张了张，又将那话悉数咽下。这座城这么大又如此小，眨眼间分离，亦能眨眼间遇见。她早先从蘸白嘴里听闻过德珍与仲寅帛那桩事，也认得仲寅帛是何许人也，大堂那一面不是不惊讶，她看得出德珍静静沉睡在他眼中，稳妥了尘世间的躁动，德珍是他强大的牵念，但他依然会遵守先前的承诺。

那男人固然是狠毒的，不过德珍……

薰爱素来理智与疏冷，但饶是她这般铁石心肠之人，也不得不承认，德珍是个轻易能将人打动的女子。想她当初怀孕，嘴巴说尽刻薄的言辞，德珍却没有丝毫畏惧，悉心照顾她的饮食。

这个桔梗花一样的大小姐，风雨无阻为她调理身体，哪怕她告诉她肚子里那孩子与她无关，她也只是笑笑，信手化解这份尴尬。

蘸白是应叩谢德珍的，薰爱最终会妥协，有七成原因在德珍身上。因了德珍的存在，才不至于让她对整个岑家后怕而失望。

这个女人是拨开荒草颓杨之后的心头浅喜，犹如一座湖，需有一个男人揽一手清澈，将她放进腰间的水罐带回家，取一滴用，也能让一切种子生根发芽。

有人不珍惜，却也无妨，她总归会觅得更好的去处发挥她的作用。薰爱的操心仅在于湖虽静美，却难以抵挡岸上飞来的那颗石子，在它心中荡开一圈一圈涟漪，影响它的坚定。

薰爱不是没见过为爱所困的姑娘，她们像是中了魔障般专挑不适合自己的人去爱。换作是别人，薰爱亦恨不得三五个凑成一捆利落拗断她们，以免她们将短促的青春浪费，将弥足珍贵的爱生生辜负。但德珍是个例外。

德珍是个让她无从下手的对象。

身为人母的她了解幸福的宽泛，学会了如何放手一搏，也学会如何微笑祝福。回想自己与蘸白这一路磕磕绊绊，确实是不断犯错才让他们懂得更多，体会深奥。

罗曼·罗兰说，大部分人在二三十岁就死了，过了这个年纪，他们只是自己的影子，此后余生都将在模仿自己中度过，日复一日，年复一年，装腔作势地重复他们有生之年所做作为，所思所想，所爱所恨。既然如此，薰爱以为不如来点不一样的。

顺风顺水的感情让人学会理所当然，但坏爱情更有一份根深蒂固，何况，坏爱情未必真的就坏。

她张开的嘴又合上，有一部分原因是出于那个瞬间，当德珍将清澈的眼神缓缓递来，她心头那一丝慌张，但更多的是当她看清那张令人炫目的脸孔，她坚信以德珍握有的筹码，定能将未来整理出一片坦途。

家宴过后，大伯母又住了几日，德珍薰爱始终陪伴在侧。计划返程之时，大伯母已恨不得将小孙子塞进自己的手袋一并带走。

德珍送她去机场，路上接到蘸白电话，他有些恼怒这些女人瞒着他作决定，班也不上了，赶来机场要见母亲一面。

"那边缺了我也不大行，如若不然，我倒是想多住一阵的。"大伯母叹了一口气，"我有许多年没见你妈妈了吧？"

"是的，全家人都拿她没办法，只有大伯母你能镇得住她。"德珍窃笑。

"那都是年轻时的事了，妯娌之间难免有些难解的谜题。你妈妈娇惯了些，但人不坏，我从来不给她面子，也是因为她总挑战爷爷在家中的权威，作为儿媳当时她的做法有多不恰当，现在她应该都明白了。"

德珍笑了笑："这次爸爸妈妈回来会长住一阵，大伯母你若得闲，定要回来会会她，她现在是懂事了些许，只是从前外公娇惯她，如今这个人换成了我爸爸。"

大伯母也笑，抿抿唇："他俩感情倒好。"口气里含带一丝欣羡，目光却在窗外放远了。

德珍开车慢，到了机场才发现蘸白比她早到一步，离起飞尚有一段时间，她借故去买咖啡，将时间留给情感深藏的母子俩。

机场咖啡厅里开着暖黄的灯，几个坐姿疲倦的旅客抱胸蜷坐，连头也是歪着的。德珍摘了麂皮手套付钱，服务生看着她那只盈白的手出神，再瞧她长发掩住的半张脸，眼神愈发直了。

付完钱，她提着咖啡转身，不期然看见角落里坐着一个熟悉的男人。

他只穿着一件白衬衫，外套搭在旁边的椅子上，袖子半卷露出结实的小臂，双手交叉抱胸，人微微后仰，头朝外偏着，双眼闭合，下巴朝上。

桌上凌乱地散落一些资料，裹着皮套的iPad半立着，德珍不了解为何无人来接应他，他并不像是会把时间流连在咖啡厅里的人，何况如此毫无防备地睡着。

她走近了些，目光滑向他敞开的衣扣中露出的深凹的锁骨，他大概是累了，面容洁净却有些苍白，交叉在胸前的双臂显示他在睡梦中启动了自我保护机制，这一丝变相的柔弱并不妨碍他展现个人魅力。

她不懂礼貌，不知羞耻地注视着他，然后，她的肩膀就被人拍了一下。

"德珍小姐！"萧尘压低声音打招呼。

她回头，看见这个气喘吁吁的年轻人，将食指比在唇上，对他笑了笑，提着咖啡安静离开。

将大伯母送上飞机，因兄妹二人开了不同的车来，且蘸白面色郁郁，德珍提议分头行动。

每次经过机场，她都会忍不住想象这里发生过多少悲欢离合，又上演过多少爱情悲喜剧。巨大的空港包藏稠密的思念，天上轰隆隆一片，振聋发聩之下总让人鼓起莫名的勇气，让人意识到哪怕是千山万水，爱下去又怎样？

她以为自己的哥哥需要一点时间适应母亲的离去，却没想到落单会给自己留下一个麻烦。

仲寅帛像是老早等在那里似的，站在她的车前。车是他送的，他当然认得，何况，他的手机上至今保留她的车的定位显示。

德珍看着他，刚才在咖啡厅所见的那个优雅中略带颓废的男人不见了踪影，他换了一身行头，两条腿笔直站在那儿，脸上则是一种秋后算账的神采。

但她无视了他，径自上前打开车门。不过，他也没打算一而再再而三放过她。

德珍看了看自己被擒住的手腕，听他问："为什么要回来？"

她瞧他一眼，平静地回答："你要多活一些岁月才知道，你跟一些人之间永远没法斩钉截铁画下一个句号。"

闻言，仲寅帛一颗炽热的心像是被忽然放进冷水里，刺啦刺啦裂出细密的纹路来，他喉头冒烟，过了许久才问："你想报复我？"

她笑："你错了，因为当时的钝痛，才有后来的如释重负。我现在过得很幸福，但愿你也是。刚才那句话只是一个铺垫，这座城那么小，天知道我们又会在什么地方不期而遇，我只希望下一次，你别像今天这样冲过来找我算账，我并没有做错什么不是吗？"

她挣开他的手，想要上车。

这次他扒住了车门，眼仁里似是要溅出火星，几乎咬牙切齿："那天那个孩子……"

德珍愣了一下，继而笑了开来，眼神有些失望："别担心，那是我哥哥的孩子。"

言尽于此，仲寅帛松开车门，退开一步。

德珍拉上车门，发动车子离开，她开车向来慢，后视镜的角度恰好能看见仲寅帛大半个背影，他穿着深灰色的风衣，头发微短，站在阴暗的角度里，背影修长而清瘦，仿佛就要与那阴影融为一体。

当初他费了那么大的劲令她离开，如今却表现得那么不快乐，一如雨薇的嘲弄：人在喜欢的东西面前，都有一种作践的本性。

不过，其时将他记挂在心里，此刻却能云淡风轻，倒是叫她迷惑了。

神思间，手机响起，来者是王槿鸢。

"亲爱的我看见一条裙子非常适合你，要买吗？"

"当然。"她从不违逆母亲的购物欲。

"宝贝儿你怎么了，心情不好？"王槿鸢试探地问。

"没什么，我只是在想，为何光始终照不到有些人的心里去。"

王槿鸢笑："要是所有的心都受到神的光芒照耀，天国将会在人间重现。你只要记得，神格外眷顾你就够了，除此之外还有什么事情值得你操心的？"

"妈妈，你知道我最害怕这种神爱世人的言语。"将理智寄托给虚无，无异于纵容自己跌堕，她虽然倍于疏懒，但还不至于连思考都懒得筹备。

"好吧，我知道你总是爱争取，不过，既然你的光别人不受用，你又何必去浪费？开心点吧我的女儿，我只要你开心。"

德珍弯起嘴角，母亲对她永远放低标准没有诉求，这倒显得她十分无用。

挂了电话，高速两旁是大片青绿色的田野，风徐徐，正如一句告诫：

只要你活着，就无法谢绝开端，也无法抗拒停止。

花都开好了

送走大伯母，她将心思归一归，放一放，去见雨薇。

"你的那个美少年呢，当真放下了？"她笑问。

雨薇憨笑说："我总不可能等他一辈子吧。"

"既然如此，现在总可以告诉我他的名字了吧，假如遇见我也可以告诉他，他没福气娶到你呀。"

"还是算了吧，也许他都不记得我是谁。"雨薇落得一声叹息。

她爱过已足够，因为某一刻，那少年停在她身上的目光，温暖缱绻，令她想要让那时间停下，再不流转。但若论及婚嫁，她想象了一番，在画面构成以前，自个儿就先笑出了声。

既然她已放下，德珍浅笑，举起咖啡杯："愿风载尘，欢喜相迎。"

雨薇举杯与她相碰，笑里充满释然。

然而婚前正是忙碌的时候，雨薇又是事必躬亲，喝一杯咖啡的时间，德珍只看她电话打个不停，左右她是帮不上什么忙了，只好叮嘱她几句："你当心些，别害我担心你将孩子生在婚礼现场。"

雨薇会心一笑，二人分道扬镳，德珍开车去了公寓。

王槿鸢会在五月前偕夫回国探亲，他俩本计划在去年老爷子住院时回来，但岑慎其那时有工作在身，王槿鸢亦不是闲人，也就只好将重任托付给了淳中。

德珍还未将自己与仲寅帛之事对父母和盘托出，爷爷也以为没有告知的必要，因而王槿鸢这次回国下榻的地点定在这间公寓。在她正式回来之前，德珍需要将家里收拾一番，换上新的家具灯具，窗帘床垫。厨子和女佣会跟着一块回来，餐点倒不用她担心，但除此之外，她得觅得一间能为她长期提供鲜花的店家。

屋子里的变动她不是没发现，只是没有点破的必要，她甚至懒得更换家门密码，那个男人如果一定要进门做客，一道门又怎能拦住他，这么一想，她也就懒得去做那些无用功了。

在王槿鸢回归惊雀巷岑氏以前，德珍身为她可爱的跑腿，奉命去了一趟北京。

进了绒线胡同亲王的旧府邸，对方尚未将东西规整好，她提着手袋站在厅中环视四周，举目之处皆是古董，只有人是新的。收好东西，她独自驾车离开。这是她奶奶当年所作雕塑，也是王槿鸢这次回国送与公公的见面礼。

王槿鸢次日午时落地，却没有立即召见德珍，而是去了来广营和几位旧友打高尔夫，岑慎其自然也在陪同之列。标准的18洞球场是由一间加拿大设计公司设计的山地球场，超高标准导致它扬名立万，岑慎其自然对之有些好奇。

德珍在环岛湖喂了半天的天鹅，没等到王槿鸢，却遇见了一位熟客。

对方是个笑容十分迷人的年轻人，像是从地中海而来的小镇青年，一生不为金钱劳碌，只负责站在街边，搭着外套眯着眼睛，勾引路过的少女。

"我们，见过？"对方能叫出她的名字她不奇怪，但他制造的那熟稔的气氛却令她有些许莫名。

达明笑了笑："我见过你，但你没见过我。"他笑了笑，"你骑马骑得很好。"

德珍点点头，对这搭讪称不上讨厌。

"你热么？我看你在这儿待了很久。"她像是习惯让自己落单，亦十分享受安静，叫人多看一眼就忍不住想靠近。

德珍轻扯嘴角，没等来母亲，反倒先上了这年轻人的车。二人回到充满中式新古典主义的建筑里，沿路摆放着些青铜器皿，地毯缀着祥云，散发着一种开阔，一种震慑。

包里的手机响了一声，德珍接起来，王槿鸢命她不要乱走，有几位叔叔伯伯要见她，她挂了电话，抱歉地看着科达明，对方却只是递上名片，笑得从容："你若得了空，可以打电话约我一起骑马。"

"我对北京不熟。"她以为他常住这儿。

达明笑了笑："我里里外外都熟。"

德珍笑，眼神明亮："好吧。"

对方满意而去。

等她见过父亲母亲那些朋友，晚上一道吃了饭，在京中歇了一宿，第二日他们便启程回洮水。

飞机上，戴着小圆眼镜的岑慎其正在看一本俄文小说，那看起来是一本有趣的书，不然他不会始终没抬眼皮，嘴角挂笑。

德珍在翻母亲的目录，换季时节裁缝总会做好本子递上来，但如今王槿鸢也不是很执着裁缝的手艺，偶尔兴致来了，她也去看看牌子里的衣服。年轻时她十分厌恶与别人穿一样的衣饰，总觉得自己那样与众不同，现如今，她却觉得与别人撞个衫也无妨，谁叫衣服到了她身上总比别人好看呢，她迷恋人生赢家的感觉。

相较而言，父亲对穿着就不十分注重，大多数时候他温善迷人，老得非常有范儿。

他们对女儿的爱也风格不同，父亲的爱永远不会像母亲那样鲜红明显炙热耀眼，父亲是细腻而厚重的，内心宽广置放一个世界。

德珍以为自己更像父亲一些，不管她现在长成了什么样的女人，但总归是那个爱模仿父亲的小孩。

王槿鸢拉开帘子进来，见父女俩一模一样的神情，撇撇嘴，笑语朗朗："你俩得了啊，生怕别人不知道你们亲生的一样。"说着松了松衣领，将手里的刀放在桌子上。

这是一把正宗大马士革，纹路漂亮极了，也不知王槿鸢怎么单拿它出来，搁在桌子上那一下，活像个刚走进客栈的漂亮女侠。

岑慎其从眼镜上缘抬头看了眼美丽到极致的妻子："你又乱玩这些东西，迟早有一天会坏事。"那口气似是父亲训斥不听话的小女儿。

王槿鸢睨他一眼，拢拢头发，骄哼了声："我又不拿它下厨切菜，没有你担心的那天。"

德珍默不作声将刀子收起来，她不知道这刀是如何被带上飞机的，但以母亲的本事，她总有办法就是了。

"你过来。"岑慎其扶着书页，小圆眼镜落在鼻梁半道上，眼神认真。

王槿鸢不乐意了："这是跟谁，跟谁发脾气呢?"

"德珍，你出去，把帘子拉好。"他声音不大，但不怒自威。

"是的爸爸。"德珍好笑地看着这夫妻俩，从位置上站起来，将月白色的布帘拉上，去吧台为自己倒了一杯玫瑰甜酒，耳边是隐隐约约的说话声，不一会儿，她就听见女人委屈的辩解。

德珍嘴角上扬，母亲从未赢过父亲一次。外人以为岑慎其风度翩翩又出身工科，像是十分好摆布的男人，但只有德珍才清楚，他们夫妻之间二十多年来，母亲一直处在父亲的强权统治之下，尤其是中年以后，母亲换着花样地任性，父亲心中却有一万种收拾任性的方法。

作为他们俩共有且唯一的孩子，德珍在这份感情面前时常无处插足，像极一个局外人。

她是个奇怪的孩子，几乎每一代人都要反抗自己的父辈，却和祖辈交上朋友，但她身上，无论是父辈还是祖辈都是她的朋友，她活了人生四分之一，鲜少遇见天敌。

安静即一切之美，这是她对人生客观浅显的哲学理解；同眠是最终之爱，这是她对婚姻主观的艺术认同。但看似不高的要求，却意外困难重重，现在就连母亲都不自信起来，特意将她拎到身边去见识她那些只手遮天的朋友。

她看着那道浅色布帘微笑，淡淡的酒精将她脸庞染上玫瑰色。帘子后头是二十多年的夫妻之道，帘子外头是如人饮水冷暖自知的隔世清明。

直到下了飞机，她仍参不透自己作为这份二十几年如一日的情感唯一的旁观者，是幸，还是不幸。

她只知道，生死离别已品过，刻骨铭心已尝过，如此人间一遭，平淡中略有几处激烈起伏的波折，这短暂的轰轰烈烈倒衬得她没白活一场。

王槿鸢喜欢在自己家中招待客人，这是她展示持家能力与社会人脉的绝佳好时机。她与父辈不同，她手上的所有财富都是通过一场又一场的派对累积起来的，而与滟水城久别重逢的一个亮相必须足够漂亮才行。

德珍发完请柬，粗略一数，叹息一声。

等屋子布置好了，鲜花酒水甜点一切具备，她穿着礼服施施然出现。虽然是自个儿的家，但一下子拥进来这么多人，饶是屋大惊人，也有些叫她透不过气来。

王槿鸢大概是将这座城名流圈里所有叫得上名号的人全请了过来，现场摆出几件画作，看似不起眼，却像一台气氛制造机，惹人驻足的同时也引发了几场争论。艺术家的圈子里多的是这般狷介之人，个别脾气还坏得要死，偏偏老天将他们生得才华横溢，叫人又爱又恨百感交集。

德珍从来不是艺术的创造者，她是鉴阅者和欣赏者，她的内心臣服于人间所有意识形态的美。而她本身，也是一件被其他人欣赏的完美作品。她举手投足之间，总能叫凡夫俗子体会到诗歌的宏大。

今天晚上她穿了一身白色曳地长裙，它被赋予极强的质感，为了不让它过于硬派，王槿鸢特意找了两只鸵羽臂套给她，这样一来，不至于有皮草的炎热而不合时宜，还营造了一丝别样的甜美。

王槿鸢希望自己的女儿是楚楚动人的，是众星捧月的，是一出场就迷倒众生的。诚然，德珍不负众望地做到了这一切。

今晚，王槿鸢很忙，两片红唇几乎就没停过，岑慎其得闲拉了女儿在舞池跳舞。他俩从来配合默契，舞技不至于惊人，却十分温情动人。

都说女儿是父亲的前世情人，这话落在岑家父女头上，又有一种全新的诠释。端看这裙摆摇曳动人心弦的力量，并非仅限于平日一味宠爱疼惜，更多的表露了一种深情。

岑慎其看女儿的眼神，是爱中的一种——珍爱。

他俩是感情笃深的父女，这关系显而易见，可这并不能阻止好战的年轻人寻求爱的脚步。一等他们结束一曲，便有人急忙赶上前来，托住德珍的腕。

德珍微愣一下，她有权利不去迎合客人，但等来人抬起头来，她顿时放松了警惕，朝他一笑："原来是你。"

达明搂过她的腰，只绅士地轻搭，并不表现占有欲："你真娇艳。"

德珍轻抿嘴角，踩着音符随他一同踏出去，他这恭维不算过分。

达明虽是个玩世不恭之人，此刻这赞美却是真心实意，他终于能对仲寅帛的沦陷产生一丝共鸣。眼前这镜中花水中月，当真是需要走到近处才看得真切的，她的美通俗易懂，然而又有几分神秘，哪怕贴得那么近，却也叫他一改热闹轻浮，冷静清醒敬她如神明。

他们本不熟悉，一首曲子跳下来，大多时间还是在聊马。德珍四五岁就学这个，堪称半个行家，不觉间竟也说了许多，散了场，他带她去喝东西润喉，特调的梨汁里拌了点琴酒，喝起来少了梨的甜腻多了一份清冽，喉咙的那团火瞬间灭了下去，再喝一口，便觉得整个人都爽利了。

她高兴起来时脸庞莹莹生光，话也会跟着变多，达明端着酒杯看她兴奋的小模样，心里软软地塌陷下一块。他那些酒肉朋友若是有幸看见他这般模样，想必会一个个瞠目结舌。

仲寅帛拨开人群找到德珍的当下，不期然地便撞见了达明眼底截然不同的笑意，专注得过分不说，还温柔得让人觉得吃惊。

达明也看见了他，同样身为男人，虽然称兄道弟但私底下的较劲从未有一刻停歇，从前如此，此后依旧。

达明初认识仲寅帛时，仲王生状似刚卸任不久。达明是个随心所欲之人，交朋友亦没有准则，当时只觉得仲寅帛这名字特别，见了面，又觉得这个人很特别。

无论什么场合，他话都不多，出口谨慎惜字如金。不过这都不是问题，无论他往外吐出一句什么，听的人立刻就会脑补出一整个故事，记者们再拿去另行加工，他那只言片语就变成了成套的故事。

在社交圈里，一个年轻男子，他富有，聪敏，低调，神秘，虽有一点傲慢，但也对得起他的身份。看客们善于捏造事实，渐渐地，仲寅帛便成了他们想要的样子。

人们在他身上制造一种强烈的反差，一方面他是成功学的励志代表，另一方面他又有英式贵族的种种劣迹，但这并不妨碍他成为普通人眼里的传奇，因他本身就是一个已经被成全的顽固梦想。

达明与他太不一样，从前尚以为会输给他只不过是自己不愿去争，但去年一战，他顿时明白，他俩从未站在同一条起跑线上。

这颗星球上数十亿人，未必能找出一个为了一个念想、一份执着，破釜沉舟进行打击报复的人，然而仲寅帛可以。

教训太过惨痛，达明一分一秒也不敢忘记曾经的掉以轻心。

一年后的现在，科氏因为第一高楼项目失败，也因为一系列内部丑闻，资产缩水只剩原有十分之一。失了血肉，只余下一具庞大的骨架，远远看上去依旧十分慑人，但达明知道科氏已经元气大伤，能不能缓过来，全靠天意。

仔细算起来，他和姑姑科敏敏应该是整个家族的罪人，当初如果没有去招惹这个男人，此后的事多半也不会发生。但他不是会将时间浪费在神父面前掏心掏肺的人，他有一辈子的时间去反思，但眼下有更重要的事等他做。

达明看着仲寅帛一闪而过的痛色，嘴角微微上挑。时隔一年，总算为当初那个被杀得措手不及无力还击的自己挽回了一点颜面。

好戏，才刚开场。

这场盛大的春宴，人间四月天，融化不了他如岩石般冷峻的脸。

德珍不远不近地看他，他穿一身黑，蝴蝶领结紧着他的喉头，单手握着细瘦的香槟杯，那一管澄净的亮黄被他半握在手里，犹如指间稀世黄钻。

而他本身就如一件奢侈品，华丽得叫人望而却步，无人上前与他搭讪，然而他就这么看着她，一瞬不瞬。

今晚，他分明可以不来的。派对邀请卡寄给陈萍，王槿鸢本要答谢她去年一些作为，但没想到"细"的主人竟亲自来了。

她说过永远没法和某些人画下斩钉截铁的句号，为了此后可能一次又一次的不期而遇，她作足心理准备，却不料他自降身价刻意来凑将。

刚刚从德珍这儿赢得崭新的信任的达明，在二人隔空对视一番后，微笑着打断他俩。在场有些明眼人一早发现了科氏与仲家这一对冤家对头，抱着看热闹的心情在角落里静观其变。

德珍没有留恋，随达明去了游戏室。

游戏室里聚着几个年轻人，外套早就不知道丢在哪里，一个个挽着衬衫袖子，举着球杆打斯诺克。他们抽烟，边上几位年轻的女士指尖也是猩红闪烁，媚眼如丝吞云吐雾。

这闭塞的房间被他们弄得乌烟瘴气，达明有些后悔带她过来，本想带她去别处坐坐，德珍却连眉头也没皱。她不是随波逐流的女人，她不跟着他们抽烟，也不跟着他们喝酒，但她打斯诺克。

蘸白是个中好手，以前他们赌压岁钱，德珍时常被他骗个精光，但她的球技是女人中难得一见的好手。

"这一杆你再打不进，我可要罚你钱了。"德珍将杆子交给达明，让他替她擦杆头。她开了漂亮的一杆，使得对方连落下风，她不十分确定对方有没有让她，可她心情就是很好。

"别啊，我今天来就为凑一个热闹，口袋里可是一分钱没带的。"

达明嗤笑一声："车钥匙总有的吧?"

那人一愣，德珍固然美得叫人失去理智，但男人都爱自己车，达明这一句话，可是要让他把老婆压在赌局上。若是赢了还好说，若是输了，车子给别人还算轻的，关键是面子下不来，徒增尴尬，那可不是玩乐的初衷。

他正踌躇间，德珍却轻而易举替他解了围："我不缺车子，要赌就赌我没有的。"

众人纷纷暧昧地笑起来。这人倒是急了，抓抓后脑勺道："我怕我有你没有的那件，等我真输了你不肯要呢。不如这样吧，你输了得亲我一下，我输了出去逮个人回来，当着所有人面亲一个。"

他这么一说，大家都乐呵呵笑起来，他分明就是想占德珍便宜，达明却笃定德珍不会输，也就默许了这份狂妄的司马昭之心。

结果呢，几杆子下来，德珍果然赢了。

屋子里的年轻人开始起哄，输家有言在先，也不好推诿，拉了一个证人作陪，出门逮人去了。

达明朝德珍笑了笑："这帮人平时就混，你别介意。"

德珍莞尔："我倒觉得挺有趣。"

她靠着台桌边，左手握着杆子，右手接过达明递来的水杯喝了一口，心情没有受到丝毫影响，笑得明媚真挚。

须臾，输家带着证人一道回来了。证人是个爱闹之人，才进门就大笑大叫："这回有你们好戏可以看了，你们瞧我把谁给带回来了？"

证人将输家拉到一边，露出身后阴影里的那人，这人不是仲寅帛又是谁?!

在场除了达明，无人知晓仲寅帛与德珍那段过往，纷纷想看输家怎么摆弄仲寅帛，又笑又叫又给鼓掌，好不热闹。输家身量不及仲寅帛，本想求饶，但大家不依，只好在众目睽睽之下黑着脸抱过仲寅帛的脸飞快地啄了一下，后拍拍他肩膀："兄弟，委屈你了。"

仲寅帛脸色不改，目光落在台桌边的那个女人身上。他挖空心思弄垮科家，只为填平心里那个绝望的深洞，她倒好，时过境迁收了眼泪，施施然地站在了达明一边。

"又见面了呢，德珍小姐。"他牵着嘴角在笑，字句说得很慢，语气却十分坚硬。

"你俩认识啊?"边上人好奇地问。

德珍不承认，亦不否认："我有些醉了，你们换地方玩么?"

达明紧忙上前扶住她，将杆子收罗到一边："我们去打牌吧，刚好凑一桌。"

　　一行人于是出了游戏室，进了一间带吧的牌室。在场的这些都是见过世面的，请了一位身材热辣的姑娘发牌，底下一列公子哥齐齐坐好，女士们各自选好阵营，德珍自然跟在达明身边，他每看一张牌都是德珍替他翻，面染喜色，筹码扔得极为利落。

　　仲寅帛没有让身边的陌生小姐为他代劳，甚至有些抗拒她在他身后，久而久之，那位小姐也不再自讨没趣，悄然离开。

　　半小时后，仲寅帛输了个精光，达明却赚了个盆满钵满。达明将筹码全推给德珍："给你买衫穿。"

　　德珍微笑着尽数收下，可爱又不失俏皮道："谢谢老板。"

　　看客们也纷纷嘴角上扬，瞧着这对金童玉女你来我往十分赏心悦目，丝毫不察有个人心脏快要裂开的心情。德珍轻描淡写数了筹码，将数目写在纸条上让人递给仲寅帛，仲寅帛远远看她一眼，掏出支票簿签了数目对折让人转交过去。

　　德珍展开那张支票，微笑收妥。

　　这球也打了，牌也玩了，对彼此都没有初时那样尴尬，有人提议玩一些不用钱的游戏，因而便闹着玩了个配对游戏。

　　女士们从贴身物品中取出一样物件来丢在桌上，男士们不能看，经过允许才能回头，然后从中选取一样，谁选中谁，仅看天意。

　　一分钟后，桌上摆着化妆镜、口红、发夹，甚至现钞。男士们一一选过，仅剩下仲寅帛与达明。桌上现在只剩一盒红色拜仁铁盒装运动糖果，还有一枚车匙。

　　按顺序来，是达明先选。德珍此时尚未人被选走，因而这两件东西必然有一件是属于德珍的，他摸着下巴抱胸看德珍，眼里含笑，指望美人能给他一些提示。

　　德珍则笑而不语。

　　这简单的互动在大家看来，便成一种亲昵，他们的神态中流露的神秘的默契，叫人既欣慰又感动，也嫉妒。

　　达明在糖果和车匙间犹豫很久，最终选了那罐糖果，而糖果的主人抱歉地对他耸耸肩。所有人都知道他想选德珍，可惜最后只便宜了仲寅帛。

　　大家纷纷离开牌室，男士带着各自的女伴回到王槿鸢宴会上，仲寅帛却没有动。他不说话，只是沉默地掏出内袋里的烟盒，抽出一支，为自己点燃。

　　德珍半坐在牌桌上，手里拿着粉红色的西柚花漾，不时喝一口。

　　他抽烟的姿势很迷人，颀长的身子半靠在椅背上，微微下滑显露一份慵懒，青色的烟雾里是他深邃的五官。他抽一口，抖抖烟灰，另一只手撑着自己下巴，呼气，吸气，然后又抖抖烟灰，这才调整了坐姿，看向德珍。

德珍恰恰也在那时看他，目光交接的刹那，他没避开，她也没有。他们在彼此脸上搜查心塌陷的痕迹，谁也不主动开口，给对方留下把柄。

最终，更爱的那个人先开了口："我不会道歉的。"

德珍发出一声轻笑："我不需要你的道歉。"

"离科达明远一点。"

"Je ne comprends pas。"（我不明白）

他看她一眼："谁都可以，除他以外。"

"Pourquoi?"（为什么）

"不为什么。"为了忍受她出来花枝招展，他已经饱受煎熬一个晚上，如今只要求她离达明远一点，可见他有多大度。

德珍似懂非懂，似笑非笑，酒精饮料喝多了一样会醉，对于一场谈判，不见得她就有主场优势。但她还是那样做了。

车匙是他当初亲手递到她手中的，是gift，也是贿赂，那是他竭尽所能讨好她的证明，彼时就算她开口问他要所有财产，想必他也会毫不犹豫地将之过户到她名下。

如今，这份曾经相爱过的凭证，如同卖春女子手里的花手绢一般被搁置在台面上供人挑选，他有理由生气，因她的确过分了。

但是——"可我想知道为什么，为什么别人可以，达明却不行?"

他突然掐灭烟头从位置上站起来，走向她，粗鲁地拿开她手里的花漾。杯子在桌上转了几圈，粉水撒了一桌。

他拉住她去扶杯的手腕，痛心疾首地看着她，几乎想要嘶吼着告诉她，不能就是不能！

他何尝想象过自己有一天会站在她的对立面，他看着眼前这张脸，嘴巴张了张，却什么也没说出口。

她死死抱着他在雨中苦苦哀求的样子好像还是昨天，她不顾尊严在众目睽睽之下拉住他的那一刻不断在他脑海重演，他告诉自己，是他对这个女人太狠了，如今这一切，都是咎由自取。

去年"细"的尾牙，杯觥交错之间，突然冒出一个女人拿起水杯朝他泼来，怒气冲冲朝他大叫："仲寅帛你不得好死！"

所有人始料不及，误以为这演的是一出苦情女怒骂负心汉，背地里窃窃私语。她甚至仍不解气，还想再浇他一次："你最好下地狱去！"

工作人员及时制止。

陈萍过来问他如何处理，他擦了擦头发，轻描淡写："算了。"

谁叫世人都偏爱她，因了她那明媚笑容，因了她那高贵从容，因了她是"德珍小姐"。蒋雨薇作为她的朋友，少不了要替她出这口恶气，以他当时当日的作为，被水泼脸那都算是轻的。

只是有一件事蒋雨薇弄错了，他不是应该下地狱，他待的这地方本来就是地狱！

仲寅帛眼神闪烁得厉害，她不会明白的，他甚至不想从她嘴里听到达明的名字。良久，他自觉毫无立场干涉她任何决定，松开她的手腕，转身离开。

门虚掩着，德珍的眸光还停在他消失的方向，时间久了，笑容逐渐裂开一道口子，嘴角撇了撇，闪过一种失落。

他的存在本身就是对她的考验。能够站稳立场却止不住蠢蠢欲动的人在这个冷酷的时代是不容易的，他们折磨对方，折磨自己。

她不敢说自己的爱情和别人的不一样，但她的确走了一条不见得理所当然的路，无奈进了一扇很少人走的窄门，一路上孤独到不行。

虽然只是住楼上楼下，但母亲的晚宴之后，德珍再也没遇见过仲寅帛。

雨薇婚礼的当天，清晨下了一场小雨，德珍出了家门站在惊雀巷里，淡淡的雨水味道裹挟植物特有的清香，滴答滴答，一如时间的敲击。

她不是伴娘，但雨薇要求她务必盛装出席。雨薇毫不介意有人抢她风头，反倒恨不得德珍花枝招展惹人注目。作为新娘，她有权利炫耀自己高贵大气的朋友，泰然享受那份与有荣焉。

她赶在午餐前抵达雨薇家，小区里停着婚车，人来人往十分热闹。进了家里，新郎与他的傧相正在被伴娘们用各种方式折磨，而雨薇接到德珍的电话后，开门红包也不管要了，提着婚纱亲自拨开一群胡闹的伴娘打开房门将德珍拽了进来。

房门火速被关上，屋子里的姑娘笑哈哈乐成一团。雨薇笑嘻嘻地抱住德珍脖子："哎呀，你能来真是太好了。"

她对德珍的喜欢素来直白。

"恭喜啊。"德珍将红包塞给她。

雨薇也不客气，大方收下转交给自己的伴娘。二人坐在床上聊了一会儿，伴娘们也闹够了，终于把心急的新郎放进来，皆大欢喜，转而去吃午饭。

下午三点所有亲属转站去酒店，仪式会在酒店花园露天举行。早上的雨水已收干，天空明净如洗，粉蔷薇开了满墙，一对新人如约步上红毯，在众位亲友的见证下喜结连理。

德珍作为新娘女友中最为贵重的一位，应邀致辞。她从小到大参加过无数典礼，对这种场合并不陌生，虽然与新郎不很熟悉，但她讲起他与雨薇的情由却是娓娓道来。

她看着新郎，说道："雨薇曾对我说过，时至今日，她才懂得遇到一个对自己吝啬对她却很大方的男人是多大的福祉。"

新郎侧首看了一眼自己的新娘，嘴角带笑。

德珍继续说道："世上就是有那么一个人，他恨不得倾予一切护你周全。那些你所痛苦的，他统统抹去。那些你所惶恐的，他统统扛起。你任性刁蛮，他平着性子看你笑闹，内心喜漾。你眼帘泛泽，他胸膛温暖，如父亲兄长，宽宏有力。他在，眼里风景尽旖旎，生命亦庄重可敬，不敢随便完成。那些描画的携手共抵的未来，或良辰美景，或柳暗花明，其中路途艰险繁复，困苦阻踞，抑或山青水明，隔世洞天都俱无法得知。"这是她父亲母亲那样的婚姻，她希望自己可爱的朋友也能同她父母一样幸福长久。她微笑看向雨薇："但你很幸运，你遇到了这样的男人，你唯一需要去做的就是打点好自己，怀着温情与信仰陪伴于他左右。一生很长，亦很短，我衷心希望你们珍惜彼此，幸福，直到永远。"

台下掌声响成一片，她的声音通过话筒，是温柔的，温热的，宽泛却具有说服人心的力量，犹如一只暖暖的手，穿过你的胸膛，轻轻握住你的心脏，让你心悦诚服。

交换戒指的时候雨薇没有哭，但德珍几句话，她却笑着流了泪。她顾不上自己的新郎，上前抱了抱德珍，在她耳边说："德珍啊，你也要幸福啊。"

"当然。"德珍含笑看着那道窄窄的红毯，风吹来时，雨薇的头纱迷了她坚定的眼。

花，都开好了。

如屑怎揽，
风起缘散

五月的婚礼很热闹，所有仪式在傍晚举行完毕，晚餐早就已经热闹备齐。德珍与新娘子一道换了晚装宴客，新娘穿水红色的平肩礼服，德珍则穿了天堂鸟印花丝绸伞裙。

她的盛装无疑是给雨薇极大的面子。化妆间里，德珍说："瞧瞧你，真像个仙女。"

雨薇笑道："你才贵气逼人。"

德珍被她的滑稽逗笑，二人一道出了化妆间，迷倒众生去也。

雨薇的婚礼和别人的大不一样，她学艺术出身，宾客中有大票俊男美女，或怪诞，或桀骜，或静美，不一而足。会场按照她的要求铺设，绝大程度上迎合了客人们的审美，除此之外菜品也细致甄选过，她甚至亲入厨房对厨子们固有的摆盘模式指手画脚。厨子们一方面气恼羞愤，另一方面却按她的想法去实施了。诚然，雨薇才是筹谋色彩与搭配的个中好手。

折服于新娘的才华后，德珍动了筷子，但没吃几口，就迎来了一位熟客。

"德珍小姐。"卢鸿鸣打招呼道。

德珍站了起来，伸出手："你好，鸿鸣。"

边上有人为卢鸿鸣让出位置，他俩于是坐下说话。

"没想到你会回来。"

"是啊，我听雨薇说你又升职了。"

"哪里哪里，托你的福。"

德珍微笑，不论这个精明的男人居心如何，她都是感激的。一年前那个雨夜，他不计前嫌与雨薇一起扶她起来。他对德珍有心结，但意外地与雨薇很合得来，雨薇所嫁之人甚至是他同事。

"怎么没见你太太来?"

男人不掩喜色:"她还有一个月生产,是双胞胎,肚子很重,不方便出来走动。"

德珍一愣,她只听雨薇说他与当初那个跟踪她的女生结婚了,却还不知他要当父亲的事。"真的吗,真是要恭喜你了。"

她说不上再见这个年轻人是怎样的心情。当初他对她投注了极大的野心,殷勤讨好,放弃布局之后他却变成一个可靠的朋友形象,尤其此刻他与蘸白一样脸带初为人父的喜悦,这令他看起来很真实。

卢鸿鸣对她的观感亦有大不同,一年前她是高不可攀的大家小姐,直至今日,当他称呼她的时候,仍然惯性地在她的名字后加上"小姐"二字。每一次称呼她,他都带有一丝虔诚和难以描述的尊敬。

后来,他亲眼所见她为一个男人折堕的模样,这几乎不可能被外人所见的场景被他见了,并在他心中发酵一年。时至如今,他觉得那个雨夜已成他们之间心照不宣的秘密。而人与人之间有秘密存在,才会成为朋友关系。

德珍与他又寒暄了一阵,她感怀于他身上巨大的变化,因而心情有些畅快。这个年轻人本来身具致命的缺点,他修正了,变成更好的样子,这让她感觉微妙,又十分高兴。原来岁月真的会让他们彼此变成更真实的模样啊。

卢鸿鸣看着这个美得无懈可击的女人,她从始至终不过问他与慧珠如何相识,他又缘何被引荐,诚然,她是聪慧的。他笑着起身,握手道别之际,只有对彼此的祝福。

九点雨薇的筵席才到高潮,新娘本人无法抽身,德珍看着眼前这片欢腾,为免被雨薇的热情牵绊到后半夜才能回家,她仅留了口信,悄然离席。

司机载她回母亲那里,几杯薄酒下肚,这会儿脸蛋热得发烫。司机将车窗预留一道口子给她吹风透气,她却将车窗整扇落下,趴在上头眯着眼细数这座城的迷离,呵一口,她的香气飘了整座城。

她是个没有多大作为的人呐,你看,雨薇也结婚了,有小宝宝了,鸿鸣也结婚了,要当父亲了。她将青春浪掷,这会儿才觉可惜。

仲寅帛跟着她的车子进了停车场。这款车每年只产三辆,每一辆车的后备箱上都刻有车主的名字，车牌号是她的生日。

他将自己的车停妥，见她穿着高跟鞋摇摇晃晃从车上下来，嘴里轻声用英文和司机说着什么。电梯"叮"一声抵达，走出来她的管家和女佣，女佣端着一杯解酒的饮品，她接过杯子，仰起头咕哝咕哝喝下。

将杯子递还，她被搀扶着进了电梯。管家女佣司机没有与她一道上去，而是站在门口，估计是要等下一班，仲寅帛见电梯里的女人就要滑倒在地，快步闪身进了电梯。

站在外头一脸谦卑的管家徒然将眼睛瞪大，看他的眼神好似自家小姐的香闺闯入一个登徒子，本想开口阻拦，但已经来不及了。

电梯门关上的刹那，仲寅帛出手扶起地上的女人，干燥洁净的手掌不小心触及她的裸背，她感觉出一丝不一样，缓缓抬起头来，睁开眼睛。

她没料到今晚的酒后劲那么大，或许是兴奋之下没有察觉，又或许是路上那一阵风将之放大，总之，她史无前例地失态了。

"放开我。"

男人冷哼一声，脱了她的高跟鞋塞进她怀里，一条胳膊穿过她的膝窝，转瞬间女人已经离地。他抱着她在电梯里转了一圈，这时电梯已经升高到一半，剩下的一半，他像棵树那样站得笔直，两条腿好似在这电梯里生根发芽。

德珍忽然感伤，她尚有一丝清醒，可更多的是迷茫。尽管已经将他推开一次又一次，可他还是会煞有其事地出现在眼前。她的心，不是不烦的。

电梯一开，他抱着她走了出去。她家的门是开的，光是站在门外看，就知道是和他的家截然不同的风格，这座曾经拥有他们回忆的房子，在她父母整顿之后，变得无比大气雅致。

一早等在门口的女佣看着自家小姐被陌生男人抱着回来，心脏跳到喉咙口，张张嘴，眼睁睁看着仲寅帛破门而入。

王槿茑宴客那晚他来过一次，她的房间仍是那一间，他知道她爱跑到她爷爷那儿住，但每晚他在自己房间入睡，总幻想她在这间屋子与他一起呼吸。他的魂魄已经来过这儿无数次。

但她此刻是醉的，他厌恶她这样子。

德珍抱着自己的高跟鞋伏在他胸口不敢动，脑子里空白一片，他这么狠，乱动惹怒他，搞不好会将她直接扔在地上。

最后，她的确是被他扔掉的，不过是在床上。她觉得自己像颗丸子，在床垫上狠狠弹了几下，摔得她眼冒金星，嘴巴里说不出话。

这时岑慎其夫妇已经赶到，面前这个年轻人背部线条坚毅完美，转过身来，一张脸亦没叫人失望。他站在他们女儿宽阔的闺房，犹如草原上突然生长的树，优雅又寂寞。

仲寅帛朝这二位点头致意："打扰了。"说完人就要走，他可没什么信心应付她的父母。

岑慎其却及时叫住他："我送你。"

仲寅帛没有说话，只是倔强朝前走。等电梯的空当，居家穿着的岑慎其走到他跟前，伸出手："还没谢过你。"

"不客气。"他僵硬地和那个女人的父亲握了握手，神情复杂多变。

电梯开了，出来这家的管家和女佣，他们看见仲寅帛的当下如临大敌，岑慎其却笑着说："那么，慢走。"

他看着仲寅帛进电梯，他并不知道这个年轻人在那个密闭的小铁盒里迟疑过，究竟是将电梯按上，还是往下。

岑慎其转身的刹那，眼角余光瞥见红色的箭头意外朝上，他微微愣了一下，继而淡淡笑了开来。

德珍醒来的刹那，脑际一阵刺痛，身上仍穿着昨晚的礼服，怀里仍抱着自己的高跟鞋，脸带残妆，宿醉模样十分完整。出了门，王槿鸢微扬着脸，斜着身子坐在沙发上，逸兴遄飞，笑容可掬，正等女儿来算账。

母女俩对视间，德珍已想好一套说辞为自己正名，但开口之际，王槿鸢却绽开一朵牡丹式的笑容，大喜过望："亲爱的，我和你爸爸总算等到你喝醉被男生送回家的这一天了，整整二十六年，这个夙愿终于被实现了耶！"

德珍："……"

王槿鸢站起来跟着她进了洗手间，在她卸妆洗漱的过程中，兴奋地描述着她身为人母终于体尝女儿变坏的激动，德珍老神在在当作什么也没听见。

"宝贝儿呀，你终于找到一丝属于你的叛逆，妈妈真为你感到骄傲。"

这不是值得骄傲的事好么妈妈……

德珍腹诽，擦擦脸回房换衣服，全程忍受母亲的喋喋不休。

直到管家说他父亲已经划船回来，王槿鸢这才消停片刻。德珍坐在自家的餐厅，喝着牛奶，抬头刹那，只听她抱着船桨的父亲惊喜地介绍道："女儿，你看我把谁带来了。"

"早啊，俊男。"王槿鸢看着跟在丈夫身后的仲寅帛，风趣地打招呼，"没吃早餐吧，过来坐。这是我女儿德珍，昨晚你们应该认识了。"

仲寅帛脱了外套，在德珍对面坐下。岑慎其还需去房间置换衣物，因而招待客人的责任落到了德珍身上。女佣替他上了杯碟刀叉，这是一顿纯英式的复杂早餐，他没看对面那个女人一眼，歪头喝着咖啡。

趁管家走开的空当，德珍瞪了一记对面那个男人。

仲寅帛耸耸肩："我也不是故意的。"

她离开后的一个月，他忽然迷恋上跑步。他不是个热爱出汗的男人，少时因为是个高个子被拉进篮球队，但他仍然厌恶满身臭汗，最后把自己训练成了一个游走在外线专攻三分球的投手。

等他成为男人，学会越来越多用来交际的项目，却从未想过单纯地穿上鞋去奔跑。在他的意识中，跑步就像母亲整天念叨按时吃饭才能保持健康一样，无法令人兴奋，摆摆手便能打发这份好意。

可当他第一次跑完三公里，他突然发现它是一把针对孤独的匕首，从此一发不可收拾。

今天早起他去跑步，下楼撞见工人们在搬运皮划艇，岑慎其鬼使神差看到他，扬声招呼道："嘿，年轻人，要和我一起划船吗？"

他只愣了一下，就没头没脑地在晨跑路上被这个中年男人拐走了。

岑慎其在德国读大学时，皮划艇是他与兄弟们十分热衷的运动项目。大哥岑敬在体能最好，喜欢对付激流，还拿过几次比赛冠军。岑慎其喜欢静水，他一共有五艘船，流散在各个国家，他每到一处，第一件事就是去找一条美丽的河道。至于岑淳中，他的大半生似乎都在模仿父亲和兄长中度过，这使得他看上去很没个性，但这一独特运动爱好也足以威慑外人。

话说回来，仲寅帛并不会划船，他以为自己会出尽洋相，不过岑慎其并不介意，一番耐心教导之下，他俨然是名师手下高徒，甚至动了回家之后立即买条船的念头。岑慎其看出他这份情绪，笑了一声："有心栽花花不发，无心插柳柳成荫。"

原来德珍十四岁生日，岑慎其曾亲手做过一艘白艇，并在艇身刻了她的名字送给她。他描绘起德珍看到那只船当下的表情，绘声绘色对仲寅帛重演道："这就是我的生日礼物吗，爸爸？这样啊，我知道了，谢谢你爸爸。"她踮着脚尖亲了他一下，然后一溜烟地跑走了，连船桨都没摸过一下，十分无情。而王槿鸢怕风头被丈夫压过，送给女儿的是一只柠檬黄色的热气球。彼时德珍还是个热闹的小女孩儿，当然更偏爱母亲送的热气球，而父亲送的小白船一次也没下过水。

岑慎其说起自己爱逞强的妻子，神色缓和而深情。那是一种叫其他男人无地自容的神情，不能模仿，不能复刻，多看一眼都叫人自卑。

这一家三口，不管是夫妇二人还是他们的女儿，都有一股叫人着魔的力量。他们生来就是为了证明美的存在，为了弥补这世间的缺憾。这让仲寅帛顿时以为，自己折在德珍手里是情有可原的。

此时此刻，他端坐在她家的餐厅中，岑慎其夫妇换了衣衫出来招待他这稀客。

四五月是鲜花的天下，走到哪里花便开到哪里，繁盛得不得了。如今这间公寓是不同于以往的另一种格调，大概是有了人烟之故，又或者有了女主人照拂，处处透着迷人的气息。

餐桌上摆着各色荷兰芍药，或大红大紫，或粉粉白白，无一不是气壮如牛坦坦荡荡的样子，他透过那些大艳俗小清新看着对面那女人，心中只觉她才是花中王者。

他吃着自己的那份早餐，嘴巴上应付着热情洋溢的岑氏夫妇，心里却只想着她。

吃完饭，他总算能离开了。进了电梯，他重重喘了一口气，这才整个人活回来。而他心里那份蠢蠢欲动则愈演愈烈，将每分每秒都化作煎熬。

德珍这边，因为父亲母亲对那年轻人毫无保留的欣赏，反而不能将以往那段心伤表露出来，压抑之下，她谋到了别样的出路。既然已经挥不开赶不走，那么她也不要气不要哭，他当自己是客人，那她扮演那主人就是了。

这招在之后的几天里果然发挥了大效用。

她父亲仗着邻里便利，几次三番邀他来家中做客，而她母亲，则爱上了他的英俊冷傲。她托了人为她查黎阑的事，这几日频繁接电话外出，回到家见他捧着书用法语为她母亲读小说，一声叹息，抽掉脖子上的丝巾。

"你回来啦?"听着小说半睡的王槿鸢睁开眼睛看着外出归来的女儿。

德珍应了一声，回房换衣服。等出来时，仲寅帛已经离开。

"找谁呢?"王槿鸢笑眯眯看着她左顾右盼的女儿。

"没找谁。"她咕哝了一声，抱起自己的饼干铁盒，盒子上印着五月的月季，上头还有两个花体字：德珍。这是她的专属饼干盒。

不过——"妈妈，你吃了我的曲奇吗?"

"我没有啊。"

"那蓝莓味的为什么少了一块?"

"这你都知道?"王槿鸢好笑又好气。

德珍不大高兴，盖上盖子。送来果盘的女佣见状弯唇偷笑，心想这母女俩可真有趣。

"哦，我想起来了，仲寅帛来了，厨子外出不在没啥好招待他的，我就拿你的凑数先了。"王槿鸢突然拍拍额头。

"妈妈!"德珍失声大叫。

"我听着呢。不就是一块曲奇，亲爱的你可二十六岁了。"王槿鸢不以为意。

"可这是我的饼干盒!"德珍强调。

"我知道啊，正因为是你的我才拿出来招待他呀。"

"什么意思?"德珍皱眉。当年外公为什么要把十二岁的妈妈送去台湾寄养?你听听她这一把甜死人的嗓音，真是教人生她气都不行。

"乖女儿你怎么还没明白过来，他是我的贵客，我当然要拿出家中最贵重的东西招待他咯。"

"妈妈你该不会对他……"

"呵呵，好了宝贝儿，什么都瞒不过你，我确实喜欢这后生呢。你别吃醋，我怎么忍心冷落你，你可是我的心肝啊。"

德珍听着这诡辩，丧气地在沙发上坐下，她不了解自己为何情绪波动那么大，或许是因为黎阑的事进行得不顺，或许是因为母亲有心的偏爱，又或许是……刚刚出来的时候没看见他。

适才进门时，她已看到他的鞋子，客厅里传来疾缓有秩的朗读声。他的法语称不上多流利，毕竟不是他的母语，那本小说他一定没读过，一定是她母亲强求他去读的，然而他那生硬的腔调与陌生的语感叠加在一块儿，却别有风味。母亲一定要他读，或许就是这个原因。

王槿鸢看着她涨红着脸不说话，以为她仍在生气，终是服了软："好了亲爱的，妈妈错了。起来吧，去打扮一下，今晚有客人。"

"客人？"

"嗯。"

王槿鸢并未多作描述，一个小时后厨子回来，厨房便不再让人进了。屋子里的花悉数换了新的，王槿鸢穿了一件黑色蕾丝刺绣裹身裙，德珍为她选了一双尖头鞋，如此这般，是罕见的慎重。

门铃一响，德珍与管家去应门，站在外头的却是仲寅帛。

仲寅帛一瞬不瞬看着她，她已是精心乔饰一番后的模样，耳际别着夸张的钻石耳坠，一身庄重的素色，还没置换鞋履，脚上那双拖鞋十分眼熟，是她当初送给他那双的女款。

原来，那本是一双情侣鞋。

德珍见他盯着自己的鞋，吸了口气，开口请他进来。

六点钟，岑慎其去过惊雀巷问安回来，洗漱置换衣物，和仲寅帛进了酒窖选酒。王槿鸢作为女主人，忙着张罗着晚餐，无暇顾及女儿。

七点钟，客人终于到了。

来的是两位年轻人，一位姓金，一位姓赵。金姓青年男生女相，面容长匀，双眸细长，眼角飞斜，看人时媚气横生。赵姓青年则完全相反，这是个十分英俊的男人，好看到叫仲寅帛头皮发紧。

寒暄过后，一行人拉开椅子坐下。酒是法国的，餐具是英国的，甜点是意大利的，主菜是一道西班牙菜式，这很像是女主人向客人讨口碑，心急亮出厨房里的看家本事，虽混乱，但美味也很实在。

六个座位，男女主人分坐一头，金赵二人坐在德珍与仲寅帛对面。他俩皆是健谈之人，由王槿鸢控制节奏，有问有答，每一句话里都有一个G的信息量，仲寅帛光是坐着都觉受益匪浅。

不过——"你不高兴？"他轻声问身边的女人。从前他太在乎她，她的高兴与不高兴，都是影响他的重要因素。她开心时人也是明媚的，狡诈得不像话。她不高兴时外人多半看不出来，但他知道。你看她现在将背挺得笔直，脖子也不弯分毫，脸上虽没什么，但这就是不高兴。

"有人吃了我心爱的曲奇。"她答得似是而非。

仲寅帛"哧"一声冷笑，他当是什么呢："改天赔你就是了。"本就不是他的错，何况还是她母亲半逼着招待他的。

德珍喝了一口白葡萄酒，拿洁白的餐巾印印嘴角，不再说话。

左右是没人顾及他们二人，连岑慎其也加入了对面的热聊，仲寅帛便问："这俩人是谁，坐了这么久，连叫什么我都还不知道。"

"一个叫Alex，一个叫Sean，刚才不是介绍过？"

仲寅帛诡笑："你知道在国外叫Alex的男性华人有多少吗？"

德珍瞥他一眼，无视他的阴阳怪气："他们叫什么不重要，不过他们的姓你确实应该知道。"

"什么？"

"Aisin Gioro。"翻译过来就是，爱新觉罗。

仲寅帛当下沉吟，此后，再也没有多余的闲话。

德珍心里并不比他好受，母亲回国后接触了许多人，暗中张罗她的婚事，挑来选去，最终将金赵二人一并带到她眼前，却又硬生生将仲寅帛也安插在她身边，她只觉得这情形说不出的诡异和别扭。

十点钟散了筵席，金、赵两位年轻人整晚与德珍说话不超过十句，但对德珍的褒奖溢于言表，留了话改天再见，王槿鸢自然欢迎之至。

仲寅帛也一块离开，他是熟客，不用寒暄，但岑慎其仍绅士地将他送出门，不出来还好，一出来他才惊讶，不长不短的过道里，少说也有十个保镖。

岑慎其自然知道这是金、赵二人的排场，压惊似的拍拍仲寅帛的肩膀，将他送进电梯。

待客人全都走了，王槿鸢指挥佣人收拾残局。德珍回房摘了耳环项链，礼服尚未褪去，王槿鸢施施然进门："你喜欢他们中的哪个？"

德珍怕自己说得模棱两可，让母亲徒生误会，心念一转，开口便是决绝："我哪个也不喜欢。"

王槿鸢也不生气，仍是笑吟吟的，十分宽容："没关系，这两个不喜欢，我还认识其他的呢。"

德珍叹息："那您为何让不相干的人来？"

"你说谁？"

"您知道。"

王槿鸢装作恍然："你说楼上那位啊？他怎么是不相干的人？他必须要来才行啊，不然他怎么会知道，他就是再修十世，也配不上你一个脚趾？"

德珍怔住。

原来，她与父亲全都知道啊。

王槿鸢从背后用双手捧住女儿的脸，看着镜子里的她："乖宝，你要记住，我和你爸爸只要是关乎你的事，从来都是不惜代价的。"

忽然被提及往事，她有一种水土不服的感觉。

她苦心经营，惴惴不安，到头来还是被慧眼识人的父母看破。他们没有错，她亦没有错，有人为了自己的追求磨灭别人的感情，有人为了自己的追求苛刻自己，说到底只是各自对guilty分寸感的把握，甚至连那个刚愎自用的男人也未必有错。

谈及爱与人性的矛盾，不论爱是基于精神还是肉体，不论面对诱惑时人性如何软弱，不论矜持的距离有多大程度是出于契约精神，她清楚地知道，她对那个男人尚存温柔。

他可以肆无忌惮，但她仍隐忍克制，她没有必要因为自身挫折而去报复谁，哪怕看到他失意她会产生快意，但父亲母亲的干涉，过犹不及。

"妈妈，我这一生不会只爱一人，你不必刻意伤害这个人。"德珍对愤愤不平的母亲说道。

王槿鸢轻笑："怎么可能？"

德珍一声叹息，她深知扭正母亲的想法已无望，她应识时务地闭嘴，否则母亲只会以为她心存旧情，加深复仇的力度。

但即便她不再干涉父母的作为，他们仍撒下了一张大网。

仲寅帛很快就尝到了苦果的滋味。

第一周，科氏宣布将被今元集团收购，科氏股价全面复苏。第二周，科氏宣布重启高楼计划，最快将于今年年底破土动工，楼层高度未定，但比"中天"的鹿湾区大厦只高不低。

科家，又是科家，这添堵的心情，仲寅帛比谁都熟悉。

德珍关掉平板电脑电源，头疼地揉揉太阳穴，想了想，还是致电给父亲，但电话却是母亲接的。

"妈妈，我和达明只是普通朋友。"

"我知道啊。"王槿鸢敷着面膜说。

"你生意上的事我不懂，我知道你从不做亏本买卖。但是摩天大楼计划是不是意图太过明显了一些？"中天的鹿湾区大厦还在建设当中，封顶尚需两年时间，母亲这时候入股科氏，又造另一座摩天大楼与鹿湾区大厦对仗，打击仲寅帛的目的昭然若揭。

王槿鸢怒极反笑："宝贝儿，你爸爸、你叔叔、你哥哥、你嫂嫂，这些才华大家现阶段可都无事可做呢，我总得给他们找点事情做不是？"

"但是……"

"但是什么？"

她摇摇头，挂了电话，说不上的无力。

母亲竟然发动全家报复那个男人，这下，他大概会以为她仍对当初耿耿于怀。这，不是她想要的啊……

回到惊雀巷家中，家中只有薰爱在照看孩子，而爷爷竟然破天荒地进了工作室。

早两年他身体尚好，得闲会在工作室做些简单家具，黎阑过世后，德珍再没见他踏足过工作室。她推门进去，宝凛正捧着墨盒站在一边，而爷爷在刨木料。

见德珍来了，老爷子停下手里活计，喝了口茶水。德珍给他擦汗："您要做什么，这么大阵仗？"

"你侄子周岁生日你不准备吗？"

德珍一愣，和龄生日？那还很早啊！

岑润荌叹息一声："我老咯，谁知道能不能活到他周岁生日那天，礼物提前备好总归没有错的。"

德珍尚未发声，边上的宝凛已经生气了："爷爷你再说这样的话，以后我不给你掏耳朵了啊！"

德珍失笑，看爷爷脸色一白，显然这威胁比语重心长的长篇大论来得管用。她感激地朝宝凛看了一眼。老爷子自觉脸上无光，嘟嘟囔囔地令德珍去帮衬薰爱，这里不需要她。

她奉命离开，薰爱那儿存了些小孩衣袜未洗，左右她也无事，便代劳了。慧珠这时回了家，她哪里能让德珍做这些，三言两语打发了她，自己洗了起来。

"您去哪儿了？"德珍见她脸色不好。

慧珠搓着手里的袜子，叹了口气："巷口婆婆快要不行了。"

德珍心里咯噔一声："是养猫的那家吗？"

慧珠点点头，说起这个，她又忽然想起来："你现在有空吗，要是不忙就去找找她的猫，那猫又不见了。婆婆说话都没什么力气，还惦记着那小畜生，央了不少人去找。"

德珍对那只热爱离家出走的猫早已见怪不怪："这回又是因为什么？"

"我也不大清楚，说是婆婆几天前做了红烧鱼，那猫眼馋跳上桌，婆婆嫌它不像话出手打了它一下，谁知当天晚上它就没回来。"

德珍无奈一笑，这的确像是那个傲气小东西的日常行径。

"既然这样，那我想想办法吧。"

慧珠滤了一道水，又是叹气："也不知道还能不能找回来。"

德珍这次回来，并不单单因为雨薇的婚礼或者父母回国常住，更多的是因为黎阑。

去年夏天回英国她带走了黎阑的日记，她不时会翻阅，直到有一天，她在票据夹发现两张车票。它们在一个平凡的午后，在她打开抽屉寻找裁纸刀的那刻，忽然跃至她眼前。

黎阑不会在同一天购买两张目的地一致的单程车票，除非有人与她同行。德珍想象，黎阑或许在某一天与恋人一起出行游玩，并在某地留下她曾被爱的痕迹。这两张车票，令她决定完成当初未竟的探寻。

后来，侦探社的人告诉她，车票的目的地是一座小镇，并拍了一些照片给她。小镇很美，而她，还未能鼓起勇气去一探究竟。

倒是找猫的事有了眉目。她和稚巧张贴启事后，有个百货公司职员联络她，说在公司附近见过一只很像照片上的猫，它虽没戴婆婆家的金铃铛，但皮毛花色与猫猫十分相像。

她急于向对方求证更多，但对方上班期间不方便出来见她，她只好驱车前去。

也是巧了，她在地下停车场遇见了科敏敏。科敏敏初时不敢认定，等走近了，才喜笑颜开打招呼道："德珍！"

德珍关上车门，达明曾带她去水产市场购买鲜虾，与科敏敏有过一面之缘。

科敏敏穿一身墨绿色洋装，手里提着一只黑色凯莉包，她以为德珍亦是来购物的，便主动挽起德珍的手，二人一道进了商场。

陪长辈逛街不需要太多耐心，她们只听得见赞美，因而德珍亦不感到为难。专柜新进了包包，科敏敏左摸右看爱不释手，德珍见她一时半会儿想不起她，便借口去洗手间，快步去寻那位方小姐工作的化妆品品牌柜台。

只她走开的这一小会儿，科敏敏却遇上了昔日好友。

德珍见过那位方小姐，听方小姐具体描述了一番，几可断定那就是婆婆的猫猫，不过遗憾的是方小姐只在商场的车棚见过猫猫在避雨，并不确定猫猫是否还在附近。

德珍抱憾而归，耳边忽然掠过一声尖叫，往店中一看，披头散发的小个子妇人正揪着仲太太不放。原来科敏敏手中那只凯莉包是仲太太借与她的，仲太太忘性大，要不是今日恰巧碰见科敏敏，哪里还能记得这回事。可科敏敏爱面子，在众目睽睽之下，当然不肯承认自己有借不还，这下可好了，仲太太怒了。

德珍被这一幕惊呆，好一会儿意识才回笼，紧忙放下手中那套化妆品上前拉开她们。但这两个妇人也不知怎么的，打算新仇旧恨今天一块清算，谁也不轻饶谁，各种拳打脚踢，恶语相加，一个不慎科敏敏将德珍推倒在地。

"哎呀，德珍，你没事吧？"杀红了眼的科敏敏总算回了神。

"德珍?！"仲太太又惊又喜又尴尬。王槿鸢搬家这么大动静，她自然是知道德珍已回来，可她自觉无颜再见德珍，因而平日进出家宅总是多有回避，却没想到再相见竟是这般可笑境地。

科敏敏见德珍来了，一时也乱了方寸，慌里慌张地站在德珍边上理理头发，心虚地看仲太太一眼。

仲太太见德珍并不排斥科敏敏的接触，眼底闪过一丝痛色："最近我听人说起你没少跟人吹嘘你家达明好事将近，这'好事'该不会指的是德珍吧？"

科敏敏见被当场揭穿，索性破罐子破摔，抻长脖子嚷嚷道："是又怎么样？要你管？"

仲太太骇笑，冷冷扬声道："当初是谁跟我说德珍克夫命叫我小心的？你都忘了？"

"你你你，你胡说！"科敏敏指着仲太太鼻子大叫。

仲太太压根都不看她，心中冷嘲不止，观察着德珍神色。德珍倒是十分坦然，只在微微错愕之后就恢复了神色。

"德珍，你不要听她胡说！我没说过那样的话！"科敏敏着急起来。

德珍拍拍她的手安慰她："我知道，您别怕。"

见状，仲太太心痛似要炸开，她没再看德珍，只是挥挥手让保安进门。科敏敏坚称手里的包是她自己的，不让检查，但仲太太的态度亦十分强硬，不肯丝毫退让。双方各执一词，互不相让，大家也都束手无策。

德珍见科敏敏的胳膊被抓出血迹，悄然离场去买药膏。

仲寅帛飙车冲到商场，一个急刹，车子猛然刹停在台阶前。不等停稳他就跳下车，心跳加速往商场里走。不知是车开太猛，还是风太急，他竟觉得双腿有些打飘，软软地无力，不远处德珍提着药袋朝他迎面走来，他停下脚步微喘地望向她，心里轻唤她的名字："德珍。"

她亭亭站住，眉梢眼角一派素雅风情。

她自是也看见了他，这个男人像是刚从修罗斗场里走出来一样，满身杀气。她虽从不参与家中事业，但也感同身受明白他的不容易，那些笑容里不动声色的刀光剑影，碟中谍计中计，全靠环环相扣的铺垫。他就是栽个跟头，只怕也比别人更痛些。

然而，他却敢于撂下重担前来亲身处理母亲的任性。

二人对望间，达明也赶到了。他小跑至德珍身边，蹙眉看一眼仲寅帛："德珍。"

德珍终是抽回仲寅帛身上的视线，看一眼达明，微笑："你来啦？"

达明点点头，二人往前走去。仲寅帛一动不动，看着那女人朝他缓缓而来，又走入拐角。

店中的两个妇人早已吵累休战，纷纷丧气瘫坐于沙发上，静默着不说话。德珍拧开药膏给科敏敏擦药，仲寅帛随后而至，见母亲正神情痴愣地注视德珍，不禁倒吸一口冷气。

真是，早知如此，何必当初。

纵使他十分想将科家姑侄撇除在情景外，现状却不依他的规章办事。人生有太多天堑难逾，于是理想与浪漫大抵都屈从了现实。德珍之于他，既是天堑，亦是理想与浪漫。

仲太太看了儿子一眼，是啊，当初她为何不敢相信他是爱德珍的呢？

如果不爱，怎会在此刻看见德珍为科敏敏擦药之举流露杀戮者的气息？

他自是爱她的。

仲太太不禁悲从中来，沉默一会儿，这才打起精神嘱咐他："我想一个人静一静，你送德珍回去，不然我不放心。"

话音落了，达明自觉失了先机，扼腕不已。但他还是看向仲寅帛，试着挽回："你那么忙，还是我来吧。"

仲寅帛冷笑："你顺路？"

达明一愣，这才想起仲寅帛与德珍是上下楼的邻居关系。

仲寅帛没给他多作挣扎的机会，不由分说拉过德珍的手腕，大步跨出店门。

"上车。"仲寅帛打开车门，看着远远站着的德珍。落日温婉，她此时风华之貌，昭然若揭，多看一眼，都仿佛灵魂进了补药。

闹了一下午，德珍亦累了，她不想将仅剩的体力浪费在争辩上。她上了车，却不是副驾，而是后座。

仲寅帛僵了一会儿，松开副驾的车门，手指在虚空中握了握，磨牙一声响动，绕道上车。当初花了多大力气才让她心甘情愿坐上他的副驾，此刻时光倒退，一想起来，心便凛冽抽紧。

"去哪个家？"他冷冷问。

"爷爷家。"她冷冷答。

车子移动起来，德珍看向窗外，仲寅帛在一个红灯路口动手脱了外套，松松领带。他里头穿着一件芦扉花纹样的衬衣，这是民国初年上海崇明地区的代表性纹样，但他的衣料显然金贵了许多，那光感惹人十分想触摸。

然而他并没有将她送回惊雀巷，而是回了公司。萧尘见他拉着德珍从电梯出来，脸色一白，忙拉上百叶窗当没看到。

德珍眼睁睁看着他锁上办公室的门。

"手机呢?"

她不懂他葫芦里卖的什么药，只是把手机拿给他。

仲寅帛接过手机，二话不说没收。最后看她一眼，转身出去。德珍慢一拍追到门边，发现房门已被反锁。

紧接着秘书室的门被推开，里头一干人状如惊弓之鸟，大气也不敢喘。萧尘听到男人威严地叮嘱："看好她。"

这个"她"是谁，自然不言而喻。楼下会议室还有一个说明会等着仲寅帛，没一两个小时他不会回来。

"这个，就是'那位'吗?"秘书姐姐扒拉着萧尘的肩膀求证。

萧尘白着脸点点头，气血全无，这下好了，连软禁的手法都用上了，要是被德珍母亲知道此事，绝对会不遗余力告倒"中天"的吧……

但办公室里的女人们沸腾了，既压抑又兴奋，感慨着大魔王心爱的女人是如何美貌。

萧尘无语地看着她们："你们一点都不担心我们公司会因此而破产吗?"

众女子瞥他一眼，一致摇头。

萧尘拿她们没办法，拨通了内线电话："德珍小姐，很抱歉给你带来不便，请你稍候片刻，仲先生开完会就会回来。"

德珍气息虚弱，不见得有生气，但也叫萧尘琢磨不清。

萧尘挂了电话，心下忐忑，打开法典查找非法拘禁的相关条款。

仲寅帛回来时对面大楼已然霓虹闪烁，秘书室还剩萧尘。见他回来，萧尘揉揉惺忪睡眼从椅子上弹起来，简单报告："她吃了点冰箱里的三明治，已经睡了。"

仲寅帛疲惫看他一眼，沉思片刻，轻声问："她有说什么吗?"

萧尘看着他，同情地摇摇头，正因为她的不哭不闹，才让人觉得这段感情有多无望。

"你可以下班了。"他的语气里有着一股浓得化不开的忧郁。

萧尘吞吞口水，头皮一阵发麻，人命关天，他真怕这个男人压抑久了，做出什么出格的事来。

仲寅帛打开门锁，进门打开小灯。她的确睡着了，窝在沙发上，身上搭着一条毛毯。他走到办公桌前调出历史通话记录，她很乖，没有打任何求救电话。

他坐在一旁看她许久，她变了一些，眼角梢多了一丝倔强。岁月没在她脸上留下痕迹，但她的发在疯长，一如诗歌中静美垂眸的黑发女神，呼吸间已叫人失了神志。

眼前的岑德珍仍是他认识的那个，上帝派她来考验他，但他把一切都搞砸了，从此再也没有一种成功可以弥补他内心的遗憾。他以为将她关在这能令他冷静下来，可事实上并没有，他的心一直波澜壮阔。

他发出一声叹息，伸手去抚摸她温热的脸颊，既向往又恐惧，但才碰到她，她立刻惊醒，猛然坐起。过了两秒，才发现自己只是做梦，身上除了毛毯之外还有一件男人的西装，她坐直身体，拉开外套，发现手心汗涔涔的。

仲寅帛僵硬地抽回手指，倒了一杯温水给她："你做噩梦了？"

她接过水杯喝下，脸色有些苍白，微启红唇做深呼吸。

他摸摸她的额头，有些发烫，她轻轻推开她的手，下意识躲闪："我很好，不用你担心。"

她对仲寅帛的办公室一点探究欲也无，她有她的教养，不会将这个用来打发时间，她亦不能打电话告知父母此事，以免徒增担心。如此一来，她只能安静坐等这场谈判的到来，只是她没想到他这一走会如此久。

"我不担心你，我只是在问你是否做了噩梦。"他的声音又冷又寂寞。

德珍垂眸，有些不耐，拉开毛毯想要起来。

他忽然一阵恐慌地心悸，想将那道门永远反锁，将她藏起来，关上一辈子。

德珍缓缓起身，但他也跟着蹿起，在她还没反应过来之前，他冰凉的嘴唇突然重重压在她唇上，妄图用热烈稀释心头的悲哀。

他答应过她爷爷，永远不会再碰她，可是，他做不到。光是看到她走向别人的怀抱他就已经心如刀割，更别提去遐想她听从父母安排与他人白头偕老，真的到那时，他怎么办？他，该怎么办？

德珍一动不动等他自行结束这场得不到任何回应的索取，想起雨薇曾说过的一句话——不会游泳的人哪怕不停更换游泳池也是不可能学会游泳的。

学不会爱的男人也一样，不管给他多少次机会，换来的都是同样的心痛。

仲寅帛捧着她的脸颊，抵着她的额头，眼睛始终没有睁开。他现今已经不能长久地注视她，每次意外相见，总感觉自己的心在隐隐作痛，这让他很难受，也很无助，提醒着他当初的愚蠢。

"放手。"

"不放。"

"我说放手！"她加重了语气。

他一字一顿："不！放！"

她咬紧下唇，瞪大眼睛看他："我说过的，以后做朋友。这一次，我仍可以原谅你，但是，没有下一次了。"

闻言，他闭着眼睛失笑："我从没有和你做朋友的打算。从前没有，以后也不会。"

德珍轻笑："你想逼我失控？呵，那你可小看我了，你毁不了我。"

他松开她，凝望她发光的脸，他宁可就这么看着她，感觉自己被她左右，也不打算再次放开她。要知道，每一次她转身离开，他的心都会遭遇穿刺的痛。

既然错误是不可以承认的，那他甘愿忍受眼前这份酷刑。

"我要怎样做，你才能不这么折磨我？"

德珍脸涨得通红，她的双肩被他紧紧扣住不能动弹，一如十字架上的受难者，被死死地钉在了那。

"那你呢？"

"……"

"那你这样又算什么？"

仲寅帛一怔，忽而觉得掌心一烫，骤然弹开落在她肩头的双手，踉跄地倒退一步。他失措地看着德珍，只看见她眼底波光粼粼，像是对他无声的控诉。

是啊，他这样又算什么。

"我只是……"失了底气，却仍不忘记为自己辩解。

德珍罕见地咄咄逼人："你只是什么？"

"我只是……不能忍受……你把我的心跳弄快后……再逃跑……"他怅然若失地喃喃自语，像个受屈的孩子，亦像厚厚的日记本里一句轻描淡写断断续续的无主情话。

德珍僵了一下，心头涌现无数凄楚，她仍记得当初自己是怎样被放弃的，她也仍记得此后如何漫长将自己治愈的，那些痛，那些苦，岂是这样一句幽怨的嗔怪能抚平?!

"我没有折磨你，我只是厌倦了没有答案的热情，是你在折磨你自己。"

他看着她的脸，一个字一个字从牙关里挤出来："那你告诉我，我该怎么做，你才肯原谅我?"

德珍脸若凝霜，闭上眼，轻轻摇头："我自觉没有吃亏，当初你说不爱我，我只好学会放下，所以，没有我原谅谁这回事。你若放弃当初的决定你才是真正对不起我，毕竟，那是你花了很大努力才做到的事。"

仲寅帛如五雷轰顶，抬起头来看她，很想强硬，却再也无法强硬。

"刚才你不是想知道我是不是做噩梦吗? 现在我告诉你，是的，我在做噩梦。这个梦基于一则令我很悲伤的经历。我认识一位叫罗宾的叔叔，他有一对詹森和幕利门的混血宝贝，后来它们生了一只小鸽子，我们叫它'亲爱的莉娜'。罗宾叔叔对莉娜的未来抱有巨大的希望。一次，我和云越去汉普郡做客，他急于向我们展示他的宝物，把我们带到顶楼鸽舍，将小小的莉娜放在我手心，那时莉娜已经有过飞行训练，罗宾叔叔建议我将它放飞，以便看清它美丽的羽翼。鸟类的肚子很暖，甚至有些烫手，捧着它犹如捧着一颗热乎的心脏，我很害怕，问：'罗宾叔叔，如果我没准备好，它摔下去可怎么办?'罗宾叔叔觉得我很可笑，反问我，'亲爱的简，你见过鱼淹死在水中吗?'我仍然很害怕，云越看我十分为难，将莉娜从我手中接过，我数一二三，他就放飞它。可是莉娜没有飞起来，而是垂直坠落在草地上。罗宾叔叔狂奔至楼下，跪在莉娜身边捧着自己的头伤心欲绝。我们不敢相信这是真的，那不是鸟吗，怎么会摔死? 后来我才知道那是因为它太敏感了，又被我握在手里这么久，感染了我的紧张，活生生被吓出了心脏病。我们很惋惜，罗宾叔叔一下午都没说话。晚上厨子来叫我们，我看见莉娜时她已经没有羽毛，厨子打开了它的胸膛，它的心脏是紫红色的，胸腔都是血水。当晚，厨子将莉娜蒸熟放在我和云越面前，罗宾叔叔问我们：'好吃吗?'我和云越吓得说不出话来。直到现在我还记得那古怪的味道。那次以后，我再也没去过汉普郡。而刚才，我又梦见了罗宾叔叔用冷冷的眼神逼迫我吃鸽子。"

仲寅帛被她灼灼而视，感觉自己就像一块炭，再被她注目，也许真的会燃起来。

德珍深吸一口气，她意不在恐吓他，只是想要为自己争取一份安静的生活："这件事后，我明白对待别人心爱之物要很小心翼翼，因为很可能它们转瞬即逝。莉娜是这样，一份爱也如此。你见不惯我与别人并肩而行，也见不得我云淡风轻，你觉得我的眼里只能有你，最好为你痴为你狂，就像当初那样。可是，爱若那样卑微就算了。当一个男人因为不得不选择我而选择我的时候，这不是我的骄傲，是我的悲哀，因为我永远无法证明我是不是退而求其次的结果。或许在你的自尊心面前，我什么也不是。"

"你怎么可能是退而求其次的选择……"他苦笑。

她无所谓地笑笑，闪烁的眼神带点小坚定："图纸和我之间你选了图纸，自尊和我之间你选了自尊，我还有什么话可说的。既然这样，那就遵守你当初的誓言吧，胆小鬼才会一次次用删除承诺来掩盖自己的懦弱，让我们做个敢作敢当的人吧，仲先生。"

话说完，她肩膀提高，又落下，机械地转身。再不走，她的心似乎也要瘀青了。

上一次，她这杯茶还没端来，他已经起身离开。

这一次，她如何忍受这样无情的挑逗？她花了一年时间整顿自己，可不是为了将人生推翻整个重来。

在一份心痛面前，她不想再当一次傻瓜。想漂亮地活，那就必须牺牲些什么。

离开中天大楼，她幸运地很快就拦到了夜班的士，她借了司机的手机给家中打了一个电话，不熟路况的司机将车停在了西巷口。

孙婆婆家亮着灯，空气里弥漫着硫黄气味，她站在门口，屋里传来僧侣的念经声，而婆婆的猫并未出现在墙头的迎春花丛里，用它漂亮的眼仁看着她，亦步亦趋，又懂事地停下。

幽深的巷子如同一根延伸的喉管，仔细吞咽着她的心痛和悲漠。她走得飞快，没有回头，路灯将她的影子拉得斜长，直到家门口，她吸了吸鼻子，这才推开庭院栅门。

夜里她辗转反侧，她想，这一年，她失去的不仅仅是时间，也是关于生命的段落。

她勇敢地将自己活成一幅清远幽静的水墨简笔，不见繁华喧嚣，只留给人一抹若有似无的清远光影。可是那个人一出现，就如一阵狂风轻易吹起了回忆的面纱，面纱底下，尽是鲜红的血肉。

五点钟，家里已经吵闹起来。她换好衣物走出房门，慧珠正要去帮忙孙婆婆的丧事，见她也起了，也就一并将她叫上。来到婆婆家，众人正在恭送僧人，德珍双手合十退在一边。婆婆没有子女，负责丧事的都是附近邻里。德珍与嫁到巷子里的新媳妇一起染五彩米，午饭时她接到母亲的电话，说她也要来。

听到王槿鸢要来，大家不由精神紧绷，生怕小门小户的礼数被这大家小姐看了笑话，但也有人说婆婆得了天大的面子，这一生倒也不枉。

德珍并不欢迎母亲的到来，她是个习惯指手画脚的女人，热爱指挥权。

不过罕见地，这一次的王槿鸢很安分。

午后滚过一阵闷雷，大家收了东西歇工暂时回家。德珍与父母三人挤一把伞往家走，好在伞足够大，并未淋湿谁。伞是私人订制品，其中一根伞骨上刻有制作者的姓名，德珍看过之后开父亲玩笑："这样的下雨天真奢侈，爸爸你这样薪水够花吗?"

岑慎其轻轻揽住顽皮的女儿："我的babygirl，这你就有所不知了。买伞就和恋爱一致，你不把它放在心上，临了下雨天匆匆进便利店买一把作数，因为来之轻易，并不会珍惜它，等它哪天突然不见，你也不会为它着急。它或许在餐厅的冰桶等你去找，或许在哪家旅店期待与你再度重逢，但你永远会买到一把新的为你抖落无数雨滴。可你心里还是惦念丢失的那把的，总觉得这一把没有上一把好，怀念与它走过的所有雨天，懊悔自己随意应付。我觉得，与其那样还不如买一把称心昂贵的，需得你时刻保持警惕唯恐它忽然离去，提心吊胆，毕恭毕敬。你看，我抱着那样的决心，最终找到了你妈妈。"

"我是伞吗?"王槿鸢听完怪叫。

岑慎其好笑地看了一眼妻子，轻声安抚："就算是伞，你也是伞界的劳斯莱斯，即使不下雨不艳阳，你也让人忍不住想打开。我站在下面偷笑就足够。"

"这还差不多。"

德珍不由嘴角上扬，简而言之："您就是喜欢贵的就是了。"

岑慎其淡淡一笑，搂着妻女行在雨中，这样的天气会有很多伞样的恋人，同时也会有很多撑伞的心。他有一把全世界最昂贵的伞，唯愿此生不让他的女儿肩头落一滴雨，免她一世无枝可依。

直到巷子口的婆婆出殡，德珍仍没找到她的猫，而岑家却选在这时送走他们家的最后一个少女。一大家子浩浩荡荡，甚至连爷爷也去了机场。德珍在途中说着在香港转机时需要注意的事项，稚巧点点头，神情略显紧张。

眼见机场越来越近，沉默许久未说话的礼让忽然从书包里掏出一只兔子玩具塞给姐姐，送完礼物他又十分不好意思，钻进德珍怀里不肯出来。

稚巧将那兔子仔细端详一阵，兔子缝得歪歪扭扭，是他手工课上的作业。稚巧拽了拽兔子的长耳朵，嘴巴依旧不饶人："好丑。"言罢，却将兔子紧紧塞进自己怀里。

抵达机场办完所有手续，德珍将买好的咖啡递给淳中，眼睛弯弯："叔叔你休息一会儿吧。"

淳中接过咖啡，看着自己侄女："多少次你出国回国都是我替你办手续，如今，终于轮到为自己的女儿做这些了，我自然要卖力一些。"

德珍笑了笑，叔叔是懦弱的，却也是可靠的。她与蘸白黎阑数百次出行，皆是他一人在奔波操劳。如今轮到稚巧，未来或许还有礼让，他的心情德珍不得而知，可她试着想象了一下，嘴角不禁上扬。

心中有一份固然的美好的人，才能忍受这一次又一次的离别吧？或许他们之中，她这个叔叔才是心最强大的人啊。

登机前，爷爷另外给了稚巧一份礼物。那是一枚车匙，车在柏林他的一位旧友家中，他希望有一天稚巧开着那辆车将欧洲走一走，逛一逛。

稚巧在母亲的注视下迟疑了片刻才收下钥匙："谢谢爷爷。"

她俯低身子抱了抱轮椅中的岑润荩，眼眶顿时有些湿润："您以后不要一个人去散步好吗？……请您务必长命百岁……等我回来。"话音刚落，眼泪就砸在手背上，她慌里慌张地擦了擦，勉力笑了一个。

岑润荩看她良久，最终拍拍她的手背，答应她："好。"

稚巧喜极而泣，忽觉心中充盈，勇气满满。

昨夜慧珠虽抱着女儿睡了一宿，却憋了一肚子话没说，她日思夜想孩子能有这一天，可真到了这一天，她又是这样舍不得。稚巧接过德珍递来的机票，朝前走了几步，又回头扬扬手中的机票："爸妈，我走了。"

慧珠红了眼睛，等孩子即将进入通道，她再也忍不住扬声喊了一句："一路顺风啊！"

倔强的少女回过头朝她笑了笑，扬起手里的怪兔子朝亲人们用力挥了挥，眼底尽是明亮的色彩。

等她的身影终于消失，慧珠一个没忍住，终于啜泣出声，躲进丈夫怀里。

德珍推着爷爷转身，边上的礼让却很乐观地对德珍说："妈妈可真没用，有什么好哭的，我都没哭，我姐姐不是还会回来的嘛！"

他那稚嫩的声音在机场大厅中显得格外掷地有声，德珍忍不住就笑了："你真不哭吗，你要想啊，以后没人给你零花钱买贴纸买模型买机器人了，夜里没人给你盖被子，吃饭也没人为你把葱和胡萝卜挑出来……"

小男生被逗得不行，越听眉头越紧，最后干脆打断德珍，一脸委屈地对爷爷说："爷爷你看，德珍姐姐好坏……"

爷爷摸摸他圆圆的小脑袋："别怕，零花钱爷爷会给，被子有你妈妈为你盖，至于葱和胡萝卜，就交给你德珍姐姐处理吧。"

德珍又好笑又好气："爷爷！"

礼让找到靠山，顽皮地朝她做了个鬼脸。

德珍莞尔，推着轮椅继续向前走，视线无意间落在爷爷灰白的头顶，心下一恸，不由将稚巧的话在嘴边无声地重复一遍："您可千万长命百岁啊——"

回到惊雀巷，像只快乐的小麻雀的宝凛正在准备午餐。按她的说法，家里有人远行，其他人必须吃一顿好的才行，毕竟世间唯有爱与美食不可辜负。

不过岑家厨房并没德珍的位置，慧珠碍于其他原因不会让她做这些事，而宝凛干脆将她奉为不食人间烟火的仙子，每每德珍出入厨房，她都一脸惊恐。这二人都太过在乎自己在这家厨房中的地位，根本不容其他人轻易涉足，反正，德珍左右又被晾在了一边。

她忽然想起，稚巧临走前曾说起她在房间为她留下礼物。进了妹妹们的卧室，上下铺仍在，却因少了主人徒生尘埃之味，书桌的笔记本上折了一只纸鹤，德珍将之拆开，是稚巧留给她的信件。

德珍姐姐：

原谅我用这种方式对你告别，我无数次想找你坦白，却因为缺乏时机而一次次错过。仔细想想，这或许是因为我下意识地以为秘密一旦说出来，今后我们见面总会尴尬，而我讨厌尴尬。

这次我离开，我预感未来很长一段时间我们都不会见面，我想了很久，决定给你写下这封信。

我要说的有两件事。

第一件事，无须再找那只猫了。曾经照养它的两个人都已离开这个世界，它对惊雀巷已无丝毫眷恋。

第二件事，这本日记是黎阑的。众所周知，她是个记性十分差的人，爸爸开玩笑让她把每天的事记下来，她就真的坚持每天写日记。

她担心妈妈会来翻查，所以将日记藏在我的抽屉。我知道看人日记是不道德的，可是德珍姐姐，我低估了时间的力量。

渐渐地，我习惯了一个人去书店选文具，一个人去商场买球鞋，一个人静静地写作业。

一年过去，我不敢再看与她的合影，她没有一张照片是不笑的，我问自己为什么每张照片都不笑，在她身边像个木头人。但是后来我又想起，她的每张照片都有笑容，只是因为在她悲伤的时候从来没人给她拍过照。

姐姐，你可能不知道，黎阑喜欢过一个男生。她都在日记里写了，她叫他"阿乾"，或许是她太紧张，这件事她谁也没告诉，又或是那个男生不够好，说出来怕你对她失望。总之，我和她如此近，也不曾发现她情动的痕迹。

车祸事发前两个月，学校曾打电话到家中，警告她不许再无故缺席旷课。电话是我接的，我说我是她的姐姐，学校的人也信了。这件事我没告诉妈妈，但我去了一趟她的学校。

她的同学似乎也不知道她喜欢阿乾，只是对我说她最近总是精神恍惚。我试着打听了一下这个"阿乾"，得知他在三个月前已经出国研修，或许再也不会回来。

其实，出国对她来说并非什么难事，只是她一心想要为爷爷养老送终，这个愿望与那份喜欢背道而驰，最终，她选择让男生走，独自承受其他。

可是，她真的很喜欢阿乾。车祸那日是星期六，她陪我去补习班，她走在前面，我走在后面。那天天气很好，小孩围着小贩买泡泡机，我停下来看了一会儿，心想这或许能让黎阑开心。我付了钱，转身她已经不见，我找到她的时候，她呆呆地站在一个路口，我打开泡泡机，说："嘿，黎阑你看。"

她失魂落魄地看着我，这时我已意识到哪里不对，她站在了箱型车转弯的盲区……

她可以躲开的，可是她没有。

她只是看着我周围的肥皂泡微微一笑，连再见也没来得及说。

我闭上眼睛尖叫，然后就什么也不知道了。

后来我有过这样的假设，如果当时我没买那个泡泡机，她会不会还好好活着呢？

可她确实已经离开了我们。

后来我又开始怀疑那个瞬间，她为什么要笑……

这个问题折磨了我很久，直到那天，我翻开了她的日记。

那个"阿乾"真是一个古怪的人。

我用黎阑的账号登入他们学校内网，竟然一点和他有关的线索都查不到。后来，我们学校几个保送生去参观他们学校，我问老师可不可以带我一起去，老师同意了。他们学校医学系一年级的几个人接待了我们，磨合之后，我用好奇之名，问其中一个要了内网账号。

如此一来，我终于得知为何我查不到"阿乾"的原因。原来，内网的程序员和留言板的版主都是阿乾的好友，他们对黎阑的账号设置了搜索屏蔽！

后来，我又花了许多精神寻找阿乾的去向，多方打听终于查到，原来阿乾并没有出国，那年的交换生名额里根本没有他，八卦贴里流传着一些风言风语，大抵是说他得了什么重病，不能再进行学业。

我还想知道更多，账号的密码却突然被原来的主人修改，那个姐姐在电话中很气愤地质问我，为什么用她的账号翻一些陈年旧帖，做一些奇奇怪怪的事，害她被版主警告，而且她从我同学那儿得知我根本不会去他们学校念书……

从那以后，一切与"阿乾"有关的线索便中断了。

这里面有太多可能，但原谅我没有勇气去亲身求证，无论阿乾是健康还是疾病，就从他托朋友将自己的痕迹抹除一干二净这点不难推断，他若不是十分厌恶黎阑，那么就是爱她爱得深切。

我没经历过这样的事，可我想象了一下，只觉得可怕。

他若疾病在身，如果知道他处心积虑阻挡的爱人，已经先他一步离开了人世，他的表情……我不敢想。

他若健康完好，时隔一年，这段空缺的岁月，他若有了新的恋人，我又该如何面对？

我很难过。却不知道为谁。

所以，德珍姐姐，原谅我不能亲身去求证。

说到这里，我的两件事都已说完，此时我心里的遗憾只剩一半，想起明天我就要离开惊雀巷，不由松了一口气。

在我有限的年华里，命运从不当我的朋友，反倒是我失距的敌人。我唯一能做的，只是旷阔淋漓地奔赴下一个未知。

但我终将会回来，变成更好的样子，弥补剩下的那一半遗憾。

稚巧

德珍读完信，脸颊已湿。那些散落在生命里的花，那些苍穹里唯一的暖，那些低到尘埃里的呢喃，那些悲伤中无二的情，竟都裹挟秘密的壳，煞费苦心不为人知。

放下信笺，她打开那本日记。她忽然想起自己手中的那两张车票，对应日期，日记本上的那天黎阑什么也没写，只是画了一个笑脸。

黎阑遮掩心事的手法很拙劣，德珍几可断定这和阿乾有关，或许阿乾就住在那个乡镇，或许黎阑拜访过他的家，或许……

德珍不由陷入深思。

黎阑啊黎阑，你究竟爱上一个怎样的人？

我把心
落她那儿了

有了名字，打开局面就容易了许多。不出十个小时，德珍已经拿到阿乾的住址。

但在出发之前，她去了一趟寺庙。

香客们在蒲垫上行跪拜，五米身高的金身大佛端看人间热演的悲喜，狭长的佛眼慈悲而肃穆，却有着震慑人心的效用。

德珍捐了香火钱，为黎阑点一支长明灯。稚巧害怕去求证那个真相，她亦然。

事后，她去打扫庭院。

长扫帚沙沙掠过石子，拢起一堆一堆落叶，她不断重复着这个简单的动作，在其中体验缓慢的、寂静的、松弛的人生。

直到——"德珍，是德珍吗？"

德珍转身，意外看见仲太太。

自上回在商场尴尬相遇，她二人已有一阵时日未见。仲太太剪了短发，神情寡淡，身上热闹不及以往十分之一。

"您好。"德珍谦恭地打了招呼，"您来烧香吗？"

仲太太摇摇头："我儿子的长明灯点在这儿。"

德珍恍然。

仲太太握紧手里的凯莉包，记起此前儿子的警告，抿抿嘴唇，心知自己应当离开，可脚却迈不开步子。

德珍见她也不说话，只是这样看着她，心里也有疑惑。

仲太太眼神有些闪烁，左顾而言他："你怎么在这儿扫地呢？"

德珍浅笑回答："这里很安静。"

她的笑容总是直戳人心，哪怕此前误会重重，仲太太对这个年轻人仍然有着高度好感。

仲太太在树下坐下，德珍放下扫帚，陪她一道坐下。仲太太看着德珍空空的手腕，眼底闪过一抹痛色，德珍见状解释："抱歉，我不慎打碎了您送我的镯子。"

仲太太摇摇头，力不从心一笑："不打紧，人在就好。你如今都住惊雀巷爷爷家吗？"

德珍点点头。

"今年我也做了些梅子，这几天已经腌好可以吃了。"像是没话找话。

"希望有机会能尝到您的手艺。"

仲太太淡淡一笑："我可是个眼明耳快的好学生呢。"

德珍擦擦额头上的汗，她自觉俏皮在这位长辈面前早已入不敷出，她的心是疲惫的，重逢的惊喜营造的情绪持续不了多久，与仲寅帛的不欢而散又令她心生敷衍，长谈深交已无必要，无奈仲太太对她的懈怠毫不介意照单全收。

"你妹妹的猫，找到了吗？"

"尚未。"她的声如天上浮云，不过——"您也知道我在找猫？"

仲太太呼吸一窒，摆摆手，解释道："'细'的陈小姐告诉我的。"

德珍微弯唇角，王槿鸢回国后，与陈萍的联络十分密集。为讨德珍欢心，王槿鸢请陈萍物色了一位小有名气的画家给猫猫画了一幅画像，陈萍借用"细"的平台发布了一则公告，声称谁能找到那猫，这副价值十万元的油画就是酬劳。

那只小东西倒是叫许多人费心了，但到目前为止，它仍处于失联状态。

"我有些话不知当不当说。"仲太太忽然深吸一口气。

见她欲言又止，德珍亦有几分不忍，虽然猜得到她大概会说什么，不过她也没有拒绝："您但说无妨。"

仲太太看她一眼，事情到了这个地步，她仍有踌躇。她想了想，拉过德珍的手放在自己手心，眼睛看向远方："你知道的，我有两个儿子。我的小儿子叫卯卯，子丑寅卯的卯。他得的是胰腺癌，发现的时候他才二十二岁。他本身就是个医生，这对他来说有多讽刺，可想而知。病情确诊后，他瞒了家里三个月，他很清楚这个病症的治愈率。我是个眼泪很多的女人，除了哭也不会别的。他清楚一旦被我知道，家里也就别想太平了。"

德珍握紧她的手，安慰道："他应该很爱您吧。"

仲太太红着眼睛一笑，吸了吸鼻子："是啊，别看我这两个儿子对别人都凶巴巴的，在我面前却是很乖的。"

哪怕是仲寅帛也是跟母亲的感情更好，对于吵闹的母亲，他和卯卯嘴巴上说无所谓，心里却更爱她一点。德珍亦觉得仲太太的热情开朗很能感染人。

"德珍，我知道他做了一些过分的事，不过这其中有误会，当初是我逼他离开你的。"

德珍微怔："……是吗？"

"那天我去探望你爷爷，正好那位周部长也在，当他们得知我是他的母亲很是吃惊，而我又犯了糊涂，以为他答应我与你相处只是为了生意。德珍，这都是我的错，我怕他越闹越大伤害到你，逼他和你作决断，就是从来没问过他爱不爱你！"

"您是说，他……"

仲太太点点头："周部长见过我第二天就把项目给了他。我从前是很讨厌他做博物馆的，卯卯的鹿湾区大厦那么重要他放着不管，却要分心去做什么博物馆，不单如此，我还以为他在利用你，说了很多气话要和他断绝母子关系，但事实并非如此，是我错得厉害。"

德珍怔怔地看着垂泪的仲太太："可是，他最终还是拿到了我家的图纸啊……"

仲太太摇摇头："他都已经拿到项目了，还会需要什么图纸，图纸是你爷爷后来派人送来的，算是还了周部长一个人情……"

德珍被弄糊涂了，照仲太太的说法，其中的确是一场误会，周部长和爷爷以为仲寅帛居心叵测接近他，仲太太为了保护她，不惜用母子关系作为筹码，而他也是爱她的？

可她仍然想不通，既然如此，当时的他为何一言不发任由事态恶化？

是爱得不够吗？

回到家中，薰爱正在招呼客人，见她回来，忙介绍道："德珍，这是风扬老师，奶奶的大弟子。"

沙发上坐着一位高瘦男子，他蓄着漂亮的胡子，缓缓站起来与德珍握手，他的手很是温暖宽大，只是骨节粗大，皮肤上爬满细小的伤疤。

岑家有过逃亡香港的经历，慎其三兄弟都会讲粤语，德珍耳濡目染，与粤籍的风扬先生交流起来毫无难度。她从前只知道奶奶是雕塑家，却不知道她也收过弟子。虽然只收了这么一个，但仍叫德珍十分感慨。

了解之后，她才得知风扬先生是应邀来做大型雕塑作品，顺便拜访故人的。恰巧这次王槿鸢回国买了一件奶奶生前作品送给爷爷，风扬见德珍捧出昔年旧物，亦是感慨万分。

"您安排住处了吗?"德珍问。

风扬笑道："我月余前来的，与我三个学生一起工作。本来我就奇怪为什么这个工程看起来似曾相识，昨日巧遇周克成先生，得知这是老师的遗作，激动得一晚上没睡觉。"如此一来，他自要登门拜访一趟，不巧的是今天是岑润莨去骨科做检查的日子，没能让他一诉衷肠。

薰爱将睡着的孩子抱回房间回头，听闻风扬的话，疑惑问道："您说的是渑水市立博物馆吗?"

风扬点点头。

"那个工程不是因为没有找到适合的石料暂时停工了?"

风扬笑笑："确实如此，不过现在的年轻人也不容小觑，在我放弃之际，对方终于找到了石材。虽然离完工还很远，不过已经有了大概样子，你们若是有空，不妨过来看看。"

薰爱看看一旁的德珍，哎呀一声："德珍，你怎么流血了?"

德珍嘴边一甜，木讷地摸摸鼻子，指尖沾染一道鲜红。薰爱忙去冰箱找冰块，担心地蹙眉念叨："去年不是吃了很多药，怎么还会复发? 是不是大气太热了?"

德珍微仰着头缓缓起身，对微怔的风扬很是抱歉，薰爱也顾不上宴客了，忙搀着德珍回了房间。

Ben抱着一桶爆米花，无奈地看着银幕下那张半明半灭的脸，他是个整齐优雅的男人，却找不到女人陪他一起看午夜场，也挺可悲。

整个影院只有他们二人，仲寅帛支着下巴半眯着眼睛，这部片子没能引起他的兴趣，主人公之间缺乏一个痛彻心扉的杀人动机，这就显得此后的慌张不够紧要。爱情一旦与死亡和时间发生关系，就会变得荡气回肠。他崇拜每一场为了生死而与时间举行的赛跑，但它必须出于必要，否则根本无法撼动他的心。

"你睡着了？"Ben问。

"没有。"他沙哑地回答他。

"爆米花吃不吃？"Ben打了一个饱嗝。

他摇摇头。

"那我回家了。"Ben说。

他仍保持原来的姿势，一动不动："看完再走。"

"我说你，电影又不好看，非得看完吗？"

"看完再走。"

"你有病？"

"嗯，我有。"他老实地承认。

Ben顿时很丧气，他明天还要去工地，这都深夜一点了，这个男人还不放他回家，虽说他是大老板，可也没有这么剥削员工的吧？

仲寅帛换了另一只手支下巴，电影还剩三十分钟，虽然拍得很烂，但他有他的坚持。

很久以前，他曾对一个女人担保：以后你要看的电影我都会先看一次，这世上除了我，再也不能有人让你哭。

他向来说到做到。

他们同在一座城俯仰呼吸，每每与她擦肩而过，他却像一杆喑哑的猎枪，一瞬的迟疑，从此与她分隔万里，人海流离。

年轻的感情，一场豪赌。他们太过年轻，理智和盲目并存于一身，所以输得彻底。

这段感情让她迅速成长，学会了对人绝情，并对此深信不疑。相对地，他至今沉溺，一败涂地。但一想起她那个与鸽子有关的噩梦，他又无法再出现在她面前。

"对了，你的牙齿怎么样了？"Ben看着银幕嚼着爆米花问得漫不经心。

仲寅帛摇摇头。

"最近不是又发过一次高烧？"Ben担忧地看着他，"如果它已经影响到你的生活，你就应该拔掉它。"

仲寅帛斜睨他一眼，没有说话。

去年那个雨夜，他被救护车带走，碍于事情正在紧要关头，他一意孤行带病工作。飞法国前夕，他仍伴有低烧，医生拿他没办法，使用了强制退烧药，这才让他得以上飞机。

但是，体温仍在飞行途中爆发了。机舱里安静得没有任何声响，引擎声在窗外轰鸣，额上的冰袋已经全化，抵达迪拜机场时，他又一次被救护车接走。两个小时后，一个白袍医生微笑着告知他："先生，你长了一颗智齿。"

一颗智齿。

一声叹息被植入过去的回忆，脑海中的故事纹路复杂斑驳，老天给这场爱情留下的凭证所剩不多，其中一样破肉而出，便是这颗智齿了。

它悄无声息生长在他的口腔，不痛不痒，顽固生长。

只因为是多余的一颗，它受到莫大关注。母亲担心它会顶坏其他牙齿，他去拍X光片，阴影显示它是一颗正直的智齿，它不歪不斜，漂亮大方。

他并不担心它会造反，最大限度顺其自然，直到它用高热再度将他撂倒。

"你真的不打算拔掉它吗？"Ben又一次确认。

他调整了一个姿势，拧开水杯喝了一口，过了许久，他摇摇头："顺其自然就好。"

Ben叹息一声："总有一天它会让你要死要活。"

"我等着呢。"

Ben愣了一下，眸光一闪，继而"哧"一声笑出来，丢了一颗爆米花进嘴里嚼着，摇头作罢，左右都由他去了。

电影结束后，他将哈欠连天的Ben送回住处。时近深夜两点，他却没有立即回家，车子掉头开了一阵，来到惊雀巷。

下了车，他靠在门边点了一支烟，抽了一口，走进巷子。

岑家庭院的木栅由白色换成了地中海蓝，他靠在墙边，越过墙头茂盛的植物，眺望亮着灯盏的屋宇。

今天来得太晚，若是早些时候，或许还能听到她陪弟弟练习钢琴，小毛孩弹得最好的曲目是《山魔王的殿堂》。大抵是得到过她多次赞扬，小毛孩越弹越好。

夜凉如水，再过两个小时天就会亮，他站在地中海的颜色对面，等烟燃尽。

"祝你好梦，岑德珍。"

凌晨四点，德珍穿了外套起来准备出门散步。经过厨房时，里头传出杯盘作响声。

岑润荩正抱着一个玻璃罐站在储物柜前，看到德珍，下意识将那罐子往身后一藏。

德珍打开灯，狐疑地走过去，台子上一溜的干货罐子，香菇木耳金针菇，红糖枫糖绵白糖。"您需要我帮您打开吗？"她问。

身穿睡衣的岑润荩有些赧然，迟疑地将手里那罐葡萄干递给德珍。

德珍接过去，试着拧开，可是瓶盖吸了空气，靠蛮力根本不行，她在橱柜中找到开罐用的小起子，爷爷紧忙拦住她，讪讪地说："我不吃了。"

"您要是饿了，我可以煮几个鸡蛋。"德珍说。

爷爷重重地摇摇头，将台子上的罐子一个个全部塞回柜子，回房继续睡觉。

德珍看着他逃也似的背影，奇怪爷爷竟然没过问她早起的原因。

摇摇头，她拢着外套出了家门。她走了一阵，又跑了起来。直到路灯一盏一盏熄灭，天微微发白，晨曦照着她的脸庞，好似顶着露珠刚绽开的莲荷。

胸腔里热得像要炸开，进了院门，她将双手撑在膝盖上弯腰长长吐息，等呼吸稍显平静才直起身子走进屋子。

宝凛已经起床，正在料理和龄母子早餐吃的食物，奶瓶泡在热水里消毒，见德珍进来，她粲然地笑了一个："德珍姐姐。"

那一瞬，德珍误以为见到了黎阑。她怔了一秒才缓过神来，露出笑容道："早安，宝凛。需要我帮忙吗？"

"不用了，我这儿都快好了。"

"爷爷的粥呢？"

"也好了。"小姑娘热情地笑笑，建议道，"如果你不忙，替我往粥里搁半勺糖，糖罐在第二格柜子里。"

她是个做事麻利的小姑娘，但到底还是年轻，早起爱困，对德珍说完话，又仰头打了个悠长的哈欠。德珍打开柜子取出糖罐，本以为这不是件难事儿，可那盖子就是没动静。她皱眉去找起子，可起子却不见了。

宝凛关了水龙头问她："不好开吗？"

德珍无奈地点点头，真就成了不食人间烟火的大小姐，连这么点儿小事都做不好。

宝凛往围裙上擦擦湿手，接过糖罐，抵在大腿上，用力一拧。

没拧开。

她不甘心，又试了一次。

仍然没打开。

这时候爷爷起床了，见德珍也在厨房，于是走了过来："都怎么了?"

宝凛撅着嘴不说话，是德珍回的话："糖罐太紧了，我们打不开。"

爷爷看了一眼那纹丝不动的糖罐，清了清喉咙，沉声说："给我吧。"

厨房里的两个女孩儿都很怀疑，但爷爷已经先发制人，将糖罐拿了过去，二话不说，虎口钳着瓶口，"噗"一声，罐子里的空气跑出来，手指一拧，瓶口就开了。

他镇定自若地将糖罐交给宝凛："喏，给。"

德珍诧异了片刻，继而笑起来："爷爷您宝刀未老啊。"

宝凛却十分不情愿地将罐子接了过去，轻轻"哼"了一声，好不别扭。

德珍在这一老一小之间巡视一阵，总算明白是怎么回事了。

八成又是老爷子倔脾气犯了，得罪了这个同样脾气倔的小姑娘，他老人家男子汉大丈夫不好委曲求全，只好半夜起来将瓶瓶罐罐悉数拧紧，等着小姑娘开口来求他。

呵，真幼稚。

岑润荩早前被孙女撞破，也没做得太明显，爷孙二人对视一眼，彼此心知肚明，一前一后出了厨房，只有傻姑娘宝凛一个抱着糖罐稀里糊涂地蒙在鼓里。

德珍扶他在沙发上坐下，将早报递到他手里，又从抽屉取出老花眼镜给他戴上，轻声笑道："您也不怕别人知道了笑话您?"

老爷子调整了一下眼镜，从眼镜上缘觑了眼德珍，假装清清喉咙，当作没听见。

德珍也不拆他台，好笑地离开客厅去了哥哥嫂子房间。他们夫妻还在熟睡，小东西已经醒了。见德珍的脸在眼前一阵放大，他蹬蹬小腿，吐了一个口水泡泡，被德珍轻轻抱起，满足地趴在德珍肩头咿呀一声。

德珍抓起小床上的薄绒被，半裹着小家伙，踮着脚尖出了卧室，轻轻带上房门回到自己房间。她将小东西放在床上，熟练地给他换上新的纸尿裤，换好贴身衣物，给他洗了脸，擦了头发，这才将他抱到客厅给爷爷。

这是个叫人省心的小孩儿，这期间没有因为被拨弄来拨弄去而哭闹，至多也就哼哼两声，乖得叫她有些憧憬，以后她若成了母亲，也得生一个这样的孩子才好呀。

"恰恰，来，曾爷爷抱。"岑润荩放下报纸张开手。

德珍微笑地看着爷爷膝盖上的小东西，忽然想到了什么："爷爷，今天下午我得出门一趟。"

"有事？"

"我想到要送什么给他了。"她逗逗小东西嫩嫩的小脸。

爷爷颇有深意地看她一眼："天气热，你小心点。"

她应了一声，复又道："妈妈订了一箱鹌鹑蛋给大嫂，大概傍晚能送到。"

"替我谢谢你妈妈。"

"知道了。"

这时头顶鸟窝的蘸白走进客厅，稀里糊涂地打招呼："早啊德珍。"

"早安，哥哥。"德珍笑道。

蘸白眯着眼睛将脸凑到儿子嘴边："儿子，亲爸爸一口。"

小东西被爷爷抱在怀里，不但没亲，还打了他爸爸一拳，蘸白"哎哟"一声，跌坐在地，恍恍惚惚地摸摸脸颊，傻笑起来。

德珍好笑地摇摇头，起来回房洗澡换衣。

日子原来是可以真实而平淡的，彷徨在迷离情节的上游只是一种时间上的浪费，你大可不必偏执地寻找细枝末节的隐约，老天也许早就在掌心纹路里标记上你苦苦寻觅不到的福祉，只是你无法看到而已。

她一旦想通，终将会朝他人的赞美努力，雕刻时光，动人而美丽。

买好铜板和刻刀，店员殷勤地替她将重达三十公斤的铜板搬上车，她虽经营艺廊，但本身很少创作，不过为了可爱的侄子，她愿发挥一下家族基因，运用手的灵活。

车子行经鹿湾区，大片工地犹如城市的一块伤疤，她将车子停在路口，摩天大楼已有雏形，目前高度虽不足以震慑人心，但其野心昭昭不难看出。

她忽然想起那位风扬先生，昨日身体不适，没能好好招待他，他是奶奶唯一的弟子，不管怎么说都不应怠慢他。

博物馆又是另外一处工地，将车停好，她进店中买了一打冰咖，工地入口有人监管，她申明来意，领了安全帽戴上。

她是见过图纸的，时隔一年，它巨大的骨架已被复原，一如肉身腐去的巨兽伏于尘世。

建筑大师高迪曾说过，"直线不属于上帝"，意思是说自然界不会存在绝对的直线和对称，举凡他的作品，尽是令人感动的奇幻和浪漫。而她眼前的这件半成品，正像是在对大师的灵魂致敬。

爷爷不将图纸交出是有理由的，因为它并非是一个单靠力气就能完成的建筑，它需要匠人的智慧和庞大的精力，它不是一个工程，而是一件作品。

现代建筑多是寻求干净利落，这和土地的日益稀少不无关系，而爷爷的作品外观需要结合奶奶的雕塑，走过将近一个世纪的爷爷不再相信现今人还有这份耐心，忍住寂寞，将图纸上的牛鬼蛇神完美呈现。

"德珍？"脚手架上临空一道声音。

她摘下墨镜仰视声源："风扬老师。"

风扬摘了手套爬下脚手架，因是露天作业，裸露在外的脖子与脸出汗后混了粉尘，结成一片青白。风扬拍拍工作服上的石粉，笑道："真是稀客。"

德珍递了冰咖给他，风扬仰头喝了一口，叹道："整个人都活过来啦！"

"希望没有打扰您工作。"

风扬笑笑，招手让自己的学生也下来休息。

他们在不远处的树荫下搭建了临时休息棚，甚至还有强力风扇。德珍捂着裙角坐在角落，风扬洗完脸回来陪她一道坐下。他看了眼烈日下犹如森森白骨的在建建筑："你是否也觉你的祖辈父辈很是伟大？"

德珍莞尔，自然是的。在图纸上看不觉宏伟，得到真实的还原后，她才明白爷爷要保留它的私心。

"我觉得奶奶一定看过不少鬼故事。"

风扬哈哈大笑："你说对了，她还经常吓我。不过，她是个想象力极为丰富的女人，她作品里的'鬼'都十分妖娆，但不妨碍她心中的'神'很俊美。你看，很少有人能把十二生肖拟人刻画成这种风格。我有预感，等我完成正门十二根生肖立柱，我会上报纸头条的。"

德珍忍俊不禁："那就有劳您了。"

午后的风吹在脸上微烫，虽然风扬很乐意罢工与德珍闲聊，但碍于工期紧要，风扬叹息一声，与德珍惋惜道别，带着学生重返工地。

德珍在休息棚下又坐了一会儿，这个工程大概不比那边的摩天大楼艰难，在他狂妄地得到一切后，并没怠慢她祖辈父辈的心血，光凭这一点，她是应当感谢他的。

只她扶额思索间，一行人浩浩荡荡行走在工地上，为首的头戴一顶白色安全帽，在周围一众灰色工装人士的衬托下，他像是走错了会场。黑色的修身阿玛尼很适合他，有了对比，她才发现他比一年前更瘦，几乎只剩一副骨架。

她的小半生过得平铺直叙，年少时虽也有过脱轨的痕迹，但稍稍混乱一阵，很快就在新的轨迹上循规蹈矩。只有这个男人，也只有这个男人，至今想到他，她仍心有余悸。

她正打算离开，仲寅帛却恰好转头发现了她。

隔得有些远他看得不十分真切，青天白日她的影像出现在工地上，他甚至自嘲地发出一声冷笑，可是眨眨眼，那并非是他的个人幻象。

"老板，那是……"萧尘面带迟疑。

德珍见他与身边人说了一句什么，脱了外套递给萧尘，继而朝她缓缓走来。她戴上墨镜，不动声色。

仲寅帛在风扇前站停，一瞬不瞬注视着她。强风将他的衬衫吹得鼓起如帆，一如站在山冈上放风的少年。

这世上有一种男人，遇到或者遇不到，都不能断定幸或是不幸。她遇到后，并不与之对抗，凡是她想控制的，其实都控制着她，她深知这点，所以即便面红耳赤心跳不止，也要笔直迎接他的审视。

"午安。"她主动打招呼。

"午安。"他回以招呼。

沉默一会儿，她说："坐。"

他便坐下，双手搭在膝头，身板笔直，目光轻轻落在她身上。

当她对他坦白那个和鸽子有关的梦，他就已经明白什么叫不可挽救。既然没有他她反而能轻松生活，那他就没必要强行参与她的人生。

他想看到她笑，不是泪。

"最近忙吗？"她例行问候。

"嗯。"

"注意身体。"

"……好。"

"我和你的事我的父母知道了，你的车我要还给你，钥匙在管理员那儿。"

"我不缺车。"

她耸耸肩："我也不缺。"

他笑："那就扔掉。"

闻言，她扭头看他一眼，沉默良久，终于应道："好。"

男人眼底闪过一抹痛色，搭在膝头的手掌握成拳状。

德珍笑笑，缓缓起来："我还有事，得先走了。"

"我送你。"

她看他一眼，推推鼻梁上的墨镜，没有拒绝，慷慨得像个女皇。

工地上设施杂乱无章，她几乎跳着走完半程，身后的男人看着她起起伏伏的裙角，很想按住她的肩膀命她好好走路，但他没有真的那样做。

走至石材堆放处，因为每块都颇为巨大，地上落着一片阴影，她贪恋那点微小的清凉，贴着石壁行走。

"你走这边来。"身后的男人提醒道。

"我戴着安全帽。"石材堆放地没有其余杂物，路很平整，路程很短，很快就能走完。

仲寅帛深吸一口气，快步走上前去，本想拉开她，抬眼的瞬间，高处一把凿子笔直落下……

德珍忽觉身上一紧，半跌入一个怀抱，耳边一道清脆的声响。她在原地站了一会儿，任由他从背后将她圈抱。

这个姿势可真折磨人啊。她心想。

从前他总是喜欢靠近她，眼神不掩爱意，吻中的占有欲时常失控不说，哪怕开车的时候也喜欢握着她的手不放。

他精明而慎戒，却总拿他那惬人的眼神端详她，审视她。她曾放言永远不会喜欢他，却在此后离奇的因缘际会中淡忘了誓言，被他吻，被他牵手。

他靠她太近，以至于每次短暂对望，她的心都在颤抖。

这个久违的拥抱很突然，却也不叫人意外。能不看见他的脸，她亦觉得心安。只不过，时间久了，她忽然发现身上很重。

"仲寅帛。"时间到了。

他却不肯松开她："让我再抱你一会儿。"

感觉到他的虚弱，她挣动一下，他微微松动怀抱，足以令她原地转一圈，她抬头对上他毫无焦点的视线，觉得哪里不对劲，忽然右手触到一片来自于他身上的温热湿泞，不由蹙眉将手抬起。

"这是什么？"她看着那片鲜红。

男人捧起她呆滞的脸，吻过她的眉心，鼻尖，嘴角，发出一声轻笑，嘴角微微上扬："岑德珍，你真是个傻瓜啊……"

没人知道为何平整的石料上会从天而降一把锋利的凿子，像是上天特意为他准备的礼物，准确无误地被签收。

一点二公斤重的凿子，加上五米高的重力加速度，足以贯穿人的头骨，算他命大，意外只是与他擦肩而过。不过，伤口位置处在动脉，血液几乎喷溅而出，他又忙着讥讽她，顾不上其他，失血过多也在常理之中。

仲太太赶至医院时，仲寅帛已经完成缝合手术，编入病房观察，德珍坐在床前纹丝不动，见状仲太太将门外站着的萧尘拉到一边："德珍怎么也在这儿？"

萧尘有晕血症，比仲寅帛晕得还要早一步，至今仍没缓过劲来，一脸苍白回了仲太太话："说来话长。"

他将事情经过简单讲述一遍，仲太太捂着心口怪叫："好端端的，石头上怎么会凌空出现一把凿子？"不是仇家故意安排的吧？

萧尘无言以对，仲太太当下喝令他去调查前因后果，她已经失去一个儿子，这个要是再没保住，她也不要活了。

萧尘离开后，仲太太又往窗口里张望一眼，德珍仍是纹丝不动坐在那儿：她不由叹息一声，翻了门把上勿扰的牌子，忧心忡忡去找医生了解情况。

德珍这一坐，就是两个小时。

直到家中来电询问，她才发觉自己身在哪儿："今晚我回爸爸那儿。"

薰爱不疑有他，挂了电话。

她关了手机放回包中，病床上的男人仍在沉睡当中，地上落着那件带血衬衫，她撑开那道狭长的口子，鼻子倏地一酸。

仲太太这时带着医生进来，见德珍愣愣地提着衬衫，忙上前抱抱她："可怜的德珍，你该吓坏了吧？"

德珍摇摇头，只是心里十分难受。

仲太太捂着她冰凉的手掌："怎么会发生这种事呢？"说着眼眶已经红了。

医生那边已经给仲寅帛检查完毕，他的情况尚好，只是过于劳累，加上轻微营养不良，所以才会一睡不醒，多作休息就会好。

德珍讷讷地复述医生的话："他怎么会营养不良呢？"

闻言仲太太闪过一丝痛楚，说来讽刺，事实上近一年来她与儿子同桌吃饭不超过十次。他的心被人挖空，不用工作麻痹自己怎么撑得过来？他沉默得厉害，仲太太也只能眼睁睁看他消瘦下去，毫无办法。

仲太太吸了吸鼻子："已经很晚了，你去吃点东西。"

德珍摇摇头，抗拒："我不饿。"

她不想离开这儿，她要等他醒来问他，为什么要替她挡下这样严酷的灾祸？

她是傻瓜没错，可他又比她聪明到哪里去。

仲太太见她精神恍惚，张张嘴巴，却又不忍强逼她，恰好萧尘来了电话，她便带上房门离开去接电话。

德珍坐回床前，这人睡得极为踏实安详，根本就是存心叫人为他担惊受怕。仲太太回来见她咬牙切齿看着她儿子，深吸一口气："萧尘已经查清楚了，说是工地上的孩子夜里爬上石料乘凉玩耍，把凿子扔那忘了。"

德珍全然不在意这些，血已经流了，追究过错又能弥补什么呢。

仲太太见她毫不关心，也就识趣地闭上了嘴巴。

仲寅帛是次日清晨醒的，护士来给他拔针，他看了眼趴在床前的女人，有气无力在唇边对护士比了一个嘘声手势。

护士轻手轻脚地完成工作离开，他看了眼雪洞一样的病房，低头看向他受伤的手边的女人。她大概又在做不好的梦，眉头紧锁，束着的头发散落许多在脸上，他看着她不安颤动的睫毛，抬起食指想替她理好头发。

德珍挣动一下乱乱的头发，缓缓睁开那双如水眼眸。她就这样看着他，用视线架起一道彩虹。

"你要干什么？"

仲寅帛眼睛看向床头水壶，她明白过来，也顾不上整理仪容，倒了小半杯水插入吸管喂给他喝。他像是刚从沙漠旅行回来，没一会儿杯底就传来一阵呼噜声。她看着他的眼睛问："还要？"

他点点头。德珍于是又给他倒了小半杯，这次他只喝了几口就停下了。

德珍抽了纸巾给他擦干下巴水迹。"谢谢。"他说。

她看他一眼，心里烧着一把无名的火，左右四下无人，她也就不藏掖着了："为什么要这么做？"

他清了清喉咙，换了个舒服的位置："你说过等我回答上你的三个问题就许我娶你回家，这已经是第二个了。"

"为什么要这么做？"她只是看着他将问题重复。

"哪有为什么，身体比脑子快了一步而已。"他自嘲地笑笑。

德珍看他一会儿，忽然起身拎起自己的包，连再见也没说就走了。

仲寅帛看着被带上的房门，无力地扭头看向天花板："岑德珍，你可千万别不争气地躲起来一个人哭啊。"

她没有哭，只是忽然觉得这是一场姿态战争，她固然知晓放不下过去是一种不礼貌，可是依然逃脱不了执着，做不到随缘。

有人曾说，在恋爱开始的头三个月，你并不是你自己，而是你的形象大使，这么一想，去年初夏的一切，忽然全部失真。

她和仲寅帛的这一场，堪称两个自我者最完美的相遇，她以为他们都活在自己的剧本里，最终被自己打动。但如今他为她以身犯险冒险，却叫她不得不回头审视当初的决断。

她将自己关在工作室中专心对付那块沉重的黄铜，她花了一天画好底稿，又花一天给裁好的铜板磨边、抛光、打磨、清洁，用水冲洗到面板没有任何聚拢趋势地完全平面流动。做完这个，她的手臂整整肿了两天。

至于针刻过程，虽然铜板烤热后上过底色，但仍有反光，不过半成品面世后，薰爱爱不释手激赏不已，眼睛的辛苦便十分值得。

"德珍，你在想什么？"公寓的早餐上，岑慎其停下来问女儿。

王槿鸢笑道："不知道的人还以为她在用面部表情证明自己在吃英国食物。"

德珍放下餐叉，她只是吃土豆泥时走了神而已。

"今天你忙吗，不忙陪我去葡萄园逛逛。"

"我有事。"

王槿鸢皱眉喝了一口咖啡，但机敏地没有追问。

到了医院，清早的住院部很是冷清。德珍捧着鲜花来到病房，床上不见仲寅帛的身影，沙发上却坐着风扬先生和Ben。他二人见她站在门外，忙招呼她进来。

"你们在聊什么？"

Ben拿掉花瓶里原来的花，将她的黄色郁金香插入拢好。风扬将手机屏幕给她阅览，那是一张黑白相片，相片中的女子仍是少女时代模样。德珍愣了一秒："这是我的奶奶。"

风扬笑了笑，印证她的话。

德珍这个祖母出身南浔富户，从小汽车代步，华裳裹身，是个正统小姐。岑氏一门出匠人，虽替老佛爷修过颐和园，但家中谈不上多么富庶，岑润苌却走运娶到如意娇妻。

只是家中曾多处迁徙，途中遗失大量照片，德珍所见的祖母，多是她缠绵病榻之时。

"谢谢您将它妥善保管。"德珍由衷感激。女人的一生，从少不更事到年逾古稀，每每都是一部史诗，岁月令她们容颜染霜，叫她们青春无处安放，若是有人悉心将她们珍藏，颠沛流离之苦倒也不枉。

仲寅帛换好纱布回来，见德珍神情专注，像是稚拙的小孩，不由站停脚步。

Ben见状发挥眼色，抬起腕表瞄了眼时间，拉长声调说道："风老师，这都八点了，咱们该去上班了。"他的中文不十分流利，洋腔怪调有几分可笑。

风扬先生摸了把胡子，仲寅帛这样的男人肯为一个女人以身犯险，这多少说明了一些问题。他与德珍男未婚女未嫁，其中猫腻自然不言而喻，他们这些电灯泡若没点眼力见儿赶紧走人，坏人姻缘的罪可担待不起。

风扬与德珍道别，含笑与Ben一道离开。

仲太太为防工作狂儿子带伤上阵，不但预定了一周的住院期，还没收了手机钱包衣服鞋袜，又再三嘱咐护士监视他的一举一动，令他如置牢狱。

不过他虽然穿着病号服，戴着吊臂，脸色却比几日前好上许多。

德珍与他对视片刻，温暾地问："你好点了吗?"

仲寅帛从桌上拿了一瓶芦荟汁，单手拧开递给她，自己爬上床半躺下，自嘲似的笑笑："再坏也不会坏到哪里去，权当度假了。"

德珍捧着矮墩墩的绿瓶子站在原地，一时词穷，不知如何应答。

二人正尴尬间，达明抱着一盆仙人掌进了门来，他以为自己够早，没想到德珍比她还早。

"你来干吗?"仲寅帛脸色不善。

达明一声轻笑，将那盆刺头放在他床头："送你的。"

碍于德珍在场，不好发作，仲寅帛只哼了一声，驱客之意昭然若揭。

不过达明也没久留，这一趟，似乎只为送棵仙人掌，放下东西就要走。德珍出门送他，二人并肩而行，达明笑着说："我也是才听说他做了英雄救美的壮举，上班之前过来看看，没想到会遇见你，若是叫你尴尬了，抱歉。"

德珍将发别在耳后，声若珠玉："该抱歉的是我，我妈妈总叫人做为难的事，希望不会有下次。"

达明一愣，继而轻笑，原来她心如明镜啊。

"这么快就被你识破，我很没成就感。"达明感叹。

德珍做一个深呼吸："不是你演技差，是我太了解我母亲。"王槿鸢是个睚眦必报的女人，不管她是从何得知仲寅帛为她挡灾之事，反正她存心要给仲寅帛添堵，又岂会浪费这个绝佳机会。

"我倒是不介意被利用，你们女人保持好心情很重要。"达明眨眨眼，一派玩世不恭。

德珍无奈一笑："并购兹事体大，我能理解你的无奈。"

闻言，达明敛起笑容，看她："德珍，你怎知我不是真心要帮你?"

"帮我什么?"

"帮你离开他。"

她摇摇头："诚如你所见，我早就离开他了。"

"不，你没有。"她的眼里除了仲寅帛，根本没有其他人。不然也不会冷言冷语，拂了他的面子，将他推到陌生人的位置。

她叹息："我不想与你争辩这个，这对你来说不公平。"

达明苦笑，到底是晚了一步，只这一步，就让他输给仲寅帛太多："我不在乎什么公平，我只是纠正你'离开'的姿态。"

她摇摇头："他为我受伤，我来看他而已。达明，我不是不尴尬的。只是你说的那种'离开'，我可能无法做到。他曾伤害过我，但我不会昭显伤痕换取内疚，这根本就是与虎谋皮。不要以为我'离开'的方式平静，就以为我没主张。"

"我知道你做不来以死相拼，但是德珍，你不要低估自己那份心意，一个男人肯为你舍命，光凭这一点就足以动摇你。"

"你是说我会原谅他吗？"她莞尔，"我也是一蔬一饭好好长大的人，是我父亲母亲珍贵的女儿，再不济，又岂能任人作践？人这一生太长，爱恨都看不到尽头，我只是怕心怀仇恨最终耽误自己生活，但这并不意味着我忘记了曾经掉过的眼泪啊。"

达明注视她的脸孔，这张发光的脸好似并没沾染红尘，字字句句理智而无情，听得他都替仲寅帛默哀。

他复又笑笑，耸耸肩："看来我是不必再从中作梗扮讨厌鬼了。"

德珍收起黯然："我们仍是朋友。"

达明走进电梯，朝她挥挥手，想了想，最后仍是不甘地问了一句："如果你没遇见他，我们会有可能吗？"

德珍苦笑，但立场十分明确："哪怕我不爱他了，也不会跟你在一起。"

达明按住电梯门不让关上，看着她说："你真是个残忍的女人。"

她笑笑，不置可否："他也和你说过一样的话。"

达明笑出声，松开电梯门。她看着电梯门缓缓合上，一片光洁的银色上飘着她浅浅的影，她残忍吗？对于一份不想回应的热情，她自是残忍的。

她还是那句老话，你若非我所愿，无情便是至情。

"达明走了？"德珍一进门，病床上躺着的男人就问。

德珍点点头。

"像是掐着点来的一样，也是巧了。"

德珍无视他的阴阳怪气，从果盘里挑了一个苹果坐下来削。

仲寅帛看着从她手里垂下来的果皮："他死心了吗？"

"什么？"

"对你死心。"

德珍停下动作："他只是……"

"只是什么？只是你父母派来给我添堵的吗？岑德珍，你以前都是怎么恋爱的？"

"这和我怎么恋爱有什么关系？"

"你当真以为他没想过跟你开口求婚吗？你是王槿鸢的女儿，有了你，他能少奋斗多少年？"只不过达明一开始就接受了王槿鸢的并购，这意味着他已经失去了成为王槿鸢女婿的资格。当然，以王槿鸢的手段，自然会不时丢出几颗糖衣炮弹诱使达明成为她的枪眼，达明当然不会傻到上当，但作为一个男人，他不会不心动，或许他也想过顺水推舟呢？

虽然仲寅帛总和达明针锋相对，但德珍并不完全否认他的观点。在母亲眼里达明只是一颗棋子，正因为这样，她才为此心生几分恼火。

"不过好在你妈妈觉得他根本就配不上你，从一开始他就出局了。"

"你这是自我安慰吗？"觉得他还有希望？

仲寅帛掀起眼皮认真瞅着她："我只是就事论事，至少我不会吃软饭，靠丈母娘养活。"

"你是吗？"

男人吊起眼角梢，语气略有苦涩："我要是想把你当成台阶来个三级跳，何必用你换张破图纸？"

德珍忽地轻笑，听起来他倒是有几分风骨的。

"你不妨回去告诉你妈妈，我不再招惹你就是，让她别再费尽心思找人给我添堵了。"他不怕被人找麻烦，但他看到不够强的男人站在她身边，仍然会心烦。

德珍抖落了果皮，将削好的苹果递到他未受伤的手中，不咸不淡评价道："你真体贴，不过她一向是个叫人气得跳脚的女人，不达目的，她是不会善罢甘休的。"

仲寅帛接过苹果放进嘴里咬了一口，求证似的看她一眼，心里叹了一口气，眼前一黑，心头无望："那就由他们高兴吧。"

"他们？"

仲寅帛看她一眼："你该不会以为你父亲什么也没做吧？"

"他……都做了什么？"

男人撇撇嘴，咬了一口苹果，含含糊糊地嘟囔："也没什么，就是硬拉我去划船，让我掉水五十次而已。"

闻言，德珍瞠目结舌，有些不敢相信自己耳朵……

一周后，仲寅帛拆线出院。多亏萧尘游击战功力渐长，他在住院期间并未耽误多少工作。

萧尘送文件进办公室，见他支着头在翻去年买的那些画册，不由抿唇偷笑，这男人应该很恨自己好得那么快吧，有德珍小姐作陪，叫他住一辈子医院恐怕他也愿意的。

与此同时，横城边郊的小镇在这平淡无奇的一天迎来了一位访客。

她在打听一个人，一个方向。她深具女子的美丽气质，言谈举止带有浅淡的异国腔调，路人折服在她天使般的微笑里，恍恍惚惚为她指明去向，她道谢而去，不经意间就在人们心中塑造了一个美丽童话。

德珍重新戴上墨镜，小镇上的路并不平坦，她仍在与新车磨合，但还不至于不耐。

她已看完黎阑所有日记，又从稚巧那里得到不少有用信息，此番前来，应当不会让她失望而归。

这个叫"邱清乾"的孩子显然在当地十分知名，年仅十六就考上了医科，虽不及云越那般天才到病态，但也称得上是极具天赋的。如若不然，也不至于以模范生的姿态为人津津乐道。

小镇颇大，穿行一公里，她终于摸到这户姓"邱"的人家。

这是一片上世纪的建筑，二层连体小洋楼鳞次栉比，邻居之间共墙而生，一排住有十几户人家，每家每户用植物隔开院落，进门大道上种着双行水杉，杉木是健壮粗大的，树梢笔直入天，叶子一片浓绿，十分壮美。

邱家门口种有青柏，代表男主人已经不在。青柏下的红陶盆里种有木绣球，蓝白两色为主，紫红艳黄相间，院中种着四五棵芭蕉树，树下散养着几只鸡，十分有情趣。

德珍触手摸摸绣球可爱的硕大花团，嘴角不禁上扬。

她最近在看《秋海棠》，作者秦瘦鸥精于花草种植，用稿费积蓄买了一个园子，在里头栽种奇花异树，譬如素心蜡梅、天竹、白丁香、垂丝海棠、玉桂树，等等。他还写过一本《花语》，笔法工雅，怡情养性，实乃中国园艺文学之发端。

邱家庭院比不上名家金贵，仿佛闭眼就能生出一个烟尘久远的逍遥故事。它也不像岑家庭院那样茂盛野趣，是婆婆传给媳妇的财产，是岑氏子孙挖掘乐趣的所在。

邱家庭院是生活化的，疏密有致，从植物的枝叶到根茎都充满光线，在德珍看来，它朴实无华，有着一种别样的动人。

卡雷尔·恰佩克写过一本很有名的园丁日记《一个园丁的一年》，他在书中说园丁的工作不是闻闻玫瑰的香味而已，他必须要历经四季的艰辛。春天收集尿肥、鸟粪、烂叶子、蟹壳、贝壳灰、死猫作为花草积肥，夏天守着植物浇水不能出游，秋天处理败草枯枝，收集种子，直到冬天万物凋零，园丁才会迎来他最大的享受——在暖炉边看植物商品目录，订购来年种植的花草种子。

邱家的庭院，不具备太多繁重的筹备，它是施施然的，很显然，它由一双辛勤的手打理着。

三点钟，整个社区都静悄悄的。德珍站在这连院门也没有的庭院前良久，终于，她朝左邻右舍张望一下，鼓起勇气穿过庭院，来到紧闭的大门前。

她意料这次拜访不会那么顺利，等了片刻，仍无人应答，她便回到自己车上。

她将黎阑的日记带在身边，闲时便拿出来读，这与她先前得到的那些隐晦的只言片语不同，这本日记是个完整的故事。

撇开当事人已不在这点来说，这日记本身是会叫人咧嘴哈哈大笑的有趣读物。黎阑的初恋与她的完全不同，这是一个让人笑出眼泪的故事。

日记很厚，她读完半本，大抵是上学的孩童放学回家，又或是外出工作的大人下班，社区的沉默终于被打破。

据德珍所知，邱清乾由寡居的奶奶带大，父母在外经营生意，一直无暇照看他，他的童年都是在这小镇度过的。

而他的奶奶邱新月，是个不好相与的老人家，性格古怪，邻里关系十分紧张。小镇颇大，她的名气也不小。

德珍是在傍晚五点半等到这位老人家的。

她身材瘦弱，身上的夏衫十分宽松，手上提着一只布包，头上戴着一顶印着旅游团字样的帽子，看样子是位洁净节俭的老人家。

德珍在她走进庭院后才打开车门，下车询问道："是新月奶奶吗?"

老人家转过身，眼前的年轻女子露着一排洁白的牙齿，面容是干净的美丽，衣着考究精致，气质高雅纯净，挽发时不经意流露羞涩和温柔，不卖弄，只在细节处彰显她的身价。

德珍在她慑人的目光下僵滞片刻，这眼神，有些让人似曾相识。

"你找谁?"老人问话，简单的三个字充满乡音。

德珍站直身体，乖乖地："我找邱新月奶奶。"

"那你找错了，这里没有这个人。"

德珍一怔，追问道："您不是吗?"

"我不是。"

老人家毫不犹豫否认她的身份，将德珍一肚子疑问堵在喉咙口。

她眼见老人家要挥手赶她，连忙拿出黎阑的照片，递给她看："那请问您有在这个镇子见过这个女生吗?"

老人家皱眉接过照片，眯着眼端详一阵，凶狠地还给德珍："不认识，你找错地方了，快离开我的院子!"

她表现出相当的不耐，德珍追了两步，被她挡住瞪了一眼，只好乖乖地退到院子外。

过了一会儿，老人家出来将淘米水倒进芭蕉树下的大水缸里，见德珍仍然在外面，瞪了德珍一眼，又回去了。

树荫下蚊虫颇多，天擦黑后，各家各户亮起了灯，写完作业的孩子们出来放风。见这家门前站着个漂亮姐姐，领头的男孩率领一帮小的，来来去去跑了好几回，每次与德珍擦肩而过都会露出心驰神往的傻笑。

德珍又等了一会儿，直到电话响起。"有事?"她问。

仲寅帛看了眼床头那袋化妆品："你在哪儿?"

她上车："出差。"

男人轻笑，像是听到一则无稽之谈。撇撇嘴，他说："明天约个时间见面吧，我有东西给你。"

她想了想，没有拒绝："好。"

他们约了午后见面，德珍在大学附近的收费studio做蚀刻，仲寅帛西装革履而来，光彩照人。他那与生俱来的冰雪般的凛冽与倨傲，惹得出入大楼的艺术生们频频观望。

男人走进工作室，双手插袋将周围打量一圈，工作室设有硫酸池，因而没有安装冷气，时值午后，闷热夹杂酸气足以令人皱眉。他本想找张椅子坐下，掀开报纸却见椅面上层层叠叠脚印，僵了片刻，只好又将报纸重新盖上，叹息一声："现在你懂我为什么不能去太穷酸的地方了吧?"

德珍身上扎着围裙，愣了片刻才笑起来，是啊，面对像他这样踩低别人的同时又不忘捧高自己的人才，穷人都该羞愧死了。

小段时间不见她，看她埋头在这散发怪味的地方做体力活，本想斥她几句，可她这样笑，他顿时就没辙了。

最渴时一杯冰柠檬水入喉的畅快感，也不过如此。

他是出入高级住所，喜欢整洁的人，难忍眼下的脏乱，要不是他喜欢的女人在这儿，他连在这呼吸都不愿意。

"你在做什么?"他四处晃了一圈，看到她伏案工作，故作自然地靠近。

德珍让出一个身位给他，他看了一眼，随即皱眉："这都是你一个人完成的?"

她轻扯嘴角，她正在浸泡印刷纸张，摆平某人莽撞的拜访后，纸张也已泡得足够软。她将之一一晾晒后，去洗了手："好了，我们走吧。"

仲寅帛正在看她在铜板上刻好的那头蓝鲸，他不懂版画技艺，但也知道"入木三分"并非易事，更何况是在金属上刻画，以她那戴精致女表仍有尺寸富余的手腕，竟达成这样费力费神的事，他心里有些说不出的滋味。

德珍解释道："光靠腕力当然不够，中间还有个腐蚀过程。"她将指尖搁在光亮的铜板面上，脸上浮现出独属于劳动人民的朴实笑容，真挚又动人，"我哥哥一直取笑版画系简直就是工科。"

仲寅帛环视工作间内散发酸味的腐蚀池和满是油墨的印刷机，沉默地瞧她一会儿。她那来自遗传的专注和毅力，正是他们之间的那层油纸，虽是透亮的，却无法突破。

离得太近，他呼吸间闻到她发间熟悉的橙花香味："天气更热了，你的鼻子还好吗?"他很想捧着她的脸问。

面对这样突兀又直白的关心，德珍有些颤抖，摇摇头，拿起手袋："多谢关心。"

二人一前一后下楼，他的车停在她的边上，他打开副驾驶的车门，取出淡蓝色的纸袋，递给她："这是你的吧？"

德珍接过纸袋，这是上次为了找猫买的化妆品，后来因为仲太太与科敏敏大打出手，被她遗落在店内："谢谢。"

"你妹妹的猫找到了吗？"

她摇摇头，眼睫垂落："顺其自然吧。"

仲寅帛没有说话，看着她眼皮下浅浅的一片青色，烈日下他那些克制的情意无处遁形，裤袋中的手一阵蠢蠢欲动，却始终没有付诸行动。

"上车吧。"他只是说。

德珍看他一眼，有些讶然。大老远而来只为了送一袋无关紧要的化妆品，这不像他的作风。

"怎么，觉得我帅吗？"见她不为所动，他调侃道。

"医生允许你开车？"她不答反问，她记得他是左撇子。

他看了眼自己受伤的左臂："只要和你开得一样慢，应该不会有问题。"

"拿自己的性命开玩笑很有趣？"

"你在乎？"

"我不在乎！"

他失笑，拉住生气的她："岑德珍！"

她抬手挥开他，上了车，车子离弦的箭般驶离。仲寅帛暗自捏了一把汗，上车去追。

开了十分钟，天忽然变色，雷声滚滚，紧接着就下起瓢泼大雨。抵达惊雀巷，他先她一步下车，雨水瞬间将他湿透："岑德珍，我们谈谈。"

德珍看着被他拉住的手腕，平静问他："谈什么？"

仲寅帛抹了一把脸，即便雨水令他狼狈，仍旧不怒自威，极富领袖气质："我愿意道歉。"

虽然母亲有意将化妆品作为由头安排他去见德珍，但他今天的目的很简单，他不过是想见她一面。

一想起她他仍会心悸，控制不住地想见她，他以为只要见过就会好，最终却还是发挥失常，招人憎恨。

"你到底在生什么气？"

她冷得嘴唇发抖："你故意让我负疚！"

"我没有！"他争辩，"那是你那么认为，我从来没觉得为你挡灾就高你一等，那是我心甘情愿的，即便当时我死在那儿也不关你事。"

"怎么不关我事？"她的音量也跟着失去控制。他知不知道他当时流了多少血？他尝到过一个人在自己怀中逐渐失去体温的滋味吗？他知道她有多害怕吗？！

仲寅帛忽觉手背一热，有别于雨水的冰凉，那热点点滴滴坠落在他手背上，烫得他呼吸一窒："你……哭了？"

她红着眼怒视他："我没有。"说着就要转身。

仲寅帛按住她的肩头不让，几乎喜极而泣，拉她入怀："不，岑德珍，你就是哭了。你真的在乎我。"

"我没有！"

"你有。"他将她紧紧抱在怀中，在雨中傻笑。

"我没有……请你放开我……"

他松开她，看着她的眼睛："你看着我岑德珍，我不是疯子，我为我的骄傲道歉，我答应过一个人，只要你过得好，我保证再不见你，我以为我做得到，可事实上我不能。我不怕你恨我，我不怕，可你在乎我，幸好你在乎……"

他们两个恋爱新手，同时走进一场没有出路的倔强，直到他命悬一线，她才尝到面具片片炸裂的滋味。

但是——"我在乎又怎么样？今时今日，你觉得这份在乎能扭转什么？仲寅帛，你不要妄自菲薄，我受够了。"

他腮帮鼓动一下，双眸慑人，心中在把握未来的分量，深吸一口气，最后说道："我要见你爷爷一面。要我下跪也好，认错也罢，总之，我会让你知道这份在乎能够扭转什么。"

德珍冷笑，这是她动气的显象："那是你的事，何必带上我。"

"为什么不关你的事？我说我错了，当初我就应该求他把你给我，一次不行就十次，十次不行就一百次，直到他成全为止。该死的，当初我就应该那么做！！"他失控地吼道。

德珍怔怔看他，心里有描述不出的害怕，她不是不曾幻想过有一天他痛哭流涕悔不当初的画面。她是女人，她遇上的这个男人，既目中无人又不可一世，还很卑鄙。但很不幸，她就是爱上了这个男人。

如今，她终于听到这句，看到他的后悔，可她为什么一点也不痛快？

仲寅帛死死盯着她的脸，不放过她任何轻微的触动，最后，她缓缓扬起眼睫，清楚分明告知他："我相信当初你放弃我必然有你的理由，很长一段时间过去，我渐渐习惯去接受。而现在，我习惯我的人生里没有你。"

"你！撒！谎！"他紧紧抓着她的手臂，咬牙切齿。

"你不愿接受是你的事！"

雨漫天下着，覆盖他逆走的血流，狂乱的心跳，却浇不灭他心中重燃的爱火。他深吸一口气，努力使自己看上去镇静有理，自尊早已跌入深渊："我并不铁石心肠，当时只是误以为你没那么重要！现在我知道了，我错得离谱，你不要说气话，你只是害怕我仍不够爱你，再受一次伤害！"

他是个聪明人，如今过往已被她父母得知，继续高贵演戏已失去意义。他眼神明烈，请求卑微，可她也有自己的思量。她能理解这番破釜沉舟的心情，可是，她到底为什么要选择接受这迟来的歉意？

"我曾对你说过，要我答应你参与我的人生需要回答我的三个问题，第一个你已经答了，现在，我不妨问你第二个。"

"你问！"他万分迫切。

德珍放松身体，视线笔直对上他的眼睛："到底为什么要放弃我？"

撇开他母亲所说的重重误会不谈，她仍无法想通这个问题。当初，为什么那么轻易地放弃她？诚然，从一开始他爱她就胜过她爱他，但更爱的那个人却先松开了她的手，这着实是一件让她费解的事。

她独自一人看了许多电影，读了许多书，而她始终不愿随波逐流想象那答案。他卑劣，或者她不够好，这都不是正确答案。

仲寅帛第二次被她的问题问住。

是啊，他为什么要放弃她？是没想象过后果的可怕吗？不是的，一开始就不是那样的。

他仍记得第一次来惊雀巷的场景，当他看到这个在妹妹灵前哭红眼的女人的那瞬间，他就心动了。他的心觊觎着这个让他可望而不可即的女人，不久后便对母亲开了口："我想结婚了，妈妈。"

这个无可厚非的请求来得突兀，却是被她所迫，因为他知道，如果不了却自己当时的念想，那他极有可能不可自拔。与其那样，他不如去娶一个家世相当可以由他主导的女人。

但是，命运对他开了个玩笑，他越想避开的东西，老天却总是将之呈现在他触手可及的地方，而他，终究没能抵挡这份诱惑。

然而一开始也不尽然是惶恐和后怕的，那些若有若无的靠近和招惹，都走着心里的计划，他既想得到她，也想成全心愿过大的母亲。直到有一日他回家莫名其妙发了一通脾气，那一刻他才明白，自己鱼与熊掌兼得的计划，很可能不能实现，也很可能会伤害她。

觉悟的当下，他已作好下跪道歉的准备，那枚从始至终未能在她眼前呈现的钻戒就是唯一的证明。

那个美丽的夜晚，他们说了很多话，她像仙女一样坐在他眼前，他拉着她的手不想放，被她含嗔带怒笑为夸张，那是他笨拙表现爱意的唯一方式，除此之外，他已不知道还能如何去爱她。

他的心蠢蠢欲动，本打算下跪求婚的同时将自己的卑鄙和盘托出，最初想利用她迫使岑润苤就范的念头是真的，但他爱她，也不假。

是他松懈了，他若筹划得更周密些，就不至于被小人见缝插针来戕害他才萌发的爱情，也不至于让老天倾尽诚意来试炼他的真心。

人生在世不如意之事十有八九，难免也有自相矛盾的时候。但仲寅帛知道，促使他放弃这个女人的原因，并不仅仅只是狂妄而已，他意图与自己的心意作个妥协，但也有一些难以启齿的事情无法诉诸他人，哪怕对象是她。

他的欲言又止让德珍期待了片刻，紧接着又失望起来。她的心不由揪紧，语气淡淡的，忍受着这僵持不下："太难就算了。"

他视线渐冷，心仿佛被针扎了一记，再不能动弹。

德珍挣开他，冷脸放弃跟他继续无谓的纠缠，然而才与这人擦肩而过，就见他伸手要去推爷爷家的木门。

"你想干什么！"她飞快制止他。

仲寅帛语气森然："我从没放弃过你，我只是与人作了交换，如果知道交换成立后会让我活得这么痛苦，那我就去撤销它。"

"你不能进去，我不允许你进去！"

"为什么？"

她垂着眼不去看他："我的自尊在那里。"

是的，她的自尊在这道门里，里面关着她所有的脆弱和软肋，她没办法让他进去。

仲寅帛顿住，这才后知后觉地发现，她是这样瘦弱。一年前那个站在画前捉弄他的女记者健康而美丽，然而如今，风穿过她的侧肋，仿佛就能将她托起。是谁夺取了她的血肉，他心里有一个答案。

德珍亦看着他，雨幕里的这个男人曾经为她开启过一道未知的大门，她还没将里面风景看个仔细，他便无情地关上了那道大门。

这个男人倨傲又无情，但他才是她人生真正的开端。他不像她的祖辈兢兢业业风雅长情，也不像她的父辈温柔体贴八面玲珑，更不像她的兄长执拗而敢作敢当。彼时，他做尽急功近利之能事，他以为她是豪门中寻欢作乐的女子，将她扑倒不给解释，他不像她所认识的人中的任何一个，他对她拥有最真实的需求。

他爱她，就会想要牵手、拥抱、亲吻，并倾注欲望。这些，她都能够接受。她不能接受的是，这个男人带着他那英挺偶傥的皮囊自然无阻地握住她的心脏，却以那样的方式弃之不顾。

或许，她更在意的是她在这段无疾而终的感情中可悲的位置。

至于结局，从来没有新意。

他有他固有的骄傲，她有她不能做的退让，一开始对彼此的定位就已南辕北辙。一路下来那些索取、占有、揣摩、算计和不甘，一点一滴淹没了爱的初衷，如今只剩下疲惫的周旋与无意义的斗智斗勇。

仲寅帛一瞬不瞬看她，尽管心中百感交集，那张嘴张了又合，想说的话完全没有头绪，又怕一开口又惹她皱眉。她总是这样，淡淡的，仿佛什么也不在乎，眉头一皱，已让他自觉罪不可恕。

这时，蘸白出面打破了僵局。

今日是王槿鸢按例给公公请安的日子，宝凛站在一边欲言又止，直到爷爷问起，她才支支吾吾说德珍在外和人起了争执。王槿鸢像是开了天眼一般，不去看也知道是谁，施施然将侄媳妇手里的奶娃娃抱到自己怀里哄着玩，一边漫不经心地按捺着众人的好奇心。

到底还是蘸白坐不住，一年前的德珍无助的模样叫他不敢或忘。

云越去世后，她有很长一段时间闷闷不乐，后来她去了很多地方，认识了许多人，回到家中，又变回了原来那个德珍。

黎阑的离开也没摧毁她，因为她知道黎阑一定会希望她好好活着，更好地活着。

但唯独仲寅帛是不一样的。

她既没借酒浇愁，也没哭得一塌糊涂。她只是什么事也不能做，就连基本日常也无法维持，时常吃几口饭就会停下来，啜泣一声，抹一把泪，机械地咀嚼几口，等他这个做哥哥的问起，她却强颜欢笑，故作平静地回答："没什么，我很好。"

此时此刻，蘸白站在这对痴男怨女面前，他俩被雨淋得透湿，一如世间其他无意间折远的情爱，念念不忘与纠纠缠缠终于沉淀出如此一种深情。

蘸白从前就不喜欢仲寅帛这人，此后只有更厌恶。蘸白目如深井，传话："爷爷要见你们。"

惊雀巷的岑宅是一所会让王槿鸢看了就皱眉的旧房子，说不上是融合了欧式还是日式风格，它古怪而大气，陈旧却精致。

书房燃着沉香，岑润荩眼神冰冷如蜥蜴。

从前，总有两个小女孩坐在檐廊下剥花生吃，雨声与风铃化为一体，她俩伸出手去接檐外的雨线，手心被雨滴打得发痒，便咯咯笑作一团。一夜大雨，香樟叶落了一地，天地阒静，她们一人一双红雨鞋，踩着积水牵手去上学。

彼时，她们都是看着风吹落叶跑都觉好笑的年纪，一晃眼，她们都长大了，一个成了他心上的皱纹，另一个成长得美丽动人，却在自己的爱情里不得要领。

仲寅帛跟在蘸白身后进了岑家，宝凛递来厚厚的毛巾，他接过去，转身递给身后的德珍。德珍看了很久，长舒一口气，接过毛巾别过头去。男人对这已经很满意，拿起剩下那块。

进了客厅，岑慎其夫妇坐在沙发上，蕙爱抱着孩子坐在另外一边。德珍叫了一声爸爸妈妈，不作停留，往爷爷书房走去。仲寅帛紧随其上。

岑润荩的书房有教堂般高大的木棂窗户，匠人出身的他讲究采光，天气好的时候，阳光穿透那一片片明亮，放射状的光束落在栗色木地板上，光里纤尘毕现。

这样一间屋，用来喝茶看书听古典乐再适合不过，但风花雪月之外，有时也会夹带柴米油盐的现实。

岑润苌看着眼前这对湿答答的年轻人，早在很久以前他就坐等这天，他希望看到这个过分骄傲的年轻人能认识到自己的狭隘，也希望自己的孙女能找寻范畴内可以作的妥协。

岑润苌看得出仲寅帛爱着德珍，但他将事情想得太过复杂，花哨的拳法套路迂回，远不及德珍一击重击。如今将自己弄成这般狼狈，是笨，也是愚蠢，让人怜悯。

岑润苌看着他潮湿的发顶，再看德珍，她的嘴唇微抖，脸色煞白，鼻子微红，长睫毛三两根并作一块，眼里水光一片。

"这是我们第二次见面了。"岑润苌对仲寅帛说。

"是的，这次来，我有疑惑。"

"你但说无妨。"

"我知道我在葬礼上表现不当，但我利用德珍交换图纸是你和周部长单方面的猜想是吧？"

岑润苌点点头："是的，没错。只是你母亲大惊失色，加深了这一猜想。"

仲寅帛苦笑一记："既然如此，那次见您时我已经拿到项目，我拜托您对她保守秘密，为何后来您派人将图纸送来，坐实了我的罪名？"

"这重要吗？在那之前，你已经在心里抛弃德珍了，不是吗？"

闻言，仲寅帛忽然喉头一甜，双拳在身侧紧握："是的，我以为我可以放下她去娶别的女人，如果我知道之后我的人生只剩辛苦到想死的记忆，我宁可绑架她，把她关在身边一辈子，也不会去医院见你那一面。"

岑润苌听了莞尔，转而看向德珍："德珍，你如何说？"

"对不起，爷爷。"她垂着脑袋，心中五味杂陈。

岑润苌沉默片刻，转而看向那个年轻人，回想一年前，这年轻人有备而来，讲述了他的目的并亮出他漂亮的底牌，他那不择手段不可一世的气概，并未激怒岑润苌，他太年轻，而他太老。

"德珍，你听好了，爷爷看的事足够多，活得也足够久，你不要拗，好好地，仔仔细细看看你身边的这个人，他到底是怎样的一个人。"

德珍只觉残酷，回望这段感情就如看一部电影，置身事外地欣赏自然是一种浪漫的美好，亲身演绎大可不必。

"爷爷，我的确爱过这个人，但我俩骄傲不尽相同，以至于后来这份爱消耗殆尽陷入困境，倒也符合自然情理。如今，我只觉我与他气数已尽，多说无益。"

"不，孩子，你误解了我的意思。你深谙自己的坚持，却不是很了解他的偏执，我叫你看清楚他，并非让你重修旧好，而是要你为今后的事作好打算。如若不然，他还会再找上门来。"岑润莨目光如炬，转而对仲寅帛说，"撇开感情上一而再再而三的失误不说，你是个优秀的年轻人，但我的德珍并不是你足够优秀就能摘取的。你与德珍的开始，我从未阻止，从头到尾我都没有阻止你追求德珍，只是你自己将之当成筹码与我博弈，最终谁输谁赢，我想此刻你应该深有体会。"

"爷爷……"

岑润莨继续说道："卑鄙本身并不可怕，但将世间所有人都想象成卑鄙的模样那就很可怕了。年轻人，不要消耗自己的尊严，也不要轻易磨损自己的热情。德珍不了解你，你自己也不是很了解你自己，你辛苦得想死，而德珍口口声声说与你气数已尽，你俩口径不一，我不会替你们作决定，就让时间来决断吧。"

仲寅帛抬起头来，看向德珍，她微微颤抖着，目光平静如初，再没对他的不舍。他别过头去，腮帮一阵鼓动磨合之后，身侧握紧双拳松开，深感大势已去。

正如她亲口所言，她爱过他，他已然成了一个过去时。

"既然如此，那就，叨扰了。"他将目光停留在这个女人脸上，投注最后一分不甘心，他命令自己赶快离开，离这个危险的女人远远的，再不走，他的自尊心就要悉数夭折在这了……

双腿沉重形同灌铅，但他还是咬牙走完这程。

他的每一记脚步都像是踩在她心上，书房的门打开又关上，直到他彻底离开，她倏地身形摇晃，踉跄着倒退一步，酸麻的身体一阵过血，肌理底下是成片的刺痛，她掩住自己的面孔，双腿一软，跌坐在地上，泪痕划过脸庞。

岑慎其推门进来，见状，与父亲对视一眼，沉默着弯腰抱起自己半湿的珍宝："德珍，我的女儿。"

她将双手箍住父亲的脖子，头紧紧埋进他的胸膛："爸爸……"

后知后觉地，她终于失声痛哭。

深夜一点。

酒店内的威士忌吧尚在营业，橡木地板上铺着图腾华美的地毯，做旧家具搭配真皮沙发显着陈年色调，壁炉上的鹿角装饰充满强烈的狩猎风格。吧内没什么人，阴影处几个黑衣男人随时待命，有位老先生坐在吧台前很有腔调地喝着50年的麦卡伦，再点一支雪茄，就可重温一部《007》。

无情的男人心中只有几件事，钱、酒、女人，别无其他，向来自在。

酒保擦干净桌子，离开了一会儿，等再回来时，从酒架上取了一瓶打开倒了一杯，又指了指那边那位老先生："那位先生请你的。"

仲寅帛双眼通红，顺着他手指的方向看去，老先生朝他举了举酒杯，自顾自喝了一口，若无其事。

橙黄的酒液散发着酽酽的色泽，只差写上"我是一杯安眠药"以正视听。仲寅帛试着将杯子凑近鼻端，喝了一口，酒精瞬间在每一个味蕾上燃烧起来，自咽喉而下，犹如生生咽下一团火。

轻呛过后，他抽出一张名片交给酒保代为转交。没一会儿，酒保又回来了，也递来一张名片，上头一则电话，一个名字。

他气喘吁吁地转头看去，转角那个位置已经没有人，阴影里的保镖也消失得无影无踪。

他收下名片，独自坐着，静静将那杯烈酒悉数吞咽。大抵是为情所困的男人都有同一种面孔，遮掩亦没有用，他要灌醉自己，酒保亦十分纵容。

Ben赶到时，他已经口齿不清，勉强将他从吧台带走，Ben累出一身汗，心里暗咒：我一定要赶紧将这大楼造完滚蛋！

"你不回家吧？"

"嗯。"

电梯"叮"一声，抵达楼层，Ben扶着他走出电梯，摸到他身上的房卡，将他扔到床上："……醉成这样……"

Ben这一下不分轻重，完全忘记他的左手刚受过伤，当下将仲寅帛疼得脑门一阵急汗，Ben后怕地凑近观察，却只听他咬牙切齿替自己辩解："我没醉，我只是……很高兴。"

看他这样，Ben大概猜出他醉酒为何，叹了一口气，只见他一个翻身摸到床头的红酒就要喝，Ben紧忙将酒瓶夺下："你疯了吗？"

仲寅帛以手挡住头顶刺眼的灯光："我没疯，今天，我去见她了……"

"她拒绝你了？"

"嗯。"

Ben同情地看着他，将酒瓶塞进他怀里。

仲寅帛拧开木塞仰头灌了一口，粉红酒液从他嘴角溢出，呛了一下，忽然笑道："Ben你知道吗……这一刀没白挨……她……还在乎我疼不疼的……"

Ben夺下他的酒瓶，自己仰头灌了一口，拿袖子擦擦嘴角："那还喝什么酒，留着结婚宴上喝啊！"

床上的男人傻乎乎一笑："可她爷爷不喜欢我，她爸爸妈妈不喜欢我，她全家都不喜欢我，她在乎我，但更在乎他们……"

闻言，Ben脸色一黑，不耐烦地将酒瓶塞回他怀里："我看你还是喝吧，可怜虫。"

仲寅帛自嘲地笑笑，手很疼，头很疼，心也疼，浑身上下没有一处是不疼的。Ben将酒柜里所有的酒全部打开，你一口我一口，直到后半夜，二人都醉了，迷糊中，仲寅帛听他说："既然有追求，那就别将就。"

他当然知道，正因为不愿将就，才会落到如今这般田地，他的人生，何曾如此惨淡过？

当他醒来时，人在医院中。

仲太太坐在床前，双眼通红，见他幽幽转醒，忙叫来护士。一番动乱后，所有人潮退去，仲太太饮泣求他："儿子，妈妈求你了，别再这样折磨你自己了好吗？我不逼你去找德珍了，你好好的就行，只要你健健康康的，妈妈什么都随你！"

仲寅帛一声轻笑，抬起手臂揩去她长长的泪痕："妈妈，我也没办法，我把心落她那了啊……"

仲太太一怔，继而泪如雨下。

他这一病，又被勒令休养一周。宿醉，手伤，加上智齿发炎，轻松将他撂倒，高烧不退能醒过来都算他命大的。

手臂上的伤刚刚结痂，因为痒，周遭起了一些红疹，他尝试着用右手用餐，但仍觉十分不便。这一次，没有那个女人削好苹果递到他嘴边，也没人一蔬一饭亲手相喂，夜里他还需忍受智齿隐隐作祟，好在无须工作，他大可以睡个天昏地暗。

"你奶奶听说你住院了，她那有个牙医很不错，让你去她那住一阵，你爸爸已经叫人给你办理休假了。"仲太太将粥吹凉，喂给他。

仲寅帛张嘴吃下，没有拒绝。

他的奶奶，哦不，准确地说，是卯卯的奶奶，仲寅帛很少与人提及她，甚至连他父亲也很少提起她。她是个脾气古怪的老女人，总是阴阳怪气的，小气抠门，老得一点也不可爱。

从前他们一家住一起，仲太太是个心直口快但还算能忍耐的人，却也被她折磨得不成样子。她们教育孩子的方式也截然不同，一次二人因为一点小事争吵，仲太太脱口而出："我又不止生一个，您替我着什么急啊?!"

结果，卯卯出生一个月后，老太太突然杀过来，二话不说抱走孩子，仲太太还在产后休养，就这么眼睁睁看着幼子被婆婆抱走，等仲王生回来，她早已哭得不成样子。

仲王生连夜去了乡下母亲那里，老太太把孩子哄睡了才出来见儿子，开口就是："她自个儿说的，我也答应不管老大，但这个小的你必须给我留下。"

仲王生一番掏心掏肺恳求，仍没能化解她们婆媳之间的水火不容，最后沮丧离去。从此，卯卯就成了老妖婆手里的抵押品，也为此后所有的不幸埋下了祸根。

仲寅帛不喜欢自己这个奶奶，不仅仅因为她古怪令人生厌，还因为她的刻薄隔代遗传。他和卯卯的个性，和父母丝毫不相关，准确说起来，根源全来自于这个老妖婆。

但是卯卯的死，仍然重创了这个白发苍苍的老人。

车子在乡间行驶了一个小时，仲寅帛终于抵达镇上。如果可以，他宁愿就着矿泉水和压缩饼干在车里过夜，但是，老妖婆绝对会把他从车上揪下来。

司机刚把车子熄火，屋子里灯就亮了，仲寅帛想了一会儿要不要下车，老太太却已经打着手电筒出来了。

她身上穿一件蓝色对襟外套，头发梳得一丝不苟，看了眼孙子仍然肿起的腮帮，晃了晃手电，闷声道："愣着干吗? 还不下来。"

仲寅帛戴着吊臂，吸了吸鼻子，这才迈开长腿跟在她身后进屋。房子是二层旧楼房，邻居依旧住着人，电视机的声音嗡嗡传到这边来，堂屋里祖孙俩对看一眼，什么话也没有，老的拿出一盘水果，就一个字："吃。"

仲寅帛从果盘里取了一颗苹果握在手里，但并不吃，她比之前老了许多，变得更瘦更小，越来越接近婴儿在母亲子宫里的样子。

老太太没话可说，这孩子从小就这臭德行，如今共处一室还能和平共处已经十分难得，她不奢求别的，也不屑与之亲亲热热。

祖孙俩，皆是古怪的。

这时，一只猫从二楼窄小的楼道里信步下来，老太太见了它，一改容颜，一张脸笑成菊花，半蹲下招手哄着："来，兰花，奶奶抱抱。"

它的眼仁漂亮得像琉璃，蹲在台阶上看了仲寅帛一会儿，"喵"了一声，走下楼梯，没去老太太那儿，倒来到仲寅帛脚边，胖脸蹭蹭仲寅帛的裤管，然后懂事地蹲坐在地上，抬头看向仲寅帛。

仲寅帛弯身抓住它两条前肢，以免被它的爪子勾到，左右将它审视一番，才放下心来抱在怀里："走了，我们去睡觉。"

他兀自抱着猫上楼，徒留堂屋里被小畜生的喜新厌旧气得张牙舞爪的老妖婆。

乡下的夜寂静得只有蛙声虫鸣，他躺在卯卯睡过的床上，兰花在床下看他一会儿，似乎在分辨他身上是否带有旧主的气息。不一会儿，仲寅帛忽觉肚子一重，压着毛茸茸热烘烘的一团。

"走开，小鬼。"

"喵。"

"你这么肥。"

"呜！"

仲寅帛忽觉肚子挨了一爪，直起身来，小东西在床尾奓毛，他掀开衬衣看到肚皮上三道红痕，讥笑道："脾气倒是不小。"像他。

他不知死活地用脚拨拨它腹部的皮毛，拍拍身边的床位："我数三下。一、二……"

三还没数到，身边床垫忽然塌下一块，他嘴角一记抽搐，无言地与它对视片刻，最后扭头睡下。

不愧是老妖婆，养的小畜生都成精了。

他闭上眼睛，不久后，身边传来小怪兽均匀的呼吸，他将手枕在脑后，看着天花板上树影招摇。

心想，这样也好，离那个女人远远的，过另外一种生活。

岑润蓁独自在书房静坐，房间内茶香袅袅，是上好的春茗香气。他的桌台上放着几只相框，有他的妻子，他的儿子，还有全家福。

全家福上众人都将自己打扮了一番，黎阑、稚巧穿淡蓝色长裙，头发乖巧地披散在肩头，黑皮鞋配白袜子，这是经得起时间洗礼的装束，而他心爱的德珍，她生得不偏不倚，姿态不疾不徐，穿得不丰不俭，正是一个美人应有的模样。她是很多人心里的眷恋，而他这个糟老头愿意为了多看她几眼勉力多活几年。

德珍被爷爷叫进书房时心里是不安的，那间屋子上演过她的心碎，时隔多日，依旧历历在目。她在门口呆立多时，宝凛从洗衣房出来见她杵着，刚想出声，她将食指比在唇上，继而敲了敲门，闪身进去。

"爷爷。"

"哦，你来了？坐。"

德珍在椅上坐下，岑润茞倒了一杯茶给她："我最近听说你在打听什么人？"

"嗯。"她抿了一口茶，不奇怪爷爷会知道。

"前几天你感冒生病，你妈妈替你接了一个电话，你在找一个叫'阿乾'的人？"

"是的爷爷，我有一些事需要与他确认。"

闻言，岑润茞从抽屉中拿出一张纸条递给她："这是对方号码，你妈妈本想打听些什么，但对方只要和你说，你不妨回个电话。"

德珍展开纸条看了一眼，妥善收下："如果没有其他事，我就出去了。"

岑润茞点点头同意，待她走到房门口，忽然叫住她，德珍缓缓回身："您还有事？"

岑润茞看她一会儿："没什么，家里闷，你出去散散心吧。"

她滞了一下，轻轻"嗯"了声，捏紧手里字条，悄声带上门出去。

她按纸上号码拨通电话，接电话的是个中气十足的女生，德珍道明来意，对方却声称在电话中聊不方便，晚上德珍整理了一些行装，次日一早驾车再次去往那个小镇。

她按地址找到镇上小学，操场被烈日晒得发白，她在教学楼附近逛了一圈，最后来到布告栏。

"就是你在找阿乾？"

德珍回头，一个满脸晒得通红的女生叉腰站在她眼前，她穿一身蓝色运动服，胸前戴着一枚闪亮的银哨子。

她喘着粗气好奇地看着德珍，十分警惕德珍的美貌。在乡下姑娘看来，德珍就像是个芭比娃娃，既高贵又美丽，还带着一种冷冷的甜。

"你就是小贞吧，你好，我是岑德珍，是我在找阿乾。"德珍伸出手，无辜地看着她，反将她看得不好意思起来。

小贞飞快地与她握了下手，涨红着脸吼道："你不是检察院的？"

德珍摇摇头。

"原来是这样，我还以为有人在查阿乾爸爸呢。"

"这怎么说？"德珍有些疑惑。

"前阵子镇上来了几个男人问阿乾奶奶家住哪儿，我留了个心眼，问他们要了一张名片。前几天阿乾奶奶和我说有个女人上门找她，让我问问是不是出了什么事，我打电话给名片上的电话，他们一开始支支吾吾的，我警告他们不说实话我就报警，他们说是你要找阿乾。吓我一跳，我还以为是阿乾老爸贪污犯罪招来便衣问访呢，还好不是。"小贞拍拍胸口压压惊，"不过你找阿乾到底什么事？"

"我有些东西需要归还给他，你知道他的下落吗，我想见他一面。"

闻言，小贞像是误吞一只苍蝇一般，略带错愕地看着德珍："你……不知道他已经死了吗？前年年底的事了。"

德珍一愣，心灵震动，但没失去仪态，只当迎来最坏的结果："是吗，他……去世了？"

小贞点点头："你和阿乾什么关系？为什么忽然想起要找他？"

德珍摇摇头，脸色一阵发白，双腿一软，在花坛边上坐下，整理了一下情绪，说道："阿乾，他是我妹妹的朋友。"

"那你妹妹呢？她怎么没来？"

问者无心，听者有意，德珍将两个当事人的故去联系到一起，顿时悲从中来，嘴巴张了张，眼泪却先滑过了脸颊。

"她，死了。"顿了顿，她梦呓般说道，"去年的春天。"

她来是想告诉阿乾，深深爱慕着他的那个黎阑死了，却没想到，他甚至比黎阑还先一步离开人世，根本无法听到这则消息。

小贞也愣了一下，懵懵懂懂地整理了一下头绪，心中已经有一个隐隐约约的故事大概，尝试地拍拍德珍的肩膀："抱歉，我不是故意这么问的。"

德珍不知自己是如何离开学校的，小镇街道上吹着微热的夏风，一阵又一阵，裙袂飞扬，最终带走了她脸颊上的潮湿，她的心却不能被烘干。

与此同时，距离小镇十里以外的一家乡间牙科诊所正在招待一位挑剔的贵客。

诊所是一栋气派的建筑，外墙被粉刷成清新的碧蓝色，进进出出的护士身着粉色职业装，院长办公室里坐着一位面色不善的年轻人。他刚于昨天进行了一项口腔手术，他一共长有三颗智齿，上排一颗下排两颗，其中下排右方那颗顶破了他的牙龈，酒、辛辣、熬夜皆会引起发炎肿痛，令他生不如死。

拍片显示，这颗智齿在突破牙龈后停止了生长，经验丰富的老医生拿着器具在年轻人嘴中一阵搅动后告诉他："它或许还会长，但也可能永远就这样。"

年轻人是个英俊锐气的男人，他一进门护士们就争相为他服务，然而他只关心他的牙齿，因而听了医生这番论断，闭上嘴巴，脸上略带苦笑。

"它或许还会长，但也可能永远就这样。"

真像一段坏爱情。

"拔了吧。"他想了想说。

老医生与这间诊所同名，他自然是有口碑负责任的，他清楚这个年轻人的身价，因而还是分析了一下情况让他多作考虑："从X光片上看，你的这颗牙齿齿根十分靠近神经线，而且与颚骨生长在一起，如果你要拔除，那么我会先切开你的牙龈进行凿骨然后取出牙齿，再进行缝合，手术后需要打2小时吊针，住院观察24小时。"

年轻人皱眉，问："需要缝几针？"

"3到4针，视情况而定。"老医生据头回答。

"术后需要家人陪同吗？"

"不需要，手术有麻药，术后有护士处理，不过未来一阵子会影响你进食。"老医生戴着口罩，但眼睛是笑的，活像个将人引入歧途幸灾乐祸的老坏蛋。

年轻人眉头一皱，无视他的恐吓，重新躺回手术床上，挥挥手："拔吧。"

手术很顺利，他被送去输液，随着时间过去麻药逐步消退，他的整个口腔布满上亿种微小的刺疼，二十四小时过去，他仍齿根麻木，舌头僵硬无法说话。

德珍漫无目的地走在小镇上，小贞听说她从英国回来，长长地"哦"了一声，"难怪你不知道消息了。不过你可别再去找阿乾奶奶了，他们一家子怪人，这几天阿乾那个脾气一模一样的哥哥好像也回来了，你要是没什么事还是走吧，他们家不爱和人提起阿乾的……"

德珍昏然不知所以，眼泪干了又流。这世上的爱情有千万种，为什么发生在她身边的，都这样惨烈……

仲寅帛抱着猫坐在后座，他将窗户半打开吹风，车子驶入社区，他远远只见一个熟悉的身影走在路边，她发如鸦羽，白色连衣裙用一条绿丝绸腰带束着，她走走停停，像是在因迷路而哭。

一辆不挂本地牌照的黑色雷克萨斯一阵风开过，德珍身形摇晃，看车子最终停在邱家庭院门前，紧接着，邱清乾那个"一模一样的哥哥"便从车上迈步走下来。

所有因果关系在这一刻如琥珀凝固。

仲寅帛看着眼前的女人，她大概才哭过，有着一种纤细娇艳的性感，他原想离得远远的，这个人，如今却魔法一样出现在他眼前。他无比讶然："你是怎么找到这里来的?"

她的鼻子红红的，回答他："意外。"

微尘中有大千，刹那间见终古。

德珍与仲寅帛不分场合地相遇早已见怪不怪，她素来惯看长沟流月去无声，他却是她命中唯一意外。多日不见，他依旧不染尘滓，一双眼宛然通透如玉，只清冷冷的一色，但仍叫人看不透他。

仲寅帛恍惚关上车门，他的脸仍未消肿，有些可笑，但瑕不掩瑜，英俊仍是那样一览无遗。

车子另外一头，一位老人家提着猫笼下来，见德珍后眸色一利："你怎么又来了?"

德珍朝她抱歉："叨扰了。"

"奶奶，你先带兰花进去好吗?"他在一番良久的对视后，错开视线对老人说道。

老人家瞧了这对俊男美女一会儿，撇着嘴嘟嘟囔囔带着猫进了庭院。

仲寅帛待她进了家门才重新鼓起勇气看向德珍，眼神在探究。

德珍流露一丝无可奈何，心里只觉与爱有关的东西，似乎都带着天意。

他们一前一后来到小镇上一间茶室，茶室位于一条狭窄热闹的街道，招牌是深绿色的，绘着金边，整幢建筑是木质的，横梁黑沉粗大，为整间店作了良好的铺垫。它旧、朴、雅，洁净，深得人心。

客人们亦不粗野，几位老叟坐在角落下棋，一楼有穿白马褂的老板候着，见有新客，且是一对俊男靓女，不由眼前一亮。

德珍跟着男人上了无人的二楼，包厢里一派民国风气，壁上的彩画美女丰腴动人，吊扇呼啦啦转着。她在临窗位置坐下，老板与仲寅帛握了握手，看待他的眼神如同长者对待自己欣赏的后辈。

仲寅帛指了指自己的腮帮子，态度清淡，与店家周旋得心不在焉。德珍用眼睛揣摩着老板那件亚麻料子的褂子，等他离开才将视线抽回。

仲寅帛拉上窗帘，为她沏了一杯茶，德珍抬眼看他有些滑稽的脸，他的轮廓在纱帘滤后的光里暖融融的。

但她很快抽回视线，随手翻了菜单，要了几样招牌点心。每写一个仲寅帛锁眉便深一分，看着她的眼神略带抗议。

"你的弟弟叫邱清乾？"德珍单刀直入地问。

大抵是很久没从别人口中听闻这个名字，仲寅帛显得有些呆愣，但很快又点了点头。卯卯是父亲为他取的名字，奶奶给他取的名字是邱清乾，是庙里一位师父赠的名字。

德珍默然，惊吓一个接一个，紧接着又被一个一个证实，这短短的几个小时里，她遇到太多打击，已经远远超过了她的负荷。

"你的脸怎么了？"德珍忍耐了一下，还是好奇这个问题。

"拔牙。"仲寅帛答得简括。

德珍点点头，镇静下来后，呷了一口茶。原以为小店简陋，没想到茶水却十分上道，她又求证似的喝了第二口，那股甘甜冲散了她目光里的疲倦，恢复原有的温暖。

这时店家送点心过来，点心的样式也是质朴的。"您的茶水很好。"德珍不吝褒奖。

店家听闻美人大赞，哈哈大笑起来："小姐是识货的。"

德珍笑了笑，目送他带上门离开。她又喝了一口茶，微肿的眼睛疲惫地半阖，陷入沉默。

男人敞着两颗衬衫扣子，下巴一圈淡淡青色，潇洒，但不精致。他的眼神，从下车起就未曾离开过这个女人。

见她脸色异于寻常的苍白，男人忍了片刻，最终撇开漠然，略带一丝紧张从位置上起来走近她。"你体温过低。"冰完她的额头，他飞快说了一个长句，肿胀的口腔影响发音的正确性，但关切表露无遗。

"我没事，休息一会就行。"

"起来，去医院。"他的语气很像咬牙切齿。

德珍瞥他一眼，叹息一声，决定不与他争论，缓缓站起身来，只不过忽然眼前一黑，身子软绵绵往一边歪去。

仲寅帛眼疾手快地揽住她，眼神冷得要杀人。

二人坐下还不到十分钟，又匆匆去了镇上医院。门诊设施是崭新的，大楼新造不久，女医生给她量了体温，简单检查后，看向仲寅帛说道："放心，不是绝症，只是轻微中暑而已。"

仲寅帛与德珍齐刷刷看向医生。

医生泰然自若地写着病历，开了解暑药水，让仲寅帛去药房取药，德珍白着脸坐在一边，我见犹怜。

"新婚吧？"

德珍觑她一眼，眼神疑惑。

女医生将鼻梁镜架推回原处："难道不是吗？那你俩为何一个脸颊肿着，一个眼睛肿着？那不是你打的，也不是他弄哭的你？"

德珍深吸一口气，心情万分复杂，却疲惫地不想解释。

仲寅帛取了药水回来，兑了开水当场喂她喝下，医生摆摆手赶他们回家。

出了医院，德珍提着药袋上后座，许久不见他发动车子，茫然问他："不走吗？"

他本想忍耐，却被她的若无其事激怒，冷冷讥道："离开我不是要去过更好的日子吗？为什么要将自己弄成这样？你把离开你的我当成什么了？！"

他一把话吼完，嘴里立时尝到一丝腥甜，怒声在密闭的车厢内久久不散，德珍怔住未答。

他愤怒地拍了两下方向盘，继而发动车子。

"你要带我去哪儿？"

"送你回去。"他没好气。

"我自己有车。"

他虽肿着半张脸，却不妨碍他讥笑："我知道，你踩油门还是我教会的。"

德珍无奈，不再说话。

仲寅帛握紧方向盘，嘴里细微的牵动都会引发剧痛，额头不停冒汗，只觉口腔里又苦又甜。

"你，流血了……"德珍吃惊地看着后视镜中的他。

他瞥了眼镜子，只见嘴角一道长痕，随手抽了一张纸巾，不着痕迹地朝里吐出一口鲜血，继而将纸团愤愤扔开。

二人驱车抵达牙科诊所时正值下班之际，值班护士检查了仲寅帛的口腔，默声去打电话给已经回家的院长。

院长返回给他做完检查上完药，他又一次进入二十四小时观察期。

德珍坐在休息室的长沙发上，不一会儿他走了进来，将手机递给她，上头有一串座机号码，德珍接过电话，是他奶奶的声音。德珍将他的病情简单说了一遍，老人家十分关切，但天色已晚，她也无可奈何。

挂了电话，德珍起来，仲寅帛牵住她的手腕，眼神若水。他嘴里还含着药粉，不能说话。德珍缓缓抽回自己的手，说道："你不会有事的，我得离开。"

男人闭了闭眼睛，深吸一口气，拿起手机，在屏幕上飞快打下一行字：为什么问卯卯和邱清乾是不是同一个人？你怎么知道的？又为什么来这里？

"这些……都不重要了……"

德珍此刻心中一片澄净，红尘中打滚一圈，她真的有些累了。

仲寅帛注视她良久，再度拉过她的双手，紧紧攥在掌心，这世上唯有这个女人叫他肝脑涂地在所不辞，自尊心轰然倒塌再也不能重拾，到头来一切都是作茧自缚。

他缓缓捧起她的脸庞，看着她的眼睛，苦涩一笑，最后抵着她的额头，不再为自己辩解，只倾诉思念与恳求："如果不能避免和你相见，那我也不再奢求，我们可以做普通朋友。"

他不能动他的齿根，嘴里泄露药粉苍凉的气息，简短一句话，字字血泪，世上怎会生了这样一个女人来令他痛苦？

德珍苦笑，像是一开始相见就是为了重逢，此后的每一次相见都如同藤蔓交织生长，情深之后妄图各自成活，却是两败俱伤的结果。

她轻轻将他推离，垂眸道："不，仲寅，诚如你所说，我们当不了朋友。"

闻言，他不再强求，故作潇洒耸耸肩，离开休息室去输液。他不知道这一转身今后是否还能再见她，但这毕竟是他的劫数，他尽力了。

德珍目送他离开，但没立即走，电视机里放送着欢声笑语悲欢离合，护士进来为她倒了一杯水，又沉默离开，独留她一人静处。

人最喜欢干的事，就是费尽千辛万苦得到某样东西，然后亲手毁掉，于是就圆满了。但他们不知牵住的手，只需一放，便分流成上下游。上游是他，下游是她。上游是梦，下游人间。

她没离开，是在劝说自己不再动摇。随着时间一点一滴流逝，热血逐渐冷却，诊所外偶有一两台车飞驰而过，便再无其他。

值夜班的护士处理完一个因牙疼发作夜间发烧的孩子，送走病人，与同事断断续续地聊起了天。她们大概是忘了休息室里德珍尚在，嘴里绘声绘色描述着听到的故事。

意外地，这个故事的主人公德珍认识。

"听说他爸爸是做大生意的，家里有钱死了。"

"看不出来啊，带他来的那个不是他奶奶吗？穿得挺寒酸的呢。"

"你别看老太婆这样，家里金山银山不要太多。"

"真的假的？"

"富不外露懂不懂？"

说到这里两个姑娘会心一笑，接着又说："不过也可怜的，听说他家里还有一个弟弟，他妈从小和他奶奶闹，为了小儿子归谁养，吵了不下几百次，那老太婆也厉害的，警车来了都没能把孩子带走。"

"看不出来啊。"

"嘻嘻，你不知道吧，刘贺的姐姐你认识不，和她孙子同届的。"

"刘贺姐姐？长得很漂亮的那个？"

"是啊，十几岁的时候喜欢上人家，天天跑他家写作业，赖着不走，她爸妈也拿她没办法，后来被老太婆揪着头发教训了一顿才消停。"

"那人长得很帅吗?"

"你看他哥不就知道咯?"

两个护士说的是地方话，德珍听不太懂，好在她从小语言环境就十分复杂，听音辨意的本事长了一些，因而猜对了八分。

"那后来呢，刘贺他姐姐追到人没?"

"没吧，听说人家为了躲她，十六岁就跑去考大学了，还真被他考上了，后来就去横城啦。"

"刘贺姐姐没追过去?"

"这个就不知道了。不过……"

"不过什么?"

"没什么。"

"干吗说一半?!"

"不是我故意，而是后头的事儿有点惨……"

"怎么个惨法?"

"……那个人死了。"

"哪个?"

高个子的护士指了指观察室的方向："就他弟弟啊。"

"哦。怎么死的?"

"胰腺癌。听说他爷爷也是这个病死的，开刀活了两年，还是死了。孙子发病发得更快，手术不到三个月就不行了。"

"是不是真的哦，你怎么知道的?"

"咱们院长儿子和那人是大学同学，我听他说的。听说葬礼上闹得不可开交呢。"

"不会吧?"

"哎，他们有钱人就是作啊。听说弟弟死前吩咐了不准办葬礼，也不让发丧，也就几个要紧的朋友去了一下。"

"那怎么闹起来的?"

"还不是他妈妈咯。听说他本来想安安静静等死的，但里头那位……"高个子护士又指了指观察室，"一定要让弟弟去手术，弟弟后来想了想，决定拼一把，然后就去手术了，结果他复发相当迅猛，挡都挡不住，后来就死了。他妈妈从前就一直怨气很重，现在儿子也没了，一口气没上来差点去了半条命，送去医院抢救后醒来第一件事就是找大儿子算账。"

"晕，还有这种妈妈啊？反正做不做手术小儿子都会死，何必连大儿子也得罪，以后谁给她养老送终啊？"

"天知道呢……"

"唉，今天下午陪他来的那个女的是他的谁啊？长得好漂亮哦。"

高个子护士刚想说点什么，德珍打开了休息室的门，字正腔圆问道："请问有咖啡吗？"

两个小姑娘吓了一跳，立即收了乡音，改用普通话对德珍说："有的有的。"

德珍去洗手间洗了一把脸，梳理了一下适才听到的故事，她鲜少听信流言蜚语，但她这几日所见所闻无一是虚幻的。擦了擦脸，她回到门厅，其中一个给德珍泡了一杯速溶咖啡，她浅浅喝了一口，道了一声谢谢，问起仲寅帛的现状，护士领她去观察室，在护士打开灯之际，德珍拦住她："不用了。"

护士讪讪一笑，抽回手转身离开。

德珍进了屋子，房间的一面是落地磨砂玻璃，走廊里透进一层薄光，单人床上躺着一个男人，输液早已结束。她看着他手背上贴着的止血棉片，神思恍惚地拉起他冰凉的手。

人们在口口相传之间架构了一个痛彻心扉的故事，三言两语就将主角送入必死无疑的绝境，令无数听者摇头唏嘘，却奇异地没有让德珍这半个当事人动容。

眼前的这个人，他骄傲不可自拔，是她拉他走下神坛，他被她的朋友唾弃，被她的父母设计，被她的长辈漠视，在这没有尽头的绝情面前他忍耐着生存，偶尔怒言相向只因她没照顾好自己。

在这段始于一桩较量的恋情里，他慌张失措，她未必井井有条。

他早就作好不被原谅的准备，他的赌气和反反复复的恶言恶语更像是一种无处排解的无助，他习惯伤害别人，但不习惯被伤害，所以他选择在被刺伤之前提前自卫。

麻药退却，疼痛在后半夜复发，当他睁开眼醒来的刹那，隐约感知床前坐着一个人，细看之下："你……没走吗？"

"你为什么从来不问我和云越的事？"她答非所问。

听到那个久远的名字，仲寅帛恍惚了一下："过云越吗？"

"嗯，过云越，我的未婚夫。"

他抿起嘴角，像是微笑，谨慎的语气略带一丝狡猾："我本来打算一辈子不问的。"

"为什么？"

"不能把情敌的身份落实啊。"他心里清楚，和活人争尚有胜算，但和死人争必输无疑，他宁可选择一辈子不提。

德珍无语失笑，他胆子竟那么小！

二人沉默良久，他被医生严令禁止说话，而她却犹如洞窟里惹取经僧人破戒的妖精一般，再三让他破例。

"云越的家在德文郡，他在十二岁被确诊患有轻度自闭，他有个堂兄也有相似病症，但比他严重许多，有一次，云越亲眼看见堂兄面对女士裸露的足部神志发狂，他被吓坏了，从此不再出门。他是个漂亮的男孩子，而且很聪明，所有人都很疼爱他，我把他当作哥哥，喜欢弄乱他的房间，然后看他将所有东西一件不差放回原处。他记性很好，但从来不会报复我。我喜欢他，我不在乎他是否残缺，所以我俩订婚了。"

"我不想听……"单人床上的男人憋了很久才吐出这么一句。

德珍冰了冰他的额头，上头是湿亮滑腻的，显然麻药退去之后他很不好受。

"有一次，我好不容易劝他离开家去参加罗斯柴尔德家一位小姐的婚礼，我为此沾沾自喜，但是车子开到半路，他开始疯狂地捶打车窗，要求下车。我妈妈当时也在车里，她被吓坏了，而我还在试着安慰云越，劝服他兑现与我先前的承诺，他试着忍耐，车子于是又开了一阵，但是当他第二次发狂时，妈妈受不了了，她命令司机停车，让后面运行李的车送云越回去。我想陪云越回去，但妈妈制止了我。那一天，是云越与我在人世间的最后一面。几天后，我与朋友结伴去了非洲，旅程结束后我被告知他已离开人世多时。他于一个风雨交加的夜晚开车离家，他从未开过车，三天后人们在海边的悬崖上找到他的尸体，嬷嬷没有让人通知我他去世的消息，因为，云越离家是要去伦敦找我……"

云越云越，连名字也彻底温柔，他当然是爱她的，为了证明他不是无法战胜心魔的懦夫，他鼓起勇气来找她……

结局是令人不快的，她莫名失去了未婚夫，恍恍惚惚地长大，直到最后都没人揪着她的领子责怪过她。

是你害死了她——这句话，她不曾从任何人嘴里听说过。

上流社会的人们区别于低级社会的准则就是拥有克制情绪的能力，他们的衣柜藏了许多骷髅，他们的情感是高级的，他们从不轻易流露仇恨。

时隔多年，她第一次对人诉说这段往事，相比起在弟弟灵前被母亲强加罪责的仲寅帛，她可以说是幸运的，但她从未为此感到庆幸过。

"当初为什么要放弃我？"

这个问题，此刻她已不需要他回答。

在某种程度而言，她与这个男人是有共同之处的，他们都缺乏对幸福的信心，选择了自我惩罚。

如果说之前还有执念，那现在她已彻底释然，因为她懂了这个男人悲剧性的根源。

"为什么要对我说这些？"病床上的男人问。

德珍莞尔："我想让你知道。"

"但我不在乎。"

"我知道，你的心，是石头做的。"她的声音在夜里听来有着神奇的催眠力量，放在任何地方，这都是一道叫人失去警惕的声音。

他干笑了声："那个时候难熬吗？"

"嗯？"

"一个人扛着的时候，想找个人骂你，却没人骂你的时候。"

她摇摇头，又点点头。

他轻笑："多希望那个时候就能认识你。"

德珍垂眸摩挲着他手指的骨节，他的声音沙沙的，轻如蚊呐，但每个字眼都像敲在她心上一般清晰："后来也不算太晚。"

"我在你妹妹的葬礼上第一次见到你。"

"可你后来装作不认识我，问我有几个哥哥。"

男人有些赧然："我这人不会聊天。"

德珍却揭穿他："你只是担心我哥哥多会挨揍而已。"

他苦笑："算你对。"

德珍看着有些憔悴的他，忽然静默，动辄刀剑相向的日子仿佛就在眼前，现今他俩一笑泯恩仇，唇齿间充满释然。

"我在欧洲住过一年，在比利牛斯山脚下，一间四百多年历史的老房子里。夏天的晚上和朋友去地中海边躺着看星星，冬天上山去滑雪。"

"什么时候的事?"她问。

"离开纽约之后。"父母对他这突然而来的散漫并不知情，但他趁着那一年，一个人读很多书，看很多风景，他预感自己未来会娶一个家世相当的女子为妻，结婚生子，经营父亲的事业，他或许会比父亲更成功——他猖狂，但他也没什么梦想。

有时候，他是可怜自己的，直到他提及梦想这个字眼就会下意识联想到一个女人的名字。

"几点了?"

"你再睡一会儿，天会亮的。"

"那好，我要睡了，在我醒来之前，我给你逃跑的时间……"

困意袭来，他越说越轻，握着她的手腕逐渐失去力量。

德珍回味他的那句话，又坐了一会儿，手机屏幕亮了一下，又暗了下去，提醒着她离开的步伐。

仲寅帛醒来时，身边空荡荡的，齿根仍然发麻，或许是昨夜未遵医嘱，因而并不十分好受，他看了眼床头的那张椅子，双手捂面搓了搓，似梦非梦。

过了十分钟，他终于确认，她选择了逃跑。

他不知道她去了哪儿，心中微蓝的火苗冷冷地烧着。

回到家中，奶奶不在，只有兰花。

它很乖巧，从不偷吃零食，也从不弄坏家具，分不清是先天如此，还是后天被调教成这样。他在路边随手摘了一根狗尾巴草，它可以心心爱爱玩很久，一点也不吵闹。

距离拆线还有几天，他无事开着车四处闲晃，每次他一打开车门，它就先他一步溜上车在副驾上坐好，他带它去宠物店剪了指甲，给它买了零食，用手一点一点掰给它吃，它吃东西的样子让他很有成就感。

拆线后，院长给了他一张名片方便他回滟水后就近治疗，奶奶听说他要走，摆摆手不耐烦地说："早走早好！"

恶声恶气的。

不过，他无所谓，第二天一早便出发了。

上了车，扣好安全带，瞥见乖乖坐在副驾上的兰花，他又好笑又好气，抱起它："这是她的位置，以后不准再坐了，知道了吗？"

兰花瞪着它琉璃般的眼仁，似懂非懂地"喵"了一声。

他重新下车，将猫递给仍在车边的奶奶，老人接过猫抱在怀里，欲言又止地看他一眼，等他扣好安全带，她终于开口了。

"那姑娘走的时候留了一张照片给我。"

仲寅帛皱眉看她，见她从裤子口袋掏出一张拍立得相片，上头是一个长发少女，明眸善睐，手里握着两只线香，火花飞溅，她光着脚在沙滩上，身后是深黑的大海，白色的浪花就在她脚边不远。

这是，岑黎阑。

他见过她端庄懵懂的闺秀模样，但显然她十分喜欢这个给她拍照片的人，她笑得这般灿烂，连头发也半飞扬在空中。

"我还以为是你爸爸出事了，原来她是这个姑娘的姐姐。"奶奶嘟囔着说道。

仲寅帛捏着相片的手指紧得发白："那这个姑娘呢？"

"死了。"奶奶给怀里的猫顺了顺毛，又道，"听说是车祸死了，本子里记了来过我们家，所以她姐姐就过来看看。"

仲寅帛震惊得说不出话来。

"她……来过我们家？"

"嗯，早几年前的事了，跟着卯卯来的，帮我洗了一天被子，不像刘家那丫头，只会给我添乱。"

仲寅帛耳边嗡嗡声一片，黎阑来过奶奶家，并且是卯卯带回来的……

"那她姐姐都跟你说了什么？"他恍然问，蝉鸣阵阵，显得这日子浮躁而虚幻。

"也没说什么，只是谢谢我当初招待她妹妹，和我坐了一会儿，然后就走了。"

"那为什么要把相片给我看？"

"那姑娘说的啊，她有一些话没办法直接跟我说，但是给你看过照片你就会知道是什么事，说你会告诉我的。"

"奶奶！"仲寅帛咬牙切齿。

"你发这么大火做什么，我就问问还不行吗，怎么难不成我又被人当枪使了？"老太太气得差点跳脚。

仲寅帛眼神死死看着她，一双慑人的眸子里亮得快要喷火，但眼下并不是计较这些的时候，重要的是那个女人给他留下了线索。

他叹了一口气，将相片还给奶奶，闭了闭眼睛，现实往往牵扯着虚幻，在最没防备之时，给我们一记迎头重击。他此刻就有被人一拳闷倒的钝痛，脑海里白光一片："奶奶，卯卯爱她，而我，爱她姐姐。"

抱着猫的老太太还在喃喃自语"怎么会"，他发动车子，和她道了再会。

仲寅帛没有参加这天下午的集团会议，而是去了惊雀巷。岑家府邸静谧无声，他进了院子，按了门铃，来应答的不是慧珠，而是抱着孩子的薰爱，她看着仲寅帛，眼神有些疑惑："你找谁？"

"我找德珍。"

"她不在。回英国了。"

"什么时候的事？"

薰爱算了算："一个礼拜前。"

"能把她的住址给我吗？"

薰爱愣了一下，继而笑了起来："好的，你等一下。"

仲寅帛等了 会儿，屋里岑润荁询问薰爱访客是谁，薰爱笑着答道："是个卖保险的。"

不一会儿，薰爱抱着儿子回来，递了一张纸条给仲寅帛，轻笑一声："祝你好运，年轻人。"

仲寅帛收好纸条，道了一声谢谢，转头消失在岑家绿意盎然的夏日庭院。

萧尘为他订了星期三晚上飞希斯罗的机票，飞机需要在香港转机，他没带一件行李，但因为随身携带一盒曲奇和一件贵重物品而被盘问，半个小时后，机场工作人员笑着拍了拍他的肩膀："祝你好运，年轻人。"

漫长的飞行结束之后，他跳上伦敦的计程车，司机是个印度人，打着哈欠问他去哪儿，他给了他那张纸条。

车子开了很久，窗外的风景飞速掠过，车子最终在一处院墙外停下，他付了钱下车，看着她的家门，不敢进。

他风尘仆仆而来，却不敢猜门内那人见到他是喜是怒。

空手而来似乎也不太礼貌，他环顾四周，从她家墙上折了一枝花用飞机上的报纸裹了一下，清清喉咙，按了门铃。

应门的女佣用英音问他是谁。

他抱着怀中曲奇，从胸口掏出戒盒："我找德珍。"

时间像是过了一个世纪之久，黑色的门终于打开，穿着粉色裙子的那女人看见门外的男人，星星与夜光化成绸缎披在他肩上。

"你找我?"她歪着头微笑。

"嗯。"他将曲奇盒子给她，"你的曲奇，赔你。"

"哦。"

他又将手里的花递给她。

德珍接过，鼻尖凑近花朵嗅闻："你找我干吗?"

他单膝跪下，将那枚海瑞温斯顿钻戒从戒盒取出："岑德珍，我爱你，请你嫁给我。"

屋子里的女佣一拥而出，围绕着她祝福，她自上而下俯视单膝跪地的男人，过了很久很久，她终于缓缓接过戒指。

男人上前抱住她，深吸一口气，长长吐纳，漫长的苦难终于迎来尽头，苦涩的心迹终于被一个拥抱满满补偿。

德珍回拥他，不问他如何来，不问他如何去，任由两颗跳动的心紧紧相贴。她长久凝望的这个深渊，终于有一日，它也回望着了她——

Love me, if you dare.

她啊，是个奇怪的女生。

明明已经是大人的样子，但看起来总像一只兔子披着人皮外套。

一直都有好人缘，男生女生都跟她和和气气的。也有人追求，但她总是笑笑，一副无所谓的样子。学习不大好，但看得出有努力。很讲义气，但也不是没脾气。很容易就能讨好，一包跳跳糖，一支冰激凌，一颗苹果，只要是吃的，就能哄住她，哪怕当时再生气。

第一次带她去爬山，第一次牵手，第一次接吻，都是顺理成章的事。

"喂，你交到了这么棒的女朋友，不跟朋友炫耀吗?"她说。

"我没朋友，没谁可以炫耀。"

她气得大叫，他在心里笑。

很多时候，他觉得他在养一只宠物，很可爱的那种。

如果岁月可以再长久一点，或许他会努力工作，带她旅行，喂肥她。再养两条狗，每天晚饭后和她一起去散步。也吵也闹，生气也不接电话，但喜悦一定会分享。

他在幻想规划一个和她有关的未来。在他意识到病发之后，心情很不好。

一些药物已经开始影响他的正常生活，在她发现之前他提了分手。她呵呵一笑，骂他乱开玩笑。他也笑，没有解释。她忽然拉住他的手，问他是不是认真的。他没有回答她，任由她胡思乱想。

第二天，他去手术。岑黎阑，你一直说自己运气好，这次，不如借我一点?

手术很顺利，他打算给自己三年时间，如果那时候他还没死，他就去找她，把从她那儿借来的运气全部还给她。

康复期波澜不惊，他哥在妈妈面前表演他的体贴，忙里抽闲陪他打发时间。

哥在国外待了很多年，却没学会老外的乐观。虽然有几分能耐，但也没有女人敢喜欢。"找个女人吧，不然妈以为你有病。"

他冷笑："你好意思说我？"

"我决定了，病好就和她结婚。"说完，他等着看哥吃惊。

但哥没有，他的表情，更接近一丝……欣慰。

后来，哥带他去工地："我要在这建很多大厦，卯卯，我希望你活着看到那个时候。"

那原来是一座公园，现在所有树都被砍光，变得很丑。他看着那个树桩，想起那个雨天夜里有个傻瓜在电话里跟他哭，他慌里慌张赶到现场，听她哽咽着说她的树被人砍倒了。

"我在树上刻了我们的名字的，呜呜呜。"

他不以为意，看着光秃秃的周围，没有说话。

"我以为它最少还能再活一百年的，呜呜呜。没了，全没了。"

"你写的什么？"

"……阑&卯……forever……"

"幼稚。"

他不屑地拉她从地上起来，心情很差。

她查过资料，她选的那棵树的品种能活很久，她以为公园这种利民工程至少能保存半个世纪。

"你还有脸讲，你该庆幸刻字的时候没人把你抓起来。"叫她没事不要看那么多浪漫小说，真是一点也听不进去。

她哼哼唧唧了一会儿，过来牵他的手，像是知道自己错了。

直到最后，他也没告诉她是他父亲买下了那块地，案子是他谈成的，她的树是他砍倒的。

后来他们讨论过"永远"这件事。

她不在乎别人是否知道他爱她，但她在乎时间是否知道她爱他。

他认真地想了想，往树上刻字显然是行不通的。这世上所有的天荒地老都太可笑，骗骗别人还行，骗他不行。

"怎么没有天荒地老？那是因为你没遇见过。"她不服气。

"你遇见过?"

"当然。"

然后,她与他说了她爷爷奶奶的故事。

"要不然你也给我造一座博物馆?"

他看着她,戳戳她不切实际的脑门:"你想得美。"

她撅着嘴,但也没有不高兴。她天真地以为,一辈子很长,她有足够的时间磨到他答应。尽管他没承诺过她,但她所有肥皂泡似的梦他都不想戳穿。

身体每况愈下的时候,他总想起这件事。

很想念她,却不能跑到她面前。

很喜欢她,却再不能亲口告诉她。

他觉得自己是一个负担,太沉重。

她无非是想拥有一个容器装载他们的回忆不是吗,这不难办。

他的身体急速衰败,快到所有药物都失去约束力,快到他自己都没能作好心理准备。

他很少跟哥开口要什么,但那天,他忽然慌了,那么多来不及做的事,那么多来不及说的话,最后仅仅变成了一句:"哥,给我建一座博物馆吧。"

或许有一天,她会成为别人的妻子,成为一个好妈妈。或许有一天,她会带着孩子来这儿玩耍。

他要在每个台阶刻下他的名字。

因为那天,她会踩过他的肩膀,看到他为她呈现天荒地老的梦。

番外二
她的选择

事情是这样的，二十五岁的时候我认识了一个女人。

有人说，二十五岁是女人的一道分水岭。在这一年，我们同时建立了太多东西，价值观、人生观、世界观，鼓起勇气迎接衰老的信心，对"美"重新定义。

这是忙碌的一年，这一年，我遇见了岑德珍。

当我看到一个肤色自然眉目干净，头发随意拨弄也蛮好看，灵动中又带点慵懒诗意的女子，我会说她"Very Parisian"。

不是标准美女，也未必花枝招展，更没有搔首弄姿，偏偏旁人就是能呼吸到她们的细致，为之深深着迷。

而德珍，除此之外，还有几分正气凛然。这和她的出身有关，和她的家世不可分割。稍有些眼力见儿的男人见到这样的女子，自是清楚此女宜室宜家，不可亵玩。

可有人偏偏不。

我承认，和德珍做朋友的最初饱含私心，彼时我尚不知她底细，只觉得她眼光独到颇有几分能力，那时我对结构和色彩十分着迷，她想了想，让人从英国给我邮寄了她二十岁时的作品集。看完，我才发现，原来世界在她眼中是这样的啊。

此其一。

其二，我喜欢她挽着我手的姿态。她鲜亮无比引人入胜，有她在旁一如靓装加身，令我徒增做人底气。

其三其四自不必我再细说，若要一一列举交她这个朋友的好处，恐怕三天三夜也说不完。

但是就是这么一个妙人，爱情上却一点也不顺遂。

我原来爱死了那些饱尝洋墨水的青年才俊一身好品位举着香槟侃侃而谈会聚一堂的画面，仲寅帛此人光是看着就十分慑人，意气风发满身干劲。那些徘徊在富豪身边的蜜人说他不开跑车也不给女人买包，不高兴和你说话的时候就说英文，总吊着眼角梢，从来不笑，但他有自己的司机和厨子，出手大方，热爱工作，坊间称他"活体印钞机"。

他与德珍根本就是两个世界的人。可当下我并未联想太多，观察德珍脸色，她一如平常，不动声色。

几分钟后，我一转头，看见她和仲寅帛站在画前，我歪头看他俩笔直的背影，心叹：看呐，这不是达西和他的伊丽莎白吗？

因为这出可能上演的《傲慢与偏见》，我精神抖擞，血在沸腾。

但现实叫人失望，如德珍这样被倾尽几代人心血精心调教出来的女子，她若想布障眼法，便有一万种让你隔绝在外的手法。

她从未对我诉说障眼法的细节，我只知在突然的一天，她就走向了仲寅帛身边。又突然的一天，他们活生生地破裂在我眼前。

她是个体面的姑娘，应该值得一份体面的感情。但这个男人，没有给她这样的体面。

一年后，她来参加我的婚礼。

我的丈夫喝过法国墨水，他见德珍的第一眼，称赞我这个朋友有一种"Je Ne Sais Quio"（难以言喻的魅力）。

是的，她总是美得令我心服口服。但最令我佩服的是这样一个妙人无须精心计算地盛装，漫不经心就能美成这样。何况，她心上还长了一道美丽的情伤。我痴迷地看她容颜时，总能在她眉宇间寻到一丝隐匿的哀婉，这从来不妨碍她的美，只会令她愈发楚楚动人。

我见过她魂不守舍的模样，那个男人再混蛋，奈何她对他动了真情，虽落得不欢而散的结局，但想起来的时候，恐怕仍记得他的种种好，然后不能自已，不可自拔。

一年后我再见德珍，她美得静谧动人，修炼得心如止水的模样。我不奇怪她有这样的能力，但我不甘。

善是美的最高级，无疑，德珍拥有这种最高级。

所以，当男女之事以重创结尾，往往女人还在舔舐伤口努力修复的时候，给予伤害的人早就原谅了自己，在平和与安宁中抵达了他们宽容雅量的大境界，快马轻裘纵酒放歌去了。

我从来以德珍的朋友自居，所以我泼了仲寅帛一杯水。

我伪装不了圣母玛利亚，也做不出挥挥手不予计较的大方姿态，都是一蔬一饭好生长大的人，凭什么你来作践我还非得原谅你显得我大度？我做不来。

我与德珍交代了这一桩，她当然不会称赞我做得对，但也没责怪。她只是叹息一声：一辈子太长，长得好像爱恨都到不了头。

她这一句感慨，叫我无法附和。但我知道，她是爱惜自己的，用情再深，也不会做什么傻事。

她了解自己，懂得照顾自己的方式，面对大悲大喜都能随遇而安，别人看到的她是一个与自己相处得很舒服的女人，日子过得随意，但从不潦草。她会变得愉快的。

于是，我正筹备着如何让我腹中胎儿寻个恰当良机拜她做个干娘，日后有她强大的美加持，孩子的未来便会明朗许多。我打着我的如意算盘，孰料，那厢的情节荷包蛋似的翻了个个儿。

仲寅帛这男人，我当真是小看他了。

这对痴男怨女并未上演重修旧好的戏码，德珍依然是那个淡淡然美如水的女子，但仲寅帛却变了。

我诞下孩子之后，德珍开始频繁地来我这里走动，有时带着鲜花，有时带着水果，有时只是路过，皆是为了看一眼我的孩子。当然，有时那个不知羞耻的男人也会眼巴巴地跟来。

我们偶尔聚餐，便难免会和他渐渐有了交流。我开始近距离地重新审视这个男人。

我从丈夫口中套出：这个男人初次见到德珍便被她的美貌击溃，继而开始怀疑自己怎么配得上这样的女子，下意识地想要放弃，但内心浓烈的感情又像滔天巨浪一般拍打着他。

我才不信呢。

这笨拙的恭维和稀松平常的粉饰不过是他的外交辞令。

他与德珍都不想重提那桩稚嫩而惨烈的初会，我看在眼里，便从来不问。

这个男人生得仪表堂堂，再铁石心肠的女人见了他的模样，也会软化三分，试想——这世上有一个男人愿为你肝脑涂地你怎么会不感动呢？相信我，当一个英俊又强势的男人为了挽留你而时常流露犯错小孩般的神情，你会被感动的。

而我不希望他把日子过得太得意，我一直以来对他表现刻薄，无非是想令他铭记当初妄下决断的后果，我绝不容忍他再负德珍一次。

我时常半开玩笑地说："我若是个男人，早把德珍娶回家了，能有你姓仲的什么事？"

他的眼神流露出对我十分的忌惮，这叫我既得意，又安心——孺子可教。

也因为忽然变熟络，让我发现了另一件事。

在我仍然心存少女情怀的年纪，我曾喜欢过一个人。我第一次遇见他，是在"细"。我在少时是个古怪而明烈的人，这种性格致使我总和男生称兄道弟，在女生中人缘却不佳，她们不能忍受我的直白，我也嫌她们造作别扭。因此，整个少女时代都不曾有过女生与我分享她们的秘密，我不懂何种心情才能被称之为"萌动"，直到我遇见那个人。

我偷偷喜欢了他很久，从听到他的声音，到敢与他目光交错，再到对世人宣告他的存在，这期间经历了一段十分漫长的岁月。哪怕我在喜欢他的同时也与别人恋爱，但我仍然从不掩饰我对他的喜欢，以至于我每个前男友都知道这个人的存在，他们亦知道他们根本无法撼动他在我心中的地位，所以总是任由我胡说八道。

这么一个人，我一直以为我可以随便编故事安在他身上，但老天跟我开了个玩笑，这个人竟然是仲寅帛的弟弟。

那天，我们几个人一起玩牌，仲寅帛上桌就手气不佳，等他输光现金，德珍笑眯眯地把他的钱夹也押上了，但他还是输得彻底。等牌局散了，他走了又突然回来，我在抽屉里找回他的钱夹还他，听他傻乎乎解释这是未来丈母娘送他的，不敢丢。

我嗤笑一声，拿着钱夹反复掂量，除了皮质手感不错，我还看到了里面的相片。

"这个人……这个人……"我紧张得都结巴了。

"你认识我弟弟？"

我痴痴愣愣地点点头，又痴痴愣愣地送他走，关上房门，滑坐在地。这世上竟然就有这么巧的事，让我猝不及防。心忽然就痛了一下，她忽然想起，德珍不是说过仲寅帛的弟弟已经过世了吗⋯⋯

他还这么年轻，竟已经化风化雨，不在人世⋯⋯

我不敢相信地捂住脸孔，泪从指缝溢出。

那之后，我有好一阵子没能缓过劲来，甚至有很长一段时间不敢正视仲寅帛的脸，生怕在他脸上发现他们兄弟的相似之处。万幸，我喜欢的人比他好看多了。

大概是爱屋及乌吧，我忽然觉得仲寅帛还算是个好哥哥，说起弟弟时，他的目光还算温柔。而当他得知我曾到处说我喜欢的那个人竟是他弟弟，对我表达了一番惋惜之情，顺便提醒我他弟弟已经有喜欢的人了。

我黑着脸告诉他不用他好心，我知道德珍妹妹和他弟弟那段凄美的爱情故事。"我才夸你一句，你就不能谦虚一点吗?"我说。

男人嘿嘿一笑："做人是要谦虚没错，可是岳母大人也说了，谦虚的同时也不要忘记多听他人意见，然后认真记下对你有意见的都是谁。"

我简直气不打一处来。不过看在他在德珍那里吃尽苦头的分上就不跟幼稚鬼计较这些了。

后来，我也的确发现了这个男人某方面的幼稚和笨拙，例如一次我参加小学时的同学会，偶然说起仲寅帛，竟引发了一阵热议。当初的少女如今已为人母，但提及这个名字仍是两眼放光，其中的一个甚至曾经只为了看他一眼，请假去他学校门口守株待兔。

我问："只听你们说他被人追，他就从来没追过谁吗?"

我好打听了转告德珍啊。

但这几位面面相觑一阵，纷纷摇头。

"是真的没有，还是你们不知道?"我寻求确认。

她们仍是摇头。

我觉得匪夷所思，在此后的一次会面上抱着孩子问他："仲先生，你初恋是谁?"

他停下来看了我一眼，假装咳嗽一声。

"你三十多岁了，难道连初恋都没有? 那你们学校的女生得丑成什么样啊?"我怪叫道。

他觑了眼德珍，意识到事情的严重性，停下刀叉认真对我解释道："我们班上的女生因为我不肯借她橡皮这种事就哭了，然后我的名声莫名其妙就不好了。"

我呵呵了一声。女人为了掩饰变态假装纯情，男人为了掩饰纯情假装变态，果然不假。

"所以，德珍是你的初恋咯？"

他忽然红了耳朵，清清喉咙，看了眼边上但笑不语的德珍，既不承认，也不否认。我能从这个男人拘谨的言行里读出他想对德珍表达的热忱与尊重，甚至是讨好。前一次的重创折损了他的骄傲，现如今他在德珍面前伏低做小，谨小慎微，畏首畏尾甚至有几分猥琐。但我对他的这一面感到很满意。任他在外如何春风十里，来到这个女人面前，就得服软，委曲求全。

可令人担忧的是，两三年过去，我这个白脸都快唱不下去了，我家孩子都学会数一二三了，德珍却始终不愿意走完那道世俗程序。

仲家二老心心念念旁敲侧击，她就是一言不发，就知道美若天仙地乱笑惑人，打马虎眼，每每都被她蒙混过关。

而说到岑家这一大家子啊，我都替仲寅帛捏把冷汗。从爷爷到叔叔，从岳父到岳母，从哥哥到弟弟，仲寅帛一一进行了一番游说，甚至连家里的保姆他都有一番深切会晤，可惜贿赂没成功，反被年轻的保姆赠了三百个大白眼。

岑家上下吃了秤砣铁了心要考考未来姑爷的耐性，一个个都站在了德珍这边，不给脸色，但也不付诸任何承诺，上门就端茶，提亲就免了，总是一句"这事德珍说了算"打发了这个苦命的男人。

无论事情进行到哪一步，这都是德珍的取舍，德珍的选择，她嫁或不嫁，我都尊重她。

婚结不成，但婚纱照倒能求来一套。当然，这也不是全然由他这样"修行"换来的。岑老爷子大寿将至，生日愿望不过就是想看一眼自己孙女身披嫁纱的模样，德珍自然要成全老人家这桩心愿。

仲家那边好歹松了一口气。

德珍的外公家有家族御用摄影师，这次为了这位外孙小姐特意赶来，在惊雀巷岑府拍了两套，完成任务就回了英国。仲寅帛觉得那风格太过端庄，于是另外租了摄影棚又拍了一套。

进棚那日我也去了，抱着我家崽儿，带着慰问点心。

这二人虽不走程序，但家就住楼上楼下，我猜姓仲的没少近水楼台先得月，但看到他们亲热的现场我仍有些受不了。

本来就是一个蜻蜓点水的香吻，谁知摄影师转头换个镜头他就投入地吻了起来，助理叫停都不知，我尴尬地捂住我家孩子的眼角，呆呆看了一会儿，发现摄影师已经在抽烟了。

过了很久，德珍开始担心是不是吻太久了，于是推开那个贪心的男人停下来，四下里张望了下，见众人都做目瞪口呆状，红着脸淡淡一笑，有些狡黠。

她穿着典雅的婚纱抱过孩子逗弄起来，化妆师来给她补妆，看了眼她被吃光地口红，埋怨地瞪了眼仲寅帛："新郎官你行行好成不？这都补第几次了啊?!"

那被点名批评的男人咬了一口马卡龙，羞愧地别过头去。

我走过去，将盒子递给他："喏，新婚礼物。"

他莫名其妙打开盒子，看到东西愣了一秒，凝声说道："你有心了。"

"不必太感动，我一直以为这是德珍的东西才捡的，要是知道是你家的传家宝，当下我可能就把它踢进下水道了。"

仲寅帛无奈笑笑："不管怎样，谢谢你。"

我看着盒子里用银箍好的翡翠玉镯，扬起拳头："你有种再让她哭一次，我就把这镯子磨成粉喂你喝下去!"

他拱手作揖："女侠饶命。"

我哼哼了声，去找德珍。

进了化妆间，我拉了一张椅子坐下问德珍："你就不嫌他那小媳妇的模样恶心吗?"

她笑笑，微闭眼睛让化妆师替她补粉，随即揽下了擦口红的活，化妆师叫着"你家宝贝儿真可爱借我抱抱"便带着我家崽儿出去了。

德珍涂好口红，抿了抿唇，我看着她美好的脖颈线条发呆，她忽然对着镜子一笑，拧上盖子，转身对我说道："你觉得我现在状态好吗?"

"好啊，好得不得了。"

"那你也觉得我必须与他做个了断吗?"

我却摇摇头："大可不必，就这样吊着他让他每天水生火热挺好的。"我纯良地笑。

她同意了我的观点，你看，我俩能成朋友不是毫无道理的。

"可我就是觉得吧，这有好也有坏，坏处就是他胆子太小，整天过得跟世界末日似的，逮着你就和你亲热，又粘人又可怜，还挺恶心。德珍，我家崽儿还小啊，我这当妈的可受不了太多儿童不宜的画面。"

我话说完，她点头失笑。

化妆师这时抱着孩子回来，大概是饿了，瘪着小嘴有些不大高兴，我从包里取出饼干喂他吃，德珍附身过来逗他："Leo啊，饼干好不好吃呀？"

我家崽儿"咿呀"一声，两颗门牙沙沙地啃着他的粮食，仓鼠似的。

如此近距离地看她脸蛋儿，我屏住呼吸在她脸上寻找一丝岁月的痕迹，可她面若桃花，神情格外慈爱，叫我又嫉妒又感慨。上天果然格外钟爱一些人。

她却直起腰来，回去让化妆师检查妆容，末了对我叹息一声："这大概是我一年之内最后一次擦口红了。"

闻言，我先一愣，继而瞪大眼睛，嘴巴张了张，说不出话来。

她悠然自得，倾城一笑，手指比在红唇上，眨眨眼，玉手轻抚自己腹部，一切不言而喻。

我咽咽口水，好一会儿才缓过神，问她："他知道吗？"

她摇摇头，笑得狡黠。

图书在版编目 (CIP) 数据

我从不柔软，直到你来到我身边 / 右舷瞭望著. —广州：暨南大学出版社，2015.3

ISBN 978 - 7 - 5668 - 1309 - 1

Ⅰ.①我… Ⅱ.①右… Ⅲ.①长篇小说—中国—当代 Ⅳ.①I247.5

中国版本图书馆 CIP 数据核字（2014）第 307914 号

⋯⋯⋯

我从不柔软，直到你来到我身边
著　　者：右舷瞭望

出 版 人：徐义雄
策划编辑：马昭雯
责任编辑：马昭雯
责任校对：陈丽娟　曾　栩

地　　址：中国广州暨南大学
电　　话：总编室（8620）85221601
　　　　　营销部（8620）85225284　85228291　85228292（邮购）
传　　真：（8620）85221583（办公室）　85223774（营销部）
邮　　编：510630
网　　址：http://www.jnupress.com　http://press.jnu.edu.cn
排　　版：广州良弓广告有限公司
印　　刷：深圳市新联美术印刷有限公司
开　　本：787mm×1092mm　1/16
印　　张：19.75
字　　数：340 千
版　　次：2015 年 3 月第 1 版
印　　次：2015 年 3 月第 1 次
定　　价：32.80 元

（暨大版图书如有印装质量问题，请与出版社总编室联系调换）